grafit

Die niederländische Originalausgabe »Caroline« erschien 2002 bei
Uitgeverij Luitingh-Sijthoff B.V., Amsterdam.

Deutsche Erstausgabe

Chemnitzer Str. 31, D-44139 Dortmund
Internet: http://www.grafit.de
E-Mail: info@grafit.de

Umschlaggestaltung: Peter Bucker
unter Verwendung eines Fotos von Rob Waterhouse
Druck und Bindearbeiten: GGP Media GmbH, Pößneck
ISBN 3-89425-530-7
2. 3. 4. 5. / 2007 2006 2005

Felix Thijssen

Caroline

Ein Fall für Max Winter

Kriminalroman

Aus dem Niederländischen von
Stefanie Schäfer

grafit

Der Autor

Felix Thijssen, geboren 1933 in Rijswijk/Niederlande, lebt mit seiner Frau seit 1985 in den französischen Cevennen in einem alten Templerschloss, wo er sechs Stunden täglich schreibt. Er ist Autor von zahlreichen Büchern, darunter Krimis, Western, Sciencefiction, und von Drehbüchern für Film und Fernsehen.

Caroline ist nach *Cleopatra* (1999 ausgezeichnet mit dem ›Gouden Strop‹ für den besten niederländischen Kriminalroman), *Isabelle, Tiffany* und *Ingrid* der fünfte Fall mit Max Winter. Es folgten *Charlotte* und *Rosa* (alle bei Grafit).

Für Stefan und Yvette

Mein besonderer Dank gilt Henk Bos
sowie Stefan Thiesen & MindQuest

I

»Das Mittelmeer sieht immer so ruhig und harmlos aus«, flüsterte CyberNel.

Ich spielte mit ihren Fingern auf der Lehne ihres Stuhls, den ich neben meinen gezogen hatte, sodass wir wie ein verliebtes, verträumtes Touristenpaar die vereinzelten kleinen Lichter auf dem Wasser und entlang der Festlandküste betrachten konnten. Um uns herum speisten und plauderten weitere Gäste in der gemütlichen und ziemlich romantischen Atmosphäre, wie sie kleinen Hotels auf kleinen französischen Inseln eigen ist. Im Hintergrund spielte leise Musik.

»Und doch lauern dort draußen Monster, Lotusesser und dichter Nebel. Wenn man sich darin verirrt, segelt man, ehe man sich's versieht, über den Rand der Erde hinaus, in die Hölle oder in den Himmel hinein, das weiß kein Mensch, denn noch niemand ist je von dort zurückgekehrt.«

Die Tochter der Hotelbesitzer brachte Eis und Kaffee und servierte einen *Marc de Provence* dazu. Kerzen flackerten in der leichten Brise, die durch die offenen Fenster hereinwehte. Bereits seit einigen Tagen herrschte auf der Insel ein äußerst angenehmes Klima, sowohl nachts als auch tagsüber.

»Der Himmel ist hier«, sagte CyberNel. »Weißt du, warum?«

»Weil es hier keine Autos gibt. Niemand hat es eilig. Die schönen Mädchen laufen alle im Bikini auf offener Straße herum oder sind auf Mieträdern unterwegs. Und dazu noch das gute Essen …«

CyberNel kicherte. Sie las stets die Prospekte. »Nein, weil die Insel eigentlich eine verzauberte Prinzessin ist, eine der bildschönen Töchter des Königs Olbianus. Sie und ihre Schwestern badeten jeden Tag im Meer und eines Tages schwammen sie zu weit hinaus und wären um ein Haar in die Fänge von Seeräubern geraten.«

»Nach Skylla sehnt sich ein Pirat schon mal nach etwas anderem.«

»Du denkst auch wirklich nur an Sex. Jedenfalls wurden die Prinzessinnen in letzter Minute von einer freundlichen Göttin gerettet, die sie verzauberte und ... Ach, *merde!*«

CyberNel sprang auf, weil jemand an ihren Stuhl und gegen ihren Arm gestoßen war, sodass sie sich den heißen Kaffee über ihre weiße Leinenhose gegossen hatte.

Ein junges Mädchen stieß auf Französisch verwirrte Worte des Bedauerns hervor: »Oh je, es tut mir ja so Leid, bitte entschuldigen Sie, das ist ja schrecklich.« Nel tastete nach ihrer Serviette. Mein Stuhl schabte über die Bodenfliesen, als ich mich zu ihr beugte, ihr die Serviette abnahm und rasch die dampfenden Flecken betupfte.

Das Mädchen war stehen geblieben. Ich erblickte ein aschfahles Gesicht ohne Kinn, mausgraue Augenbrauen und einen rosigen Schädel mit flaumigem Haar, als habe eine Chemotherapie ihre grausamen Spuren hinterlassen. Sie hielt ein in grauen Stoff gebundenes Notizbuch an die Brust gepresst und sah aus, als würde sie jeden Moment in Tränen ausbrechen.

»Ça va«, sagte ich und gab ihr mit einem gereizten Winken zu verstehen, dass sie weitergehen solle. *»Ça va, merci beaucoup.«* Das Mädchen drehte sich um. Ich schimpfte: »Hässlicher Trampel«, und beugte mich wieder über Nel.

»Max, benimm dich«, tadelte mich Nel.

Ich sah, wie das Mädchen kurz stehen blieb und den Rücken straffte. Dann flüchtete sie durch die Tische hindurch ins Foyer. Einige Leute schauten ihr hinterher.

»Mist«, murmelte ich. »Ob die Niederländisch versteht?«

CyberNel stand auf und zupfte mit Daumen und Zeigefinger an der Hose, die an ihren Oberschenkeln klebte. »Selbst mitten unter Eskimos hat man sich noch anständig zu benehmen. So was nennt man Manieren.«

»*Yes, ma'am.* Aber du musst zugeben, dass sie wirklich hässlich ist. Wohnt sie auch bei uns im Hotel?«

Nel seufzte laut. »Sie sitzt jeden Abend an dem Tisch dort an der Wand. Ich glaube, dass sie sehr schüchtern ist und die ganze Zeit so tut, als würde sie schreiben, um in Ruhe gelassen zu werden.«

»Sie ist mir überhaupt noch nicht aufgefallen.«

»Das liegt daran, dass du genauso dämlich bist wie der Pirat in der Sage.«

Ich hob den Blick. »Ist es dämlich, dass mir schöne Mädchen lieber sind?«

»Was meinst du denn mit ›schön‹?«

»Na, weniger hässlich eben, sodass die Hunde sie wenigstens nicht gleich verbellen. Mehr so wie du.«

Doch all meine Witzeleien trafen den falschen Ton. Nel blieb unversöhnlich und konterte: »Vielleicht hat sie dafür eine schöne Seele. Was bist du nur für ein grober Klotz. Ich gehe jetzt rauf.«

Wütend stand sie auf und ließ mich allein zurück. Ich unterschrieb den Beleg, spazierte aus dem Hotel hinaus und trank noch eine Tasse Kaffee auf der Terrasse des *Lou Pitchoun* am Hafen. Es war unser erster Streit.

CyberNel schien sich wieder ein bisschen beruhigt zu haben, aber ich spürte, dass ihr etwas auf dem Herzen lag, obwohl sie sich Mühe gab, es hinter einer Tirade über die stumpfsinnige Fernsehunterhaltung zu verbergen, von der sie, verärgert und allein, einen Querschnitt konsumiert hatte.

»Thema des Abends: ›Für einen Tag möchte ich mal nicht meiner Zwillingsschwester ähnlich sehen.‹ Kannst du dir das vorstellen?«

»Waren es hässliche Zwillingsschwestern?«

Nel machte ein Gesicht, als erinnerte ich sie an etwas Unangenehmes.

Ich hatte sowohl das Schwimmen als auch das Lesen in ungemütlicher Position, im Sand oder an einen harten Felsen gelehnt, ziemlich satt und Nel hatte keine Lust an den Strand zu gehen, weil Wolken den Himmel oder ihr Gemüt verdunkelten. Picknicken konnte ich fast genauso wenig leiden, doch es gab im Inneren der Insel keine Restaurants, und ehe ich mich versah, lief ich mit Lunchpaketen und einem vom Hotel dazugelieferten albernen Rucksäckchen durch die Gegend. Wir hatten das Fort von St. Agatha besichtigt, wofür ein ziemlich steiler Aufstieg vonnöten war, und folgten dem schmalen, asphaltierten Weg über den Dünenring rund um die Insel. Hier und dort mussten wir Bikinimädchen auf Mietfahrrädern ausweichen. Die Strände waren überfüllt, das Inselinnere dagegen so gut wie verlassen.

»Zwei dicke Mädchen in identischen Kleidern und mit identischem Haarschnitt eröffnen, dass sie schon seit sechsundzwanzig Jahren Zwillinge seien, und der Saal tobt, als hätten sie Wimbledon gewonnen.«

»Ich weiß, was du meinst«, sagte ich mitfühlend. »Müssen wir wirklich einmal ganz herumlaufen?«

Der Rucksack wurde immer schwerer, hauptsächlich wegen der Flasche Weißwein, die ich samt Korkenzieher als kleinen Trost zu den Lunchpaketen hinzugefügt hatte. Nel studierte die Karte und zeigte auf einen Weg, der auf halber Strecke des Rundwegs zur Mitte der Insel führte. »Ich meine, ich verstehe einfach nicht, warum die Fernsehmacher glauben, dass die Zuschauer so was sehen wollen«, sagte sie.

»Viele Leute gucken ja sogar anderen gerne beim Aufs-Klo-Gehen zu, denk nur mal an *Big Brother*, und da meinen die Produzenten wohl, es gäbe überhaupt keine Grenzen des guten Geschmacks mehr. Hauptsache, sie liefern dem Publikum Gelächter aus der Konserve dazu.«

Wir fanden die Abzweigung und ließen den Blick über die offenen Felder und die Weingärten im Herzen der Insel schweifen. Überall roch es nach Kräutern, Wacholderbeeren und paradiesischer Wärme. Der Wein knallte mir in den Rücken, als ich mich zu Nel umdrehte, um sie zu umarmen. »Nelleke«, sagte ich, »komm mal her. Ich bin wahnsinnig verliebt in dich.«

»Ich auch in dich«, sagte Nel. »Aber ich meine, vielleicht gibt es unter allen Zwillingspaaren Frankreichs drei, die für einen Tag einander nicht ähnlich sehen wollen. Und anstatt dass sie sich einfach unterschiedlich anziehen oder sich die Haare färben oder sich ein Ohr abschneiden, wird eine abendfüllende Show auf die Beine gestellt und das französische Volk mit den Problemen dieser blöden Gänse belästigt. Und das Publikum applaudiert auch noch!«

»Ach was«, sagte ich. »Das ist bloß Konditionierung. Ein Leuchtkasten mit der Aufschrift *Applaus* geht an, und dann klatscht der Saal, die können nicht anders. Man hört selten jemanden lachen, nur klatschen. Das Lachen kommt aus einer anderen Konserve.«

»Ist deine Hand unter meiner Bluse auch Konditionierung?«

»Ja und nein.« Ich zog sie enger an mich, sodass sich meine Hand unter ihrer Bluse noch fester an ihre Brust drückte. »Das hier ist Liebe.«

Nel erwiderte meinen Kuss und schaute mir in die Augen, und ich begriff, dass es nicht die Fernsehshows waren, die ihr so schwer im Magen lagen, oder vielleicht das allmähliche Aussterben intelligenter Lebensformen, sondern die Tatsache, dass wir schon seit drei Tagen hier waren und trotz meines in einem unbedachten Augenblick gegebenen Versprechens noch immer nicht über unsere Zukunft geredet hatten.

»Konditionierung ist eine andere Form von Totsein«, erklärte Nel düster.

Sie lachte wieder, als ich sie unter den weit ausladenden Pinien fotografierte, die wie ein Baldachin über ein Stück Weg mitten auf der Insel gewachsen waren. Ich bekam allmählich Hunger und sah zu meinem Missfallen, dass auf der Holzbank ein Stückchen weiter bereits jemand saß. Als wir näher kamen, erkannte ich das Mädchen aus dem Hotel wieder. Sie schrieb in ihr Buch. Neben ihr stand dasselbe Hotelrucksackmodell wie meines.

Nel ließ sofort meine Hand los und lief auf sie zu. *»Bonjour«*, grüßte sie.

Das Mädchen blickte auf und errötete schüchtern. »O …«

»Du bist Niederländerin, stimmt's?«, stellte Nel fest. »Das mit gestern Abend tut uns Leid.«

»Es war meine Schuld.«

Nel streckte ihr die Hand hin. »Ich bin Nel. Das da ist Max. Manchmal ist er so galant wie ein Nilpferd.«

Das Buch rutschte der jungen Frau vom Schoß, als sie aufstand. »Ich heiße Caroline. O… tut mir Leid, vielen Dank.« Ich hatte das Buch für sie aufgehoben und sie riss es mir aus der Hand.

»Mir tut es auch Leid«, murmelte ich ein bisschen lahm.

Caroline schaute mich einen Augenblick an, mit blassblauen Augen, in denen ein Funke Ironie glomm. »Ich bin daran gewöhnt«, sagte sie.

Im gleißenden Licht unter den Tannen sah sie aus wie eine Maus, die jahrelang in einem Keller gelebt hatte.

»Max kann sehr lieb sein, aber manchmal ist er ein Dussel, und außerdem hat er keine Ahnung von Frauen«, sagte Nel.

Ich gab ein dusseliges Lachen von mir, bedankte mich bei Nel und legte ihr die Hand auf die Schulter, in der Absicht, auf die Suche nach der nächsten Bank zu gehen. Nel stieß mich mit dem Ellenbogen in die Seite und fragte: »Dürfen wir uns zu dir setzen? Wir wollten gerade picknicken.«

Caroline zögerte. »Ja, natürlich ...« Sie nahm ihren Rucksack von der Bank, um uns Platz zu machen.

Ich setzte mich neben Nel, stellte unseren Rucksack auf meine Knie und schaute auf die Uhr. »Ich muss allerdings gleich die Telefonate mit Niessen und Bart erledigen«, sagte ich.

Nel schaute mich argwöhnisch an, als frage sie sich, ob das eine weitere Unhöflichkeit war oder ob ich zur Abwechslung versuchte zartfühlend zu sein. »Ist in Ordnung, dann leiste ich solange Caroline Gesellschaft«, sagte sie schließlich und schaute das hässliche Entlein an. »Einverstanden?«

Caroline nickte. »Ich habe auch so ein Lunchpaket vom Hotel dabei.«

Ein Lächeln huschte über ihr Gesicht, wodurch es gleich ein bisschen fröhlicher und heiterer wirkte. Wäre sie die eigene Tochter, hätte man sich wahrscheinlich so weit an sie gewöhnen können, dass man nur noch die schöne Seele an ihr sah, die sie Nels Meinung nach besaß. Es fiel mir schwer, ihr Alter zu schätzen. Ohne das Lächeln sah sie aus wie eine sitzen gebliebene alte Jungfer in einem staubigen Büro, wie aus einer Dickens-Geschichte. Sie war so vernünftig, keine auffällige Kleidung zu tragen, doch ich hatte den Eindruck, dass ihr graugrüner Rock und die dünne khakibeige Hemdbluse aus einem teuren Modehaus stammten.

»Was machst du so alleine auf Porquerolles?«, fragte Nel, während ich den Reißverschluss des Rucksacks öffnete und die sorgfältig verpackten Sandwiches mit Schinken und Käse, Hühnchen, Salat, Gurke und Tomaten studierte.

Caroline schüttelte den Kopf. »Meine Mutter ist mit Freunden auf deren Jacht nach Monaco gefahren, aber ich hatte keine Lust, sie zu begleiten.«

Es klang, als habe sie diese Entscheidung von sich aus getroffen, doch unwillkürlich drängte sich einem der Gedanke auf, dass sie sich zwischen den Schönen und Reichen von Monte Carlo, die sie vermutlich genauso gut gebrauchen konnten wie Zahnschmerzen, auch nicht besonders wohl fühlen würde.

Einen Moment lang sagte niemand etwas.

Ich holte die Weinflasche heraus und öffnete sie. Die Sonne schien auf das gelbliche Gras und die grünen Sträucher und Weingärten ein Stück weiter entfernt und es war so still wie stets zwischen zwölf und zwei im speisenden Frankreich. Ich schenkte Wein in eines der Plastikgläser vom Hotel und reichte es an Nel vorbei zu Caroline hinüber.

»Ich danke Ihnen«, sagte sie und nahm es entgegen.

»Du kannst ruhig Max zu mir sagen.«

Caroline trank einen kleinen Schluck. »Schön kühl. Machen Sie hier Urlaub?«

»Wir waren auf der Rückreise von einem erledigten Auftrag, da überkam Max das Bedürfnis nach ein paar Tagen Urlaub an einem romantischen Fleckchen«, antwortete Nel.

Caroline schaute uns an. Ein hübsches rundes Kinn würde schon viel ausmachen, dachte ich bei mir. »Reisen Sie beruflich?«, fragte sie.

»Max ist Privatdetektiv«, erklärte Nel, »und ich bin sein Dienstmädchen. Führst du Tagebuch?«

Das graue Buch lag am Rande der Bank und Caroline legte eine Hand darauf, als habe sie Angst, es könne herunterfallen. »Nein, ich schreibe nur so an einer Geschichte.«

»Hat sie einen Titel?«

Caroline schüttelte den Kopf und ich biss in ein Sandwich. Es war sogar richtig schmackhaft, ein bisschen saftig durch die Gurke dazwischen und mit einem Streifen Mayonnaise garniert.

Nel nahm sich ein Brot mit Käse und Tomaten. »Ist sie nicht zur Veröffentlichung bestimmt?«

Die Frage brachte Caroline in Verlegenheit. »Dafür ist sie bestimmt nicht gut genug.«

Wir schwiegen eine Weile. Ich trank noch etwas Wein und suchte mir ein Sandwich für unterwegs aus. Ich konnte mich des Gefühls nicht erwehren, dass ich mich wohl besser aus dem Staub machte, schon allein deshalb, weil mir nichts Besseres einfiel als eine Platitude nach der anderen. »Das war richtig lecker. Aber jetzt muss ich wirklich los. Wir treffen uns dann nachher im Hotel.«

Es war anscheinend typisch für Caroline, andere Leute anzurempeln und Gegenstände fallen zu lassen. Diesmal war es ihr Glas, das nur deshalb nicht zerbrach, weil es aus Plastik war. Sie war übernervös und jedes Kind konnte erkennen, dass ihr mehr auf der Seele lastete als nur ihr Aussehen, an das sie gewöhnt sein musste. Nel gab mir mit einem breiten Lächeln zu verstehen, dass ich die richtige Entscheidung getroffen hatte, und ich ließ die Damen erleichtert zurück.

Als sie eine Stunde später zurückkehrten, saß ich mit einem Buch im Hotelgarten. Nel gab mir einen Kuss und verkündete, dass sie und Caroline nachmittags zusammen einen Bootsausflug machen wollten und ich mich solange allein beschäftigen müsse. Ich sah, dass Caroline sich in Nels Gesellschaft wohl fühlte. »Sie ist ein bisschen einsam und schüchtern, aber sie hat wirklich Sinn für Humor und wir haben viel Spaß miteinander«, sagte Nel, als das Mädchen auf ihr Zimmer ging, um sich umzuziehen. »Ich durfte sie sogar fotografieren.«

»Wow.«

»Sei nicht sarkastisch. Ich habe sie auch gefragt, ob sie heute Abend mit uns zusammen essen will, aber ihre Mutter kommt zurück, da hast du also nochmal Glück gehabt.«

Wir saßen an unserem gewohnten Tisch am Fenster, als Caroline in Begleitung einer auffallend schönen und elegant gekleideten Dame den Speisesaal betrat. Die Leute guckten und begannen zu flüstern. Die Hotelbesitzerin fiel beinahe auf die Knie und geleitete die Dame überaus zuvorkommend an den besten Platz mit Meerblick, ein paar Tische weiter in unserer Reihe. Caroline stand verloren daneben, warf uns aber einen ironischen Blick zu, während ihre Mutter sich auf den für sie zurückgezogenen Stuhl setzte und der Hotelbetreiberin mit einem kühlen Lächeln dankte.

Nel schaute mit großen Augen zu und flüsterte: »Allmächtiger!«

»Was denn?«

»Das ist Valerie Romein!«

»Wer?«

Caroline setzte sich der Dame gegenüber und die Tochter des Hauses eilte mit Speisekarten herbei.

Nel schnaufte. »Das Topmodel. Alle Welt kennt sie, außer Max Winter. Karen Mulder mit Extraklasse.«

»Kenne ich auch nicht.«

»Dann meinetwegen Claudia Schiffer oder Laetitia Casta.«

»Warte mal, der Name Laetitia Casta sagt mir was, die hat doch für die französische Marianne Modell gestanden, von der habe ich Fotos gesehen, die einen Mann ziemlich aus der Ruhe bringen können. Aber diese Dame sieht nach Rolls-Royce aus, während Laetitia meiner Meinung nach mehr was fürs Schlafzimmer ist. Wenn man mich fragt. Wie hieß sie noch gleich?«

»Valerie Romein. Genau das meine ich.«

»Was?«

»Dass man dich nicht mit Laetitia Casta alleine lassen dürfte. Du würdest sofort mit ihr ins Bett hüpfen.«

Ich trank einen Schluck Wein und sagte erst einmal nichts. »Aber die Männer, die das nicht tun würden, kannst du doch an zehn Fingern abzählen, oder?«, fragte ich dann.

Ihr Gesicht verdüsterte sich. »Vielleicht sollte ich die Suche nach einem von den zehn einfach aufgeben.«

»Kein Mensch ist vollkommen, und dich würde Casanova auch mit seinen schönen Reden rumkriegen, oder wer immer momentan der aktuelle Frauenschwarm ist, Tom Cruise, Leonardo DiCaprio?«

»Brrr.«

»Wie dem auch sei, was wäre, wenn ich ziemlich betrunken wäre und sie wahnsinnig sexy und ich der Versuchung nicht widerstehen könnte?«

»Du meinst, wenn sozusagen höhere Gewalt im Spiel wäre?« Nel kicherte. »Zu viel Alkohol setzt dich doch eher schachmatt, wenn ich mich recht erinnere.«

Ich stimmte in ihr Lachen ein. Sie spielte auf die Polizeifeier damals an. Ich war da zwar schon nicht mehr bei der Kripo, doch mein ehemaliger Partner Bart Simons und dessen Frau Mia hatten mich zu der Party mitgeschleift. Dort kam ich mit Nel ins Gespräch, einer klugen und attraktiven Expolizistin. Zugleich war sie die Exfrau eines Verkehrspolizisten mit Nazimanieren, der sie als CyberNelika beschimpfte, weil sie seiner Meinung nach keine Frau, sondern ein Freak war und es lieber mit

Computern trieb als mit einem richtigen Mann wie ihm. Ich schlug ihm im Namen Nels die Nase blutig und war ziemlich betrunken, als ich sie nach Hause in ihre mit Technik voll gestopfte Dachwohnung brachte.

Von dieser ersten Begegnung konnte ich mich nur an das Frühstück erinnern, aber es war der Beginn unserer Freundschaft und unserer Zusammenarbeit gewesen. Der Verkehrsbrigadier hatte in einer Hinsicht Recht gehabt: Nel war tatsächlich ein Computergenie, und ihr ursprünglicher Spottname CyberNel wurde Teil ihrer E-Mail- und Website-Adresse und schließlich ihr Markenzeichen. Ich verstand nichts von Computern, aber Nel kannte ich inzwischen gut genug, um zu wissen, dass der Verkehrsbrigadier ein Idiot war.

»Aber ich liebe dich«, sagte ich. »Das ist der Unterschied. Das andere ist nur Kopfkino. Mit dir ist es mir ernst. Laetitia Casta kenne ich nicht und womöglich würde ich mich nach drei Tagen mit ihr zu Tode langweilen.«

Sie runzelte die Stirn. »Drei volle Tage?«

Ich lachte und schenkte ihr Wein nach. »Die musst du mir schon zugestehen. Aber dann – stell dir vor, sie hätte keinen Sinn für Humor und auch nicht deinen Optimismus? Jedenfalls würde ich für sie nicht durchs Feuer gehen.«

Sie schaute mich an. Valerie Romein war vergessen. »Wollen wir jetzt darüber reden?«

»Wenn du willst.«

Nel legte ihr Besteck hin und lehnte sich zurück. »Du bist ein Romantiker, das heißt einer von der gefährlichen Sorte.«

»Ich habe dich noch nie vor irgendeiner Gefahr zurückschrecken sehen.«

»Weil ich dich liebe.«

So einfach war das. Für Nel war es nie anders gewesen.

Für mich schon, und deshalb zögerte sie so. »Langsam kommt es mir vor, als würden wir Verhandlungen führen«, sagte ich. »Das halte ich nicht für richtig. Zieh doch einfach zu mir an den Fluss und dann lieben wir uns der Zukunft entgegen. Was willst du mehr?«

Nel sagte eine Weile nichts. Sie aß den letzten Bissen ihres Perlhuhnfrikassees, brach ein Stückchen Brot ab und wischte die Sauce von ihrem Teller, wie es die Franzosen schon seit Jahrhunderten vor der Erfindung der Spülmaschine taten, aus Höflichkeit, um ihren Frauen unnötig schmutziges Geschirr zu ersparen. Dann tupfte sie sich mit ihrer Serviette die Lippen ab, reichte nach dem Wein und sagte: »Ich glaube, Caroline wird uns eines Tages noch alle überraschen.«

»Sind wir denn schon fertig mit unserem Gespräch?«, fragte ich.

Nel schüttelte den Kopf. »Im Gegenteil. Das hier ist das Gespräch. In ihrer Geschichte kommt nämlich ein Ermittler vor. Sie hat etwas über Max, den Kripobeamten, geschrieben, und das passt haargenau zu deinem ›einfach zu dir ziehen, sich lieben, was wollen wir mehr?‹.«

»Jetzt bin ich aber neugierig.«

Auf Nels Stirn bildete sich eine Falte. »›Der Ermittler drückte sich gewandt aus und bewegte sich geschmeidig. Er schien ein zufriedener Mensch zu sein, doch Tilly betrachtete nun einmal jeden Mann, der alt genug war, ihr Vater zu sein, mit ganz besonderen Augen und sah manchmal Dinge, die vielleicht gar nicht da waren. Melancholie zum Beispiel, weil seine Zeit verstrich, und Unruhe, weil er tief in seinem Inneren wusste, dass er nicht genug aus seinem bisherigen Leben gemacht hatte und zu wenig übrig behielt, um stolz darauf zu sein.‹«

Sie hob ihr Glas an die Lippen und trank es aus. Als sie es wieder hinstellte, sah ich, dass in ihren grünen Sphinxaugen mehr schimmerte als nur der Kerzenschein.

Unsere Teller wurden abgeräumt. Nel wollte keinen Nachtisch und wir bestellten Kaffee. Ich sagte leise: »Max Winter unter dem Messer von CyberNel?«

»Ich tratsche nie«, entgegnete Nel mit einem beleidigten Unterton. »Und ganz bestimmt nicht über dich. So sieht Caroline dich.«

Ich lächelte der Hoteltochter zu, die Kaffee und dazu Petits Fours und Pralinen vor uns hinstellte, pulte einen Zuckerwürfel aus dem Papier und räusperte mich. »Es tut mir Leid, wenn ich diesen Eindruck erwecke. Es klingt sicher wie eine lahme Ausrede, wenn ich sage, dass ich mir die größte Mühe gebe oder dass ich es nur gut meine, aber mehr kann ich nicht zu meiner Verteidigung vorbringen. Das Einzige, was ich ganz sicher weiß, ist, dass ich jeden Morgen froh bin, wenn ich die Augen aufschlage und du neben mir liegst.«

»Mir geht's genauso«, sagte Nel. »Aber meine Dachwohnung in Amsterdam behalte ich.«

»Es gibt keine Dachwohnung mehr.«

»Stimmt, eben darum. Ich habe die neue Wohnung mit dem allermodernsten Schnickschnack ausgestattet. Es ist mein Arbeitsplatz, ich muss dort sein, ich habe Aufträge, ich arbeite mit Eddy an einem Programm, mit dem alles, was man aus dem Papierkorb entfernt, auch wirklich von der Festplatte gelöscht wird. Und wir basteln an dem Kopierschutz für Kreditkarten und ...« Sie schwieg. Es klang, als versuche sie, sich in einem Labyrinth von Aufträgen, Herausforderungen und Karrierewünschen zu verlieren, während ich immer mehr das Gefühl hatte, dass sich ihre Instinkte ganz auf das Ticken ihrer inneren Zeitbombe konzentrierten.

Ich versuchte den Zünder abzuschrauben und sagte sorglos: »Wir regeln alles so, wie du es möchtest, wir haben es überhaupt nicht eilig.«

Nel spielte nicht mit. »Doch, wir haben es eilig.« Sie

unterbrach sich, als das Gemurmel im Speisesaal plötzlich verstummte.

Ich schaute mich um und sah, wie Valerie Romein mit den eleganten Bewegungen eines erfahrenen Mannequins hinter ihrer Tochter her auf uns zu catwalkte. Glänzendes schwarzes Haar wallte wellig auf ihre Schultern und umspielte ein klassisch schönes Gesicht, das daran gewöhnt war, bewundert und fotografiert zu werden.

»Max, Nel ...«, begann Caroline schüchtern, »meine Mutter möchte euch gerne kennen lernen ...«

Ich schob meinen Stuhl mit lautem Schaben zurück und sah zu, wie das berühmte Mannequin Nel die Hand reichte und mit wohlklingender Altstimme sagte: »Valerie Romein. Meine Tochter hat mir erzählt, dass sie ihren Aufenthalt vor allem wegen Ihnen und, äh, Ihrem Mann genossen hat.«

»So, so«, sagte ich, bevor Nel die Ehemann-Frage richtigstellen konnte. Valerie gab auch mir die Hand und ich nannte ihr meinen Namen.

»Ich musste leider für ein paar Tage weg«, fuhr Valerie fort und machte ein bedauerndes Gesicht, als hätte sie lieber wie eine richtige Mutter mit ihrer Tochter schweißtreibende Fahrradtouren unternommen, als Cocktails trinkend auf dem Deck einer Luxusjacht zu den Casinos von Monte Carlo segeln zu müssen. »Und morgen machen wir uns schon wieder auf den Weg. Meine Freunde bringen uns nach Marseille.«

Caroline stand schweigend daneben, einen Kopf kleiner und zehn Köpfe hässlicher als ihre Mutter. Nel lächelte ihr zu: »Dann kommst du ja doch noch auf diese Jacht.«

Caroline verzog das Gesicht. Valerie bemerkte es nicht. »Karel hat mir erzählt, dass Sie morgen ebenfalls abreisen«, sagte sie. »Wenn Sie Lust haben, können Sie gerne mit uns mitfahren bis nach Marseille.«

Karel, dachte ich. Na ja.

»Das wäre doch nett«, bemerkte Karel mit einem ironischen Seitenblick auf Nel. »Dann kommst du auch noch auf diese Jacht.«

»Leider sind wir auf die Fähre angewiesen«, sagte ich. »Unser Auto steht drüben auf dem Festland.«

»Bleiben die anderen heute Nacht an Bord?«, fragte Caroline ihre Mutter.

»Ja, aber ich habe Bescheid gesagt, dass ich heute Abend lieber mit dir zusammen sein will.«

Wieder vermied es Valerie, ihre Tochter anzuschauen, während sie ihr Bestes tat, sich ein freundliches Lächeln abzuringen.

Wir standen alle zusammen neben unserem Tisch und ich hatte Gelegenheit, sie aus der Nähe zu betrachten, während sie uns zum Kaffee einlud. Im romantischen Schein der Kerzen und Wandlämpchen besaß ihre Haut einen makellosen, rahmweißen Teint. Kein Fältchen war zu sehen, weder um die Mundpartie noch am Hals noch im entzückenden Dekolletée ihres Ensembles, das Yves Saint Laurent ihr wahrscheinlich persönlich auf den Leib geschneidert hatte. Bei Tageslicht war sie mit Sicherheit ebenso vollkommen.

»Danke, wir haben schon Kaffee getrunken«, sagte ich, »und da Sie mit Ihrer Tochter zusammen sein möchten, würden wir ja doch bloß stören.«

Das Mannequin sah nicht gerade entzückt aus und Caroline blickte mit einem Hauch von Enttäuschung Nel an. »Sehen wir uns morgen noch?«

»Unsere Fähre geht stündlich«, beruhigte sie Nel. »Wir bringen dich zum Hafen, einverstanden?«

Mutter und Tochter kehrten an ihren Tisch zurück. Ich unterschrieb den Beleg und ging mit Nel ins Foyer. An der Bar blieb Nel stehen und ich folgte ihrem Blick hinüber zu den beiden. Viel hatten sie sich anscheinend nicht zu erzählen. Caroline schaute aufs Meer hinaus und

Valerie hatte ihren Kalender aus der Tasche geholt und ging ihre Termine durch.

Nel presste die Lippen aufeinander und wir spazierten zum Hafen, wo die Hälfte eines der Anlegestege von einem extravaganten Dreimaster in Beschlag genommen wurde, der wie ein Sowjetmausoleum über die normalen Segeljachten und Fischerboote hinausragte. Abendliche Spaziergänger standen scharenweise davor und bestaunten das Schiff.

»Für wie alt hältst du sie?«, fragte ich.

»Siebenunddreißig.«

»Manche Filmstars sehen noch mit fünfzig aus wie siebenunddreißig.«

»Aber sie ist tatsächlich erst siebenunddreißig«, sagte Nel in einem Ton, als würde sie lieber das Thema wechseln.

»Woher weißt du das?«

»Von Karel.«

»Jetzt nennst du sie auch schon so.«

»Valerie Romein war achtzehn, als sie Caroline zur Welt brachte. Außerdem geht uns das nichts an«, sagte Nel.

Als der Junge vom Hotel nicht schnell genug mit seinem Fahrradanhänger auftauchte, warf Valerie Romein ungeduldige Blicke um sich und schaute schließlich mich an, als überlege sie, mich ihre Koffer schleppen zu lassen. Ich erwiderte freundlich ihr Lächeln und winkte Caroline zu, die mit Nel zusammen aus dem Hotel kam. Dann traf der Hotelangestellte ein, in Schweiß gebadet vor lauter Nervosität.

Wir folgten dem Anhänger zum Hafen. Die Abreise erregte große Aufmerksamkeit. Valeries Freunde hatten eine Gangway ausgelegt. Das Model reichte uns die Hand und ging an Bord.

Nel hatte Caroline in den Arm genommen und flüsterte ihr etwas ins Ohr. Das Mädchen nickte. Nel klopfte ihr auf den Rücken. »Nicht vergessen. Du hast meine E-Mail-Adresse, falls ich irgendetwas für dich tun kann. Mach was draus.«

Taue wurden gelöst und Dieselmotoren dröhnten im Bauch der Jacht. Die Segel wurden wahrscheinlich nur selten gesetzt. Damen und Herren standen in modischer Segelkleidung auf den Decks und schauten interessiert der Besatzung zu, die Valeries Koffer an Bord trug und all die anderen niederen Arbeiten verrichtete.

»Caroline?« Valerie stand mit einem Glas in der Hand an der Reling. »Unser Flieger geht um zwei Uhr!«

Caroline nickte und ließ Nel los. Sie zögerte einen Moment und gab mir dann ebenfalls einen Kuss auf die Wange. Ich grinste ihr aufmunternd zu. »Tschüss, Karel«, sagte ich. »Halt die Ohren steif.«

Caroline ging an Bord und die Gangway wurde in die Jacht hineingezogen. Valerie winkte pflichtschuldig, wie eine Königin, die die einheimische Gouvernante der hässlichen Prinzessin mit einem Trinkgeld abspeist und ihrem weiteren Schicksal überlässt.

Die Jacht fuhr stampfend aus dem Hafen hinaus und das Publikum zerstreute sich, sodass nach einer Weile nur Nel und ich zurückblieben, abgesehen von einigen wenigen Touristen auf Segelbooten und einem Fischer bei seinem Stapel von Netzen auf dem Kai. Nel wandte sich zu mir um und sagte: »Ich habe mir überlegt, dass ich das nicht einfach so machen kann, ohne dir vorher Bescheid zu sagen. Und es geht natürlich nur, wenn du nicht von vornherein absolut dagegen bist. Aber ich will es auf keinen Fall hinter deinem Rücken tun und dich einfach vor vollendete Tatsachen stellen.«

Ich nickte.

Nel errötete, was ich nur selten an ihr beobachtete. Es verlieh den Sommersprossen um ihre Nase eine hübsche

Farbe. Sie ließ ihr Haar wachsen und ihr Körper schien voller und weicher zu werden. »Wenn ich damit aufhöre, überlasse ich es dem Zufall«, sagte sie.

»Der Natur«, korrigierte ich.

»Stimmt, aber wenn du es partout nicht möchtest …«

Ich fasste sie an den Schultern. »Warum sollte ich mir denn sonst wünschen, dass du zu mir in mein Nest an der Linge ziehst?«

2

Harm Bokhof, der Obstbauer, kam zu Besuch und brachte eine Kiste von seinen schönsten Äpfeln mit. Er erkundigte sich, wie viel ich durchschnittlich für meine Dienste berechnete und ob die Auftraggeber im Allgemeinen erwarten könnten, dass Privatdetektive diskret zu Werke gingen.

»Außer sie arbeiten nebenbei für *De Telegraaf*«, sagte ich. »Worauf willst du eigentlich hinaus?«

Er erklärte, dass er im Vorstand der Obstversteigerungsgenossenschaft in Geldermalsen säße und im Unternehmen Unregelmäßigkeiten entdeckt worden seien. Der Vorstand überlege nun, zunächst private Ermittlungen in der Sache durchführen zu lassen, bevor man die Polizei einschalte. Negative Publicity könnten sie nicht gebrauchen. »Wenn es dir recht ist, würde ich gern deinen Namen nennen.«

»Danke.«

»Gegenseitige Nachbarschaftshilfe«, meinte er viel sagend.

Ich lachte und fragte dann: »Ist das Haus der Bracks schon verkauft?«

Er nickte. »Leute aus Den Haag, ich habe sie noch nicht gesehen.«

»Was hast du mit dem Häuschen nebenan vor?«

»Dem Heuschober?« Bokhof zuckte mit seinen kräftigen Schultern. »Ich habe mir überlegt, ihn vorläufig leer stehen zu lassen.«

»Vielleicht hätte ich Interesse daran«, sagte ich. »Nicht für mich, sondern für meine Partnerin. Sie bräuchte ein eigenes Büro und eine Werkstatt. Sie arbeitet mit Computern.«

»Ist das die nette Dame, die man öfter bei dir ein und aus gehen sieht?«

Der Deich hatte Augen und Ohren. »Sie heißt Nel«, sagte ich.

»Hat sie vor, hierher zu ziehen?«

»Sie mag die gesunde Luft.«

Er runzelte die Stirn. »Welche gesunde Luft?«

In dem Moment fing das Telefon auf meinem Schreibtisch hinter der Glasschiebetür an zu läuten. Ich entschuldigte mich mit einer Handbewegung und ging hinüber.

»Wir hören noch voneinander«, sagte er. »Du weißt, wo du mich findest, falls du irgendetwas brauchen solltest.«

Er ging und ich nahm den Hörer ab. »Max Winter.«

»Meneer Winter, hier ist Valerie Romein. Wir haben uns neulich auf Porquerolles kennen gelernt ...«

Wer würde Valerie Romein vergessen?

»Was kann ich für Sie tun?«

»Es geht um meine Tochter, sie ist verschwunden. Ich mache mir allmählich Sorgen um sie ...«

Sie wohnte in einer jener Hilversumer Mittelklasse-Villen, die in dem Labyrinth von verschlungenen Alleen zwischen Vaartweg und Gravelandsweg dicht an dicht stehen. Die Villa von Valerie Romein hatte ein spitzes Dach mit dunkelblau glasierten Dachpfannen und einen Garagenanbau. Das Garagentor war geschlossen und die kurze Auffahrt davor wurde von einem schwarzen Volvo eingenommen. Mein BMW passte nicht dahinter, ohne den Volvo zu rammen oder den Bürgersteig zu blockieren, und ich musste eine Viertelstunde herumfahren, bis ich einen Parkplatz gefunden hatte. Ich ging zu Fuß den Weg zurück. Die ganze Nachbarschaft strahlte gedämpften Wohlstand aus. Valeries Auffahrt war von Koniferen und anderen pflegeleichten Sträuchern gesäumt. Vor dem Haus verkümmerten einige Stauden unter dem lichtundurchlässigen Dach einer Zypresse.

Ich nickte dem Mann zu, der mir die Tür öffnete. Er mochte zwischen vierzig und fünfzig sein. »Guten Tag, ich möchte zu Valerie Romein. Mein Name ist Max Winter.«

»Ah.« Er streckte mir die Hand hin. Er hatte ein attraktives Gesicht, braune Augen, Haare wie ein Italiener und trug einen knitterfreien blauen Sommeranzug. »Remco Donkers. Wir haben Sie bereits erwartet.«

Ich blieb stehen. »Wir?«

Donkers war mir schon vorausgegangen und musste sich noch einmal umdrehen. »Ja. Ach, Entschuldigung, ich bin Mevrouw Romeins Anwalt.«

»Glaubt sie, dass sie einen Rechtsbeistand braucht?«

Donkers war einen Augenblick lang aus dem Konzept gebracht und antwortete kryptisch: »Nicht im eigentlichen Sinne, aber kommen Sie doch herein.«

Ich überlegte mir, dass die berühmte Valerie möglicherweise ein Verhältnis mit diesem Mann hatte und sie sich diskret verhalten mussten, damit die Boulevardblätter keinen Wind davon bekamen.

Ich folgte dem Anwalt ins Haus. Die Diele und die Treppe nach oben deuteten zunächst auf die klassische Einteilung hin: Flur, Küche, hinteres und vorderes Zimmer, doch als Donkers eine Tür öffnete, sah ich, dass das Erdgeschoss zu einem einzigen großen Raum umgebaut worden war. Eine mit schwarzen Decken und weißen Pelzen bedeckte Schlafcouch auf einer Art Podest im Hintergrund war das Erste, was mir auffiel, und gleich darauf die sonderbare Uneinheitlichkeit des Interieurs, als hätten zwei verschiedene Dekorateure an ein und demselben Bühnenbild gearbeitet. Zum Beispiel dieses Bett, das zwar kein Himmelbett war, aber durch die Lichtkuppel darüber wie eines wirkte. Das Tageslicht fiel durch einen Fensterstreifen aus Milchglas herein, der sich an der Decke eines tiefer gelegenen, sorgfältig gemauerten Anbaus befand, einer Art Backsteinsouterrain, zu dem breite geflieste Stufen hinunterführten. Vielleicht diente die Bettcouch für erotische Fotos oder der Unterhaltung wichtiger Kunden, und ihr Schlafzimmer lag irgendwo im oberen Stockwerk. Bücherborde und eine Stereoanlage rund um das Bett erweckten den Eindruck eines pseudolinken Intellektualismus, der wiederum nicht zu den kostspieligen Materialien, den weißen Pelzdecken und vor allem zu dem sorgfältigen Arrangement passte, das aussah, als warte es stets auf die Fotografen der *Vogue.* Alles war weiß und rein.

Der Anwalt führte mich zur Sitzgruppe in der vordere Hälfte des Raumes und fragte, ob ich etwas trinken wolle.

»Danke, im Moment nicht. Wo ist Mevrouw Romein?«

»Sie telefoniert gerade.« Er wies mit einem Nicken auf die gefliesten Stufen im Hintergrund. »Sie hat dort ihr Büro, neben dem Badezimmer.«

Ich ließ mich in das weiche Leder sinken, betrachtete all das teure Weiß und dachte bei mir, wie leicht man doch Opfer seines eigenen Interieurs werden konnte. Doch zumindest besaß Valerie genügend Geschmack, um nicht, wie die meisten anderen Models und Starlets, die Wände mit Fotos und Plakaten von sich selbst zu tapezieren. Lediglich ein einziges kunstvolles Schwarz-Weiß-Poster zeigte Valerie am Meer, ein schickes Parfümfläschchen auf einem Felsen neben ihr. Von Caroline war kein Foto zu sehen. Dazu hätte es eines dritten, noch eigenwilligeren Innendekorateurs bedurft.

»Wann haben Sie Caroline zum letzten Mal gesehen?«, fragte ich.

Donkers machte ein überraschtes Gesicht und krümmte die Finger zur Brust. »Sie meinen: Ich persönlich?«

»Ja, es sei denn, Sie sind nicht Sie selbst. Aber auch dann würde ich Ihnen diese Frage stellen, wenn ich Sie hier antreffen würde.« Ich wollte ihn ein bisschen verwirren, weil ich es hasse, wenn Dritte bei einer ersten Unterredung anwesend sind, unabhängig davon, ob Valerie nun das Bedürfnis nach moralischer Unterstützung oder Anwaltssachverstand hatte oder nicht. Doch meine Absicht schlug fehl; ein kühler Kopf ist im Anwaltshonorar inbegriffen. Er ärgerte sich noch nicht einmal.

»Freitag vor einer Woche«, sagte er. »Gegen fünf Uhr nachmittags. Wir kamen gleichzeitig hier an, Karel auf dem Fahrrad, ich mit dem Auto.«

Wieder dieses ›Karel‹, und das als Name für ein Mädchen, das ohnehin schon hässlich war. »Gehört der schwarze Volvo Ihnen?«

»Ja.«

»Warum nennen Sie Valeries Tochter Karel?«

»Gibt es einen Grund für dieses Verhör?«

»Ja. Das gehört zu meiner Arbeit.«

Zu seiner auch, falls er Strafverteidiger war. »Okay«, sagte er nach einer kurzen Stille. »Valerie nennt sie immer so, nie anders.«

»Aber sie ist ja auch ihre Mutter.«

»Ich habe keine andere Begründung«, sagte Donkers.

»Sind Sie verheiratet?«

Ich sah, dass er wütend wurde. »Was soll diese Frage?«

Also ja. Außerdem trug er einen Ehering. »Nur so, aus Interesse«, antwortete ich. »Vielleicht machen wir gleich noch den Rorschach-Test.«

»Sie sind nicht meinetwegen hier, sondern wegen Caroline.«

Ich schaute ihn unbewegt an. »Wissen Sie, wo Caroline an jenem Freitag mit dem Fahrrad herkam?«

»Nein.« Er schüttelte den Kopf.

»Sind Sie an jenem Abend zum Essen geblieben?«

»Nein, ich habe Valerie abgeholt. Wir waren mit Leuten von einer Modezeitschrift zum Essen verabredet. Ich musste sie begleiten, es ging um Verträge.«

»Durfte Caroline mit?«

»Nein.« Rasch relativierte er seine Antwort: »Ich meine, na ja, was heißt, sie durfte nicht ... Sie kommt eigentlich nie mit.«

Es war eine dumme Frage, aber ich musste mein Unbehagen einfach loswerden, ich konnte nicht anders. »Und sie ist seit letzter Woche Mittwoch verschwunden?«

Donkers wurde nervös. »Tja, da sind wir uns eben nicht ganz sicher.«

Dieses ›wir‹ reizte mich allmählich genauso wie der Spitzname ›Karel‹. »Was heißt denn ›wir‹ genau?«, fragte ich daher unverblümt.

»Ich bin mit Valerie befreundet«, sagte er vorsichtig. »Carolines Verschwinden betrifft mich ebenfalls.«

»So sehr, dass Sie auch die dazugehörige Verantwortung auf sich nehmen?«

»Ich weiß nicht, was Sie damit sagen wollen«, erwiderte er abweisend.

Ich dachte an CyberNel. »Nun ja, ich meine so ganz im altmodischen Sinne, mit allen Vor- und Nachteilen?«

»Hören Sie mal, ich glaube nicht, dass Sie hier ...«

Vielleicht hatte sie zugehört und betrachtete dies als ihr Stichwort. Donkers schwieg und ich stand auf, als Valeries Absätze die Fliesenstufen vom Souterrain hinaufklickten und sie an dem Bettpodest vorbei auf uns zukam. Sie trug bequeme Kleidung, die Nel später als Designeroutfit aus einer der Boutiquen von Sarah B. in Paris oder Molinari in Mailand identifizierte. Normale Kleidung besaß sie wahrscheinlich nicht.

Im letzten Moment beschleunigte sie ihre Schritte, als suche ihr Körper verzweifelt Hilfe und als wolle sie sich in meine Arme stürzen. Letzteres blieb zwar aus, doch sie keuchte vor innerer Anspannung und ergriff meine Hand: »O, Meneer Winter, ich weiß gar nicht, was ich tun soll!«

Es wirkte nicht besonders echt. »Nennen Sie mich einfach Max«, sagte ich. »Ihre Tochter duzt mich auch, also warum so förmlich.« Ich entzog ihr meine Hand und gestikulierte herum wie ein Schauspieler, der seine Regieanweisungen vergessen hat.

»In Ordnung.« Sie schaute Donkers an. »Mein Agent war gerade am Telefon, ich muss nächste Woche nach Mailand, um die Herbstkollektion anzuprobieren. Das mit Karel ...«

»... kommt höchst unpassend«, ergänzte ich.

Sie schwieg abrupt und sagte dann: »Ich hoffe, dass es Ihnen gelingt, sie zu finden. Und dass es nicht zu lange dauert.« Wieder wandte sie sich an ihren Rechtsanwalt. »Habt ihr einen Vertrag aufgesetzt?«

»Dazu sind wir noch nicht gekommen«, antwortete Donkers steif.

Ich räusperte mich. »Könnten wir nicht erst einmal über Caroline reden?«

»Doch, natürlich«, antwortete Valerie. »Kommt Ihre, äh ... wie heißt sie noch?«

»CyberNel. Ja, sie ist unterwegs. Setzen Sie sich doch. Könnte der Herr vielleicht solange einen Spaziergang machen? Zu zweit redet es sich leichter.« Ich nickte Donkers zu. »In Anwesenheit von Anwälten bin ich immer ein wenig gehemmt.«

Donkers schlug sich mit den Händen auf die Knie und stand auf. »Ruf mich an, wenn du mich brauchst«, sagte er zu seinem Topmodel und warf mir einen gleichgültigen Blick zu. »Meine Kanzlei ist gleich um die Ecke. Wenn ein Vertrag aufgesetzt werden soll ...«

»Ich erledige meine Arbeit und schicke anschließend die Rechnung, dafür brauche ich keinen Vertrag.«

»Aber wir brauchen ihn für die Steuer«, entgegnete er.

Ungläubig schaute ich von ihm zu Valerie. Ihre Tochter war verschwunden und dieses Pärchen machte sich Gedanken um steuermindernde Posten.

Valerie spürte meinen Widerwillen offenbar und winkte ihrem Anwalt zu. »Du kannst jetzt ruhig gehen.«

Der Mann nahm seinen Aktenkoffer und verschwand.

Valerie setzte sich endlich hin. Nun wurde unter ihrem Make-up ein sorgenvoller Zug sichtbar. »Der Polizei sind die Hände gebunden«, erklärte sie. »Karel ist volljährig und es gibt keine Lösegeldforderungen ...«

»Fangen wir doch am besten ganz von vorn an.«

Ich nahm auf einem Kanapee ihr gegenüber Platz, sprang aber sofort wieder auf und lief ans Fenster, als wir einen lauten Knall hörten. Ich schob die Gardine beiseite und sah, wie sich Donkers besorgt über die hintere Stoßstange seines Volvo beugte, mit dem er rückwärts gegen Nels alten VW Polo geprallt war.

Nel war halb aus dem Auto ausgestiegen, zeigte dem Mann den gestreckten Mittelfinger, stieg wieder ein und setzte zurück.

»Noch was, das man von der Steuer absetzen kann«, bemerkte ich.

Ich verließ den Raum und eilte zur Haustür. Donkers grübelte immer noch über seine Stoßstange nach. Nel stand mit ihrem Auto mitten auf der Straße und rief: »Und, wird's bald?«

Ich winkte Nel zu und schaute mir die harmlosen Kratzer und die kleine Delle an der Stoßstange des Volvo an. »Die Dame ist meine Partnerin, wir sollten nicht zu viel Zeit auf diese Sache verschwenden«, meinte ich.

Donkers schaute mich unsicher an. »Sollten wir nicht etwas Schriftliches für die Versicherung ...«

»Dann können Sie auch gleich den Rest des Nachmittags damit vertrödeln, auf die nächste Polizeistreife zu warten. Nel hat einen größeren Schaden an ihrem Auto und macht nicht so viel Aufhebens darum …«

Er wehrte sich. »Aber ihr Auto ist auch eine alte Rostlaube!«

Nel hupte und winkte. Eine Dame in einem Renault Espace wollte an Nel vorbei und fing ebenfalls an zu hupen. »Ich würde sie an Ihrer Stelle nicht beleidigen«, riet ich. »Außerdem ist es Ihre Schuld. Da muss doch nur diese kleine Stelle neu lackiert werden. Ziehen Sie eben fünfzig Euro von meinem Honorar ab, falls hier sämtliche Erbsen gezählt werden müssen.«

Er warf mir einen gekränkten Blick zu, stieg in seinen Volvo und lenkte den Wagen rückwärts zum Tor hinaus. Nel winkte der Fahrerin des Espace zu, sie solle rückwärts fahren und folgte mit ihrem Polo, sodass der Anwalt auf die Straße setzen konnte. Schließlich brauste er mit überhöhter Drehzahl davon. Nel parkte an seiner Stelle auf der Auffahrt.

Ich winkte den Espace durch wie ein Verkehrspolizist und begutachtete dann die vordere Stoßstange des Polos, doch das Auto war von oben bis unten derart verkratzt und verbeult, dass eine frische Delle nur schwer auszumachen war.

»Wer war denn dieser Blödmann?«, fragte Nel, als sie ausstieg.

»Valeries Rechtsanwalt. Ich habe ihn weggeschickt.«

»Sonst hätte ich ihm ans Schienbein getreten.«

Ich legte den Arm um Nel und küsste sie. Valerie Romein stand am Fenster und schaute zu. »Ich weiß, dass du und Eddy viel zu tun habt mit dem Projekt für die ABN-Bank«, sagte ich. »Aber ich dachte mir: Schließlich geht es um Caroline.«

»Ich wäre dir sehr böse gewesen, wenn du mich nicht angerufen hättest«, sagte sie. »Was ist passiert?«

Ich zuckte mit den Schultern. »Ich bin zwar schon seit

fast einer Stunde hier, weiß aber nur, dass Caroline weg ist. Ich hoffe, von Valerie mehr zu erfahren.«

Nel holte ihre Tasche hinten aus dem Auto. Sie schlug den Kofferraumdeckel zu und sagte: »Max, wenn du mich nicht unbedingt brauchst, würde ich am liebsten gleich mit ihrem Zimmer anfangen.«

»Verstehe.« Ich dachte nach und lächelte sie an. »In Ordnung.«

Wir gingen ins Haus. Valerie Romein kam in den Flur und Nel reichte ihr kurz und förmlich die Hand.

»Ist der Schaden groß?«, fragte Valerie.

»Nein«, antwortete ich. »Nel schaut sich schon mal in Carolines Zimmer um. Ist es oben?«

»Hinter der Tür am Ende des Flures führt eine Treppe hinauf. Soll ich ...«

»Ich finde es schon«, sagte Nel ablehnend. »Seit wann ist sie verschwunden?«

»Tja ...« Wieder dieses Zögern. »Als ich am Mittwochabend nach einem mehrtägigen Aufenthalt in Brüssel nach Hause kam, war sie nicht mehr da.«

Nel runzelte die Stirn. »Wann war sie denn noch da?«

»Am Montagabend, glaube ich. Remco hat mich abgeholt ...«

»Ist Remco dieser Bruchpilot?«

»Er ist mein Rechtsanwalt. Ich habe Karel am Sonntagabend gesagt, dass ich für ein paar Tage wegmüsse.«

»Wer ist Karel?«

Valerie geriet ins Stocken. »Ich meine Caroline. Wir nennen sie Karel, seit sie ein Baby war.«

Nel legte den Kopf schief. Ich bemerkte, dass auch sie gerne gewusst hätte, wer mit ›wir‹ gemeint war, doch sie fragte: »Wollen Sie damit sagen, dass sie schon seit Montag verschwunden sein kann, Sie es aber nicht wissen?«

Valerie war abgebrüht, aber jetzt wirkte sie eine Spur verlegen. »Ich bin ständig unterwegs«, sagte sie. »Karel lebt ihr eigenes Leben, sie verabschiedet mich nicht jedes Mal.«

»Haben Sie sich gestritten?«

Valerie nahm eine ablehnende Haltung an. »Nein, natürlich nicht. Warum?«

Nel antwortete nicht, sondern schnaufte nur viel sagend, packte den Griff ihrer Tasche fester und ging zur Treppe.

»Die Polizei hat schon alles untersucht«, rief Valerie ihr nach.

Nel sagte, die Hand auf das Treppengeländer gelegt: »Inzwischen ist es sowieso schon zu spät.«

»Wofür? Sie haben nichts verändert, alles ist geblieben, wie es war.«

Nel schüttelte den Kopf. »Ich meine, für die Wände.«

Ich begleitete Valerie zurück in das Weiß ihres Wohnzimmers. Nels Abwesenheit schien sie zu erleichtern und sie bot mir etwas zu trinken an.

»Ich würde lieber erst erfahren, was eigentlich los ist«, erwiderte ich.

»Was meint sie denn mit den Wänden?«, fragte Valerie.

»Wände haben ein Gedächtnis, und manche Menschen besitzen ein Gespür dafür.«

Sie setzte sich wieder auf ihren Platz. »Das hört sich ja richtig übersinnlich an.«

»Warum hast du mich angerufen?«

»Karel hat mir erzählt, dass du Privatdetektiv bist.«

»Warum hast du so lange gewartet? Sie ist schon seit einer Woche weg. Das macht alles viel schwieriger.«

Valerie zuckte unsicher mit den Schultern. »Die Polizei meinte, sie würde schon von selbst wieder auftauchen. Aber das Wochenende kam und ich hörte immer noch nichts von ihr.«

»Was hat sie in letzter Zeit so gemacht?«

»Karel?« Meine Frage schien sie völlig zu überraschen.

»Ich weiß es nicht. Sie nimmt an so einem Kursus teil ... Sie will im Herbst anfangen, an der Universität Niederländisch zu studieren.«

»Hat sie etwas mitgenommen, einen Koffer, Kleider, irgendwelche Sachen?«

Sie machte ein verdutztes Gesicht. »Karel erhält regelmäßig einen festen Betrag und kauft davon selbst ihre Kleidung ...«

»Sie trägt nicht deine abgelegten Dior-Kleider?«

Valerie spitzte die Lippen. »Sie trägt zwei Größen kleiner als ich.«

»Und du kommst auch nicht oft genug in ihr Zimmer, um feststellen zu können, ob andere Dinge fehlen?«

Wieder biss sie sich auf die Lippen; das Thema war ihr unangenehm. »Die Polizei hat nach ihrem Pass gefragt, aber ich konnte ihn nicht finden. Es kann sein, dass sie ihn immer in ihrer Tasche trägt, oder aber sie hat ihn absichtlich mitgenommen. Ich wäre dir ja gerne eine größere Hilfe, aber ...« Sie starrte hinüber zum Fenster und seufzte. »So ist es nun mal.«

»Geht Caroline oft aus?«

»Manchmal geht sie ins Kino. Tagsüber ist sie viel mit dem Moped unterwegs. Bei schönem Wetter fährt sie in die Wälder, in die Lage Vuursche oder in Richtung Hollandse Rading.«

»Ganz alleine?«

Valerie wandte den Blick ab. »Soweit ich weiß, ja.«

Tja. »Ist ihr Moped noch da?«

»Ja, in der Garage.«

Ich nahm mein Notizbuch und einen Kugelschreiber zur Hand. »Hat sie kein Auto?«

»Ich habe ihr gesagt, sie solle den Führerschein machen, aber sie hat nie Fahrstunden genommen, sie braucht kein Auto.«

»Hat sie einen Freund?«

»Nicht dass ich wüsste.«

»Sex?«

Valerie schüttelte den Kopf. Ich wartete, bis sie mich ansah, und bemerkte: »Du bist mit achtzehn schon schwanger geworden.«

Sie errötete heftig. Es wunderte mich, dass ihr das noch passierte. Als sei ihre frühe Schwangerschaft ein wunder Punkt, der selten oder nie berührt wurde und noch von keiner schützenden Hornhaut bedeckt war, ebenso verletzlich wie die Tochter, die daraus hervorgegangen war.

»Hast du damals geheiratet?«

»Ja, da war ich neunzehn. Ich bin schon seit fünfzehn Jahren geschieden. Aber das hat ja wohl kaum etwas mit dieser Angelegenheit zu tun.«

Zweifellos hatte sie ihre selbst gestrickten Gründe dafür, Caroline auf Distanz zu halten. Nicht nur weil sie wahrscheinlich die schönste Mutter der Niederlande war und Caroline die hässlichste Tochter, auf deren Begleitung zu den Modehäusern sie wohl kaum Wert legte, sondern hauptsächlich, weil die Boulevardblätter natürlich auch rechnen konnten und eine Teenagerschwangerschaft nicht zum Image eines Topmodels passte.

Ich hätte ein paar unangenehme Fragen zu diesem Thema gehabt, doch ich beschloss, sie vorerst nicht zu stellen. Selbst wenig liebevolle Mütter konnten überaus mütterlich und beschützend werden, wenn das eigene Kind in Gefahr schwebte. Ihre Tochter war verschwunden und womöglich stand ihr noch reichlich Kummer bevor.

»Ich habe den Eindruck, dass ihr euch nicht besonders gut versteht, du und Caroline.«

Valerie schwieg eine Weile mit verkniffenen Lippen. »Sie war ein schwieriges Kind«, sagte sie dann. »Schon als sie noch ganz klein war. Nach meiner Scheidung wollte ich endlich mein eigenes Leben führen, Karriere machen. Meine Eltern in Drenthe erklärten sich glücklicherweise dazu bereit, sie zu sich zu nehmen. Karel blieb bei ihnen, bis sie die Grundschule beendet hatte. Dann bot sich mir die Möglichkeit, dieses Haus zu kaufen. Ich hielt es für richtig, dass Karel hier in Hilversum die höhere Schule besuchte. Sie ist äußerst intelligent und hatte im Unterricht keinerlei Probleme. Aber zu Hause machte sie von Anfang an nichts als Schwierigkeiten. Sie wurde aufsässig, warf Gegenstände kaputt und nutzte jede Gelegenheit, um mich zu blamieren. Ich habe alles versucht, Klavierstunden, Tennis.« Valerie stieß einen Seufzer aus. »Ich glaube, sie wäre lieber ein Junge geworden. Schließlich habe ich den Speicher für sie ausbauen lassen und seitdem führen wir beide mehr oder weniger unser eigenes Leben.«

Ich hörte ihr zu und kratzte dabei mit dem Stift auf der Stelle herum, an der ich mir Namen notieren wollte. »Hat dein Exmann Kontakt zu ihr?«

»Nein. Dolf ist zum zweiten Mal verheiratet ...« Sie schüttelte unsicher den Kopf. »Nicht dass ich wüsste.«

»Trotzdem brauche ich seinen Namen und seine Adresse.«

»Dolf Romein. Er wohnt in Leusden, aber er wird dir nicht weiterhelfen können.«

»Warum hast du seinen Namen behalten?«

»Nun, es war einfacher, und schließlich heißt Karel auch Romein.«

Dieses Argument erschien mir nicht besonders plausibel. »Wie lautet dein Mädchenname?«

Wieder reagierte sie zurückhaltend und der Name kam heraus wie ein mühevolles Geständnis. »Fuck.«

Ich unterdrückte ein Lachen. Wahrscheinlich hatte einer ihrer Vorfahren irgendwann mal das ›u‹ gekauft, aber im englischsprachigen Ausland kam ein Topmodel damit natürlich vom Regen in die Traufe. Romein war sowohl unverfänglicher als auch schicker. »Habt ihr sonst noch Verwandte?«

»Wir haben keinen Kontakt zu Dolfs Familie, aber Karel versteht sich gut mit meinen Eltern. Sie hat sie erst im Frühjahr wieder für eine Woche besucht. Natürlich habe ich bei ihnen angerufen, aber sie haben sie nicht gesehen.«

»Auf welcher Schule war sie?«

»Auf dem Gymnasium am Schuttersweg.«

»Hatte sie dort Freunde oder Freundinnen?«

»Sie brachte manchmal ein Mädchen mit nach Hause, Tilly, den Nachnamen weiß ich nicht, aber seit sie mit der Schule fertig ist, habe ich niemanden mehr gesehen. Während der Examensphase kam ihr letzter Mentor gelegentlich abends zu Besuch.«

»Der Klassenlehrer?«

»Heutzutage heißt das Mentor. Harry van der Molen. Er tat so, als sei er an Karels Zukunftsplänen interessiert, doch es lief darauf hinaus, dass er versuchte sich an mich heranzumachen.«

Ihr Tonfall und ein leichtes Lächeln besagten, dass sie daran gewöhnt war und dass auch ich früher oder später ihrem Charme erliegen würde. Mannequins brauchen einfach nur schön zu sein. Dieses hier konnte auch sprechen, doch das war in ihrem Beruf keine unbedingte Voraussetzung, ja, es wurde sogar davon abgeraten. Die Klatschblätter lösten dieses Problem, indem sie Fotos und selbst erfundene Storys über Valerie veröffentlichten, weshalb niemand wusste, wie sie wirklich war, und niemand ihr wahres Ich kannte. Ich musste mir große Mühe geben, keine Aversion gegen sie zu entwickeln.

Ich schrieb mir sämtliche Namen auf, auch die des Hilversumer Kripobeamten, der den Fall bearbeitete. »Wann hast du die Polizei benachrichtigt?«

»Am Donnerstagabend. Sie kam nicht nach Hause und ihr Bett war gemacht. Das brachte mich auf den Gedanken, dass sie schon seit Mittwoch verschwunden sein könnte oder noch länger.«

»Das verstehe ich nicht.«

Sie wirkte zufrieden, als sei es ein kleiner Triumph, dass sie zumindest etwas über ihre Tochter wusste. »Die Putzfrau kommt einmal die Woche, mittwochs. Sie hält Karels Dachstudio sauber und macht ihr Bett. Karel zieht es höchstens immer ein bisschen glatt.«

»Weißt du, ob sie Post oder Anrufe erhalten hat?«

»Keine Ahnung.«

»Bekommst du eine detaillierte Telefonrechnung mit einer Liste der angerufenen Nummern?«

»Nein.«

Ich nickte. Darum konnte sich Nel kümmern. Ich schaute in mein Notizbuch. »Was hat Meneer Nijman von der Kripo gesagt?«

Valerie zuckte mit den Schultern. »Dass sie vermutlich nicht entführt wurde, denn sonst hätte es schon längst eine Lösegeldforderung gegeben.«

»Haben sie keine Fotos von ihr mitgenommen?«

»Es gibt keine.«

Ich runzelte die Stirn. »Wir leben im Zeitalter der Kamera.«

Valerie reagierte störrisch und defensiv auf meine Bemerkung. »Es gibt nur wenige Fotos von ihr als kleines Kind«, sagte sie. »Ihr Passfoto stammt aus einem dieser Automaten und den Rest hat sie wahrscheinlich weggeworfen. Deshalb hat die Polizei nach ihrem Pass gefragt, aber den konnte ich auch nicht finden.« Sie seufzte. »Karel ist kamerascheu.«

Eine für Valerie unbegreifliche Anomalie. Ich dachte an die Fotos, die Nel auf Porquerolles aufgenommen hatte, und fragte: »Wie kommt es eigentlich, dass Caroline so unansehnlich ist?«

»Das weiß ich nicht«, antwortete sie wütend und heftig; die Frage überraschte sie und sie reagierte darauf, als wolle ich ihr ein Bankgeheimnis entlocken. Sie holte Luft und schüttelte den Kopf: »Man kann nichts daran ändern, Make-up macht es nur noch schlimmer. Sie besitzt eine schöne Perücke, aber sie trägt sie nie.« Valerie seufzte.

Es klang, als habe sie sich alle Mühe gegeben, sei aber machtlos, da ihre Tochter sich weigerte, an der Vertuschung ihrer Hässlichkeit mitzuwirken, als ginge es im Leben nur um Äußerlichkeiten. Was für Valerie natürlich durchaus der Fall war.

Ein Telefon auf einem Beistelltischchen läutete. Valerie meldete sich, lauschte und schaute mich fragend an. Ich gab ihr mit einem Handzeichen zu verstehen, dass sie das Gespräch ruhig annehmen solle, und flüchtete nach oben.

Es war ein großes Dachgeschoss mit einer interessanten Deckenbalkenkonstruktion. Das Tageslicht fiel durch vier Fenster in einer breiten Dachgaube. Nel lag rücklings mit geschlossenen Augen auf dem Einzelbett, das mit dem Kopfende unter das Fenster rechts außen geschoben war.

Der Fußboden knarrte unter meinen Schritten. Ich setzte mich neben sie auf die Matratze. »Hallo.«

»Sie war aufgeregt«, sagte Nel. »Oder vielleicht auch begeistert.«

»Weshalb?«

Nel antwortete nicht. Ich schaute mich um. Neben dem Treppenaufgang hing eine Plüschgardine, hinter der ich ein holzverkleidetes Badezimmer unter der Dachschräge erspäht hatte, mit Dusche, Toilette und Waschbecken. Der Rest des Dachgeschosses bestand aus einem einzigen großen Raum, inklusive einer Kochnische mit Kühlschrank, Mikrowelle und Kaffeemaschine. Es gab einen Esstisch, ein Sofa und einen verschlissenen Korbstuhl mit platt gesessenem braunem Samtkissen. Carolines Lieblingsplatz.

In den spitz zulaufenden vorderen und hinteren Hauswänden aus rotem Backstein waren keine Fenster. An der einen Seite führte die Treppe hinunter, an der anderen befand sich offenbar ein Schornstein, denn neben Bücherborden und einem Fernseher war an dieser Wand auch ein kleiner in gelben Sandstein montierter offener Kamin eingebaut – ungewöhnlich auf einem Speicher und vermutlich ein versicherungstechnisches Problem. In den Backsteinfächern darunter lagen Holzscheite und davor waren ein Armsessel und ein niedriger Tisch arrangiert.

Carolines Schreibtisch stand direkt mir gegenüber in der Dachgaube. Er war ein kleines Stück von der Wand abgerückt und der Stuhl stand so, dass sie im Sitzen hinausschauen konnte. Ich sah keinen Computer, aber auf einem Regal unter dem Fenster befand sich ein kleiner Drucker und daneben ein Stapel weißes Papier. Der Schreibtisch war leer, was mich verwunderte, weil ich damit gerechnet hatte, ein Chaos vorzufinden. Der Stuhl war ebenfalls leer und ich versuchte mir auszumalen, wie Caroline darauf saß und mich anschaute. Ich konnte sie mir ohne weiteres unter den provenzalischen Pinien vorstellen, aber nicht auf ihrem Platz an ihrem Schreibtisch. Nel hatte eines der Fenster geöffnet und ich sah auf Baumwipfel, Hausdächer und blauen Himmel. Dem Lichteinfall nach zu urteilen, war dies die Ostseite. Hier sah es völlig anders aus als in den unteren Wohnräumen. Ich konnte nicht genau sagen, wonach es überhaupt aussah, jedenfalls nicht wie das Zimmer eines Mädchens, das lieber ein Junge sein wollte. Aber auch nicht wie ein typisches Mädchenzimmer; es gab weder große Teddybären noch Poster von Popstars. Das einzige Poster zeigte die Vergrößerung einer russischen Madonna mit Kind.

»Vielleicht hat sie sich Hals über Kopf verliebt«, spekulierte ich.

»So ähnlich fühlt es sich an«, gab Nel zu. »Sie war aufgeregt und fröhlich, als ginge sie auf eine Party oder irgendwohin, worauf sie sich schon lange freute.«

Ich hörte ihr verwundert zu. »Wie kommst du darauf?«

»Das fühle ich.«

»Du hörst dich an wie ein überspannter FBI-Profiler in irgendeiner Fernsehserie.«

»Ich kann ja auch nichts dafür.«

»Wie dem auch sei.« Ich streichelte ihren Bauch. »Wenn Karel fröhlich war, hat die Polizei vielleicht Recht, und du brauchst nicht traurig zu sein.«

Ich beugte mich nach vorn, um sie auf die Augen zu küssen, doch sie hielt mich zurück. »Aber da war auch noch etwas anderes, etwas Bösartiges.« Nel öffnete ihre Augen und schaute mich an. »Ich glaube, sie ist tot«, flüsterte sie.

»Warum denn?«

Sie schüttelte den Kopf. »Ich hätte mit ihr in Kontakt bleiben sollen. Ich habe sie einfach so gehen lassen.«

Ich holte mein Taschentuch heraus und fasste sie an der Schulter. »Na, na, Nel. Jetzt hör aber auf.«

»Du hast ja Recht.« Sie nahm mein Taschentuch. »So meine ich es auch nicht, na ja …«

»Was ›na ja‹?«

»Ich meine damit nicht, dass es meine Schuld ist. Aber wenn ich sie ab und zu angerufen oder ihr gemailt hätte, hätte ich vielleicht gewusst, womit sie sich beschäftigte und was sie vorhatte.«

»Ich weiß nicht, was du meinst.«

»Sie war sich nicht sicher, ob sie wirklich studieren wollte. Sie überlegte, sich einen Job zu suchen.« Nel bewegte ihre Schulter unter meiner Hand. »In einer Bücherei, im Buchhandel, in einem Verlag, irgendetwas, das mit Büchern zu tun hatte. Sie hätte jede Ausbildung, die sie dafür gebraucht hätte, mit Leichtigkeit geschafft. Mit Niederländisch hätte sie höchstens Lehrerin werden können, und das war überhaupt nichts für sie.«

»Aber selbst wenn sie einen Job gesucht hat, sehe ich

darin keinen Zusammenhang mit ihrem Verschwinden, es sei denn ...« Ich versuchte nicht zu lachen.

Nel schaute mich an. »Es sei denn was?«

Ich schüttelte den Kopf. »War ein blöder Witz.«

»Was für ein Witz?«

»Es sei denn, sie hat sich bis über beide Ohren in einen Bibliothekar verliebt oder in eine Bibliothekarin, mit der sie auf und davon nach Lesbos ist.«

Nel wurde nicht wütend. Sie war sehr blass. »Ich fühle irgendetwas Bösartiges«, flüsterte sie.

»Hier?«

Sie nickte. »Irgendetwas oder irgendjemanden.«

Manchmal rede ich leichtfertig über die Wände und ihr Gedächtnis daher, doch ich bin mir wirklich sicher, dass Menschen Spuren ihrer Gedanken und Taten zurücklassen, etwas, was in der Umgebung hängen bleibt, fühlbar oder hörbar, wie eine minimale Abweichung des Luftdrucks oder des normalen Hintergrundrauschens. In Carolines Dachwohnung spürte ich nichts und das einzige Geräusch stammte von einer Taube im Wipfel einer Tanne. »Meiner Meinung nach kommt hier nie jemand Fremdes her.« Ich tätschelte Nels Bauch. »Auf, an die Arbeit.«

Nel hob mit einem Schwung die Beine vom Bett und setzte sich neben mich. Bedrückt starrte sie in den Raum und fragte: »Weißt du, wie das hier für mich aussieht?«

»Ich kann es mir schon denken.«

»›Dachwohnung an ruhige Studentin zu vermieten. Wirtin häufig außer Haus.‹ Das Einzige, was fehlt, ist ein separater Eingang, wie es in den Anzeigen immer so schön heißt. Dann hätte die böse Stiefmutter sie überhaupt nie zu Gesicht bekommen müssen.«

»Stiefmutter?« Ich lachte. »Das käme Valerie gerade recht. Dann könnte sie Mutter Teresa spielen und jedem, der es wissen wollte, erklären, dass das Aussehen ihres

Findelkindes das Erbe einer anderen Familie sei und sie nichts damit zu tun habe.«

»Ob sie etwas für ihre Tochter empfindet?«

Ich schwieg einen Augenblick. »Doch, natürlich.«

»Valerie ist das Rätsel«, sagte Nel. »Sie ist nicht greifbar. Wie ein Zeitungsblatt im Wind.«

Ich runzelte die Stirn über diese literarische Beschreibung, die ziemlich ungewöhnlich klang, jedenfalls für CyberNel.

»Hat sie dir gegenüber nur ihre Reize spielen lassen oder hat sie auch etwas über sich erzählt?«, fragte Nel.

Ich dachte nach. »Nein, hat sie nicht.«

Nel nickte. »Valerie ist das Geheimnis. Man weiß über sie nur, was alle Welt aus den Zeitschriften erfährt. Ihre Biografie beginnt damit, dass sie auf diese teure Mannequinschule in Mailand geht. Über die Zeit davor weiß man nichts, als habe sie einfach nicht existiert. Und über den Zeitraum von mindestens acht Jahren nach Beginn der Ausbildung wissen wir auch nichts. Ich habe das überprüft. Ein Foto hier, ein kurzer Artikel da; niemand weiß, wen sie manipulierte, um ihr Ziel zu erreichen, oder wer sie benutzt hat. Nach Ablauf dieser Frist stand sie auf einmal im Scheinwerferlicht und war berühmt. Valerie Romein, ein Foto in einer Art Fixierbad ihrer eigenen Scheinwelt, als sei sie nie jemand anderes gewesen und würde für alle Zeit so bleiben. Das einzige Relikt aus ihrer Vergangenheit ist ihre Tochter, und die ignoriert sie.« Nel nahm ein Buch von einem kleinen Bord neben dem Bett und schlug es an einer bestimmten Stelle auf. »Das mit dem Zeitungsblatt im Wind habe ich mir nicht selbst ausgedacht. Es bezieht sich auf eine egozentrische Rechtsanwältin, die in diesem Roman vorkommt.« Sie reichte mir das aufgeklappte Buch. »Es ist ein Roman von einer englischen Schriftstellerin, sehr schön. Ich kann mir denken, dass die Geschichte Caroline anspricht.«

Ich blätterte in dem Buch herum und schaute mir die Rückseite an. Der Name Sara Baswin sagte mir etwas, vielleicht hatte ich irgendwo eine Rezension gelesen. »Meinst du, dass Caroline weggelaufen ist und so tut, als ob sie entführt wurde, um ihre Mutter daran zu erinnern, dass es sie gibt?«

»Das wäre ein gefundenes Fressen für die Psychiater«, sagte Nel bedrückt. »Wenn es doch nur so wäre, dann hätte ich vielleicht nicht dieses schreckliche Gefühl, dass sie tot ist.«

»Ihre Mutter glaubt, dass Caroline lieber ein Junge gewesen wäre.«

»Und unterstützt das, indem sie sie Karel nennt?« Nel schüttelte den Kopf. »Unsinn. Projektion. Vielleicht glaubt Valerie, dass Caroline als Junge eine weniger schlimme Kindheit gehabt hätte, aber es wäre vor allem einfacher für sie selbst gewesen. Ein hässlicher Sohn ist nicht so schlimm wie eine hässliche Tochter. Allmählich hasse ich dieses Weib.«

»Du konntest sie schon auf Porquerolles nicht leiden.« Ich legte das Buch beiseite. »Was hast du herausgefunden?«

»Im Grunde gar nichts. Ich weiß nicht, was sie besitzt. Was allerdings garantiert fehlt, sind ihr Computer und dieses graue Buch, in das sie hineingeschrieben hat.«

»Vielleicht hat sie keinen Computer.«

»Doch, sie besitzt ein iBook, eine Art Laptop. Es ist fast dasselbe wie dein Macintosh, aber kleiner, und man kann es überallhin mitnehmen.«

»Hatte sie es auf Porquerolles bei sich?«

»Ja, in ihrem Zimmer. Sie hat mir die Passage über dich vom Bildschirm vorgelesen und wir haben unsere E-Mail-Adressen ausgetauscht.«

Ich nickte. »Die Frage ist, ob sie aus freien Stücken weggegangen ist.«

Nel zuckte mit den Schultern und ging zu einem Wandschrank. Wenn wir die Antwort auf diese Frage gewusst hätten, wären wir schon ein Stück weiter gewesen.

»Hast du dir das Badezimmer angeschaut?«, fragte ich.

»Ja, und ich habe weder eine Zahnbürste noch eine angebrochene Zahnpastatube gefunden.«

»Falls die Putzfrau die Sachen nicht jede Woche wegwirft, hat sie die also auch mitgenommen. Das sieht nach freiem Willen aus, stimmt's?«

»Alles sieht nach freiem Willen aus«, sagte Nel. »Und nach böser Absicht und der Vorspiegelung falscher Tatsachen. Ich kann nicht klar denken. Vielleicht ist die Atmosphäre hier nur so merkwürdig, weil dieses Kind keine normale Familie hat, keine normale Mutter. Die Kleidungsstücke sagen mir nichts, ich habe sie mir schon angeschaut. Aber was schließen wir daraus, dass sie ihre Zahnbürste und eine Reisetasche mitgenommen hat? Die Frage ist doch, wohin sie wollte. An einen sicheren oder an einen unsicheren Ort?«

»Jetzt mach dir doch nicht solche Sorgen.«

»Sie hat viele Bücher.« Nel schloss den Schrank und ging zu der Wand mit dem von Büchern umgebenen offenen Kamin hinüber. »Viele Autobiografien von Frauen, Gillian Slovo, Dorothy Gallagher, Allegra Goodman ... Ich kann mir vorstellen, dass dieses Genre sie anspricht.«

Ich setzte mich auf den Drehstuhl an Carolines Schreibtisch und zog die Schubladen auf. Briefpapier mit passenden Umschlägen, wie man es gelegentlich geschenkt bekommt. Kugelschreiber und Bleistifte. Eine kleine Schachtel mit Briefmarken. Eine Schublade voller Lektionen eines Fernkurses mit dem Titel *Kurzgeschichten schreiben.* Büroklammern. Kontoauszüge. Ein kleines Fernglas. In der untersten Schublade ein USB-Diskettenlaufwerk, aber keine Spur von Disketten. Einige Fotos von Valerie, ziemlich versteckt, vielleicht weil Caroline sie nicht anschauen konnte, ohne an den himmelweiten Unterschied zwischen sich und ihrer Mutter erinnert zu werden. Ich wedelte mit den Kontoauszügen. »Hast du die gesehen?«

Sie drehte sich um. »Ja, sie hat an die zwölfhundert Euro auf dem Konto.«

»Kannst du überprüfen, ob Geld abgehoben wurde?«

Nel nickte. »Nimm einfach den letzten Auszug mit, sie hat ihr Konto bei der ABN und da sitzt Eddy an der Quelle. Er kann es sicher arrangieren, dass wir benachrichtigt werden, sobald sie irgendwo Geld abhebt oder etwas mit Karte bezahlt.«

Ich nahm den obersten Stapel der Kurslektionen zur Hand. Ganz vorne steckte ein kurzer Brief zwischen den Seiten, einige handgeschriebene Zeilen, die mit *Deborah* unterzeichnet waren.

»Wusstest du, dass Caroline an einem Schreibkurs teilnahm?«

»Ja, ich habe die Aufgabenblätter gesehen.«

»Und dass sie mittendrin damit aufgehört hat?«

Nel hob den Blick. »Wie meinst du das?«

Ich hielt den Brief hoch. »Von Deborah, meiner Meinung nach eine Dozentin. Sie findet es jammerschade, dass Caroline anscheinend aus heiterem Himmel beschlossen hat, aufzuhören.«

»Die verlieren eben nicht gerne Teilnehmer.«

Ich schüttelte den Kopf. »Von hundert Leuten, die mit so einem Kurs anfangen, gibt die Hälfte zwischendurch auf, deshalb sind die Veranstalter so schlau, die Kursgebühren im Voraus zu kassieren. Ich glaube, dass diese Deborah es wirklich ernst gemeint hat. *Ich kann dich nicht gehen lassen, ohne dir mitzuteilen, wie schade ich es finde, dass du aufhörst. Ich muss deinen Entschluss respektieren, auch wenn ich ihn nicht nachvollziehen kann. Ich hätte gerne versucht, deine Geschichten irgendwo unterzu-*

bringen. Ich weiß, dass du keine hohe Meinung von dir hast, aber ich sage dir hiermit noch einmal, dass du Talent hast, mehr als die meisten anderen Kursteilnehmer, und dass es eine Todsünde ist, es zu vernachlässigen.«

Ich legte den Brief zurück in die dünne Broschüre, faltete sie einmal längs in der Mitte zusammen und steckte sie zu dem Kontoauszug in die Innentasche meiner Jacke. »Das Komische ist, dass hier nirgendwo etwas von ihren Kurzgeschichten zu finden ist, nur ein paar Aufgaben und dieser Brief«, sagte ich.

»Wahrscheinlich druckt sie sie aus und schickt sie per Post weg oder versendet sie per E-Mail«, vermutete Nel.

»Soweit ich weiß, müssen die Teilnehmer solcher Kurse ihre Arbeiten mit der Post einschicken. Darauf deutet auch der Brief hin Aber ich sehe hier nur Lektionen und Aufgabenvordrucke. Wo sind Carolines Arbeiten?«

Nel nickte. »Es gibt überhaupt nichts Schriftliches von ihr.«

Sie schaute sich in dem Dachstudio um, als versteckten sich die Antworten in vergessenen Ecken oder zwischen den Dachbalken. »Ich weiß, dass sie ihre Handschrift furchtbar findet«, erinnerte sich Nel. »Ich durfte sie noch nicht einmal angucken.« Sie runzelte die Stirn, ging zum Kamin, hockte sich davor und öffnete die Glastür. Ich sah, wie sich ihr Rücken straffte, als sie hineinfasste und etwas herausholte. »Ich glaube, ich weiß, wie sie es macht. Wenn sie ein Notizbuch voll geschrieben hat, gibt sie die Texte in den Computer ein und vernichtet die handschriftliche Vorlage. Vielleicht macht sie es nicht immer so, aber das hier war jedenfalls das graue Notizbuch, das sie auf Porquerolles dabeihatte.«

Ich ging zu ihr hin und starrte die verbrannten und geschmolzenen Überreste des grauen Kunststoffeinbands an. Offenbar war noch mehr Papier verbrannt worden, denn der Kamin war voll mit schwarz verkohlten Überresten. Es sah aus, als hätte jemand eilig Dokumente vernichtet, bevor der Feind die Stadt erobert. Wir brauchten also nicht mit schriftlichen Hinweisen zu rechnen. Die Frage blieb jedoch, ob Caroline aus Gewohnheit alles verbrannt hatte oder weil sie oder jemand anderes keine Spuren hinterlassen wollte.

Nel schien sich dasselbe zu fragen, denn sie legte das Stück Einband zurück und schloss die Tür des Kamins. »Wir sollten hier lieber nichts anfassen«, sagte sie. »Man weiß nie, vielleicht kann das Labor hiermit noch Wunder bewirken.«

»Okay.«

Nel wischte sich die Asche von den Fingern. »Sind wir fertig? Ich will hier raus.«

»Okay«, wiederholte ich. »Nehmen wir den Auftrag an?«

Nel nickte. »Caroline hat zwar keine enge Beziehung zu ihrer Mutter, aber sie ist ein besonderer Mensch und ich kann mir nicht vorstellen, dass sie freiwillig einfach so verschwinden würde ohne eine Nachricht zu hinterlassen. Irgendetwas stimmt hier nicht.«

Ich vertraute Nels Menschenkenntnis. »Es gibt keine Lösegeldforderung und dafür wäre genügend Zeit gewesen.«

»Vielleicht geht es um eine andere Art Lösegeld.«

»Du meinst Sex? Dann hätte man aber besser die Mutter entführt.«

Nel machte ein gekränktes Gesicht. »Im Moment kann ich Witze über Caroline wirklich nicht gut vertragen.«

Ich schaute ihr fest in die Augen. »Das liegt daran, dass du dich schuldig fühlst, und damit solltest du schleunigst aufhören, denn sonst ziehe ich dich von diesem Fall ab, noch bevor du damit angefangen hast. Schließlich bin ich der Chef.«

»Du kannst mich aber nicht entbehren.«

Natürlich hatte sie Recht.

3

Auch hier konnte man nicht mehr so einfach hineinspazieren. Man drückte auf einen Klingelknopf, schaute durch Panzerglas und wurde von einer Dame in Uniform gemustert. Sie drückte auf einen Knopf. Mit einem Klicken sprang eine hermetisch geschlossene Tür auf. Nichts da mit herzlich willkommen bei der Polizei, deinem Freund und Helfer, und wie geht's uns denn heute so auf der Hilversumer Wache.

»Guten Tag. Mein Name ist Max Winter. Ich würde gerne Meneer Nijman sprechen. Ist er im Haus?«

Die Uniformdame trug die höchsten Rangabzeichen. Da man mit schlechten Augen bei der Polizei von vornherein keine Karrierechancen hat, musste die Brille, ebenso wie ihr graues Haar, eine Folge des Alters sein und nicht das Resultat anstrengender Gehirnakrobatik beim Enträtseln verzwickter Komplotte oder der Suche nach Haaren und verlorenen Knöpfen von Mördern. Sie saß mit Formularen, einer Strickarbeit und einem Telefon hinter einer zweiten Schutzwand aus kugelsicherem Glas zwischen kühlen eierschalfarbenen Wänden. Ein älteres Ehepaar wartete auf einer Lattenholzbank an der Seitenwand geduldig auf das Ende der Welt.

»Haben Sie einen Termin?«, fragte sie.

Für die hiesigen Kripobeamten gab es anscheinend Wartelisten wie für bedeutende Gehirnchirurgen. »Brauche ich denn einen?«

Die ranghohe, in die Jahre gekommene Beamtin seufzte. »Worum geht es?«

»Um eine vermisste Person.«

Sie griff in die Ablage mit den Formularen. »Wollen Sie eine Vermisstenanzeige aufgeben?«

Ich verlor nicht die Geduld. »Nein, ich möchte Meneer Nijman sprechen, wie ich bereits sagte.«

»In welcher Angelegenheit?«, fragte sie ohne eine Spur von Verlegenheit.

Ich lehnte mich zu ihr hinüber. Wie gerne hätte ich sie mit einem kurzen Blick auf mein Schulterholster unter dem offenen Jackett aus der Fassung gebracht, doch ich trug meine Beretta selten bei mir. »Jetzt hören Sie mal, Mevrouw«, flüsterte ich geheimnisvoll, »ich verstehe ja, dass Sie lieber Besucher examinieren als Babysocken für Ihre Enkel zu stricken, aber damit erreichen Sie nur, dass ein Undercover-Informant es sich demnächst überlegt, bevor er nochmal hierher kommt ...«

Sie war wohl nur schwer zu erschüttern. »Sind Sie denn so einer?«

»... und womöglich in aller Öffentlichkeit als solcher enttarnt wird«, fügte ich mit einem viel sagenden Blick auf das Ehepaar auf der Bank hinter mir hinzu. »Falls Meneer Nijman nicht zugegen ist, brauche ich meine Zeit nicht weiter zu verschwenden.«

Die Beamtin vertrödelte nochmals fünf Sekunden mit der Suche nach einem Grund, mich in Handschellen legen zu lassen, bevor sie widerwillig zum Hörer griff. Ich lehnte mich mit dem Rücken zu ihr an den Schalter und lächelte dem Ehepaar zu. Kurz darauf trat ein blonder Mann aus einer Seitentür, aber noch bevor ich mich rühren konnte, klopfte die Polizistin herrisch mit dem Fingerknöchel auf die Schalteroberfläche und steckte mir einen eingeschweißten Ausweis zu. »Den müssen Sie sichtbar bei sich tragen und vor dem Verlassen des Gebäudes wieder bei mir abgeben«, sagte sie in einem Ton, als habe sie einen kleinen Sieg errungen.

»Meneer Winter?« Der blonde Mann streckte mir die Hand entgegen. »Kees Nijman.«

Ich steckte den Besucherausweis in meine Brusttasche

und sagte: »Heutzutage ist ein Polizeipräsidium ja gesichert wie ein Kernkraftwerk.«

Er brauchte zwei Sekunden, um zu verstehen, was ich meinte. »Ach so, Sie meinen die neuen Regeln. Bitte kommen Sie mit mir, wir setzen uns in ein Dienstzimmer.«

Ich folgte ihm durch einen Flur zu einer Tür mit der Nummer drei und Nijman führte mich in einen der kahlen Räume mit vergitterten Fenstern, abgewetzten Tischen und unbequemen Stühlen, wie man sie in jedem Polizeipräsidium findet. »Und die Verkehrspolizisten, heißen die inzwischen vielleicht Zirkulationsregisseure?«

Er lächelte verständnislos.

»Ich meine, nach den neuen Regeln«, erklärte ich. »Wo doch ein Vernehmungsraum jetzt Dienstzimmer genannt wird?«

»Wenn Ihnen der Unterschied bekannt ist, hat Ihnen die Polizei ja vermutlich schon mal auf den Zahn gefühlt.« Er bot mir den Stuhl an, auf dem für gewöhnlich der Verdächtige saß, gegenüber der Deckenkamera, die bei Verhören manchmal eingeschaltet wurde.

»Eher andersherum.« Ich stellte meine abgewetzte Tasche auf meine Knie und reichte ihm meinen Ausweis vom Ermittlungsbüro Meulendijk. »Ich arbeite nicht mehr so häufig für Meulendijk, stehe aber noch auf seiner Mitarbeiterliste. Früher war ich bei der Kripo in Amsterdam.«

Ich sah, wie er auf Distanz ging. »Sieh mal einer an.«

Früher hielt ich es für ein Klischee, dass Fahnder ehemalige Kollegen nicht leiden mögen, die ihren Beruf an den Nagel gehängt haben, um auf eigene Faust mehr Geld zu verdienen, doch inzwischen hatte ich gelernt, vor allem am Anfang etwas Abstand zu wahren. »Ich komme, um mich der Höflichkeit halber bei Ihnen zu melden, bevor ich anfange, in Ihrem Revier zu wildern.«

»In meinem Revier?« Nijman gab mir meinen Ausweis

zurück, mit dem er auf die Tischplatte geklopft hatte. Er machte einen gesunden Eindruck; ein hoch gewachsener Mann in den Vierzigern mit den blauen Augen, der hellen Haut und dem wettergegerbten Gesicht eines Nordlichts.

»Valerie Romein hat mich damit beauftragt, ihre verschwundene Tochter Caroline ausfindig zu machen«, sagte ich.

»Auch Privatdetektive müssen von etwas leben.«

Ich ließ es ihm durchgehen. »Mevrouw Romein hat doch eine Vermisstenanzeige bei Ihnen erstattet?«

Das musste er zugeben. »Sie hat uns angerufen und ich bin bei ihr gewesen.«

»Aber Sie haben keinen Grund zur Besorgnis gesehen?«

»Wir nehmen jede Anzeige ernst«, erwiderte er förmlich. »Als ehemaliger Polizeibeamter müssten Sie doch noch wissen, dass wir in diesem Stadium wenig mehr tun können, als die Augen nach ihr offen zu halten.«

Ich nickte. »Haben Sie ihre Personenbeschreibung ins Internet gestellt?«

Er winkte ab, was wohl hieß, dass ich mich gefälligst um meine eigenen Angelegenheiten kümmern solle.

»Was ist mit den Krankenhäusern?«

»Wird in unserem Bezirk ein unbekanntes Verkehrsunfallopfer eingeliefert, erfahren wir das automatisch.«

Ich nickte. »Was mich stört, ist, dass sie verschwunden ist, ohne eine Nachricht zu hinterlassen oder eine Karte zu schicken.«

»Gibt es eine Lösegeldforderung?«, fragte Nijman.

»Nein. Trotzdem mache ich mir Sorgen.«

»Dafür werden Sie bezahlt«, sagte er.

Ich wartete einen Augenblick und sagte dann: »Sie auch.«

Nijman lächelte andeutungsweise, stützte seine Ellenbogen auf den Tisch, presste seine Daumennägel an die Vorderzähne und schaute mich ein paar Sekunden lang an. »Haben Sie sich das Dachstudio des Mädchens angesehen?«, fragte er dann.

»Ja.«

»Was halten Sie davon, als erfahrener ehemaliger Kripobeamter?«

Ich ignorierte die Ironie hinter seinen Worten, schließlich hatte er meine Bemerkung auch geschluckt. »Caroline führt ihr eigenes Leben, sie wohnt wie zur Untermiete bei ihrer berühmten Mutter, die nie zu Hause ist.«

»Von der Mutter sind hunderttausende Fotos in Umlauf«, sagte Nijman. »Doch von ihrer eigenen Tochter hat sie nicht ein einziges. Im Übrigen machte sie keinen übermäßig besorgten Eindruck.«

Der Mann hatte natürlich auch Augen und Ohren. »Aber seitdem ist eine Woche vergangen.«

Er nickte philosophisch. »Tja. Spielt die Zeit denn eine Rolle? Die Menschen vergessen die Zeit, vor allem wenn sie noch jung genug sind und glauben, dass sie im Überfluss vorhanden ist. Die Mutter hat Geld. Wenn man den Damen in der Kantine Glauben schenken darf, gehört sie zu den bestbezahlten Models der Welt, und die Entführung ihrer Tochter könnte ein lukratives Unterfangen sein, aber dann darf man natürlich nicht vergessen, Lösegeld zu verlangen.«

»Da haben Sie vollkommen Recht.« Ich machte meine Tasche auf und reichte ihm einen Abzug des Fotos, das Nel aufgenommen hatte.

Er schaute es an und schwieg einen Moment. »Sie sieht ihrer Mutter nicht sehr ähnlich«, lautete sein taktvoller Kommentar, bevor er das Bild wieder zurückschob.

»Sie können es behalten«, sagte ich.

Er nickte und ließ das Foto auf dem Tisch liegen. »Die junge Dame ist volljährig und alles weist darauf hin, dass sie von sich aus gegangen ist, alleine oder mit jemand anderem. Sie hat Kleidung und Toilettenartikel mitgenommen. Wenn Sie sie nicht vorher finden, glaube ich, dass sie nach einer Weile von alleine wieder auftaucht. Ich hoffe, dass Mevrouw Romein die Sache aus den Medien heraushält, sonst kommt es noch zu Lösegeldforderungen von Trittbrettfahrern.«

»Wenn es nach Valerie Romein geht, kommt es nicht in die Zeitung«, versicherte ich ihm.

»Nun, dann sind wir ja hier fertig.« Er gab mir seine Karte. »Danke, dass Sie sich bei uns gemeldet haben. Lassen Sie es mich wissen, falls Sie sie finden, und rufen Sie mich an, bevor Sie anfangen, Straftaten auf eigene Faust aufzuklären.«

»Es war doch gar keine Rede von einer Straftat?«

Nijman lächelte und ging mir voraus zur Tür. »An Ihrer Stelle würde ich mich mal bei ihren Freunden erkundigen«, sagte er. »Vielleicht ist sie auf so einer Mittelmeerkreuzfahrt, wie meine Frau und ich sie schon seit zehn Jahren gut gebrauchen könnten.«

Es war klar, dass ich an dieser Stelle gar nicht mit den übernatürlichen Fähigkeiten CyberNels oder meinen eigenen, eher irdischen Instinkten anzufangen brauchte, die mir sagten, dass sich das hässliche Entlein von Porquerolles keineswegs auf einer erholsamen Kreuzfahrt befand.

Ich steckte seine Karte ein, gab ihm die Hand und schob der Beamtin am Empfang im Vorübergehen meinen Besucherausweis zu. Sie ließ mich eine Weile vor der Tür stehen, um zu kontrollieren, ob ich auch keinen Sprengstoff in dem Pass versteckt hatte, bevor sie auf den Knopf drückte. Die beiden Alten saßen noch immer auf der Bank, von einer Lähmung befallen, die entsteht, wenn einem niemand zuhört.

Die Villa lag auf einem weitläufigen Grundstück mit hohen Laubbäumen an einer ruhigen Allee in Leusden-Süd und wirkte ein bisschen üppig für einen einfachen Englischlehrer mit Beamtengehalt.

»Vielleicht hat er im Lotto gewonnen«, meinte Cyber-Nel, die neben mir im BMW saß, mit einem Blick auf das Anwesen. »Oder er ist ein Internet-Betrüger. Allerdings ist er nicht vorbestraft.«

Ich fuhr die Einfahrt hinauf und parkte auf dem breiten Streifen lachsfarbener Gartenwegplatten vor dem Haus mit Doppelgarage. Eines der beiden Tore stand offen; der Platz dahinter war leer. Die Sonne schien und die Villa reflektierte die Wärme. Auf der Steinbrüstung vor dem Treppenpodest blühten Geranien in Kästen, doch ansonsten war der Garten naturbelassen, eine offene Fläche, auf der zwischen Buchen, Eichen und Wacholdersträuchern Waldgräser und verwilderte Nachtkerzen wuchsen. Ein Eichelhäher lärmte in einer Buche. Überall duftete es nach Wald, gesunder Luft und stillem Glück.

Nel nahm meine Hand und sagte: »Ich habe ihm eine E-Mail geschickt.«

»Und, hat er darauf geantwortet?«

Sie schüttelte den Kopf. »War nur ein Versuch auf gut Glück.«

»Vielleicht sitzt er nicht jeden Tag am Computer.«

Nel nickte. »Kann sein, wir wissen ja überhaupt nichts von ihm.«

Die bleiverglaste Eingangstür ging auf und eine Frau, deren Haar im Sonnenlicht hennarot schimmerte, erschien mit fragendem Gesichtsausdruck hinter den Geranien auf dem Treppenabsatz. »Kommen Sie von der Versicherung?«

Wir gingen auf die Eingangstreppe zu. »Nein, Mevrouw«, sagte ich. »Mein Name ist Max Winter und das hier ist meine Kollegin Nel van Doorn …«

Sie unterbrach mich nervös. »Ach, dann werden die sicher gleich kommen. Sie hätten längst hier sein müssen.«

»Es ist viel Verkehr auf den Straßen«, sagte ich. »Wir möchten gern zu Meneer Dolf Romein. Sind Sie Mevrouw Romein?«

»Mein Mann ist noch nicht zu Hause, aber bestimmt ist er schon unterwegs.«

Die Frau machte einen angespannten Eindruck und es fiel allmählich auf, wie sie ständig wiederholte, dass sie Leute von der Versicherung erwarte und ihr Mann bald käme. Die Brüstung wirkte fast schon wie eine Festungsmauer. Ich zog meinen Meulendijk-Ausweis hervor und reichte ihn ihr durch die Geranien hindurch.

Sie studierte ihn und schien ein wenig beruhigt. Nel sagte: »Valerie Romein hat uns mit der Suche nach ihrer Tochter Caroline beauftragt.«

»Ach ja?«

»Wir können es sehr gut verstehen, dass Sie Fremden gegenüber vorsichtig sind«, fuhr Nel fort. »Falls Ihnen das lieber ist, kommen wir gerne später noch einmal wieder, wenn Ihr Mann zu Hause ist.«

»Er ist in der Schule ...« Sie fing leise an zu lachen, als käme ihr ihr eigenes Verhalten mit einem Mal lächerlich vor. »Ach was, Unsinn, kommen Sie doch herein. Ich bin nur ein bisschen paranoid, weil bei einigen unserer Nachbarn Einbrecher eingedrungen sind, die sich für Mitarbeiter des Katasteramtes ausgegeben haben. Die versuchen erst herauszufinden, ob eine Frau allein zu Hause ist ... Na ja.«

»Wenn irgendwo eingebrochen wurde, fühlt sich oft die ganze Nachbarschaft verunsichert«, sagte Nel verständnisvoll. »Das ist ein schlimmer Nebeneffekt, über den sich kaum jemand Gedanken macht.«

Die Frau ging um die Geranien herum und kam die Steinstufen herunter. »Sie haben Recht. Deshalb habe ich das mit den Leuten von der Versicherung gesagt, dazu hat Dolf mir geraten, wenn ich allein zu Hause bin. Wenn die hören, dass jemand unterwegs ist, überlegen sie es sich vielleicht noch einmal anders. Am liebsten hätte mein Mann, dass ich die Tür gar nicht mehr öffne und nur durch eine Luke spreche, aber das geht mir zu weit. In einem Land, wo man zu so etwas gezwungen ist, möchte ich nicht leben.«

Sie lächelte. Sie hatte ein freundliches Gesicht mit bernsteinfarbenen Augen. Sie musste etwa Mitte vierzig sein, und das Henna benutzte sie vermutlich, um graue Strähnen abzudecken. Sie reichte uns die Hand. »Ich bin Martine Romein. Dolf ist am Corderius.« Sie bemerkte mein Stirnrunzeln. »Am Corderiuslyzeum in Amersfoort. Er ist Englischlehrer.«

»Hat die Schule denn schon angefangen?«, fragte Nel.

»Nein, aber er hat ein paar Konferenzen.« Die Frau schaute auf die Uhr und sagte dann mit plötzlicher Entschlossenheit: »In einer halben Stunde kommt er nach Hause. Sie können sich solange in den Garten setzen, bei dem herrlichen Wetter. Ich mache uns einen Kaffee.«

Wir folgten ihr durch einen hellen Flur und eine Wohnküche und traten durch die offenen Terrassentüren hinaus auf einen weinüberrankten Patio mit Esstisch. Ein paar Meter weiter standen unter dem kreisrunden Schatten eines orangefarbenen Sonnenschirms Gartenmöbel auf der Wiese.

»Ein wunderschönes Haus«, sagte Nel. »Aber ist es nicht ziemlich groß für einen Lehrer?«

Martine Romein lächelte und lud uns ein, auf den Gartenstühlen Platz zu nehmen. »Sie sind eine der wenigen, die das nicht nur denkt, sondern auch ausspricht. Dolfs Eltern waren vermögend und er hat alles geerbt, auch sein Elternhaus in Drenthe. Das hat er verkauft, als er die Stelle in Amersfoort annahm. Er wollte wieder ein großes Haus haben, ich glaube, um Valerie zu beeindrucken.« Letzteres stieß sie hastig hervor, als wolle sie es loswerden, ohne lange darüber nachzudenken. »Was ist denn mit Caroline?«, fragte sie dann.

»Sie ist verschwunden, seit gut einer Woche«, antwortete ich. »Wir haben gehofft, dass Sie oder ihr Vater etwas wüssten.«

»Ihr Vater?« Sie zögerte; dann setzte sie sich plötzlich in Bewegung. »Ich hole den Kaffee. Ich bin eine schlechte Gastgeberin.«

Sie verschwand in Richtung Küche. Nel und ich saßen nebeneinander und betrachteten den Garten. Zwischen den Bäumen erblickte man Weiden und in der Ferne einen Bauernhof.

»Vielleicht sollten wir lieber warten, bis Dolf nach Hause kommt«, schlug Nel vor.

»Sie macht mir aber keinen überempfindlichen Eindruck.«

»Sie ist die Nachfolgerin«, entgegnete Nel. »Eine zweite Ehefrau muss immer mit der Vergangenheit ihres Ehemannes konkurrieren, und das ist nicht leicht, glaub mir. Vor allem wenn die Vergangenheit so schön ist wie die berühmte Valerie.«

»Vielleicht hat sie ihn gerettet.«

Nel gab einen verächtlichen Laut von sich. »Vor fünfzehn Jahren, kann sein. Aber alles nutzt sich ab, auch der Glanz von Rettungsaktionen.«

»Du bist ein Zyniker. Oder heißt das Zynikerin?«

Nel schaute mich an und ich dachte daran, wie sie gesagt hatte, dass sie dem Glück misstraue, weil es für sie nie von Dauer gewesen war. Ich legte meine Hand auf ihre und murmelte: »Hab keine Angst.«

Sie nickte. »Vielleicht irre ich mich ja.«

Ich dachte zunächst, sie meine uns, doch sie fuhr mit gedämpfter Stimme fort: »Irgendetwas stimmt hier nicht, ich meine nicht nur wegen ihrer Angst vor Fremden. Es hat auch etwas mit Caroline zu tun.«

Martine brachte ein Tablett mit Kaffeegeschirr und einem Teller Plätzchen nach draußen. Kaum hatten wir uns mit Zucker und Milch bedient, als wir ein Auto hörten. »Dolf.«

»Das klingt ja richtig erleichtert«, bemerkte ich.

»Natürlich. Jetzt brauche ich es Ihnen nicht zu erklären.« Sie eilte davon und wir hörten ihre Stimmen in der Küche.

Kurz darauf kam er nach draußen, ein Mann in den Fünfzigern mit glattem, dunklem Haar, dunklen Augen und einem verwegenen Grinsen, das genau die richtigen Fältchen warf, um die Teenager in seiner Klasse ins Schwärmen zu bringen. Wir standen auf, stellten uns vor, und das Erste, was er fragte, war: »Ist Karel durchgebrannt?«

Auch hier hieß sie also Karel. Martine brachte eine zusätzliche Kaffeetasse hinaus und fragte: »Soll ich was zu essen machen?«

»Gleich, wenn wir fertig sind«, antwortete der Lehrer und fügte mit einem künstlichen Lächeln hinzu: »Es sei denn, Sie sind ausgehungert.«

Wir lehnten dankend ab. Ich versuchte ihn wie bei einem Verhör gegen das Licht zu manövrieren, doch Romein durchschaute meine Absicht. Er stellte seinen Stuhl in den Schatten des Sonnenschirms, sodass Nel und ich herumrücken mussten, um sein Gesicht erkennen zu können. Martine blieb unschlüssig neben ihrem Mann stehen. »Möchtest du, dass ich dabeibleibe?«

»Nein, nicht nötig.«

Die Abweisung klang barsch. Als seine Frau weg war, wandte er sich ein wenig entschuldigend an uns. »Martine hält sich lieber raus, wenn es um Karel geht.«

»Warum denn?«, fragte Nel unbefangen.

»Karel hat Martine in ziemlich beleidigender Art und Weise beschimpft. Ich will Ihnen gerne behilflich sein, hoffe aber, dass es nicht zu lange dauert. Sie wird schon wieder auftauchen.«

Nel und ich warfen uns einen Blick zu. »Worum ging es bei dem Streit?«, fragte Nel.

Mit einem Gesicht, als wolle er eine unverschämte Klasse zur Räson bringen, antwortete er: »Das geht Sie wirklich nicht das Geringste an.«

Ich seufzte geduldig. »Ihre frühere Gattin hat uns damit beauftragt, Ihre Tochter ausfindig zu machen. Caroline ist bereits seit einer Woche oder länger spurlos verschwunden. Zwar wurde die Polizei eingeschaltet, aber ...«

»Was soll das heißen, seit einer Woche oder länger?«, fragte er.

»Valerie kann es nicht mit Sicherheit sagen.«

»Valerie konnte über ihre Tochter noch nie etwas mit Sicherheit sagen.«

Nel zügelte ihre Wut. »Caroline ist auch Ihre Tochter. Ich habe sie vor kurzem kennen gelernt. Zwar führen sie und ihre Mutter beide ihr eigenes Leben, aber sie würde nie einfach so verschwinden, ohne wenigstens eine Nachricht zu hinterlassen. Wenn ich ihr Vater wäre, würde ich mir Sorgen machen.«

Er erwiderte ausdruckslos ihren Blick. »Sie ist jedenfalls nicht hier.«

Ich versuchte einen anderen Ansatz. »Wo haben Sie Valerie kennen gelernt?«

Romein starrte Nel noch einen Augenblick an, bevor er sich mir zuwandte. »Auf dem Dr.-Nassau-Kolleg an der Groen-van-Prinstererlaan in Assen.«

Es klang, als wolle er uns auf die Palme bringen, doch vielleicht versuchte er nur sein eigenes Unbehagen zu überspielen.

»Sie waren ihr Englischlehrer?«

»Also gut«, sagte er aggressiv. »Bringen wir's hinter uns. Valerie war achtzehn und ich war ihr Lehrer. Sie war aber bereits mit der Schule fertig, als wir heirateten, daher hielt sich die Empörung in Grenzen. Natürlich gab es trotzdem das übliche Gerede und ich hielt es für vernünftig, mir anderswo eine Stelle zu suchen.«

»Sie sind also hierher gezogen, doch die Ehe wurde bereits nach zwei Jahren wieder geschieden?«

Romein schaute hinauf zur Unterseite des Sonnenschirms, in den dunkelorangefarbenen Schatten. Vielleicht kam ihm die Scheidung damals gar nicht so ungelegen, weil sie ihn von den Seitenblicken und dem Gemunkel über den Lehrer und seine hübsche Schülerin erlöste. Im Rausch der ersten Verliebtheit hatte er womöglich geglaubt, dem Tratsch durch einen Umzug entfliehen zu können, doch das Gerede, wie er es nannte, war ihm unerbittlich gefolgt. »Valerie hatte andere Ziele als ich«, sagte er.

»Sie war noch sehr jung«, gab ich zu bedenken.

»Stimmt.«

»Und schwanger.«

»Auch das.«

Mein Umweg hatte wenig Erfolg.

»Haben Sie irgendeine Ahnung, wo Caroline sein könnte?«, fragte Nel freundlich.

»Wohl kaum«, antwortete er.

»Wohl kaum?«, fragte Nel stirnrunzelnd zurück.

Romein trank von seinem Kaffee. In dem orangefarbenen Licht unter dem Sonnenschirm schien sich sein Gesichtsausdruck zu verändern, als fände er sich mit irgendetwas ab. »Ich befürchte, dass Karel ziemlich verstört war.«

Ich schaute ihn an. »Wie meinen Sie das?«

Wieder seufzte er. »Tja, es ist eine unangenehme Geschichte, vor allem für Karel, aber ich konnte einfach nicht anders. Sie kam plötzlich hier an, wollte wissen, warum ich mich nie um sie gekümmert habe und nie den

Kontakt zu ihr suche. Irgendetwas lag ihr auf der Seele, sie war furchtbar nervös und angespannt.«

»Vielleicht musste sie all ihren Mut zusammennehmen, um Ihnen einmal die Wahrheit zu sagen«, vermutete Nel.

Romein nickte. »Das habe ich mir im Nachhinein auch überlegt, aber in dem Moment fand ich es einfach nur unmöglich. Sie ließ mir kaum Zeit, etwas zu erwidern, sondern ging sofort auf Martine los. Da war ich ja wohl gezwungen, ihr die Wahrheit zu sagen, aber trotzdem hörte sie nicht auf, Martine anzuschreien und ihr vorzuwerfen, dass sie mich dazu bringe, so zu tun, als habe ich keine Tochter. Ich konnte sie schon verstehen, auch ihre Mutter verhält sich ja meistens so, als habe sie keine Tochter, aber in meinem Fall war es etwas anderes.«

»Wieso etwas anderes?«, fragte Nel gereizt.

»Weil ich nicht ihr Vater bin.«

Ich schaute von ihm zu Nel, die den Atem anhielt. Das Einzige, was meine Überraschung dämpfte, war, dass er mir von Anfang an zu attraktiv erschienen war, um zusammen mit Valerie eine so hässliche Tochter gezeugt haben zu können.

»Guter Gott«, entfuhr es Nel aus tiefstem Herzen. »Und in den ganzen letzten neunzehn Jahren hat es niemand je für nötig gehalten, Caroline die Wahrheit zu sagen?«

Romein schien für einen kurzen Moment quälende Reue zu empfinden. »Ihnen hätte ich es normalerweise auch nicht erzählt, aber falls Sie Karel finden, erfahren Sie es ja doch von ihr.«

»Warum musste das ein Geheimnis bleiben?«

»Auf Wunsch von Valerie. Sie bestand darauf, ich musste es ihr versprechen und habe mich immer daran gehalten.«

»Aber wer ist denn dann Carolines Vater?«

»Das weiß ich nicht. Ich habe immer an einen Schulfreund gedacht, in der Prüfungszeit oder auf einer dieser Partys, aber Valerie wollte es mir nie verraten.«

»Wussten Sie, dass sie schwanger war, als Sie sie heirateten?«, fragte Nel.

Er antwortete mit festem Blick: »Ja, das wusste ich. Bei der Hochzeit war sie schon im dritten Monat, aber man sah noch nichts.«

Ich fragte: »Und eine Abtreibung kam nicht in Frage?«

Er schaute mich mitleidig an. »Valerie hatte ihren Zustand geheim gehalten. Als sie überfällig war, führte sie es auf den Prüfungsstress und so weiter zurück. Ich selbst habe sie zu einem Schwangerschaftstest bei einem Arzt in Assen gebracht. Das Ergebnis war positiv.«

»Aber sie war nicht von Ihnen schwanger?«, fragte ich noch einmal. »Wie lange hatten Sie denn schon ein Verhältnis mit ihr?«

»Nicht, als sie noch zur Schule ging. Wir kamen erst danach zusammen und einen Monat später haben wir geheiratet. Es konnte also schon zeitlich gesehen nicht von mir sein, aber auch aus anderen Gründen.« Er schwieg eine Weile und bekannte dann: »Die Wahrheit ist, dass es mich nicht störte, dass sie schwanger war, im Gegenteil. Ich war ein halbes Jahr zuvor von meiner früheren Frau geschieden worden, und die Gründe für unsere Trennung waren, dass ich keine Kinder zeugen konnte und meine Frau von einer Adoption nichts wissen wollte. Künstliche Befruchtung war damals noch nicht so an der Tagesordnung. Es war also im Grunde ganz einfach. Ich verliebte mich in Valerie, sie war schwanger, und ich dachte: Auf diese Weise bekomme ich doch noch eine Familie.«

Was er kriegte, waren Karel und eine Frau, die lieber vor der Kamera stand und über die Laufstege stolzierte, als mit einem Kind und einem Lehrergatten zu Hause sitzen zu bleiben.

»Und Caroline?«, fragte Nel. »Hat sie irgendetwas davon gesagt, wo sie hinging oder was sie vorhatte?«

»Nein.« Romein schwieg einen Augenblick und sagte dann: »Sie fing an zu weinen. Es war im Grunde ziemlich traurig. Ich wollte sie zur Bushaltestelle bringen, aber schon am Tor sagte sie, dass sie mich nicht mehr brauche. Sie sei hierher gekommen, um ihrem Vater etwas Besonderes zu erzählen, aber da ich nicht ihr Vater sei, ginge es mich auch nichts an.«

Ich hob den Blick. »Etwas Besonderes?«

»Ja, ich weiß wirklich nicht was, aber sie wirkte sehr einsam und sie tat mir Leid.«

»Ach du grüne Neune«, sagte Nel, als wir aus der Allee hinausfuhren.

»Was denn?«

»Das mit Caroline.«

»Ja. Wir können also davon ausgehen, dass sie auf der Suche nach ihrem Vater ist.«

Nel nickte. »Du musst hier links abbiegen.«

Ich stoppte das Auto und schaute sie an.

»Ich verstehe diese Leute nicht«, sagte Nel. »Am liebsten würde ich Valerie so an die fünf Minuten lang würgen. So was kann man doch nicht machen. Eine Tochter haben und sich neunzehn Jahre lang so verhalten, als wolle man sie eigentlich gar nicht. Sie denkt: Er ist mein Vater, warum mag er mich nicht? Weil ich so hässlich bin? Schämt er sich für mich? Und dann teilt er ihr aus heiterem Himmel mit, dass er gar nicht ihr Vater ist. Die ist reif für den Psychiater. Man hätte es ihr als Kind sagen müssen, nur dann hätte sie eine Chance gehabt, es zu verstehen und zu akzeptieren.«

Nel biss sich auf die Lippen und starrte durch die Windschutzscheibe nach draußen, ohne dass sie etwas von den Bäumen, Fahrradfahrern, den Müttern mit modischen Kinderwagen oder dem sommerlichen Leusden sah. »Worauf wartest du?«, fragte sie schließlich, ohne mich anzuschauen.

»Warum sollte ich links abbiegen?«

»Fahr auf den Ring um Amersfoort herum bis zum Kreuz Hoevelaken und von da aus auf die Schnellstraße in Richtung Zwolle.«

Ich legte ihr meine Hand auf den Arm und wiederholte noch einmal: »Nel, das ist nicht gut. Ich ziehe dich von dem Fall ab, wenn er dich zu sehr belastet.«

CyberNel nickte. Sie war von meiner leeren Drohung nicht sonderlich beeindruckt, aber sie wusste, dass ich Recht hatte. »Ich weiß auch nicht, was mit mir los ist«, gestand sie geknickt. »Ich werde mir Mühe geben und ich bleibe dabei. Das ist mein Fall.«

4

Ein Drache aus achthundert Kilo gehämmertem Stahl und Gusseisen, mit schlagenden Fledermausflügeln und dem Kopf einer monströsen Eidechse, spie seinen heißen Atem voll Feuer und Schwefel in Richtung der alten romanischen Kirche auf dem Dorfplatz von Norg. Er war in fünf Metern Höhe in einen zu engen Käfig eingesperrt, die armdicken Stäbe mit Krallen und Schwanz umklammert, eine frustrierte Chimäre. Ein alter Mann stand mit zurückgelegtem Kopf davor und starrte ihn an wie in Trance.

»Guten Tag«, sagte ich. »Können Sie uns sagen, wie wir zum Grootveenweg kommen?«

Ich spürte, wie Nel neben mir beim Anblick des Monsters erstarrte. »Du liebe Güte.«

Der Mann schaute mich mit ausdruckslosen Augen an. »Was will dieses Vieh nur?«

Ich entzifferte die schwer leserlichen, in Bronze gravierten Buchstaben. *Wessel de Ruijter, Edging the Boundary*. »Ich glaube, er will raus.«

»Er hat etwas gegen die Kirche«, meinte Nel.

»Das sieht nur zufällig so aus.«

Nel schaute mich an. »Das ist kein Zufall, sondern ein Omen.«

»Die Mystik des alten Drenthe«, murmelte der Mann. »Ich bin hier fremd, ich kann Ihnen leider nicht helfen.«

Das Haus von Carolines Großeltern lag außerhalb des Dorfes. Es hatte ein Reetdach und stand versteckt hinter einer Hecke aus roten und grünen Hainbuchen, inmitten eines mit Sträuchern, Heidekraut und Gras bewachsenen Gartens. Das schmiedeeiserne Gartentor quietschte. An die Bäume und auf Pfähle waren hier und da Nistkästen und Futterbrettchen genagelt. Am Fuße eines Bretterzaunes summten Bienen um Bienenstöcke herum. Ein kleiner Mann saß auf einem Hocker in einem Gewürzgarten zwischen niedrigen Buchsbaumhecken und Kräuterbeeten. Ein milchkaffeebrauner, stichelhaariger Hund unbestimmter Rasse kam schwanzwedelnd angelaufen, doch der Mann schaute erst auf, als wir uns ihm genähert hatten. Er sah aus wie ein grauhaariger Gartenzwerg, trug ein gestreiftes Flanellhemd und hatte Autoreifenstücke um die Knie seiner Manchesterhose gebunden. Eine Heckenschere lag neben ihm auf dem Gartenweg. Eine Szenerie wie aus einem Bilderbuch.

»Meneer Fuck?«

Steif erhob er sich. Er musste um die sechzig sein, bewegte sich jedoch wie ein viel älterer Mann. Die Hosenbeine beulten sich über die mit einer Kordel festgebundenen Autoreifenstücke. Er hatte wässrige, milchig blaue Augen, die er zusammenkniff, als habe er zu lange in die Sonne geschaut. »Arnold Fuck«, sagte er.

Wir stellten uns vor und erklärten, dass seine Tochter uns beauftragt habe, seine Enkelin ausfindig zu machen.

»Valerie hat uns angerufen«, sagte er. »Eva, meine Frau, konnte danach gar nicht mehr schlafen. Ich habe versucht, Valerie zu erklären ...« Mit einer stark geäderten Hand winkte er ab. »Valerie hat so gut wie nie Zeit. Sie kommt nur selten zu Besuch. Ich hoffe, dass Sie Caroline bald finden. Sie ist ein gutes Kind und sie hat es nicht leicht.«

Nel nickte. »Ich weiß.«

Ihr Ton bewirkte, dass Fuck ihr einen kurzen Blick zuwarf. Er lächelte und nickte ihr zu. »Kann ich Ihnen vielleicht eine Tasse Tee anbieten oder ein Bier?«, fragte er. »Warten Sie, ich ziehe mal eben diese Dinger aus. Es gibt zwar die tollsten Knieschützer zu kaufen, aber die hier sind einfach besser und kosten nichts.«

Er stellte erst den einen, dann den anderen Fuß auf den Schemel und knotete die Kordel um die Knieschützer los. Er nahm sie mit, als er uns steifbeinig durch den Garten und um das Haus herum vorausging, und legte sie unterwegs auf einen leeren Kaninchenstall an der Hauswand.

Als er uns einlud, auf einer Holzbank an einem langen Holztisch unter einer rosenberankten Pergola Platz zu nehmen, erschien seine Frau. Sie war einen Kopf größer als ihr Mann und eine ältere Ausgabe von Valerie, mit derselben schlanken Figur, dem dunklen Haar und den fotogenen Augen.

»Hallo«, grüßte sie. »Möchten Sie Bücher kaufen?«

»Nein, nein«, sagte Fuck. Er erklärte ihr, weshalb wir hier waren, und ihr Gesicht nahm einen sorgenvollen Ausdruck an. Sie schüttelte uns die Hand, hielt die von Nel einen Augenblick lang fest und sagte: »Ich bin Eva Fuck. Möchten Sie vielleicht ein Glas kalten Pfefferminztee? Mit Honig gesüßt, er wird Ihnen gut tun.«

Sie lächelte Nel viel sagend zu, die ihr versicherte, dass wir Pfefferminztee mit Honig liebten.

»Verkaufen Sie Bücher?«, fragte ich, als Eva hineingegangen war.

Fuck schüttelte den Kopf. »Ich habe selbst ein paar verfasst, doch es gibt so viel auf diesem Gebiet, dass ich es nie gewagt habe, sie einem Verlag anzubieten. Aber ich lasse auf eigene Kosten ein paar hundert Stück von jedem Exemplar drucken. Sie liegen in den Gartenzentren der näheren Umgebung aus und ich stelle mich als lokale Kuriosität mit einem Stand auf Märkte, Straßenfeste, den *Drenther Schafstag* und so weiter.« Sein verlegenes Schmunzeln erinnerte ein wenig an Caroline.

»Dann hat Caroline ihr Schreibtalent ja vielleicht von Ihnen geerbt«, sagte Nel prompt.

Fuck machte eine abwehrende Geste. »Ach was. Caroline hat wirklich Talent, da kann ich nicht mithalten. Sie gibt mir manchmal etwas von sich zu lesen und es ist wirklich sehr gut, so lebendig. Ich schwafle doch nur über dies und das.«

»Wovon handeln Ihre Bücher?«

»Von der Natur. Vögel, Kräuter.«

»Davon, wie einen die Natur gesund erhält.« Seine Frau stellte ein Tablett mit Gläsern und einer Kanne auf den Tisch.

»Den haben wir auch im Garten«, sagte Nel und wies mit einem Nicken auf den Lavendel. »Gehört Lavendel auch zu den Heilkräutern?«

»Man muss ihn abschneiden, wenn er fast verblüht ist, aufhängen und zwei Wochen später den Samen herausreiben. Legen Sie ihn in Säckchen unter Ihr Kissen, das wird Ihnen gut tun.« Wieder schaute sie Nel eindringlich an. »Davon schläft man gut und hat angenehme Träume.«

»Das schreibe ich zwar, aber zum Teil ist es auch nur eine hübsche Legende«, sagte der Mann.

»Dass Lavendel gegen Schlaflosigkeit hilft, aber nicht«, beharrte seine Frau. »Schon die Römer kannten seine heilsame Wirkung. Sie haben ein paar Zweige ins Badewasser gegeben und Lavendelblütentee getrunken.«

»Ich bin ein Stadtkind«, sagte Nel. »Ich habe keine Ahnung davon.«

»Ist Feerweerd nicht eher ein Dorf?«, murmelte ich. »Sie beschäftigt sich einfach zu viel mit Computern.«

Die Frau nickte Nel aufmunternd zu. »Dann sollten Sie seine Bücher kaufen. Nol ist sehr bescheiden, aber die Leute mögen sie.«

Nol sagte: »Wir haben gerade von Carolines großem Schreibtalent gesprochen.«

Einen Augenblick lang sagte niemand etwas. Eva schenkte ein und verteilte die Gläser. Nel probierte. »Schmeckt das gut!«

»Ich habe ihn heute Morgen zubereitet, das ist die beste Zeit. Eine ordentliche Hand voll Minzeblätter, kochendes Wasser darauf, ziehen lassen. Dann durchseien, Honig dazu und einfach abkühlen lassen.«

Ich wies mit einer Kopfbewegung auf den Garten und sagte: »Ich kann mir vorstellen, dass Caroline sie gerne besuchen kommt. Es ist ja traumhaft hier.«

Eva stellte ihr Glas ab. Tränen traten ihr in die Augen. »Sie war ja so durcheinander.«

»Wann ist sie hier gewesen?«

»So etwa vor zehn Tagen.«

»Eher vor zwei Wochen«, brummte Fuck.

»Kam sie direkt aus Leusden?«, fragte Nel.

Ein Schatten glitt über sein Gartenzwerggesicht. Der Hund kam zu ihm und schmiegte den Kopf unter die Hand seines Herrchens. Fuck begann gedankenverloren mit einem der braunen Schlappohren zu spielen.

»Vielleicht kann man dem Mann keine Vorwürfe machen«, sagte Eva. »Ich meine, wenn Valerie es doch verlangt hat? Sie wusste schon immer genau, was sie wollte.« Sie schwieg einen Moment lang und schüttelte den Kopf. »Aber sie hat es uns nie erzählt.«

»Dass Romein nicht der Vater war?«, fragte ich.

»Caroline hat sich mit ihrer Mutter deswegen gestritten, hat Valerie Ihnen das nicht erzählt?«, fragte Eva.

Nel schüttelte den Kopf. »War das, bevor sie zu Ihnen kam?«

»Sie kommt zu uns, wenn sie Probleme hat«, sagte Fuck leise. »Sie nimmt den Zug nach Assen und fährt dann mit dem Bus. Ihre erste Frage war: ›Wer ist mein Vater?‹ Ich dachte, sie würde Witze machen, und antwortete: ›Du heißt Caroline Romein, und Dolf Romein ist dein Vater.‹ Da fing sie an zu weinen. Ihr Vater … ich meine, dieser Mann.« Er tätschelte den Kopf des Hundes. »Da sagt er ihr doch eiskalt ins Gesicht, dass er gar nicht ihr Vater ist. Sie war völlig außer sich.«

»Sie haben es also auch weder gewusst und noch je vermutet?«, fragte Nel.

»Nein«, antwortete Fuck. »Wir haben natürlich oft im Stillen gedacht, dass Caroline Dolf Romein nicht besonders ähnlich sieht, genauso wenig wie Valerie. Der Einzige, dem sie ein klein wenig ähnelt, bin ich, das überspringt ja oft eine Generation. Vor allem als sie klein war, wurde sie oft wegen ihres Aussehens gehänselt, obwohl sie ja nichts dafür konnte.«

Ich schaute ihm ins Gesicht und sah wenig Ähnlichkeit, höchstens, was die blauen Augen, das dünne Haar und seine Größe betraf. Valeries Idealmaße und ihre dunkle, exotische Ausstrahlung stammten eindeutig von ihrer Mutter.

»Hier bei uns fühlte sie sich sicher«, sagte Eva traurig.

Ihr Mann nickte. »Aber auf dem Gymnasium in Hilversum war es nicht ganz so schlimm. Wenigstens erzählte sie nicht so viel davon.«

»Oder sie hatte sich daran gewöhnt«, murmelte Eva. »Sie war sehr gut in der Schule, und wenn man älter wird, zählt das mehr.«

»Wie dem auch sei; sie war völlig außer sich und diesmal konnten wir ihr nicht helfen«, sagte Fuck. »Wir waren ja selbst ganz entsetzt.«

Ich trank noch einen Schluck von dem köstlichen Pfefferminztee. »Und jetzt versucht sie, ihren Vater zu finden?«, vermutete ich. »Wissen Sie vielleicht, wo sie nach ihm suchen könnte?«

»Keine Ahnung.« Fuck wies mit dem Kinn auf seinen Garten. »Sie meinen, das hier sei ein Paradies, aber wir haben es auch nicht immer leicht gehabt, das können Sie mir glauben.« Er und seine Frau blickten sich an und man konnte die Erinnerungen zwischen ihnen hin- und herschwingen sehen wie das Pendel einer Uhr.

Eva biss sich auf die Lippen. »Valerie hätte uns ruhig

anvertrauen können, dass sie schwanger war, stattdessen wandte sie sich an ihren Englischlehrer.«

Es war, als würde ein Schleusentor geöffnet. Ich dachte daran, dass sie wahrscheinlich seit Carolines Besuch mit niemandem mehr darüber hatten reden können und es eine Erleichterung für sie bedeuten musste, es Außenstehenden zu erzählen, die der Dorfklatsch nicht interessierte.

»Wir waren strikt gegen diese Heirat«, sagte Fuck. »Valerie war noch viel zu jung. Sie war erst achtzehn, dieser Mann schon vierunddreißig und außerdem gerade erst geschieden worden. Damals wurde eifrig darüber getratscht, die Leute denken sich ja alles Mögliche aus, zum Beispiel, dass Valerie der Grund für die Scheidung gewesen sei. Es war auch für uns nicht leicht. Man hat doch eine Art ... Ich war Rektor an der Grundschule. Wir wollten ihr die Erlaubnis verweigern, aber dann erzählten sie, dass Valerie schwanger war.« Wieder schaute er seine Frau an. »Wir dachten, was jeder gedacht hätte. Dass sie schon seit einer Weile ein Verhältnis mit diesem Mann hatte und das Kind von ihm war. Eine Mussehe nannte man das früher. Man wohnt in einem Dorf, niemand will einen Skandal, sie hat uns die Pistole auf die Brust gesetzt. Schließlich haben wir nachgegeben.«

»Wenn sie uns die Wahrheit gesagt hätte, hätten wir schon eine Lösung gefunden«, wiederholte Eva verbittert. »Sie hätte das Kind ja nicht zur Adoption freigeben müssen, wir hätten schon für Caroline gesorgt. Das mussten wir ja ohnehin, weil die Ehe schon nach zwei Jahren zerbrach und Valerie mit Gewalt auf diese teure Mannequinschule in Mailand gehen musste.«

»Wollte sie schon immer Mannequin werden?«, fragte CyberNel.

Fuck zuckte mit den Schultern. »Ich glaube, das hat ihr irgendein Agent von so einer Modelagentur eingeredet, der hat sie zufällig bei einer Schultheateraufführung entdeckt, in der sie eine kleine Rolle spielte. Der hat ihr wohl den Floh von der Modelkarriere und der Spezialausbildung zum Mannequin ins Ohr gesetzt. Noch im selben Jahr wurden einige Fotos von ihr in einem Katalog für Unterwäsche veröffentlicht, aber dann kam die Schwangerschaft dazwischen.«

Valerie musste verzweifelt gewesen sein und die Ehe mit ihrem Lehrer war von vornherein zum Scheitern verurteilt. *Valerie hatte andere Ziele als ich,* hatte Romein gesagt. Seine junge Frau wartete in seinem großen Haus in Leusden wie ein Tier im Käfig auf die nächstbeste Gelegenheit, daraus zu entkommen. Nur Caroline hinderte sie daran. Das Kind war nicht nur unerwünscht, sondern ihr regelrecht im Wege.

»Dolf Romein hat ihr die Ausbildung in Mailand finanziert«, erklärte Fuck, als errate er meine Gedanken. »Valerie verlangte bei der Scheidung keinen Unterhalt, sondern nur das. Sie wusste genau, was sie wollte. Aber sie hätte es um einiges leichter haben können, wenn sie sich nicht so furchtbar in ihren Eltern getäuscht hätte.« Er stieß einen tiefen Seufzer aus. »Nun ja, aber das tun schließlich viele Kinder.«

»Wie kam es, dass sie Ihnen nicht vertraute?«, fragte CyberNel.

Sie reagierten nicht beleidigt. »Wir haben unser Bestes getan«, antwortete Eva. »Aber wir waren natürlich streng, so sind wir auch erzogen worden.«

»Sie war schon immer sehr verschlossen«, fügte Fuck hinzu. »Wir sind hier in Drenthe und in den Achtzigerjahren war die Vorstellung, ein Kind abtreiben zu lassen, noch absolut tabu.«

»Ist sie auch jetzt noch«, warf Eva ärgerlich ein.

Er nickte. »Ich glaube, sie ist noch nicht einmal auf die Idee gekommen. Aber es kann auch sein, dass ihr gar nicht bewusst war, dass sie schwanger war, oder sie das Wissen einfach verdrängte, bis es zu spät war.« Wieder zuckte er mutlos mit den Achseln. »Ich weiß nicht, was passiert ist oder wer sie geschwängert hat. Nachdem Caroline hier gewesen war, habe ich Valerie angerufen. Sie weigerte sich, auch nur ein Sterbenswörtchen darüber zu sagen.« Er schaute seine Frau an. »Inzwischen glaube ich, dass sie Dolf Romein gezielt für die Vaterrolle ausgewählt hat.«

»Berechnend genug war sie«, musste Eva zugeben. »Auch wenn sie meine Tochter ist, sie wusste schon als Kind ganz genau, was sie wollte und wie sie ihre Mitmenschen manipulieren konnte.«

»Nur für Denise hatte sie eine Schwäche«, sagte Fuck.

Wieder verfielen sie in ein Schweigen, das schwerer lastete als das vorherige. Ich schaute in ihre Gesichter und dann auf den schlafenden Hund, den blühenden Garten und die große, stille Heide ein Stück weit entfernt. Man konnte sich die Atmosphäre leicht ausmalen: die Kirche, den Dorfplatz, den Schulhof, Spiele wie *Schiffer, darf ich überfahren?*, den Tante-Emma-Laden. Für einen Stadtmenschen, der hier an einem sonnigen Tag anspaziert kam, schien es kaum einen idealeren Ort für ein Kind zu geben.

Doch während ich dieses Ehepaar anblickte, das einem *Trotzkopf*-Buch hätte entsprungen sein können, konnte ich mich der Frage nicht erwehren, ob Valerie sich wirklich so sehr in ihren Eltern getäuscht hatte und ob sie die Schwangerschaft vielleicht damals dazu benutzte, den bösen Hexen in diesem Heidemärchen zu entfliehen. Nel war schweigsam geworden. Vielleicht dachte sie an den Drachen auf dem Dorfplatz.

Ich räusperte mich. »Denise?«

»Unsere andere Tochter«, sagte Fuck. »Sie ist vor Jahren gestorben.«

»Wenn wir auf Valerie gehört hätten, wäre sie noch am Leben«, sagte Eva zu ihm.

»Wie konnten wir das ahnen? Sie hatte es gut dort, sie fühlte sich heimisch, es waren gute Menschen.«

»Außer dem einen faulen Apfel.«

Es klang wie ein eingeübter Dialog, der an jedem Geburtstag und bei jedem Besuch am Grab wiederholt wurde, und Fuck bereute es sichtlich, das Thema angeschnitten zu haben. »Es ist lange her«, sagte er, »und es hat nichts mit Caroline zu tun.«

Eva nickte bedrückt und schwieg. Sie nahm die Karaffe und füllte die Gläser nach. Ich sehnte mich allmählich nach Klarheit, konkreten Fakten, einer eindeutigen Richtung.

»Wir suchen Caroline«, sagte ich. »Und Caroline sucht ihren Vater, das glauben wir zumindest. Sie verfolgt eine Spur zurück und sie ist klug genug, um zu wissen, dass Valerie den Mann oder Jungen in einer bestimmten Zeit kennen gelernt haben muss. Kurz vor ihrem Schulabschluss? Vielleicht ein Junge aus der Theatergruppe? Hat sich Caroline nach Valeries Freundeskreis erkundigt? Hatte sie viele Freunde und Freundinnen?«

Fuck nickte. »Sie war sehr beliebt, aber das meiste spielte sich in Assen ab. Ihre beste Freundin wohnte fünf Kilometer von hier entfernt, in Langelo.«

Eva nickte widerwillig. »Gemma Teeseling. Aber ich weiß genau, dass Valerie seit der höheren Schule keinen Kontakt mehr zu ihr hat. Gemma ist verheiratet und hat Familie.« Sie schaute streng von Nel zu mir. »Es wäre mir nicht recht, wenn Sie ihr gegenüber Valeries Fehltritt erwähnen würden.«

Nun wurde das Ganze also zu einem Fehltritt, der nie herausgekommen wäre, wenn ihn das Verschwinden Carolines nicht als unangenehmen Nebeneffekt ans Licht gebracht hätte. »Nicht, wenn es nicht nötig ist«, versprach ich. »Haben Sie Caroline denn Gemmas Adresse gegeben?«

»Ich habe ihr nur gesagt, wie sie heißt und dass sie in Langelo wohnt, aber das reicht völlig. Jeder kennt die Teeselings.« Eva wurde ein wenig aggressiv. »Wie meinen Sie das: ›wenn es nicht nötig ist‹?«

»Wie ich es gesagt habe«, erwiderte ich. »Ich kann gut verstehen, dass Sie keinen Klatsch gebrauchen können, wir wohnen selbst auf dem Dorf. Aber schließlich suchen wir Ihre Enkeltochter.«

Jede weitere Erklärung erschien mir überflüssig.

»Caroline besuchte Dolf Romein, weil sie ihrem Vater etwas Besonderes mitteilen wollte«, sagte Nel. »Hat sie Ihnen erzählt, was das war?«

»Etwas Besonderes?«

»Ja, etwas, was ihr Vater wissen sollte.«

Fuck schaute seine Frau an und schüttelte den Kopf. »Ich wünschte, wir könnten Ihnen weiterhelfen«, sagte er. »Wir haben versucht, sie aufzufangen, und ihr alles erzählt, was wir wussten. Aber das war herzlich wenig.«

Eva warf ihm einen merkwürdigen Blick zu. »Wir haben ihr auch erklärt, was mit Denise passiert ist.«

Fuck nickt abwehrend. »Ja, na ja.«

»Valerie hat ihr das immer verschwiegen. Caroline wusste nichts davon.« Eva wandte sich zu mir und sagte entschuldigend: »Nun ja, Caroline war damals erst ein Jahr alt und Valerie wohnte noch in Leusden. Als wir Caroline dann bei uns aufnahmen, erklärten wir ihr nur, ihre Tante Denise sei im Himmel. Sie war doch noch so klein, was für einen Sinn hätte es gehabt? Ich habe sie allerdings hin und wieder auf den Friedhof mitgenommen.«

»Die beiden hier wissen nicht, wovon du redest«, sagte Fuck mit einem belehrenden Tonfall. »Eva meint immer, die ganze Welt habe vom Mord an unserer Tochter gehört.« Erklärend wandte er sich an seine Frau. »Für dich ist es das Schlimmste, was dir in deinem ganzen Leben widerfahren ist, aber für den Rest der Welt war es nur eine kleine Zeitungsmeldung.«

Mord passte trotz meiner Bedenken absolut nicht in diese Umgebung und traf mich wie ein Schlag. »Valerie hatte also eine Schwester?«

»Ja. Denise war geistig behindert, schon von Geburt an«, sagte Fuck. »Sie kam zwei Jahre nach Valerie, und die liebte ihre kleine Schwester. Und Denise liebte sie.« Er schaute seine Frau an. »Komisch eigentlich, dass sie sich nie viel aus ihrer eigenen Tochter gemacht hat, während sie für ihre debile Schwester durchs Feuer gegangen wäre. Sie bemutterte sie. Sie fand es furchtbar, als wir sie ins Heim brachten. Sie wollte immer mit, wenn wir hinfuhren, und sobald sie alt genug war, alleine mit dem Bus zu fahren, besuchte sie Denise auch auf eigene Faust, öfter als wir, muss ich zu meiner Schande gestehen.«

»Vielleicht hat Meneer Winter ja doch davon gehört?«, meinte Eva dickköpfig. »Er war doch bei der Polizei.«

Fuck nickte nachgiebig. »Wie dem auch sei. Valerie war schon verheiratet und wohnte nicht mehr bei uns, als das mit Denise geschah. Sie ist vergewaltigt und erwürgt worden.«

»Wurde der Täter gefasst?«, fragte ich.

»Ja, es war der Gärtner, der auch die Tiere versorgte. Er hat wahrscheinlich noch weitere Heimbewohnerinnen missbraucht. Man glaubt, dass Denise sich gewehrt hat und er sie deshalb erwürgte.«

Einen Moment lang war es still. Dann sagte Nel: »Wie furchtbar. War es das, wovor Valerie Sie zu warnen versuchte?«

Ich schaute sie verwundert an.

»Sie haben doch eben gesagt, dass Denise noch leben würde, wenn Sie auf Valerie gehört hätten«, sagte Nel.

Das Ehepaar warf sich schweigend einen Blick zu.

»Wann hat sie Ihnen das gesagt?«, fragte ich.

»Ich weiß es nicht mehr genau«, murmelte Fuck.

»Doch, ich schon.« Eva biss sich auf die Lippen. »Es war während ihres letzten Schuljahres, nachdem sie einmal dort übernachtet hatte. Es gab dort eine Art Gästetrakt und Valerie blieb manchmal über Nacht da, wenn sie Denise besuchte. Als sie nach Hause kam, war sie ganz aufgewühlt und sagte, dass wir Denise dort unbedingt wegholen müssten und sie sich schon um sie kümmern würde.«

Fuck nickte, als fiele es ihm wieder ein. »Nun, das war natürlich Unsinn. Valerie steckte mitten in ihren Abschlussprüfungen und hatte vor, auf eine Mannequinschule zu gehen. Für mich klang es wie eine verrückte Laune, wie wir sie von Valerie kannten. Es war eine sehr gute Einrichtung, deren Mitarbeiter genau wussten, was Denise brauchte, und die besser für sie sorgen konnten als wir.« Er schaute seine Frau ärgerlich an. »Ja, im Nachhinein ist man immer klüger: Hätten wir dies, hätten wir das, aber hinterher ist es zu spät. Damals war alles in Ordnung und das andere passierte erst zwei Jahre später, als Denise achtzehn war.«

Nel schaute mich an. Ich erwiderte ihren Blick und dachte bei mir, dass achtzehn in dieser Familie ein ungesundes Alter war. Mit achtzehn wurde Valerie ungewollt schwanger, Denise wurde mit achtzehn ermordet und jetzt war Caroline verschwunden, die nur ein knappes Jahr älter war. Wir fragten, ob sie Fotos von Valerie aus jener Zeit hätten, und Eva brachte uns einen Stapel Schwarz-Weiß-Porträts im Format 18 x 24 cm; Probeaufnahmen für die Modelagentur, die sie beim Schultheater entdeckt hatte. Wir wählten einige aus, notierten die mageren Angaben, und schließlich brachte uns der Hund schwanzwedelnd zum Tor.

Wir machten am Zeijener Forsthaus Halt und ich hielt den Arm um Nel gelegt, während wir am Straßenrand entlang zu dem Ausflugslokal spazierten. Nel telefonierte mit Eddy und ich spürte die kleinen Bewegungen ihrer Schulter unter dem lavendelblauen Stoff ihrer Sommerbluse, während sie im Gehen redete.

»Das hört sich nach einer offiziellen Geschichte an«, sagte sie in ihr Handy. »Dafür habe ich jetzt keinen Kopf.«

Ich blieb mit ihr vor der Terrasse stehen, auf der Wanderer und Camper Pfannkuchen aßen und Cola tranken. Das Lokal war links und rechts von Wald umgeben. Es roch nach Tannen und strammem Max.

»In Drenthe«, sagte Nel in den Apparat. »Das weiß ich nicht genau. Hier herrscht die große Rechtschaffenheit, an die ich mich noch sehr gut erinnern kann. Nein, es geht mir gut, danke.«

Sie klappte das Handy zu und steckte es in die linke Tasche ihres Leinenrocks. »Caroline hat in den letzten Wochen kein Geld abgehoben und nirgendwo mit ihrer Kreditkarte bezahlt.«

Wir fanden einen Tisch unter einem Sonnenschirm am Rande der Terrasse. Kinder tobten um uns herum, aber das war immer noch besser als die Musik, die einem heutzutage überall entgegendröhnte und allmählich regelrecht zur Plage wurde. Die europäischen Geschäftsinhaber waren anscheinend durch ein gefährliches Gehirnvirus mit der Überzeugung angesteckt worden, wir alle seien auf Diskowummern und Ravepartys erpichte Teenager. In Supermärkten war es schier zum Verrücktwerden, nicht zuletzt weil die Lautstärke anscheinend von Jahr zu Jahr um dutzende Dezibel gesteigert werden musste. Immer öfter wurde ich von dem kaum zu unterdrückenden Bedürfnis gepackt, meine Beretta zu ziehen und die Lautsprecher mitsamt den offensichtlich tauben Geschäftsführern über den Haufen zu schießen.

Ein gebräunter junger Drenther nahm unsere Bestellung auf: zweimal Drenther Salat, Toast und Weißwein. Ich zündete meine erste Gauloise des Tages an und kickte einen Plastikball zurück zu einem weißblonden Dreikäsehoch.

»Wollte Eddy etwas Geschäftliches von dir?«, fragte ich.

»Ja. Er hat die Möglichkeit, eine kleine Firma zu übernehmen«, antwortete sie. »Spezialisiert auf den Schutz vor Computerspionage, nur für Stammkunden.«

»Stammkunden?«

»Ja, Firmen und Büros mit sensiblen Daten, aber auch Privatpersonen, die Angst haben, dass irgendwelche Bösewichte Kameras und Mikrofone in ihr Haus schmuggeln. Werde Stammkunde, und es kommt zweimal im Jahr jemand vorbei, um das Gebäude zu überprüfen und auf Wunsch teure Abwehrsysteme zu liefern.«

»Und Eddy möchte, dass du als Partnerin einsteigst«, vermutete ich.

»Er hat gefragt, ob ich nicht Lust hätte, die südlichen Niederlande zu betreuen. Nicht alleine natürlich, das würde ich sowieso nicht machen. Ich würde Leute zur Unterstützung kriegen, die auf freiberuflicher Basis für uns Aufträge übernähmen.«

»Das Hauptquartier für die südlichen Niederlande in Rumpt?«

Sie schaute mich an. »Ich weiß noch nicht, ob ich es mache.«

»Bokhof wäre bereit, dir den Heuschober zu vermieten.«

»Ich möchte erst wissen, was genau es für mich bedeuten würde, und dann unterhalten wir beide uns darüber«, sagte Nel. »Eddy hat es allerdings sehr eilig.«

Ich nahm ihre Hand und zog sie an meine Lippen. »Ich kann dich morgen früh zum Zug nach Amsterdam bringen. Aber diese Nacht möchte ich gern mit dir hier irgendwo in einem hübschen Hotel verbringen, falls du deine Zahnbürste dabeihast.«

»Habe ich immer«, sagte Nel. »Und dann?«

»Ich bleibe noch ein Weilchen hier im Norden. Könntest du Bart für mich anrufen?«

»Hast du kein eigenes Handy?«

»Ich habe die Pistole, du das Telefon.«

CyberNel zog mit dem Gesichtsausdruck einer entnervten Sekretärin das Handy wieder hervor, in das die Nummer meines Expartners Bart Simons eingespeichert war.

Der Ober brachte die Salate und den Wein, während Nel Bart vom Landleben berichtete und ihn und seine Frau Mia einlud, uns demnächst übers Wochenende an der Linge besuchen zu kommen.

Der Salat sah aus, als wäre er schon bei Tagesanbruch auf der Chromplatte arrangiert worden, schmeckte aber gut, wie einem so vieles mundet, wenn man richtig Hunger hat.

»Ich nehme dich mit diesem Wochenendbesuch beim Wort«, sagte Bart zu mir, als ich mir Nels Handy ans Ohr hielt.

»Nel gibt manchmal sehr leichtsinnige Versprechen. Sie versucht, dich milde zu stimmen, um zu vermeiden, dass sie sich mal wieder in irgendwelche Polizeicomputer einhacken muss.«

»Herrgott«, seufzte Bart. »Was wollt ihr denn nun schon wieder?«

»Vor ungefähr sechzehn Jahren wurde ein gewisser Bertus Tons für den Mord an einer Bewohnerin des Roekenhofs verurteilt, einer Einrichtung für geistig behinderte Frauen und Mädchen in der Nähe von Zuidlaren.«

»Gehört das Heim zu den Dennenoord-Einrichtungen?«

»Nein, es ist oder war ein unabhängiges Haus, doch

soweit ich weiß, sind all diese Zentren zur GGZ Groningen zusammengelegt worden, also könnte es heute auch eine Dependance sein. Meiner Meinung nach musst du dich entweder an die Landeskripo oder die Polizeidienststelle in Assen wenden.«

»Und warum sollte ich mich an sie wenden?«, fragte Bart nüchtern.

»Weil du mein bester Freund bist und ich dringend Einsicht in diese Akte brauche, oder besser noch persönlichen Kontakt zu dem Kripobeamten, der den Fall damals bearbeitet hat. Ein von einem offiziellen Kripo-Inspecteur arrangierter Termin mit einem Kollegen vom Lande wäre die Ideallösung.«

»Du redest wie ein wandelnder Polizeibericht«, bemerkte Nel neben mir.

Ich lauschte der Stille im Telefon. »Nel meint, ich würde mich anhören wie ein wandelnder Polizeibericht.«

Nel nahm mir das Handy ab. »Max hat entdeckt, dass es neue Regelungen gibt, und hat seitdem Hemmungen, ein Polizeipräsidium zu betreten«, erklärte sie Bart. »Für mich würde es eine Menge Sucherei bedeuten, dich kostet es nur fünf Minuten an dem Computer, der vor deiner Nase steht, und ein kurzes Telefongespräch.« Sie setzte ihm auseinander, warum es so dringend war, lauschte Barts Tiraden und sagte: »Er hat so seine eigenen merkwürdigen Methoden, eine Freundschaft zu pflegen. Ich versuche ihn zu bessern, aber er ist sehr widerspenstig. Ja, nicht offiziell, aber inoffiziell natürlich schon.« Nel lächelte heiter. »Das ist mein Handy, hast du die Nummer? Du bist ein Schatz.«

Sie legte ihren Apparat neben den Salat, schob mit der Gabel ein Stück Drenther Radieschen beiseite und stocherte im Thunfisch und der roten Mayonnaise herum. Die lautesten Kinder wurden von einem Saharajeep mit Allradantrieb abtransportiert und es wurde so ruhig, dass man das Keckern der Elstern hören konnte, die sich an der Straße um totgefahrene Mäuse zankten, sowie das ferne Autobahndröhnen, dem man in den Niederlanden nirgendwo entgeht.

»Was ist nicht offiziell?«, fragte ich nach einer Weile.

»Bart ist aufgefallen, dass ich kaum mehr in Amsterdam bin. Er fragte, wie es mir geht.«

»Und, wie geht es dir?«

Sie wartete ein paar Sekunden lang, weil ihr mein scherzhafter Ton nicht passte, obwohl sie daran gewöhnt war und genau wusste, dass er meist dazu diente, meine eigene Unsicherheit zu überspielen. Vielleicht empfand sie Unsicherheit allmählich als ebenso bedrohlich wie das Monster auf dem Drenther Marktplatz. »Ich versuche keine Angst mehr zu haben«, sagte sie.

Ich lächelte sie an. Sie sah schön aus in den Strahlen der tief stehenden Sonne unter dem Sonnenschirm. Meiner früheren Freundin war, bevor sie mit einem Antikmaler nach Irland verschwand, Nels Sensibilität aufgefallen, die sich hinter ihrer Forschheit verbarg, und sie hatte mir geraten, behutsam mit ihr umzugehen. Ich wollte nichts lieber, als behutsam mit Nel umzugehen, und genauso sehr wünschte ich mir, dass sie endlich den Stacheldraht ganz aus ihrem Vorgarten räumte und dort nie mehr scharf geschossen würde.

Valerie ging nicht ans Telefon, aber Donkers war in seiner Kanzlei in Hilversum und gab mir eine Nummer in Paris. Valerie befand sich im Hauptquartier von Yves Saint Laurent, wo sie an jenem Abend offenbar einer auserlesenen Pariser Gesellschaft eine Sonderkollektion vorführen sollte. Ich wurde zwischen Assistenten und Garderobieren hin und her verbunden und einmal glaubte ich, Tom Ford persönlich am Apparat zu haben. Ich legte nur deshalb nicht auf, weil ich wütend war.

»Es passt mir aber gerade überhaupt nicht«, sagte Valerie, als ich sie endlich zu sprechen bekam.

»Mir auch nicht«, erwiderte ich.

»Hast du Neuigkeiten von Karel?«

»Nein, aber ich weiß, was sie gerade tut. Das wäre mir schon früher klar gewesen, wenn du mir gleich gesagt hättest, dass ihr euch tatsächlich gestritten hattet und Caroline ganz außer sich war.«

»Gestritten?«

»Ja, wegen Carolines Vater.«

Kälte wehte durch das Glasfaserkabel zwischen Drenthe und Paris. »Ach, das. Das war aber schon zwei Wochen her.«

»Und deshalb nicht wichtig? Dadurch haben wir viel Zeit verloren. Erst mussten wir Dolf Romein auf den Zahn fühlen und dann nach Drenthe fahren, wo wir uns mit deinen Eltern unterhalten haben.«

»Das hättet ihr nicht tun sollen, ich habe doch extra gesagt, dass ...«

»Du willst doch, dass wir deine Tochter finden?«

»Ja, natürlich, aber ...«

»Deine Tochter ist auf der Suche nach ihrem Vater, nachdem Dolf Romein ihr gesagt hat, dass er es nicht ist. Meine Frage lautet, ob du Caroline erzählt hast, wer ihr richtiger Vater ist.«

»Nein, habe ich nicht.«

»Kann sie von alleine dahinter kommen?«

Valerie schwieg einen Augenblick, bevor sie verärgert antwortete: »Ich wüsste nicht, wie.«

»Ich werde es herausfinden.«

Ich musste die Ohren spitzen, um ihre geflüsterte Antwort zu verstehen. »Das hat aber nichts mit deinem Auftrag zu tun.«

»Ich begreife nicht, wie du das sagen kannst. Genau damit beschäftigt sich Caroline gerade. Deine Eltern haben ihr auch erzählt, was mit deiner Schwester Denise passiert ist. Vielleicht sucht sie in dieser Richtung und das könnte gefährlich werden.«

Die Stille dauerte an. »Valerie?«

»Ja?«

»Wer ist Carolines Vater?«

»Es tut mir Leid, ich kann dir nicht helfen, ich muss in die Maske.«

Ich hörte sie seufzen und empfand gegen meinen Willen einen Anflug von Mitleid mit ihr. »Weißt du es selber nicht?«

Sie legte auf.

5

Regen fiel über Schipborg. Ein alter Drenther Bauernhof, dessen Stalltüren zur Straße hin lagen. Hier wohnte und arbeitete laut der Bewährungshilfe Groningen Bertus Tons. Nicht gerade ein braver Kerl, wie Bart aus dem Telefongespräch mit dem Polizeibeamten geschlossen hatte, der damals den Fall bearbeitet hatte. Denise Fuck war nicht die einzige geistig behinderte Heimbewohnerin gewesen, die er damals missbraucht hatte. Wahrscheinlich war sie jedoch die Einzige gewesen, die sich so sehr gewehrt hatte, dass Bertus sie erwürgen musste, um sie zum Schweigen zu bringen.

Vor sechzehn Jahren.

Ich saß im Auto und dachte an die wunderschöne, vollkommene Valerie, die nie den Mund aufgemacht hatte. Sie hatte geheiratet und ein Kind bekommen. Sie hatte zwei Jahre verstreichen lassen, ohne Alarm zu schlagen. Danach brauchte sie nichts mehr zu sagen, denn ihre Schwester war tot. Valerie steckte für immer den Kopf in den Sand. Sie flüchtete nach Mailand in eine Karriere, doch der bittere Geschmack und die bleierne Last der Schuld mussten sie fortwährend verfolgt haben.

Ein Schäferhund tauchte wie ein rasender Zerberus in der Hofeinfahrt auf. Als ich langsam auf ihn zufuhr, sprang er laut bellend und mit Schaum vor dem Maul gegen meine offene Seitenscheibe, die ich rasch zudrehte, bevor er sich hindurchzwängen und mir die Kehle durchbeißen konnte. Speichelfäden liefen die Scheibe hinunter und Krallen kratzten wütend über den ohnehin schon mitgenommenen Metallic-Lack meines BMW, als ich auf den Hof fuhr. Bewohner abgelegener Bauernhöfe mögen Wachhunde schätzen, aber dieses Monster bestärkte mich in meiner Auffassung, dass die meisten Hunde ein hässlicher Beweis der Ungastlichkeit waren.

Ich wagte mich nicht aus dem Auto, um zu schellen oder zu klopfen. Der Hund machte genügend Lärm, sodass ich auch nicht zu hupen brauchte. Ich spähte durch den Regen, auf der Suche nach dem feststehenden Wohnwagen, in dem laut meiner Gewährsfrau bei der Bewährungshilfe Bertus Tons ein Unterkommen gefunden hatte, doch ich sah nur das Bauernhaus und alte Gerätschaften in einer offenen Scheune. Am anderen Ende des Grundstücks versperrten Reihen üppig bewachsener Bohnenstangen die Sicht.

Der Hund hörte nicht auf, mit voller Wucht an meine Tür zu springen, und ich war schon kurz davor zu wenden und wieder davonzufahren, als endlich auf einer Seite des Hauses unter dem niedrigen Reetdach eine Tür aufging. Eine Frau im offenen Regenmantel schrie dem Hund etwas zu, der daraufhin seine Selbstmordversuche unterbrach und knurrend stehen blieb. Die Frau lief um den Kühler meines Autos herum, packte das Monster am Halsband, zerrte es über den Hof und legte es im offenen Scheunentor an eine Kette.

Der Hund suchte ein trockenes Plätzchen unter dem Scheunendach und die Frau kam durch den Regen auf mein Auto zu. Ich drehte das Fenster herunter. »Mevrouw Siebers?«

»Mein Mann ist nicht zu Hause.« Sie zog sich die Jacke über den Kopf und beugte sich zu meinem Fenster hinunter. Sie hatte ein spitzes Gesicht mit einer knochigen Nase, schmalen Lippen und dunklen Augen. »Was wollen Sie?«

»Wir führen eine Untersuchung über die Resozialisierung von ehemaligen Häftlingen durch«, sagte ich.

Regen troff von ihrem Mantel. »Bertus ist auch nicht da.«

»Das macht nichts, ich möchte mich nur gerne mit dem Gastehepaar unterhalten.«

»Kommen Sie von der Bewährungshilfe?«

»Vom Ermittlungsbüro des Staatsanwaltes. Mein Name ist Winter.« Ich reichte ihr meinen alten Meulendijk-Ausweis, der, da in Plastik eingeschweißt, einen Guss vertragen konnte. Wegen des Regens schaute sie ihn nur flüchtig an. Mein Foto war darauf und er sah offiziell aus; das Wörtchen *ehemaliger* vor *Staatsanwalt* entging vielen Leuten.

Sie gab mir den Ausweis zurück. »Doeke ist erst zum Essen wieder zu Hause. Aber kommen Sie doch trotzdem einen Moment rein.«

Ich wischte den Ausweis an meiner Hose trocken, bevor ich ihn wegsteckte und die Tür öffnete. »Hauptsache, Sie lassen den Hund an der Kette.«

»Max tut nichts, der ist lammfromm.« Sie eilte mir voraus zum Seiteneingang.

Max starrte mich mit gesträubten Nackenhaaren an und schien zu hoffen, dass sein Name ihn mir sympathisch machen würde. Dann könnte er bei einem Annäherungsversuch meinerseits zeigen, wie zahme Schäferhunde aus gutgläubigen Maxen Hackfleisch machen.

Die Tür führte in einen langen Flur mit geweißten Wänden. Die Frau hängte ihren Mantel weg und schlüpfte aus ihren Holzschuhen, und ich putzte mir mit Nachdruck die Füße an der Kokosmatte ab, bevor ich ihr in die Küche folgte. Ich hatte meine Aktentasche dabei, ein altes Ding mit Reißverschluss, das nicht besonders professionell wirkte, aber gut zu Sozialarbeitern und Bewährungshelfern passte, die heutzutage ja auch nicht mehr besonders amtlich aussahen. Die Frau winkte mich zu einem Esstisch mit geblümter Plastiktischdecke, an dem gradlehnige Korbstühle standen.

»Nehmen Sie doch Platz, ich setze Kaffee auf.«

Ich sah eine Granitanrichte mit einer Brunnenpumpe aus Kupfer neben einem normalen Hahn für das Leitungswasser sowie einen alten Ofen mit Kupferhandlauf und kleinen weißen Emailtüren. Der vierflammige Butangaskocher, der darauf stand, war wahrscheinlich eine Lösung für den Sommer. Auf einer der Flammen brutzelte in einer Gusseisenpfanne etwas vor sich hin, das nach Nelken und Lorbeer duftete. Eine Uhr mit geputzten Kupfergewichten und einem Zifferblatt aus Porzellan tickte laut. Das einzig Moderne in dieser blitzsauberen Küche war ein Fernseher, der so auf eine Wandkonsole montiert war, dass jeder am Tisch auf den Bildschirm schauen konnte. Gott sei Dank war er nicht eingeschaltet.

»Ich dachte, bei Bauernhöfen stehe immer das Wohnhaus direkt an der Straße«, bemerkte ich.

Mevrouw Siebers füllte einen Zinnkessel unter dem Wasserhahn und stellte ihn neben die Pfanne auf den Butangaskocher. »Unser Hof stammt noch von vor 1900«, erklärte sie. »Damals war es üblich, den Stall an der Straße zu erbauen, mit den typischen Drenther Scheunentoren.« Sie löffelte Kaffee aus einer Plätzchenbüchse in einen Kaffeefilter und sagte in einem Ton, als wolle sie mir von vornherein den Wind aus den Segeln nehmen: »Bertus ist uns eine große Hilfe und macht uns keinerlei Schwierigkeiten. Was mich betrifft, kann er ruhig hier bleiben. Geht es bei Ihrer Untersuchung darum?«

»Nein, Mevrouw. Wir führen Stichproben durch, um festzustellen, ob die ehemaligen Häftlinge Rückfalltendenzen aufweisen und wie der Resozialisierungsprozess verläuft, also die Wiedereingliederung in die Gesellschaft.«

»Ach, diese Begriffe sind uns allmählich vertraut«, sagte sie. »Wissen Sie, wir haben vorher auch schon mal einen Exhäftling hier gehabt, aber der war sich zu fein, auch nur einen Finger krumm zu machen. Der dachte wohl, der Staat bezahlt sowieso für ihn.«

»Sind Sie mit der Vergütung nicht einverstanden?«

»Nein, das ist es nicht, das Geld kommt immer pünktlich, aber es reicht einfach nicht aus, wenn man dafür einen erwachsenen Kostgänger unterhalten muss, der den ganzen Tag nur auf seinem Hintern sitzt, schmutzige Heftchen liest und Fernsehen guckt.«

Ich zog einen Notizblock aus meiner Tasche. »Aber Bertus tut so etwas nicht?«

»Ich habe ihn noch nie lesen sehen. Vielleicht schaut er abends mal Fernsehen, er hat einen Apparat im Wohnwagen.«

Ich starrte auf meinen Notizblock. »Seit wann ist Bertus bei Ihnen?«

»Ungefähr seit einem Jahr.«

»Warum nehmen Sie eine solche Aufgabe auf sich?«

Auf ihrer schmalen Stirn bildete sich eine Falte, als verstehe sie meine Frage nicht sofort. Das Wasser fing an zu kochen und sie schaltete das Gas aus, nahm den Kessel vom Herd und fing an, Wasser auf den Kaffee zu schütten, ein Guss nach dem anderen, wie es vor der Erfindung der Kaffeemaschine jedermann tat. »Einer von Doekes Brüdern hat mal eine Dummheit gemacht, für die er ein halbes Jahr ins Gefängnis wanderte«, erzählte sie. »Als er wieder herauskam, fand er keine Anstellung mehr. Er war ein guter Maurer, aber niemand wollte ihn haben. Es war, als habe er lebenslänglich bekommen und nicht nur sechs Monate.« Sie setzte den Kessel ab und stellte Tassen und eine Porzellandose mit Zuckerwürfeln auf den Tisch. »Als Doeke dann vor fünf Jahren eine Anzeige der Bewährungshilfe Groningen las, dass Resozialisierungsstellen für Strafgefangene im offenen Vollzug gesucht würden, hat er sich sofort gemeldet.«

Die Fachausdrücke sprudelten aus ihr heraus, als habe sie einen Kursus besucht. Ich wartete, bis sie mir ein Wölkchen Rahm eingeschenkt hatte, lehnte den Zucker dankend ab und fragte: »Haben Sie denn gar keine Angst?«

»Angst?« Sie machte ein Gesicht, als gebe ich ihr erneut ein Rätsel auf, aber dann hellte sich ihr Ausdruck auf. »Ach so, vor den Jungs?«

Sie lachte wie ein knarrendes Wagenrad. Sie setzte sich hin, den Stuhl ein Stück vom Tisch abgerückt, zog ihr schwarzes Kleid über die Knie und straffte den Rücken. »Wir fahren vorher hin, um sie kennen zu lernen. Wir haben uns drei Kandidaten angeschaut und uns schließlich für Bertus entschieden. Er ist Gärtner und schien ein guter Junge zu sein.«

»Junge?«

»Er wird wohl um die fünfzig sein, aber er ist ein bisschen zurückgeblieben. Er ist einfach ein braver Bursche. Er arbeitet sehr hart und ist mit Ernst bei der Sache. Manchmal muss man ihm vorher dies und jenes erklären, aber dann kann man ihn ruhigen Gewissens sich selbst überlassen. Mein Sohn arbeitet bei der staatlichen Forstverwaltung, er wohnt mit seiner Frau und seinen beiden Kindern hier nebenan. Sie legen heute Morgen eine Schonung an, mein Mann ist auch dabei. Sie arbeiten oft zu dritt.«

»Bei diesem Wetter?«

»Bei Regen arbeiten sie in der Halle.«

»Der Gefängnisaufenthalt muss Bertus gut getan haben.«

»Da bin ich anderer Meinung.« Mevrouw Siebers beugte sich steif nach vorn und trank von ihrem Kaffee.

»Aber vorher war er doch nicht gerade nett und freundlich.«

»Das kann ich nicht sagen«, erwiderte sie störrisch. »Ich weiß, warum er zehn Jahre im Groninger Gefängnis und danach fünf Jahre in so einer Einrichtung gesessen hat, bevor er hierher kam. Aber wir bilden uns unsere eigene Meinung.«

»Redet er manchmal über den Mord?«, fragte ich unvermutet.

Sie spitzte die Lippen. »Nein, nie.«

Ich trank den aromatischen Bauernkaffee, kratzte mit meinem Stift über den Block und fragte: »Hielt man es bei der Bewährungshilfe nicht für problematisch, dass er nicht hier bei Ihnen im Haus, sondern in einem eigenen Wohnwagen wohnt?«

»Es ist ein schöner Wohnwagen, mit allem ausgestattet. Es war ein Bauleitungswagen, mein Sohn hat ihn von der Stadt gekauft. Der zuständige Beamte hat ihn sich angeschaut und war einverstanden. Er ist ideal für Bertus, dadurch hat er etwas Privatsphäre.«

»Ist aber weniger unter Aufsicht.«

»Wir vertrauen Bertus.«

»Bekommt er hin und wieder Besuch?«

Sie schüttelte den Kopf. »Manchmal kommt ein Bewährungshelfer oder ein Sozialarbeiter vorbei. Sie erkundigen sich bei uns, ob alles in Ordnung ist, und schauen dann nochmal kurz bei Bertus im Wohnwagen vorbei.«

»Bekommt er keine Privatbesuche?«

»Nein, eigentlich nie.«

»Nie?«

»Letzte Woche war eine Dame bei ihm.«

Ich hielt den Atem an. »Wer war sie?«

»Sie ist nicht zu uns reingekommen, aber Max hat an der Kette herumgetobt und ich sah sie an meinem Küchenfenster vorbeigehen. Offenbar wusste sie, wo sie ihn finden konnte. Ich dachte, es wäre jemand von der Bewährungshilfe, aber Bertus erzählte am nächsten Tag, sie sei eine der Betreuerinnen vom Roekenhof gewesen. Dort hat er früher gearbeitet.«

»Aber Sie haben sie nicht gesehen?«

»Nein. Ist das denn so wichtig? Es regnete und sie hatte einen Regenschirm aufgespannt.«

»Haben Sie sie auch wieder gehen sehen?«

Sie runzelte die Stirn. »Was wollen Sie damit sagen?«

Meine Fragen waren ziemlich heikel und ich hatte gehofft, sie würde sie einfach beantworten, ohne weiter darüber nachzudenken. Doch wenn Bertus erst am nächsten Tag die Besucherin erwähnt hatte, war sie abends wahrscheinlich wieder gegangen. »Ich meine damit, dass Sie hier ziemlich abgelegen wohnen und abends vielleicht nur wenige öffentliche Verkehrsmittel fahren«, sagte ich so harmlos wie möglich. »Oder war sie mit dem Auto hier?«

Das schien sie einigermaßen zu beruhigen. »Ich habe kein Auto gesehen, aber der Bus hält nur ein kleines Stück weiter und fährt einmal die Stunde.« Mevrouw Siebers stand auf, öffnete einen Vorratsschrank und holte einen Korb mit Kartoffeln heraus.

»Hat sich Bertus über den Besuch gefreut?«

Sie zuckte kurz die Achseln. »Er war ein bisschen durcheinander, aber er hat nichts darüber erzählt. Ich habe auch nicht nachgehakt. Seine Vergangenheit ist ein Thema, über das wir nicht so gerne reden.«

Ich konnte sie schwerlich weiter über Bertus' Besuch ausfragen. Die Frau mochte ihn und würde ihn durch hartnäckiges Schweigen schützen, wenn sie erführe, was ich hier wirklich wollte. Ich zog eine Art Schlussstrich unter meine Aufzeichnungen auf dem Notizblock. »Soweit ich Ihren Aussagen entnehmen kann, gibt es von Ihrer Seite weder Beschwerden noch Probleme. Sie sind also mit der derzeitigen Situation zufrieden?«

»Aber ja«, sagte sie. »Wir können wirklich nicht klagen.«

»Dann bräuchte ich eigentlich nur noch einen Blick in seinen Wohnwagen zu werfen, bevor ich mich wieder auf den Weg mache.« Ich steckte den Notizblock in meine Tasche und schob meinen Stuhl zurück.

»Wollen Sie gar nicht mit Bertus reden?«

»Die Untersuchung bezieht sich in erster Linie auf die Gastehepaare und die Unterbringung.«

Sie füllte einen Topf mit Wasser. »Ich muss mit dem Mittagessen anfangen, aber Sie können ruhig einen Blick hineinwerfen. Wenn Sie an der Scheune entlanggehen, können Sie ihn gar nicht verfehlen.« Sie schaute zum Fenster hinaus. »Es hat schon ein bisschen aufgehört zu regnen, aber möchten Sie vielleicht trotzdem einen Schirm mitnehmen?«

»Ach, das geht schon so. Brauche ich keinen Schlüssel?«

Sie folgte mir zur Tür. »Der Wohnwagen ist nie abgeschlossen. Wenn Sie nur nicht zuviel Dreck hineintragen, Bertus hält sein Zuhause nämlich immer peinlich sauber.«

Der perfekte Kostgänger.

Ich reichte ihr die Hand und sie schloss die Tür hinter mir. Ich musste einen großen Bogen um Max schlagen, dessen Nackenhaare sich bei meinem Anblick sofort aufstellten. Er zerrte an seiner Kette und vergaß in seiner wutschäumenden Raserei, sich die Zunge durchzubeißen.

Der Wohnwagen stand umgeben von gepflegten Sträuchern hinter dem Wald von Bohnenstangen neben einem alten Schuppen. Es war ein langer grün gestrichener Wagen auf winzigen Rädern und Blöcken, mit einem großen Fenster in der Mitte, Fenstern auf der Vorderseite, einer kleineren Mattglasscheibe dort, wo sich vermutlich das Bad befand, und drei Holzstufen, die zu einer halb verglasten Eingangstür führten. Die Treppe wurde von großen weiß gestrichenen Drenther Findlingen gesäumt. Geranien blühten in Kästen neben der Tür und vor den Fenstern.

Sogar im Regen wirkte der Wagen brav, wie das Domizil eines Menschen, dem die Vögel aus der Hand fraßen, der mit den Blumen sprach und jeden Morgen ein Reuebekenntnis gen Himmel sandte. Ich hatte einen verkommenen, stinkenden Bau erwartet, ein schimmeliges Loch, das ein sabbernder, grenzdebiler Vergewaltiger und Mörder mit Ratten und Kellerasseln teilte. Der Kontrast war beunruhigend, weil sich dahinter die Möglichkeit verbarg, dass Bertus sich vorübergehend als zuverlässiger Waldarbeiter maskiert hatte, um in Ruhe nach neuen Opfern Ausschau zu halten.

Ich vermisste CyberNel, die möglicherweise ihre eigenen Schlüsse daraus gezogen hätte. Doch ich hatte sie nach einer romantischen Nacht in einem Hotel in der Drenther Heide am Assener Bahnhof zum Zug gebracht.

Die Tür war unverschlossen. Dahinter lag eine kleine Diele, von der aus Türen zum Wohnzimmer und zu einer kleinen Toilette führten. An der Garderobe hing ein Mantel, unter dem ordentlich ein Paar Sonntagsschuhe stand. Alles roch nach Seife, geistiger Volksgesundheit und tugendhaften Vorsätzen. Hier herrschte Sittsamkeit; Gedanken an schmusige Mongölchen waren tabu und es durfte noch nicht einmal ab und zu masturbiert werden. Ich widerstand der Versuchung, meine nassen Schuhe auszuziehen, wischte sie aber an der Kokosmatte sauber.

Ich ging durch das Wohnzimmer in den Schlafraum, der sich hinter einem halb zugezogenen Vorhang befand, und blickte auf das ordentlich gemachte Feldbett mit seiner einmal die Woche von Mevrouw Siebers gewaschenen Bettwäsche und einem weißen Häkelüberwurf. Der offene Kleiderschrank enthielt saubere, umgeänderte Hosen und Hemden und gewissensreine Unterwäsche. Weder *Playboy*-Hefte noch Werkstattkalender, noch nicht einmal Glamourfotos von Valerie Romein, die ich beinahe erwartet hatte. An der Wand hing eine naive Heideansicht inklusive Hirte mit Lamm auf den Schultern und dem dazugehörigen Psalmentext. Auf der Fensterbank stand ein Ficus und auf einem Brett darunter eine illustrierte Kinderbibel. Ich öffnete die Schränke über und unter der Anrichte und schloss aus dem Wasserkessel und der Terrakotta-Teekanne, dass Bertus sich hier Tee kochen und das Frühstück zubereiten konnte; die übrigen Mahlzeiten nahm er wahrscheinlich bei den Siebers ein.

Ich wanderte herum, fasste nicht zu viel an und verstand die Welt nicht mehr. Das machte mich misstrauisch. Ich hatte mit pathologischen Kriminellen und den typischen Anwälten für Häftlinge in Sicherheitsverwahrung zu tun gehabt, denen es gelungen war, ihre Mandanten schließlich und endlich freizubekommen, obwohl allen klar war, dass sie trotz der langen Haft und den Therapien häufig nicht ›geheilt‹ waren. Ich hatte Fälle von ›Besserung‹ erlebt, die sich eine Weile lang halbwegs vernünftig benahmen, bis wir sie erneut jagen mussten, weil ihre latente Triebhaftigkeit wieder aufflackerte, hervorgerufen durch unregelmäßige Medikamenteneinnahme, durch das aufreizende Verhalten einer Frau oder, noch schlimmer, die erregende Unschuld eines Kindes.

Vielleicht bricht irgendwann einmal die glorreiche Zeit an, in der wir alle weise und geistig erwachsen geworden sind und niemand mehr das Bedürfnis empfindet, Macht über andere auszuüben oder einen anderen Menschen jener primitiven Form der Lust zu unterwerfen, die noch aus der Höhlenzeit stammt. Zwar hält der Zivilisationsprozess bereits seit ein paar tausend Jahren an, je nach Rechnung oder Betrachtungsweise auch seit ein paar Millionen, aber noch immer schlagen wir uns gegenseitig den Schädel ein und setzen Vergewaltigung als Mittel für ethnische Säuberungen ein.

Nach Ansicht von Mevrouw Siebers war Bertus ein wenig zurückgeblieben. Nach Ansicht des Polizeibeamten, der ihn damals verhaftet hatte, als er inmitten der Schafe jammernd neben der Leiche der erwürgten Denise hockte, war er ein sexbesessener Schwachsinniger.

In Drenther Dörfern mit Namen wie Spijkerboor, Zwartschaap, Grolloo und Amen konnte man den Dorfdeppen mit dem gekrümmten Rücken noch förmlich vor Augen sehen, ein Bertus in Hochwasserhosen, dem die Schulkinder hinterherjohlen: *Bertus ist blöd, Bertus ist blöd, blöd, blöd,* ein sabbernder Buckliger, von einem Holzschuh auf den anderen hüpfend, zwei schwarze Zahnstummel im offenen Mund. In seinem schief gelegten Kopf wohnt ein zu schwacher Verstand, um das Leben überblicken oder wenigstens den vorübergehenden Charakter von Ereignissen begreifen zu können. Er kann weder in eine andere, weiträumigere Dimension noch in eine andere Zeit entfliehen; sein Kopf ist bis zum Bersten mit dem schrecklichen Heute erfüllt, dem Jetzt, in dem er von seinen Quälgeistern terrorisiert wird, in dem er den Urin die Beine hinunterlaufen fühlt und innerlich stirbt, jedes Mal aufs Neue.

Ich saß auf dem geblümten Sessel neben dem Ficus auf der Fensterbank, der Bertus' Fernsehsessel zu sein schien, da der Apparat gegenüber auf einem Schrank stand. Ich hatte den Schrank durchsucht; es waren Puzzlespiele darin, die meisten mit hundert beziehungsweise zweihundertfünfzig Teilen, für Bertus das maximal Machbare.

Puzzlespiele und die Kinderbibel.

In der Welt jenseits des Fensters herrschte Totenstille, bis auf das Rauschen des Regens, der auf den Wohnwagen prasselte. Die Sauberkeit hier drinnen gemahnte in ihrem beengenden und geistlosen Charakter an eine religiöse Sekte. Ich wagte es nicht, mir eine Zigarette anzuzünden; hier wurde nicht geraucht.

Bertus war ein Vergewaltiger und Mörder, und ich konnte kaum glauben, dass zehn Jahre Gefängnis, fünf Jahre offener Vollzug und ein Jahr beim Bauern ihn zum heiligen Franziskus gemacht hatten.

Der Regen dämpfte das Geräusch der sich öffnenden

Eingangstür, doch ich nahm einen huschenden Schatten wahr. Die Flurtür schwang auf, und noch bevor ich aus meinem Sessel aufstehen konnte, stand Bertus im Wohnwagen.

»Was für eine Untersuchung?«, fragte er ohne Überleitung. »Es war doch jetzt gut?« Seine Stimme klang heiser und ein wenig zu hoch. Vielleicht hatte er Angst, dass meine Anwesenheit das Ende seines Aufenthalts bei den Siebers bedeuten würde.

»Bertus Tons?« Ich erhob mich.

Bertus blieb abwartend stehen. Er trug graue Stricksocken unter einem blauen Overall, dessen Hosenbeine um die Waden herum verknittert waren, wo sie in den Gummistiefeln gesteckt hatten. Er war nicht besonders groß, aber kräftig gebaut. Er hatte dickes flachsblondes Haar und ein rundliches gerötetes und ein wenig teigig wirkendes Gesicht. Seine haselnussbraunen Augen huschten scheu hin und her, doch er sagte nichts, sekundenlang.

Mich beschlich das Gefühl, dass er nicht aus Verlegenheit schwieg, sondern aus Gewohnheit, als hätten die Gefängnisverhöre ihn gelehrt, dass einen ungefragtes Antworten nur in Schwierigkeiten brachte. Er hatte etwas Durchtriebenes und Berechnendes an sich, aber auch etwas Mitleiderregendes, doch mir war klar, dass ich mir Letzteres vielleicht nur einbildete, weil ich noch immer den Dorftrottel in ihm sah.

»Die Leute hier sind zufrieden mit dir«, sagte ich.

»Bleiben Sie doch sitzen.«

»Das ist dein Platz.«

»Nichts ist meins.«

Diese Bemerkung klang seltsam traurig. Ich ließ mich zurück in den Sessel sinken, hob meine Tasche vom Fußboden auf und stellte sie auf meine Knie. Bertus blieb unangenehmerweise stehen, was mir ein Gefühl der Unsicherheit vermittelte. Ich dachte an die Kinderbibel, öffnete den Reißverschluss meiner Tasche und steckte meine Hand hinein, als könne ich nötigenfalls eine Vorladung oder andere offizielle Papiere daraus hervorziehen. »Du hast es doch gut getroffen«, meinte ich. »Ein eigener Wohnwagen, ein gutes Unterkommen, man kümmert sich um dich. Das gefällt dir doch sicher?«

Sein Gehirn funktionierte gut genug, um einen kausalen Zusammenhang erkennen zu können. »Ich arbeite auch hart.«

»Wieder als Gärtner?«

»Ja, aber ich mache auch viele andere Sachen.«

»Du bist doch Gärtner gewesen? Kannst du dich noch daran erinnern? Im Heim hast du die Hühner und Ziegen versorgt.«

Sein Gesicht nahm einen gequälten Ausdruck an.

»Weißt du noch, wer Denise war?«

Bertus fing an, seine Hände aneinander zu reiben, und flüsterte hoch und gequält: »Das ist vorbei.«

Ich ließ die Finger über die Papiere in meiner Tasche wandern und sagte: »Aber vielleicht ist ja noch was dazugekommen.«

Er starrte meine Tasche an und wirkte aufrichtig verwirrt. »Es war eine Sünde«, flüsterte er.

»Du hast doch vor ein paar Tagen Besuch gehabt?«

»Nein, es war niemand da.« Er schüttelte den Kopf.

»Von einer Frau.«

Er verzog das Gesicht, bis die Erinnerung wiederkam, und seine Augen weiteten sich vor Schreck oder Angst, was genau, konnte ich nicht erkennen. »Ist was mit Helga?«

»Wer ist Helga?«

»Aus dem Heim?« Der Schrecken legte sich, und stattdessen sah ich wieder diese Durchtriebenheit, als er durchschaute, dass ich nicht wusste, wer Helga war und nur auf gut Glück im Trüben fischte.

Ich konnte ihn nur schwer einschätzen, aber es erschien mir sinnvoll, ihn noch ein bisschen weiter aus dem Gleichgewicht zu bringen. »Ich suche jemanden«, sagte ich und zog aus meiner Tasche ein Foto der jungen Valerie hervor. »Weißt du noch, wer das ist?«

Bertus kam näher heran und beugte sich über das Foto, das ich für ihn hochhielt. Er lief rot an und wurde nervös. »Ihre Schwester.«

»Die Schwester von Denise?«

Er nickte stumm.

»Weißt du noch, wie sie hieß?«

»Walia.«

»Nannte Denise sie so?«

Bertus schwieg und ich fragte mich, wie ich die nächste Frage formulieren sollte. Wir waren hier nicht in einem Vernehmungszimmer mit einem wachsamen Polizeibeamten vor der Tür. Ich wedelte mit dem Foto und suchte währenddessen mit der anderen Hand das zweite, in demselben Format und ebenfalls schwarz-weiß. CyberNel fotografierte am liebsten mit Schwarz-Weiß-Filmen. »Hast du es auch mit Walia getan?«

Er stieß einen rauen Laut aus, etwas zwischen *Was?* und *Häh?* und starrte mit offenem Mund das Foto an. Mir blieb jetzt nichts anderes übrig, als weiterzumachen, es ihm einzuhämmern. »Weißt du, was ›schwanger‹ bedeutet? Ein Kind bekommen?« Ich hielt ihm Valeries Foto unter die Nase, das von Caroline daneben und sagte: »Walia wurde schwanger und bekam eine Tochter. Ich glaube, dass du sie schwanger gemacht hast und das deine Tochter ist.«

Bertus starrte wie gelähmt die Fotos an und in seinem Gesicht spiegelten sich abwechselnd die unterschiedlichsten Gefühle wider. Ich sah plötzliches Begreifen, Wiedererkennen und dann eine Grimasse der Wut. Er reagierte blitzschnell und überrumpelte mich vollkommen. Er riss mir das Foto aus der Hand, stieß einen gequälten Fluch aus und flüchtete aus dem Wohnwagen.

»Bertus!«, rief ich und sprang von meinem Sessel auf. »Bleib stehen!«

Ich rannte ihm durch den Wohnwagen hinterher bis in den Flur. Er knallte mir die Tür vor der Nase zu. Ich riss sie auf, sah Bertus zur Scheune flüchten, stolperte über irgendetwas, taumelte seitlich von den Holzstufen und verlor das Bewusstsein, als ich mit dem Kopf gegen einen der Drenther Findlinge knallte.

Regen fiel mir ins Gesicht und ein Hund stand über mir, den Kopf dicht an meinem, mit gefletschten Zähnen. *Hier stimmte etwas nicht. Niemand hatte etwas von einem Hund gesagt, und als Bart und ich hinter dem Sondereinsatzkommando her zu dem Lkw rannten, in dem pakistanische Illegale versteckt gehalten wurden, schien die Sonne. Wo war Bart? Wo war meine Pistole?*

Eine unbekannte Frau beugte sich über mich und fragte: »Wo ist Bertus?«

»Wer ist Bertus?« Meine Stimme klang fremd.

Ich versuchte aufzustehen. Die Frau zog den Hund an einer Kette von mir weg. *Das hier war nicht Amsterdam.*

Ich schwankte. Durch den Regen rollte die Vergangenheit wie eine Welle auf mich zu, mein ganzes Leben, bis zu Max dem Schäferhund, der Bäuerin und *Bertus.* Ich kippte vornüber.

6

Vor meinen Augen hing ein weißer Schleier, durch den ganz allmählich cremefarbene Stoffparavents, weiß lackierte Rohre und eine weiße Zimmerdecke Farbe und Form annahmen. Leise Geräusche und amerikanische Stimmen trieben unter der Decke entlang und schmerzten in meinem Kopf.

»Sie haben ihm irgendetwas gegeben«, sagte eine protestierende Stimme. »Er schläft noch.«

Jemand drängte eine dunkelhäutige Krankenschwester beiseite und das Gesicht von CyberNel schwamm auf mich zu. »Max, du meine Güte!«

»Nicht so laut«, murmelte ich.

Nel bedeutete der Krankenschwester, dass sie gehen könne, und ich sah einen Moment lang nichts, doch ich roch ihre Haut und spürte ihren Atem auf meinem Gesicht und ihren Mund auf meinen Augen. »Ich dachte schon, ich müsste von nun an alles alleine regeln«, flüsterte sie.

»Du solltest eigentlich zuerst an den Patienten denken.«

Sie schob einen Hocker ans Bett. »Der Bauer hat einen Krankenwagen gerufen und die Ärzte haben einen winzigen Riss in deinem Os parietale mit einem hochmodernen speziellen Wachstumsgelee gefüllt …«

»Nel.«

»Ja, Schatz. Das ist das Scheitelbein, oben auf deinem Kopf.« Sie legte einen Finger auf den Verband um meinen Hinterkopf. »Eddy hat mich gebracht, ich gehe gleich dein Auto holen, das steht noch auf dem Bauernhof, ich hatte keinen Schlüssel. Ein gemeingefährlicher Köter bewacht es.«

Ich spürte ihren Finger auf meinem Schädel nicht. Der

Schmerz war in meinem Kopf, nicht obendrauf. Nels nervöses Gerede konnte nur eines bedeuten, nämlich dass sie sich große Sorgen gemacht hatte.

Das heiterte mich wieder etwas auf. »Ich habe Kopfschmerzen.«

»Das liegt an der leichten Gehirnerschütterung. Was ist denn überhaupt passiert?«

»Bertus ist ausgeflippt, als ich ihm die Fotos von Valerie und Caroline zeigte.«

»Warum?«

»Gute Frage.«

Sie schwieg einen Augenblick. »An dem Findling klebte Blut und du kannst froh sein, dass du nicht direkt obendrauf geknallt bist, sondern mehr oder weniger daran entlanggeschrammt. Der Riss ist nichts Ernsthaftes. Deine Kopfhaut wurde genäht. Du musst ein paar Tage das Bett hüten und es soll auch noch ein EEG gemacht werden.«

»Blödsinn.«

»Nur zur Sicherheit. Du warst ein bisschen lange bewusstlos. Erst auf dem Operationstisch hast du angefangen zu zappeln und musstest betäubt werden.«

Ich drückte ihre Hand vor Erleichterung. »Ich konnte mich plötzlich an überhaupt nichts mehr erinnern.«

Eine schokoladenbraune Schwester betrat mein Vorhangzelt. »Nun ist es aber genug, der Patient braucht Ruhe.«

»Ich muss noch mit ihm reden, nur ganz kurz«, bat Nel eindringlich. »Sonst geht unser Geschäft Pleite. Ich verspreche, ihn nicht aufzuregen.«

Die Schwester lächelte mit strahlend weißen Zähnen in ihrem dunklen Gesicht. »Von einem Geschäft weiß ich nichts; ich weiß nur, dass wir wütende Polizisten am Hals haben, wenn die spitzkriegen, dass Sie hier reindürfen und die nicht. Fünf Minuten!«

Ich schaute Nel fragend an, die wartete, bis die Schwester weg war. »Die Gastfamilie hat die Bewährungshilfe angerufen, dazu sind sie verpflichtet. Deswegen Polizei.«

»Wo ist Bertus?«

»Tja, der ist abgehauen. Deshalb mussten sie auch bei der Bewährungshilfe anrufen und jetzt interessiert sich die Polizei dafür, was du da zu suchen hattest.«

»Wie, abgehauen?«

»Er hat die Beine unter den Arm genommen, auf dem Fahrrad.«

Ich ließ die seltsame Metaphorik unkommentiert. »Aber dann erwischen sie ihn doch in null Komma nichts?«

Sie machte ein Gesicht wie eine enttäuschte Sphinx. »Vielleicht wäre eine Hirntomographie keine schlechte Idee. In den Niederlanden gibt es ziemlich viele Fahrradfahrer.«

Wir schwiegen einen Augenblick. Ich legte ihre Hand auf meinen Mund und küsste ihre Handfläche. Unter der warmen Höhlung schien der Schmerz in meinem Kopf abzuebben. Ich dachte an Bertus, der vielleicht mit dem Fahrrad unterwegs zu Caroline war. Hier in Drenthe lag alles dicht beisammen. Die Großeltern, das Heim, sein Bauernhof. Er konnte höchstens sein Fahrrad an ein Hünengrab lehnen und mit Bus oder Bahn seine Flucht fortsetzen.

»Ich muss hier weg«, murmelte ich.

Sie lehnte sich dicht an mein Ohr. »Das ist mir klar. Ich habe dir was zum Anziehen mitgebracht. Ich hoffe nur, dass das nicht schadet, ich meine, deinem Kopf.«

»Ich kann ja wegen des EEGs nochmal wiederkommen, falls es mir nicht gut geht. Schieb die Tasche unter das Bett und halte mir die Polizei vom Leib. Heute Nacht haue ich ab.«

»Wo ist denn deine Pistole?«

»Sie müsste im Auto sein. Kannst du gegen Mitternacht draußen auf mich warten? Wo sind wir hier eigentlich?«

»Im Bezirkskrankenhaus Assen.«

Sogar das Nachdenken tat weh. Vielleicht hätte ich doch lieber auf die Ärzte hören sollen anstatt auf mein durcheinander geschütteltes Hirn, doch Bertus' Reaktion auf die Fotos lag mir im Magen und womöglich war keine Zeit mehr für ein paar Tage Bettruhe. »Du könntest noch etwas tun, hier ganz in der Nähe. Bertus hat Besuch von einer jungen Frau gehabt. Ich dachte zunächst an Caroline, es hätte zeitlich gepasst, aber laut Bertus war es eine gewisse Helga aus dem Heim, und bestimmt meinte er den Roekenhof. Vielleicht hat sie dort gearbeitet oder arbeitet dort noch immer. Ihren Nachnamen weiß ich nicht. Könntest du das überprüfen?«

Nel bückte sich und schob mit dem Fuß die Plastiktüte mit Kleidung unter das Bett. Wir hörten die Stimme der Krankenschwester über die gedämpften Fernsehgeräusche und das Geschirr- und Instrumenteklappern hinweg. Außer dem Schmerz in meinem Kopf erschien mir alles unwirklich.

»Meine Papiere«, flüsterte ich. »Asvelds Privatnummer ist in meiner Brieftasche, könntest du ihn anrufen? Ich muss so schnell wie möglich zu ihm.«

Nel stand auf, als die Schwester zwischen den Stofftrennwänden erschien. »Ich bin fertig«, verkündete Nel. »Soll ich seine Sachen zum Waschen mitnehmen?«

»Brauchen Sie nicht, die werden hier gereinigt.«

»Wunderbar. Ich hoffe, dass Sie seine Brieftasche vorher rausgenommen haben?«

»So schlau sind wir gerade noch.« Die Krankenschwester trat an mein Bett und zog die Schublade des Nachtschränkchens auf. »Bitte schön.«

In der Schublade lag alles, sogar mein Taschentuch. Nel nahm die Autoschlüssel aus meiner Brieftasche. Sie dankte der Schwester und küsste mich liebevoll auf den Mund. »Ruh dich schön aus, ich komme morgen wieder, mit Weintrauben und leichter Lektüre«, sagte sie im Tonfall einer besorgten Mutter.

Sie grinste die Krankenschwester an. »Kriegt er so ein allerliebstes Mützchen von Ihnen oder soll ich eins von zu Hause mitbringen?«

»Auf jeden Fall müssen Sie gleich noch zur Aufnahme wegen der Daten und den Angaben zur Versicherung.«

Nel ging, und sofort wurde ich wieder vom Schlaf übermannt. Vielleicht würde man mich zum Abendessen wecken. Die Schwester schlug die Decke zurück, zog mein Krankenhausnachthemd hoch und pikte mir in den Po, während ich gerade versuchte meinen mentalen Wecker zu stellen.

Es war sehr still, abgesehen von dem Schnarchen einiger Mitpatienten. Ringsum standen im gelblichen Licht der Nachtbeleuchtung moderne Krankenhausbetten mit Kunststoffgriffen und Instrumentenpulten. Ich dachte einen Moment lang, man habe mich in einen größeren Saal verlegt, bis ich begriff, dass man die Trennwände um mein Bett weggenommen hatte.

Mein Gedächtnis arbeitete nur mit halber Kraft. Ich erinnerte mich nebulös an einen Teller grüne Bohnen mit Hackfleisch und daran, dass mir jemand aus dem Bett und auf die Toilette geholfen hatte. Mein Kopf war nicht mehr bandagiert; ich ertastete ein kleineres verpflastertes Stück Verbandsmull auf einer kahlen Stelle. Möglicherweise setzte ich ohne EEG mein Leben aufs Spiel, doch an die Geschichte mit Bertus erinnerte ich mich noch haargenau. Ich musste hier weg. Allerdings konnte ich mich nicht einfach mit einer Ausrede aus dem Krankenhaus hinausschmuggeln, weil man die Polizei benachrichtigen und mich zumindest so lange festhalten würde, bis die Streifenwagen eintrafen, und auf Szenen nach Wildwestmanier hatte ich keine Lust.

Fünf Betten. Alle Patienten schliefen oder waren bewusstlos. Die Tür war geschlossen. Meine Kopfschmerzen konnte ich einigermaßen ertragen, als ich die Knie anzog, die Bettdecke beiseite trat und mich von dem hohen Krankenhausbett rutschen ließ. Ich kniete mich auf den Boden und zog Nels Plastiktüte hervor. Mein Nachbar lag leise röchelnd und stöhnend auf dem Bauch. Seine Hand hing neben dem Bett herunter, gefährlich dicht über der Steuerkonsole mit Alarmknöpfen und Schaltern. Ich zog mich leise an und dachte bei mir, dass Albträume in Krankenhäusern wohl meist von misslungenen Operationen oder einem Erwachen in der Leichenhalle handelten. Ich schlüpfte in die weichen Lederslipper, Leisetreter, die mir Nel klugerweise ausgesucht hatte, und steckte den Rest meiner Sachen aus der Nachttischschublade in meine Taschen. Ich hielt meine Armbanduhr unter das schwache Licht und sah, dass es halb eins war.

Ein geborgter Arztkittel mit Stethoskop wäre besser gewesen; jede Verkleidung wäre besser gewesen als der Anblick, den ich bot. Ich sah aus wie ein unrasierter Landstreicher in zerknitterter Kleidung, noch dazu mit dem heimlichtuerischen Verhalten eines typischen Flüchtlings.

Den Aufenthaltsraum der zeitschriftlesenden Nachtschwester hatte ich problemlos passiert und beobachtete die Leuchtanzeigen des Aufzugs, der mir sicherer erschien als die Treppe. Ich musste lange warten. Nicht nur das, sondern auch die Tatsache, dass der Lift von oben kam, hätten mich warnen sollen, doch schließlich hatte ich eine Gehirnerschütterung. Als die Türen aufglitten, stand ich Auge in Auge mit einer Frau – und zwar mit Arztkittel und Stethoskop.

»Wer sind Sie?«, fragte sie irritiert.

»Guten Abend.« Ich betrat den Aufzug und drehte mich zu den Knöpfen um. »Wollen Sie auch nach unten?«

Sie griff nach dem Telefon, während sich die Türen schlossen. »Sollten Sie nicht im Bett liegen?«

»Doch, natürlich, aber es gab einen Notfall. Ich bin Pater Damiaan.«

»Pater Damiaan?« Sie ließ ihre Hand auf dem Telefon liegen und musterte stirnrunzelnd die Pflaster auf meinem Kopf.

»Vom Heiligen Herzen, wegen der Sakramente.« Der Aufzug setzte sich in Bewegung.

Ich beobachtete ihre Hand und ihr Stirnrunzeln und versuchte sie mit einer wilden Geschichte abzulenken. »Die Angehörigen von Meneer Winter auf der zweiten Etage haben mich angerufen, er sei heute Morgen mit schweren Hirnverletzungen eingeliefert worden. Aber ich bin umsonst gekommen, die Schwestern sagen, es sei noch nicht mal was Ernstes, er wird es auf jeden Fall überleben. Die Leute geraten heutzutage sofort in Panik, sie sehen zu viel fern und lesen Arztromane statt erbaulicher Literatur.«

Ich konnte ihrem Gesicht ansehen, dass sie mehr Gefühl für Regeln als für Humor besaß. »Es tut mir Leid, aber ich muss das überprüfen.« Sie nahm den Hörer von dem Apparat an der Wand, bevor der Gedanke an ein Handgemenge überhaupt in mir aufkommen konnte. »Kees, hast du einen Pater Damiaan hineingelassen, der zu einem Patienten namens Winter wollte?«

»Ob die Leute noch die Bibel lesen, was meinen Sie?«, fragte ich.

Sie ignorierte mich, doch dann hielt der Aufzug und die Türen glitten auf. »Ich muss jetzt leider gehen«, murmelte ich.

Sie hielt mich nicht zurück und mir wurde klar, warum, als sie in den Hörer sagte: »Jemand mit einer Kopfverletzung. Hältst du ihn einen Moment auf, damit wir das überprüfen können?«

Die Türen gingen wieder zu und sie musste sie mit einer Hand offen halten, während sie in der anderen den Telefonhörer hielt. Die Aufzüge befanden sich in einer Nische in einem kurzen Flur. Rechts lag ein großer erleuchteter Raum, wo sich vermutlich der Haupteingang und auch Kees befanden. Ich entschied mich für die andere Richtung und rannte auf eine Kunststofftür zu, in das Krankenhausgebäude hinein.

Hinter mir hörte ich die Ärztin rufen: »Halt, jetzt warten Sie doch mal!«

Dann schlugen die Schwingtüren zu und ich bog in den erstbesten Seitengang ein und eilte an verlassenen Büros und Sprechzimmern vorbei auf die Milchglastüren am anderen Ende zu. Die Tür war mit einer Querstange gesichert, die man einfach nur nach oben und von sich weg zu drücken brauchte, um vor einem Feuer oder dem Krankenhauspersonal zu fliehen.

Die Drenther Nachtluft, Plattenwege und Sträucher. Es hatte aufgehört zu regnen, aber alles glitzerte vor Nässe und im schwachen Licht sah der Rasen aus wie ein Glasteppich. Ich flüchtete hinüber zu weiteren dicken Sträuchern und von da aus bis an einen hohen Maschendrahtzaun. Ich folgte der Umzäunung rund um das Krankenhaus, einem düsteren Backsteinquader mit schwach erleuchteten Fenstern. Sechs Autos standen unter den Laternen eines abgesperrten Parkplatzes. Ich schlüpfte seitlich an dem Schlagbaum vorbei und gelangte auf einen asphaltierten Fußweg, der zur Vorderseite des Krankenhauses führte. Auf der Einfahrt zum Souterrain neben dem erleuchteten Haupteingang stand ein Krankenwagen. Bei den Glastüren sah ich niemanden.

Ich hörte ein Auto, das nicht wie mein BMW klang, und eilte den Fußweg zurück. Ein Streifenwagen mit zwei uniformierten Beamten fuhr auf den Haupteingang zu. Sie hätten mich bis zu zweimal vierundzwanzig Stunden lang festhalten und wegen der Vorspiegelung jener falschen Tatsachen vernehmen können, mit denen ich Bertus Tons zur Gewaltanwendung und zur Flucht getrieben hatte, von meiner eigenen Flucht ganz zu schweigen. Ich rannte auf das Haupteinfahrttor zu. Der Weg kam mir unendlich lang vor; in Drenthe war ja Platz genug. Jeder Schritt dröhnte in meinem Kopf.

Die Haupteinfahrt war mit Schlagbäumen und Pförtnerhäuschen gesichert. Die Schlagbäume standen offen und das Häuschen war unbesetzt, weil wahrscheinlich nur tagsüber verhindert werden musste, dass die Besucher das Gelände mit ihren Autos blockierten, anstatt den für sie bestimmten Parkplatz außerhalb der Umzäunung zu benutzen.

Ich lief am Häuschen vorbei, überquerte einen asphaltierten, beleuchteten Vorplatz in Richtung Straße und blieb in der Mitte stehen. Über Assen hing ein schwach erleuchteter, nebliger Dunst. Mehr in meiner Nähe sah ich die Lichter von Häusern, Laternen und von Scheinwerfern, die auf mich zukamen.

»Und, steht das Krankenhaus Kopf?«, fragte CyberNel, als ich mich aufseufzend auf den Beifahrersitz sinken ließ.

»Ich habe verschlafen, das ist alles. Fahr einfach los. Ich bin froh, dass du auf mich gewartet hast.«

»Ich wollte gerade die Eingangstür rammen, als ich den Streifenwagen sah. Jetzt haben wir die Polizei am Hals. Wie geht's deinem Kopf?«

»Prima.« Ich lehnte mich gegen die Sitzpolster und legte eine Hand auf ihren Oberschenkel und die andere auf meinen Kopf. Ich versuchte mir einzureden, dass er nur deshalb schmerzte, weil ich mein Gehirn beim Laufen durcheinander geschüttelt hatte. »Wohin fahren wir?«

»Asveld wohnt in Zuidlaren. Ich bin heute Nachmittag

bei ihm gewesen und hoffe, dass er genauso geduldig wartet wie ich.«

Eine Umgehungsstraße, eine Hauptstraße, Bäume, Laternen, ein Dorf mit Leuchtbuchstaben über einer geschlossenen Frittenbude und ein blaues *POLIZEI*-Schild an einem schlafenden Gebäude, noch mehr Bäume und Felder und wieder ein Dorf, der Planet der Stille.

Nel kannte den Weg. Die Nacht verbarg ihre Geheimnisse im Dunkel, das uns wie ein Zelt umgab. Ich wäre gerne weggedöst. Man hatte mir natürlich Tabletten gegeben, gegen die Schmerzen und zur Beruhigung, doch ich hatte schließlich schon den ganzen Tag geschlafen. »Konntest du meine Tasche retten?«

Nel reichte ohne sich umzusehen nach hinten, zog meine Tasche hervor und legte sie auf meinen Schoß. »Der Bauer hat gesagt, sie habe im Wohnwagen auf dem Boden gelegen, und daneben ein Foto.«

Ich zog den Reißverschluss auf und schaltete die Innenbeleuchtung ein, um den Inhalt zu kontrollieren. »Ich sehe hier nur das Foto von Valerie.«

»Er hat auch nur ein Foto erwähnt.«

Ich durchsuchte die Tasche noch einmal. »Das Bild von Caroline fehlt.«

»Dann hat Bertus es mitgenommen.«

»Warum sollte er?« Der Sturz mit dem Kopf auf den Findling hatte einen beängstigenden Gedächtnisverlust verursacht, aber jetzt rückte wieder alles an seinen Platz. »Walia«, sagte ich.

»Wie bitte?« Nel fuhr in eine Ortschaft hinein und bog rechts ab.

»Valerie. Bertus hat erzählt, dass Denise sie so nannte. Es war alles in Ordnung, solange es um sie ging. Er ist erst durchgedreht, als ich ihm das Foto von Caroline zeigte und behauptete, sie sei seine Tochter.«

Der Wagen machte einen Schlenker, als Nel mir mit einem Ruck das Gesicht zuwandte. »Hast du das wirklich gesagt?«

»Was hätte ich denn anderes tun sollen?«

Sie drehte das Lenkrad wieder gerade und seufzte. »Meinst du, er hat sie erkannt?«

»Ich hatte keine Zeit mehr, ihn das zu fragen. Aber was will er mit dem Foto einer Person, die ihm nichts sagt?«

Bissig erwiderte sie: »Was soll das heißen, die ihm nichts sagt? Du gibst ihm ein Foto und behauptest: ›Das ist deine Tochter.‹ Also wirklich!«

»Konntest du diese Helga ausfindig machen?«

»Nein. Im Heim arbeitet zurzeit keine Helga, aber sie haben angeboten zu überprüfen, ob früher jemand mit diesem Namen dort beschäftigt war. Ich soll zurückrufen. Könntest du dir vorstellen, dass Caroline sich vielleicht als Helga ausgegeben hat?«

Ich schüttelte den Kopf. »Nein, Bertus sagte, es wäre jemand aus dem Heim gewesen.«

Nel verringerte die Geschwindigkeit, wies mit einem Nicken auf einen erleuchteten Erker und parkte unter den Bäumen, mit zwei Rädern auf dem Bürgersteig. »Erst Asveld, der Mann will auch irgendwann mal ins Bett.«

»Kann ich ihm nachfühlen.«

»Ich habe ein Zimmer im *Brinkhotel* reserviert und den Schlüssel mitgenommen, um den Nachtportier zu schonen. Asveld glaubt übrigens, dass wir erst gegen Mitternacht in Amsterdam losfahren konnten und der Fall so sehr drängt, dass wir deswegen heute Nacht noch mit ihm reden müssen.«

»Ich kann nicht mehr ohne dich leben.«

»Warte«, sagte Nel, als ich aussteigen wollte, und zauberte eine Art Häkel- oder Strickmütze hervor, die genau über die kahle Stelle und die Pflaster auf meinem Hinterkopf passte.

Asveld war ein gesetzter Mann in den Fünfzigern mit glattem dunklem Haar, das er hin und wieder mit einer beiläufigen Geste aus dem Gesicht streichen musste. Er bat uns flüsternd, leise zu sein, da seine Frau oben schliefe, und führte uns in ein altmodisches Wohnzimmer mit einer Hängelampe über dem Esstisch und einem schweren Eichenbüfett mit gerahmten Fotos von Kindern und einem Hund. Das Haus war erfüllt von einer unzufriedenen Endstationsatmosphäre und auch Asveld selbst besaß eine ähnlich gekränkte Ausstrahlung, als erwarte er voller Resignation seine Pensionierung, nachdem sich Zeit seines Lebens Schicksal und Vorgesetzte gegen ihn und seine Karriere verschworen hatten. Er schloss die Tür hinter sich, bedeutete uns, am Esstisch Platz zu nehmen, und setzte sich ans Kopfende, wo eine Mappe mit Papieren lag, in denen er offenbar gelesen hatte. »Ich erinnere ich mich noch von der Akademie her an Bart Simons«, begann er. »Aber wir sind uns dort, glaube ich, nicht begegnet?«

»Ich bin erst spät zur Polizei gegangen und Nel ist noch zu jung, als dass ihr euch getroffen haben könntet. Sie hat ihre Ausbildung in Amsterdam absolviert.«

Asveld lachte wiehernd und sagte mit einem bedauernden Unterton: »Ich habe auch schon mal daran gedacht, auszusteigen und so etwas Ähnliches zu machen wie ihr.«

»Ach, ich habe die Entscheidung schon oft genug bereut«, sagte ich, um ihn gnädig zu stimmen.

Er nickte nachsichtig. »Simons hat sich nicht so genau über eure Ermittlungen geäußert«, sagte er dann. »Arbeitet ihr für ein Ministerium?«

Ich schüttelte den Kopf. »Für eine Dachorganisation von Einrichtungen für Behinderte und psychisch Kranke. Nachdem viele von ihnen fusioniert haben, sucht man nach Richtlinien für eine gemeinsame Politik, und die zuständige Kommission hat uns gebeten, ein paar alte

Fälle zu analysieren und zu untersuchen, was dabei schief gelaufen ist und warum und welche Veränderungen infolgedessen ratsam erscheinen. Und dieser Fall interessierte uns. Ich bin dankbar, dass du bereit bist, uns um diese Zeit noch Auskunft zu geben, denn wir stehen unter Termindruck, dieser Bericht muss unbedingt fertig werden.« Ich staunte über mich selbst und schaute CyberNel ausdruckslos an, die sich inzwischen an die fantastischen Geschichten gewöhnt hatte, die mir manchmal spontan in den Sinn kamen.

Asveld schien es zu schlucken. »Kein Problem. Ich sitze schon seit einem Jahr in der ehemaligen Kaserne am Schreibtisch, aber zu meiner aktiven Zeit war das einer meiner größeren Fälle. Morde kamen in unserem Zuständigkeitsbereich nicht häufig vor.« Er klopfte auf die Mappe. »Ich habe ein paar Unterlagen mit nach Hause genommen, um mein Gedächtnis ein bisschen aufzufrischen, schließlich ist es schon sechzehn Jahre her. Möchtet ihr Kaffee oder etwas anderes trinken?«

»Wir wollen dich nicht länger aufhalten als unbedingt nötig«, sagte Nel. »Darf ich Du sagen?«

Seine Handbewegung strahlte gesetzte Eitelkeit aus. »Ich heiße Sigbrand, das ist ein alter groningischer Namen, der so viel bedeutet wie das Schwert des Sieges.« Es klang, als fülle er damit Gesprächspausen auf Partys und Geburtstagen. »Bist du Jude?«

Einen Moment lang war ich aus dem Konzept gebracht. »Weil ich Max heiße?«

Nel sagte wie nebenbei: »Nein, wegen deiner Mütze.«

Der Smalltalk und das Drenther Tempo gingen mir allmählich auf die Nerven. »Hast du die Ermittlungen geleitet?«

»Ja. Ich war der Spa, wie das heutzutage heißt, der Seniorprojectagent. Ach, apropos Namen.« Er ließ sich nicht aus der Ruhe bringen. »Wusstet ihr, dass diese

Mongoloide eine Schwester von Valerie Romein, dem Mannequin, war? Die stammt auch aus Drenthe. Ich habe sie vernommen. Damals war sie natürlich noch nicht so berühmt wie heute.« Er lachte bedauernd.

Ich war froh, dass Bart ihm nicht erzählt hatte, für wen wir arbeiteten. »Hattest du einen besonderen Grund, Valerie Romein zu verhören?«, fragte ich.

Asveld lächelte verschmitzt. »Die Ermittlungen ließen darauf schließen, dass der Gärtner sich noch an weitere Bewohnerinnen herangemacht hatte, und wir hatten einen Tipp bekommen, dass er auch Valerie Romein einmal belästigt habe, zu der Zeit, als sie ihre Schwester häufig besuchen kam. Wir hätten sie gern als Zeugin benannt, denn aus diesen debilen Kindern wurde niemand so recht schlau. Ich habe sie aufgesucht, aber es ist leider nichts dabei herausgekommen.«

Ich fragte mich, was er mit ›leider‹ meinte. Sie war leider nicht belästigt worden? »Was hat sie denn gesagt?«

»Sie reagierte ziemlich hysterisch. Was mir einfalle, sie habe diesen Mann zwar hin und wieder bei den Ställen gesehen, wenn sie mit ihrer Schwester auf dem Gelände spazieren ging, aber sie habe nie mit ihm gesprochen oder ihm auch nur die Hand gegeben. Damals war sie übrigens verheiratet und wohnte in Leusden.«

»Von wem hattet ihr den Tipp?«, fragte Nel.

Asveld zuckte mit den Schultern und klopfte auf die Mappe. »Den Namen habe ich nirgendwo mehr gefunden. Vielleicht vom Pfarrer, aber vermutlich hat man die Geschichte rausgelassen, um die Romein zu schützen. Es wurde ja so viel geredet.«

»Gab es konkrete Beweise gegen Bertus Tons?«, fragte ich.

Er warf mir einen ironischen Blick zu. »Außer dass er neben der Leiche saß und jammerte, er habe eine furchtbare Sünde begangen? Mit dem Strick in der Hand?«

Ich dachte an die Kinderbibel. In dem Erker drückte die Nacht klamm an die Glasscheiben über den Häkelgardinen. »Was hat die Spurenuntersuchung ergeben?«

Asveld seufzte. »Jede Menge Fingerabdrücke, aber der Mann arbeitete ja auch in Ställen. Kleidungsfetzen des Opfers. Das Seil gehörte in den Stall, da hingen überall Stricke, mit denen Ziegen festgebunden wurden oder was weiß ich. Man hat Sperma gefunden, aber Gentests wurden damals noch nicht durchgeführt. Außerdem war die Sache sonnenklar.«

»Hatte sie Verletzungen?«

»Vaginale Quetschungen, nichts Ernsthaftes. Blutergüsse auf den Brüsten, blaue Flecken an den Hüften. Sie hatte sich gewehrt, war seitlich auf den Kopf gefallen, und er hatte ihr den Mund zugehalten, ihre Lippe blutete. Und natürlich Würgemale am Hals.«

»War sie noch Jungfrau gewesen?«, fragte Nel.

»Nein. Der Autopsiebericht liegt hier nicht dabei, aber daran erinnere ich mich noch, weil es mir auffiel. Vielleicht hatte sie schon mal einen Freund gehabt, fragt mich nicht wie, aber vom Psychiater erfuhr ich, dass diese Mongolen und Schwachsinnigen unheimlich schmusig sind und ganz leicht zu verführen. Vielleicht hätte Tons bei Casanova in die Lehre gehen sollen.«

Ich sah, wie Nel die Zähne zusammenbiss und ihr Gesicht abwandte, um ihren Widerwillen zu verbergen. »Man sollte Downsyndrom und geistige Entwicklungsstörungen nicht einfach in einen Topf werfen«, fügte sie noch hinzu.

Asveld schaute sie an und seufzte theatralisch.

»Und Bertus?«, fragte ich, um ihn wieder auf unser Thema zurückzubringen. »Hautabschürfungen, weil sie sich wehrte, Zahnabdrücke in der Hand, etwas in der Richtung?«

»Er war Gärtner, die haben immer überall Schrammen,

und er war voller Stallschmutz. Wir rekonstruierten, dass sich Denise auf dem Weg zum Pfarrer die neugeborenen Ziegen im Stall anschauen wollte und dass Tons dort arbeitete und die Gelegenheit beim Schopfe packte. Das Gericht vertrat dieselbe Meinung.«

Nel machte ein erstauntes Gesicht. »Ist es am helllichten Tag passiert?«

»Ja. Denise erschien nicht zum Unterricht, der um vier Uhr begann. Irgendjemand dachte, sie wäre zum Pfarrer gegangen, aber der hatte sie nicht gesehen. Sie suchten nach ihr und fanden sie bei Tons im Stall. Dem Gerichtsmediziner zufolge war sie zu diesem Zeitpunkt seit etwa einer Stunde tot. Ich war als Erster am Tatort, zusammen mit einem Kollegen von der Kripo und zwei Streifenbeamten. Wir haben Tons abgeführt, die Spurensicherung angerufen, den Staatsanwalt in Kenntnis gesetzt und mit den Vernehmungen begonnen. Die Leiche wurde obduziert, aber dass sie vergewaltigt und erwürgt worden war, war von vornherein klar.«

»War Tons vorbestraft?«, fragte Nel.

»Er war einmal mit dem Gesetz in Konflikt geraten, als er sich vor dem Fenster eines fünfzehnjährigen Mädchen selbst befriedigte.«

Ich dachte an das Auge im Dreieck mit der Ermahnung *GOTT SIEHT DICH*, das mir über Bertus' Bett in seinem Wohnwagen aufgefallen war. Irgendjemand musste ihm das später eingebläut haben. »Wann war das?«

»Zwei Jahre, bevor er anfing im Heim zu arbeiten, als er noch bei seiner Mutter in Ter Aard wohnte. Er schaffte mit knapper Not die Volksschule und hatte danach verschiedene kleine Jobs, als Tankwart und bei Gärtnereien. Als seine Mutter starb, erhielt er die Möglichkeit, als Gärtner und Mädchen für alles beim Roekenhof anzufangen, die haben dort eine Art Kinderbauernhof. Dort konnte er auch wohnen.«

»War seine frühere Verurteilung kein Hinderungsgrund?«, fragte ich erstaunt.

»Meiner Meinung nach hat der Dorfpolizist die Sache ein bisschen unter den Teppich gekehrt. So läuft das auf dem Dorf. Wir kamen erst dahinter, als wir seine Vergangenheit durchkämmten.«

»Hast du ihn im Präsidium vernommen?«

»Ja. Aber es war kein vernünftiges Wort aus ihm rauszukriegen. Er war sowieso schon nicht der Hellste und befand sich zudem in einer Art Schockzustand. Er jammerte die ganze Zeit, es sei alles seine Schuld und er habe gesündigt.«

Wieder die Geschichte mit der Sünde. »Und die Gerichtsverhandlung?«

»Die ähnelte eher einer Anhörung, niemand wollte Staub aufwirbeln, vor allem das Heim nicht, und der Fall wurde rasch abgeschlossen. Natürlich war die Presse dabei, die Regionalzeitung hat mich damals sogar interviewt.« Er hatte den Artikel bereitgelegt. Das Foto darauf zeigte ihn als sechzehn Jahre jüngeren Kripobeamten.

Ich schaute mir den Ausschnitt freundlich nickend an, ohne ihn selbst in die Hand zu nehmen. »Wer hat alles als Zeuge ausgesagt?«

»Der Psychiater und der Pfarrer und ich, weil ich der Erste am Tatort war. Ich habe beschrieben, was ich vorgefunden hatte. Der Pflichtverteidiger versuchte Tons für unzurechnungsfähig erklären zu lassen, aber es gelang ihm nicht. Dem Psychiater zufolge war Tons zwar nicht besonders intelligent, aber auch nicht verrückt.«

»Hat er damals gestanden?«, fragte Nel.

Asveld warf ihr einen merkwürdigen Blick zu. »Er rief die ganze Zeit, dass er gesündigt habe und alles seine Schuld sei. Zusammen mit den Anschuldigungen, die vor Gericht gegen ihn vorgetragen wurden, war das mehr als ausreichend. Als sie ihn am Ende fragten, ob er noch etwas hinzuzufügen habe, sagte er, dass er Denise viel zu sehr geliebt habe und nun für seine Sünden büßen müsse. Er wurde zu fünfzehn Jahren Sicherungsverwahrung verurteilt, davon zehn Jahre im Gefängnis und fünf unter strenger Aufsicht.«

»Hast du später verfolgt, was aus ihm wurde?«

»Ja.« Asveld schwieg einen Augenblick. »Bertus war ein mustergültiger Häftling, das muss man ihm lassen. Vielleicht bereute er die Tat wirklich oder hatte seine Lektion gelernt. Auch während seiner Zeit im offenen Vollzug hörte man nichts als Positives. Zurzeit wohnt er bei einem Bauernehepaar in Schipborg.«

Ich warf Nel einen Blick zu und schüttelte leicht den Kopf. Es war ein Glücksfall, dass ihm an seinem Arbeitsplatz noch nichts von Bertus' Verschwinden und der Jagd auf Max Winter zu Ohren gekommen war, und mir war daran gelegen, an der Geschichte mit den Ermittlungen für die Dachorganisation nicht zu rütteln.

»Aber es gab doch bestimmt auch Zeugen vom Roekenhof?«, fragte Nel verwundert.

»Die Direktorin hatte nur wenig zu sagen, außer dass die Aufsicht über die Bewohner und die Überprüfung der Mitarbeiter verbessert werden müssten, und eine Betreuerin hatte Denise um halb drei aus dem Pavillon hinausgehen sehen. Und dann natürlich dieser Heimpfarrer. Er kannte Bertus gut und fühlte sich persönlich verantwortlich.«

»Warum?«

»Das war noch so einer vom alten Schlag, der andauernd von Hölle und Verdammnis redete. Er wusste schon lange, dass Bertus nach den Mädchen schielte und versuchte sie zu begrapschen, wenn sie im Gemüsegarten waren oder sich die Kaninchen anschauten. Er hatte ihn ein Jahr zuvor schon mal im Stall erwischt ...«

»Mit Denise?«, unterbrach ihn Nel.

Asveld schaute sie stirnrunzelnd an. »Ja, in der Tat.«

Nel schaute mich an. Ich sagte nichts.

Asveld grinste. »Jedenfalls raufte sich der Pfarrer vor lauter Gewissensbissen und frommer Reue die Haare, weil er nicht schon vor zwei Jahren den Mund aufgemacht, sondern stattdessen von sich aus versucht hatte dem Gärtner Gottesfurcht einzubläuen.«

»Hat er das wortwörtlich gesagt?«, fragte ich ungläubig.

»Nein, aber Schamhart war der Typ dafür. Er hatte sich selbst weisgemacht, Bertus sei nur eine verirrte kindliche Seele, die er mit viel Beten, Reden und Bibelsprüchen wieder auf den rechten Weg bringen könne. Er hat Bertus regelmäßig zu sich gerufen, um mit ihm zu beten und zu reden, und Denise anscheinend auch.«

Einen Moment lang sagte niemand etwas. »Arbeitet der Mann noch da?«, fragte Nel dann.

Asveld schüttelte den Kopf und zuckte mit den Schultern. »Ich glaube, er wurde irgendwo anders hin abberufen. Ich weiß noch, dass ihm die Tränen in die Augen traten, als er während der Gerichtsverhandlung über Bertus sprach.«

Ich lag allein im Bett, doch der Platz neben mir roch nach Nel. Ich rief leise ihren Namen. Die Gardinen waren beiseite gezogen und Sonnenlicht fiel ins Zimmer. Mein Kopf fühlte sich an wie nach einer Party mit viel zu viel Alkohol. Rote Ziffern unter dem Fernseher verkündeten, dass es fünf nach neun war.

Ich schlug die Bettdecke zurück und schlurfte auf bloßen Füßen zum Fenster. Unten sah ich bunte Sonnenschirme, Bäume, Bürgersteige, den Dorfplatz. Geparkte Autos, aber nicht meinen BMW. Im Bad fand ich in Nels Kulturbeutel eine Schachtel Schmerztabletten und spülte zwei davon mit einem Glas Wasser hinunter. Ich pulte eine Plastikduschhaube aus ihrer Hotelverpackung und zog sie über die Pflaster auf meinem Hinterkopf, bevor ich unter die Dusche ging. Ich rasierte mich, zog mich an, setzte mich ans Fenster und dachte über die Frage nach, warum das Foto von Caroline in Bertus' schlichtem Verstand eine so heftige Reaktion ausgelöst hatte. Hatte er Caroline gesehen? Wusste er, wo sie war?

Der BMW hielt auf dem Dorfplatz und ich winkte Nel zu, die mit einer Plastiktüte und dem Gehabe einer Krankenschwester im Hotel verschwand. Kurz darauf betrat sie das Zimmer. »Wir haben nicht viel Zeit, Helga kommt zum Frühstück zu uns«, sagte sie. »Und ich muss heute Nachmittag nach Amsterdam.«

»Was soll ich denn ohne dich machen?«

»Allein zurechtkommen.« Sie nickte. »Eddy unterschreibt den Vertrag und ich muss als seine Partnerin auf dem Kreditantrag mitunterschreiben.«

»Du willst es also tun?«

»Ich baue eine Ausstiegsklausel ein, aber ich kann ihn jetzt nicht im Stich lassen. Hast du noch Kopfschmerzen?«

»Die sind fast weg. Helga ist also nicht Caroline?«

Die Plastiktüte trug das Logo einer Apotheke und Nel stellte sie auf das runde Tischchen neben mir und fing an, Arzneikram auszupacken. »Erst mal müssen wir deinen Verband erneuern. Bleib sitzen und halt still. Helga hat früher im Roekenhof gearbeitet, ist inzwischen verheiratet und wohnt in Zuidlaren.«

Ich stieß einen Schrei aus, als sie mir mit einem energischen Ruck das erste Pflaster vom Kopf riss.

»Männer sind doch ein wehleidiges Volk«, sagte sie zufrieden und zog an Nummer zwei. »So gehört sich das. Tränen in den Augen? Gut so.« Sie beugte sich nach vorn, küsste mich auf die Stirn und tupfte die kahle Stelle mit einem Wattebausch ab, den sie mit Arznei aus einem Fläschchen getränkt hatte.

»Müssen die Fäden gezogen werden?«

»Vor hundert Jahren hat man das mal gemacht. Heutzutage benutzt man Fäden, die sich von selbst auflösen. Ich rieche keinen Wundbrand, also muss der Kopf nicht ab.«

»Das beruhigt mich.« Ich legte den Arm um sie und kniff ihr in den Po, wie ich es zu tun pflegte, wenn sie mir die Haare schnitt. »Ist Helga vor kurzem bei Bertus gewesen?«

»Das wollte sie nicht verraten. Behalte deine Hände bei dir. Sie weigerte sich, irgendetwas über Bertus zu sagen, solange sie nicht wusste, wer wir sind. Ich habe ihr erzählt, wir seien auf der Suche nach einem jungen Mädchen und Bertus sei durchgedreht, als er ihr Foto sah. Sie ist unterwegs hierher. Hast du Sprachschwierigkeiten oder Lähmungen in irgendwelchen Körperteilen?«

»Welche Teile meinst du denn?«

»Ist dir übel? Musst du brechen? Bist du geistig verwirrt?«

»Also jetzt mach mal einen Punkt.«

»Gedächtnisverlust? Fallsucht?«

»Nel!«

»Wenn du das alles nicht hast, ist es nicht so schlimm, sagt der Apotheker.« Nel sprühte ein Mittel auf die Wunde, legte Gaze darauf und klebte Pflaster darüber. Sie verbarg das Ganze unter einer Kappe, die bei Tageslicht betrachtet eher algerisch als jüdisch aussah, und gab mir eine längliche weiße Tablette. »Das Käppi behalten wir vorläufig noch auf«, sagte sie fröhlich. »Allmählich finde ich es ganz hübsch und du wirst sehen, dass es Eindruck schindet.«

Die Vertreter waren schon weg und der Frühstücksraum hatte sich bis auf ein älteres Ehepaar geleert, das aussah, als wolle es mit Rucksäcken und selbst geschnitzten Stöcken die ganzen Niederlande in fünf kernigen Tagesmärschen durchqueren. Sie winkten und nickten uns zu, während wir auf dem fast gänzlich geplünderten Büfett Käse und Brot zusammensuchten und bei einer mageren jungen Dame mit dunklen, eng beieinander stehenden Augen Tee bestellten.

Helga traf ein, als wir uns gerade an einen Tisch am Fenster gesetzt hatten. Sie war eine kräftig gebaute blonde Frau um die fünfzig. »Ich bin Helga Barrevoets«, sagte sie und betrachtete stirnrunzelnd meine Kopfbedeckung. »Was ist los mit Bertus Tons?« Ihre grauen Augen hinter der dicken Hornbrille hatten einen besorgten, irritierten Blick. »Hat der Junge nicht schon genug Schwierigkeiten gehabt? Sind Sie von der Polizei?«

»Nein, sind wir nicht.« Ich erklärte ihr, wer wir waren und was wir taten. »Eine Mutter hat uns beauftragt, ihre Tochter zu suchen. Wir glaubten aus gutem Grund, dass das Mädchen Bertus aufgesucht hatte. Als ich Bertus ihr Foto zeigte, geriet er in helle Aufregung und flüchtete.«

Wieder warf sie einen Blick auf meinen Kopf. »Hat er sie so zugerichtet? Sieht ihm gar nicht ähnlich. Warum sollte er so etwas tun?«

»Er war es nicht, es war meine eigene Ungeschicklichkeit. Aber vielleicht können Sie sich seine heftige Reaktion erklären.«

»Warum ich? Sie hatten doch einen Grund, anzunehmen, dass dieses Mädchen Bertus aufsuchen würde?«

»Die Sache ist ziemlich kompliziert«, sagte Nel beschwichtigend. »Möchten Sie sich nicht setzen? Eine Tasse Tee?«

Die Frau schaute einen Augenblick lang schweigend von Nel zu mir und wieder zurück und setzte sich endlich. »Lieber Kaffee«, sagte sie.

Nel ging zum Büfett mit den Kannen.

»Bertus hat erzählt, dass Sie bei ihm waren«, sagte ich. »Helga, aus dem Heim.«

Sie nickte. »Ich habe früher dort gearbeitet.«

Ich begriff, dass ich mit Märchengeschichten nicht weiterkommen würde. Helga Barrevoets wirkte ausgeglichen und intelligent. »Die junge Frau ist auf der Suche nach ihrem Vater«, erklärte ich. »Ihre Mutter ist die Schwester von Denise Fuck, die vor sechzehn Jahren im Roekenhof ermordet wurde.«

»Du lieber Himmel.« Helga verfiel in Schweigen. Sie nahm ihre Brille ab und fing an, mit einer Papierserviette vom Tisch ihre Gläser zu putzen. Sie runzelte die Stirn. »Diese Mutter, ist das Valerie, das Mannequin?«

»Ja. Es geht um ihre Tochter.«

Nel stellte ihr Kaffee hin. Helga dankte ihr mit einem Nicken und fragte: »Darf ich das Foto mal sehen?«

»Ich habe es nicht mehr. Bertus hat es mitgenommen.«

Wieder schwieg sie einen Augenblick, rührte in ihrem Kaffee und fragte dann ein wenig mitleidig: »Worauf wollen Sie hinaus? Dass Bertus der Vater dieses verschwundenen Mädchens ist? Das glauben Sie doch selber nicht.«

»Im Laufe der Ermittlungen gab es Hinweise darauf, dass Bertus zwei Jahre vor dem Mord auch die Schwester von Denise belästigt hat. Vielleicht erscheint das weit hergeholt, aber der Zeitpunkt passt genau zu dem Alter von Valeries Tochter.«

»Lächerlich.« Helga legte das Gesicht in Falten, putzte ihre Gläser, schüttelte den Kopf. Sie konnte offenbar rasch schlussfolgern. »Nur weil er so auf das Foto reagiert hat?«

»Sie haben Bertus besucht?«, fragte Nel.

»Ja.«

»Warum?«

Sie seufzte und sagte langsam: »Ich erfuhr von einer früheren Kollegin, wo er sich aufhielt, und wollte wissen, wie es ihm ging.«

»Warum?«, wiederholte Nel.

Helga biss sich auf die Lippen. »Warum? Weil ich immer gut mit Bertus ausgekommen bin. Er tut mir Leid. Er ist wirklich nicht der Klügste, aber bösartig ist er bestimmt nicht.« Sie unterbrach sich wieder kurz und fügte dann beinahe trotzig hinzu: »Er liebte Denise und sie ihn.«

»Bis er irgendwann einmal zu weit ging?«, fragte ich tonlos.

»Ich habe nie geglaubt, dass Bertus das Mädchen ermordet hat.«

»Das Gericht hat ihn schuldig gesprochen und verurteilt«, wandte ich ein.

Sie nickte eine Weile vor sich hin. »Die beiden waren unzertrennlich. Wann immer Denise keinen Pflichten nachkommen musste, ging sie zu Bertus. Sie half ihm im Garten und mit den Tieren. Ich habe beobachtet, wie sie Hand in Hand gingen. Das war so seit ihrem sechzehnten Lebensjahr. Denise war geistig behindert, aber ich habe deutlich gesehen, wie sie auflebte, sobald sie in Bertus' Nähe war.«

»Romeo und Julia.« Der Spott in meiner Stimme trug mir einen bösen Blick von Nel ein.

Auch Helga regte sich darüber auf und sagte wütend: »Genauso war es! Und selbst wenn sie manchmal miteinander geschlafen haben, war es nichts Schmutziges. Deshalb habe ich ihn besucht. Der Junge tut mir Leid, aber er weigerte sich, mit mir darüber zu reden. Ihre Liebe war süß, aber im Munde dieses Pfarrers wurde sie zu etwas Schmutzigem und Teuflischem.« Sie kramte in ihrer Tasche herum und holte eine alte, zusammengefaltete Zeitung hervor. »Ich habe hier ein Interview mit ihm, kurz nach der Gerichtsverhandlung.«

»Mit Schamhart?«

Sie nickte. »So ein frommer Ekeltyp mit feuchten Händen.«

»Aber Sie haben nicht dagegen protestiert«, bemerkte ich mitleidlos.

»Nein.« Sie wurde nicht böse, schaute mich aber traurig an. »Bei Gericht glaubte man alles, was er sagte. Domie würde es schon wissen.«

Die Welt um mich herum blieb stehen. Das Wort dröhnte mir in den Ohren und verdrängte das *verdomme* von seinem Platz, das ich in der letzten Sekunde zu hören geglaubt hatte, bevor Bertus die Flucht ergriff. Der Bertus mit der Kinderbibel und den frommen Sprüchen konnte wahrscheinlich nicht einmal fluchen.

»Domie?«

Helga schaute mich verwundert an. »Ja, so nennen wir in Drenthe den Pfarrer, den *dominee.*«

»Wir in Groningen auch«, erklärte Nel. Sie nahm Helga den Zeitungsausschnitt aus der Hand und faltete ihn auseinander. Ich erkannte eine Überschrift: *Die Reue des Gottesdieners,* und sah, wie Nel erbleichte, während sie das darunter abgedruckte Foto anstarrte. Sie gab mir die Zeitung. Ein Blick auf das Foto von *dominee* Sibolt Schamhart genügte, um zu wissen, wohin Bertus unterwegs war.

Wir rasten ohne Unterbrechung am Hondsrug und den Hünengräbern vorbei in Richtung Borger. Nel sagte nichts, wurde aber nervös, sobald uns nur ein Lkw oder ein Wohnwagen aufhielt. Wir sausten an Drenther Bauernhöfen und Autos vorbei, während ich eine Gauloise nach der anderen rauchte. Nel hatte mich mit ihrer Panik angesichts der dramatischen Entwicklungen angesteckt.

Die Zeit drängte. In einem weiteren Drenther Angerdorf, zwanzig Kilometer entfernt, drohten Vergangenheit und Gegenwart aufeinander zu prallen. Bertus Tons, Caroline und dieser verdammte *Domie,* der möglicherweise ihr

Vater war. Aber wie hatte Caroline ihn gefunden, wenn nicht über Bertus?

Er wohnte in einer Art altengerechten Wohnung im Neubauviertel von Borger. Eine alte Frau öffnete die Tür. »Guten Tag, Mevrouw, ist der Pfarrer zu Hause?«

»Nein. Domie ist im Ruhestand, aber er schreibt Traktate und Predigten für seine Kollegen und ist in die Kirche gegangen, um sich anzuhören, wie sie klingen. Das tut er oft.«

Die Kirche stand auf einer gepflasterten Warft, umringt von alten Buchen, die über das Dach hinausragten. Das Krächzen und Kreischen hunderter von Krähen lag in der Luft; ihre Nester wucherten wie schwarze Parasiten in den hohen Baumwipfeln und die Pflastersteine rund um die Kirche waren weiß von ihrem Kot. Direkt unterhalb der Warft lag ein modernes niedriges Gebäude, in dem sich eine Polizeiwache befand. Ein uniformierter Polizist stand davor und unterhielt sich mit einer jungen Frau. Ich sah, wie er in unsere Richtung blickte, als wir zur Kirche gingen.

Die Kirchentür war angelehnt, und noch bevor wir sie aufdrückten, erkannte ich Bertus' klagende Stimme, irgendwo über uns. »Warum hast du das getan? Warum? Meine Denise! Warum musste sie totgehen?«

Ein voller Bariton, wie für die Kanzel geschaffen, aber ätzend und voller Verachtung: »Denise war eine Hure, genau wie alle anderen. Was willst du hier, du blöder Schwachkopf?«

Bertus fing verwirrt und frustriert an zu jammern: »Nein! Das stimmt nicht! Domie, du sollst nicht lügen! Du hast das gemacht! Guck mal!«

Nel flüsterte: »O mein Gott ...« Sie wandte sich zu der Holzwendeltreppe, die direkt neben uns hinauf zum Chor führte, doch ich hielt sie zurück, während oben einen Augenblick lang Totenstille herrschte. Dann hörten wir wieder den Pfarrer, diesmal mit gedämpfterer Stimme: »Wer ist das? Warum gehst du mir damit auf die Nerven?«

»Du hast sie ermordet! Denise!«, rief Bertus. »Das sage ich!«

Der Bariton zischte: »Dachtest du vielleicht, ein Mann Gottes ginge hinter Gitter, wo es doch dich gibt?«

Zwei Sekunden lang herrschte tödliche Stille, in denen sie einander anschauten oder umklammerten. Dann hörte man stolpernde Schritte, einen erstickten Schrei und ein Krachen. Nel schrie, als das Holzgeländer brach und ein Körper hinunterfiel. Auch ich hörte mich schreien: *Bertus!*

Direkt vor unseren Augen stürzte er mit flatternden Gliedmaßen auf die Eichenholzlehne der hintersten Kirchenbank, und dann folgte der Übelkeit erregende Schlag, mit dem sein Schädel wie eine Eierschale auf den alten Steinen des Mittelganges zerbarst.

Hinter uns flog die Kirchentür auf und der Polizist versuchte mich beiseite zu drängen: »Was ist hier los?« Doch Nel war schon nach vorn gerannt und ich hielt den Beamten zurück, der wie gelähmt stehen blieb, während Nel sämtliche Vorschriften in den Wind schlug und sich, ohne zu zögern, in die Blutpfütze um Bertus' Kopf kniete.

Sie nahm seinen Kopf in beide Hände. Er war bis zur Unkenntlichkeit entstellt, das Gesicht blutüberströmt, der Mund ein klaffendes Loch, die Augen zum hereinfallenden Licht unter dem Kirchendach gewandt, das schwärzer wurde, als das Leben aus ihm herausfloss. Sie beugte sich dicht hinunter zu seinem Gesicht und flüsterte: »Bertus! Du gehst zu ihr. Du gehst zu Denise!«

Die Frau, die mit dem Polizisten gesprochen hatte, erschien im Eingang, stieß einen Schrei aus und verschwand wieder. Ich ließ den Polizisten los und ging zu Nel. Ich berührte ihre Schulter und nahm das Foto aus Bertus' Hand. Es war mit seinem Blut verschmiert. Der Pfarrer kam die Wendeltreppe hinuntergepoltert, ein kleiner Mann, fast kahl, das Gesicht weiß wie Papier. Er schaute uns verwirrt an, als wundere er sich darüber, dass Leute in der Kirche waren. Er sagte nichts, setzte jedoch einen Ausdruck frommen Entsetzens auf. Ein Blick auf dieses hässliche Gesicht genügte, um zu begreifen, was Bertus erkannt hatte.

»Nehmen Sie diesen Mann fest, er ist ein Mörder«, sagte ich zu dem Polizisten.

Der Beamte schaute den Pfarrer an und fragte in einem Ton, als wäre ich wahnsinnig geworden: »Dominee Schamhart? Und wer sind Sie, wenn ich fragen darf?«

Ich reichte ihm meinen Meulendijk-Ausweis und ging zur Tür, um eine mögliche Flucht des Pfarrers zu verhindern.

Schamhart wurde prompt ausfallend. »Wovon reden Sie überhaupt? Dieser Mann hier hat wegen Mordes an einer Bewohnerin des Heims, in dem ich früher als Seelsorger tätig war, im Gefängnis gesessen. Er ist auf Bewährung draußen. Die arme Seele war völlig verwirrt, er hat mir hier aufgelauert und mich mit irgendwelchen Wahnvorstellungen belästigt. Er wollte mich angreifen und ist gestolpert. Es war ein Unfall. Ist er tot? Gott sei seiner armen Seele gnädig.«

Nel trat neben mich, ihre Jeans an den Knien durchweicht, mit Blut an den Händen.

Sie blieb bebend vor Schamhart stehen und sagte: »Sie sollten sich zutiefst schämen. Für Sie ist keine Hölle schlimm genug.«

Der Pfarrer starrte ihr entgeistert nach, als sie die Kirche verließ. Er wandte sich an den Polizisten. »Ich weiß wirklich nicht, wovon die redet. Wer ist diese Frau?«

»Der Hahn kräht bestimmt noch ein paar Mal«, sagte ich und hielt ihm das Foto von Caroline hin. »Ich rede nicht nur von Bertus Tons, sondern von Vergewaltigung und Mord im Roekenhof. Dank des genetischen Fingerabdrucks kann man das notfalls noch nach hundert Jahren beweisen.«

Ein zweiter Polizist in Uniform betrat die Kirche, zusammen mit einem Mann in Zivil. »Der Rettungswagen ist unterwegs«, sagte der Zivilbeamte. »Was ist denn hier passiert? Mein Gott!« Rasch lief er an uns vorbei zu der Leiche und legte überflüssigerweise seinen Finger an Bertus' Hals.

Der erste Beamte war ein nüchterner Drenther. Er war leichenblass, hatte sich aber wieder unter Kontrolle. Er gab mir meinen Ausweis zurück und sagte: »Vielleicht sollten wir doch mal kurz nach nebenan gehen, Dominee, um die Sache zu klären.«

»Natürlich«, antwortete Schamhart mit sichtlicher Mühe. »Ich will Ihnen den Sachverhalt gern erklären, es ist nicht mehr als meine Christenpflicht.«

»Ich komme gleich«, sagte ich.

Der Polizist nickte und folgte dem Pfarrer. Ein Rettungswagen hielt auf dem Pflaster neben der Warft. Nel saß auf einer niedrigen Mauer neben der Kirche unter den kreischenden Krähen. Ich streichelte ihre Wange.

Sie hob den Blick. Sie wirkte ruhig. »Wir finden Caroline nicht in Drenthe und ich muss hier weg«, sagte sie. »Ich fahre nach Amsterdam.«

»Du kannst dich auf der Wache umziehen und zurechtmachen, dann setze ich dich in ein Taxi nach Assen, okay? Ich komme hier schon allein zurecht.«

»Nagel ihn an den Schandpfahl.«

»Mach ich.«

Sie versuchte sich an ihrer Hose das Blut von den Händen abzuwischen und sagte: »Der einzige Beweis ist das, was wir gehört haben.«

»Und das war eine ganze Menge.«

»Du kannst niemanden zu einer DNA-Probe zwingen.«

»Er kann sich schon aus Anstand nicht weigern. Das wäre wie ein Geständnis.«

»Dieser Mann hat keinen Anstand«, erwiderte Nel.

»Ich rede mit dem Untersuchungsrichter in Assen.«

Sie seufzte. »Seine DNA nutzt dir nichts ohne die von Caroline.«

Ich nickte. »Ein Grund mehr, sie zu finden.«

7

In Feerweerd war alles klein: der Ring von Häusern mit Gärten und die nach vorn geneigte Jacobuskirche. Hier schien die Zeit stehen geblieben zu sein. Die Straße von Ezinge nach Garnwerd führte an einem Seitenarm des Reitkanals entlang am Ort vorbei. Vereinzelte Bauernhöfe, eine Mühle. Das kleine Ringdorf lag sicher jenseits des schmalen Wasserlaufs, über den eine alte Brücke führte. Meinen Wagen hatte ich vor der Brücke abgestellt; Autos gehörten in eine andere Welt.

Hier war CyberNel aufgewachsen.

Ich spazierte an der Kirche vorbei über die gepflasterte Ringstraße und versuchte mir CyberNel vorzustellen, ein Mädchen mit kastanienbraunen Flechtzöpfen, grünen Augen und Sommersprossen um die Nase, das nach der Schule am Ufer entlangrannte und ihrer Mutter beim Singen im Kirchenchor zuhörte. Es gab hier nur diesen geschlossenen Kreis der Häuser mit ihren Vorgärten. Ich sah kein einziges Geschäft und fragte mich allmählich, ob CyberNel mich zum Narren gehalten hatte. Ich fing einen blonden Groninger ab, der über die Straße zu einem gegenüberliegenden Haus ging.

Er fing an zu lachen. »Ob Sie's glauben oder nicht, bei uns gibt es weder Bäcker, Metzger noch einen Supermarkt. Allerdings haben wir einen Fahrradmechaniker. Gehen Sie einfach geradeaus, dann kommen Sie automatisch daran vorbei.«

Das schmale Wohnhaus stand direkt an der Straße, der kleine Laden lag weiter hinten an einem gepflasterten Hof und versteckte sich hinter vollen Wäscheleinen. Ich sah, dass hier auch Eis und *De Telegraaf* verkauft wurden. Über dem kleinen Schaufenster hing ein verwittertes

Emailschild: *Ordentliches Mitglied der Fahrradmechanikerzunft.*

Eine Glocke läutete. Ich ging an einer Reihe von Fahrrädern vorbei zur Ladentheke. Durch eine offen stehende Tür konnte ich in die kleine Werkstatt dahinter blicken: Auf mehreren Werkbänken verteilt lagen Werkzeuge und Ersatzteile. Das Holz war vom jahrelangen Arbeiten mit Öl, Lacken und Schmierstoffen dunkel gefärbt. Ein Fahrradrahmen hing an Ketten unter der Decke. Die Frau, die aus einer anderen Tür trat, hatte ein rundes gerötetes Gesicht mit Fältchen um die hellblauen Augen und dickes graues Haar. Ihr spontanes Lächeln wirkte ganz natürlich und nicht nur für mich als Kunden bestimmt. Sie sah Nel nicht ähnlich.

»Mevrouw van Doorn? Ich bin Max, Max Winter.«

Sie schaute mich stirnrunzelnd an, einen Augenblick lang verwirrt, weil ihr mein Name bekannt vorkam, sie aber den dazugehörigen Mann nicht kannte, der auf einmal vor ihr stand. »Ja?« Sie ergriff meine Hand, die ich ihr über die Theke hinweg reichte, ohne recht zu wissen, was sie damit anfangen sollte. Doch dann hellte sich ihr Gesichtsausdruck auf. »Ach so! Sie sind Max.«

»Richtig.«

Sie musterte mich nervös. Ihr Schweigen wurde allmählich etwas peinlich, und ich fragte: »Ist Ihr Mann auch zu Hause?«

»Ja. Ich gehe ihn holen.«

Sie flüchtete durch die Werkstatt zu einer Tür auf der gegenüberliegenden Seite, und ich hörte sie rufen: »Roelof!«

Kurz darauf kehrten sie zurück, er vorneweg. Roelof van Doorn hatte Nels grüne Augen und Nels braunes Haar, das er in einem langen dünnen Pferdeschwanz auf dem Rücken trug. »Max«, sagte er und reichte mir die Hand. »Sieh mal einer an. Waren Sie zufällig in der Nähe?«

»Sie brauchen mich nicht zu siezen«, sagte ich. »Ich war gerade in Drenthe und ich dachte, es wäre eine gute Idee, mich Ihnen einmal vorzustellen. Ihre Tochter und ich arbeiten jetzt schon so lange zusammen ...«

»Ich bin Roelof, das ist meine Frau Auke. Unsere Töchter nennen uns auch beim Vornamen, sie sind moderne Mädels. Warum trägst du denn so ein Käppi, wie nennt man das, ist Max ein jüdischer Name?«

Ich fasste mir automatisch an den Kopf. Ich empfand keine Schmerzen mehr und hatte die Mütze schon ganz vergessen. »Ich bin gefallen und mit dem Kopf an einen Stein gestoßen«, erklärte ich. »Beim Nähen musste die Stelle rund um die Wunde rasiert werden.«

»Es ist schrecklich unaufgeräumt«, sagte Auke, die noch nicht so schnell zum Du überging. »Sie hätten vorher kurz anrufen sollen. Sie bleiben doch zum Essen? Schade, dass Lia nicht da ist, dann hätte sie mir ein bisschen helfen können.«

»Ist Lia Ihre andere Tochter?«, fragte ich.

Sie schaute mich erstaunt an. »Nein, unsere andere Tochter kommt mir nicht helfen. Theodora lebt schon seit zehn Jahren in Deutschland.«

Roelof grinste. »Lia ist deine Freundin.«

Ich erholte mich von meiner Verwirrung. »Ich kenne sie nur als Nel«, erklärte ich. »Und im Internet ist sie als CyberNel bekannt.«

»Lia konnte schon als Kind die Finger nicht von Radios und Fernsehern lassen«, sagte Auke. »Sie hatte eine eigene Tasche voller Zangen und Messgeräte. Wir hatten ziemlich oft einen Kurzschluss.«

Roelof sagte mit einem Blick auf meine gerunzelte Stirn: »Sie heißt Cornelia. Wir haben sie immer Lia gerufen. Ich weiß nicht, warum sie sich jetzt Nel nennt, aber das ist immer noch besser als Cor, stimmt's?« Wieder lachte er; er war ein herzlicher, fröhlicher Mensch. Nel ähnelte ihm. *Cornelia.* »Lass uns doch nicht so hier herumstehen«, sagte Roelof. »Vielleicht sollten wir vor dem Essen einen Schnaps trinken, schließlich ist das ein besonderer Anlass, oder etwa nicht?«

»Ich sehe unmöglich aus«, sagte Auke. »Und drinnen sieht's auch schlimm aus.«

»Dann geh du doch schon mal«, sagte Roelof. »Ich unterhalte mich noch ein bisschen mit Lias äh ...« Ich sah, dass ihm schon das Wort ›Verlobten‹ auf der Zunge lag und er rasch auf *Max* umschalten musste. »Ich zeige Max die Werkstatt und du bringst uns gleich den jungen Klaren in den Garten.«

Nels Mutter verschwand und ich ging an der Theke vorbei und folgte Roelof in seine Werkstatt. Er versetzte dem Rahmen an der Kette einen Stoß und dieser schwang hin und her, bis er ihn mit einer Handbewegung anhielt. »Das ist also meine Fahrradwerkstatt«, sagte er. »Wenn Lia hier ist, hilft sie mir gerne beim Schrauben.«

»Sie behauptet, sie hätte ihre Begabung im Umgang mit Computern von dir.«

Er lachte ungläubig. »Ich habe noch nicht mal einen Computer. Ich weiß überhaupt nicht, wie so ein Ding funktioniert.«

»Aber vielleicht hast du ihr so etwas wie Problemlösungsstrategien beigebracht.« Ich sah, wie sich eine Falte auf seiner Stirn bildete, und begriff, dass dieses Wort hier ebenso wenig hingehörte wie ›Zeitmanagement‹ oder ›Konsens‹. »Ich meine damit, dass man die meisten Probleme durchschauen und Abhilfe schaffen kann, wenn man einfach anfängt, daran herumzuschrauben.«

Er stand mir gegenüber, die Hand auf dem Fahrradrahmen, der zwischen uns hing. »Bist du deshalb hierher gekommen?«

»Ich lebe mit eurer Tochter zusammen und fand, es gehöre sich einfach, mich ihren Eltern vorzustellen.«

»Wollt ihr heiraten?«

Typisch Nels Vater. Kein langes Drumherumgerede. »Ich weiß nicht«, antwortete ich zurückhaltend. »Nel hat ziemlich viele Bedenken.«

»Sie hat ja auch beim ersten Mal mit diesem Kees Lopik sehr schlechte Erfahrungen gemacht. Wir sind hier nicht so für Scheidung, aber in ihrem Fall war ich durchaus einverstanden. Du bist jünger als ich, aber älter als Cornelia. Warst du schon einmal verheiratet?«

»Ja. Meine Frau ist tödlich verunglückt.«

»Tut mir Leid.«

»Ist schon lange her.«

Er nickte und sagte dann: »Ich hätte ja schon noch gerne ein Enkelkind.«

»Hat Nels Schwester keine Kinder?«

»Theodora ist mit einem wesentlich älteren Mann verheiratet. Er ist sehr reich und möchte keine Kinder.« Ich merkte, dass er nicht darüber reden wollte. »Meine Töchter haben alle beide Pech gehabt. Bis jetzt zumindest. Ich finde es gut, dass du dich kurz vorstellen kommst.«

»Nel musste nach Amsterdam. Ich habe sie nach Assen zum Bahnhof gebracht, und das ist ja nicht weit von hier.«

»Weiß sie, dass du hier bist?«

»Nein, es war eine spontane Idee. Van Doorn klingt übrigens nicht besonders groningisch.«

Roelof lächelte. Er war ein guter Beobachter und erkannte, dass ich den offiziellen Teil hinter mir lassen wollte. Ich wusste nicht, was ich sonst noch tun sollte, ihn um die Hand seiner Tochter bitten? Ich bezweifelte, dass das heutzutage noch üblich war.

»Mein Vater stammte aus Doorn«, erklärte Roelof. »Gott hab ihn selig, aber er war ein großer Fantast, der es verstand, Leute zu beschwatzen. Als junger Mann reiste er quer durch das ganze Land und bot auf den Märkten ein Wundermittel feil, eine neue Erfindung, die die medizinische Wissenschaft in Erstaunen versetzte, ein Zahnpulver namens *Vlim*, das die Zähne blendend weiß machte. Das war kurz nach dem Ersten Weltkrieg, da konnte man den Leuten noch alles erzählen. Bis sie sich schließlich den ganzen Zahnschmelz runtergeschrubbt hatten, war van Doorn über alle Berge.«

»In Feerweerd hat man ihn aber offenbar nicht gelyncht«, sagte ich.

Wieder lachte Roelof. »Er lernte meine Mutter auf dem Markt in Groningen kennen und natürlich war er nicht so dumm, das *Vlim* mitzubringen, als er hierher zog. Sie haben zusammen diese Fahrradwerkstatt auf die Beine gestellt, auch damals schon eine Rarität in einem so kleinen Dorf. Nach dem Krieg hat er hier als Erster Mopeds eingeführt, nicht nur die Puch, sondern vor allem die Kreidler. Du hast bestimmt noch nie davon gehört, aber es waren technische Wunderwerke.«

Er führte mich in den Garten mit einem von Blumenbeeten gesäumten Rasen und einem Gemüsegarten im hinteren Teil. Auf einem gefliesten Sitzplatz unter einer weiß gestrichenen, mit roten Rosen berankten Holzpergola standen ein Tisch und Stühle. Es war kurz nach fünf und sanftes Nachmittagslicht fiel auf die geschützte Welt der Gärten innerhalb des Rings von Feerweerd.

Auke brachte Schnapsgläser, eine Flasche und einen Teller mit Käse, Wurstscheiben und sauren Gurken. Sie hatte sich die Schürze ausgezogen und das Haar gekämmt. Roelof schenkte die hohen Gläser voll und wir wünschten uns ein langes Leben. Es war schon ein Weile her, dass ich jungen Genever getrunken hatte. Auke trank nicht mit. »Du fährst doch heute Abend nicht mehr zurück, oder?«, fragte sie. »Du kannst gerne in Lias Zimmer übernachten. Und du bekommst ein gesundes Groninger Abendessen vorgesetzt.«

Sie ging wieder weg. »In diesem Fall heißt das: ein ordentliches Kotelett mit Kartoffeln und Schnittbohnen aus dem eigenen Garten«, erklärte Roelof. »Auke kocht gut, das muss ich ihr lassen.«

Er nippte an seinem Glas und wir blickten schweigend auf den Garten. Das Schweigen war angenehm, die Stille ebenfalls. Mir wurde bewusst, dass Feerweerd eine einzigartige Ausnahme darstellte, denn ansonsten waren, seit ich vor zwanzig Jahren das letzte Mal hindurchgefahren war, auch hier in Drenthe an fast allen Dörfern neue Geschwüre gewuchert, mit Einkaufszentren, Diskotheken, Grundschulen, Polizeiwachen und Bushaltestellen. CyberNel hatte mir von einem Club erzählt, der die Einwohnerzahl der Niederlande auf zehn Millionen begrenzen wollte und daher *Club der zehn Millionen* hieß. Meiner Meinung nach sollte ein Club jedoch ein Ideal anstreben, sonst ist es kein Club, sondern ein Verwaltungsrat. Eine Einwohnerzahl von zehn Millionen erschien mir jedoch nicht als Ideal, sondern eher als eine Art kalkulatorische Summe im Rahmen einer Politik des Möglichen.

Ein Ideal wären *zwei* Millionen Einwohner. Höchstens drei. Mit zwei Millionen Einwohnern waren die Niederlande vor vierhundert Jahren Machthaber in Brasilien, Südafrika, Ceylon, Indonesien, Taiwan und den Küstenstrichen Indiens und Westafrikas gewesen. New York und so manche Kolonie am Hudson bis hinauf nach Albany wurden gegründet, und auch die Handelsposten in Japan und China, während man zugleich im eigenen Land Städte und Deiche baute, mit Windmühlen Polder trockenpumpte, Zar Peter den Großen im Schiffbau unterwies, Heringe ausnahm, einsalzte und in ganz Europa verkaufte und nebenbei die spanische Großmacht an den Südgrenzen mithilfe einer frühniederländischen Variante des Vietnam-Krieges in die Knie zwang.

Roelof lachte und sagte: »Natürlich gab es damals auch weniger Spanier.« Er war von demselben lakonischen Groninger Schlag wie seine Tochter Cornelia.

Bei Nels Eltern wurde wenig ferngesehen. Nach dem gesunden Groninger Abendessen spazierten Roelof und ich zum Wasserlauf, um uns ein wenig die Beine zu vertreten, meine Reisetasche aus dem Auto zu holen und auf der Brücke eine Zigarette zu rauchen. Ich merkte, dass ich todmüde war. Seit Tagen hatte ich nur wenig geschlafen und mein Kopf machte mir allmählich Beschwerden.

Auke brachte mich in ein kleines Zimmer mit einem braunen französischen Bett. Eine leicht verwaschene Häkeldecke lag darauf und der Duft von frischer Bettwäsche und Farbe erfüllte den Raum. Auke blieb in der Tür stehen und sagte nach einem kurzen Zögern: »Ich hoffe, dass du gut für Lia sorgen wirst.«

Ich wusste nicht, was ich darauf antworten sollte, also nickte und lächelte ich einfach, und dann kam sie auf mich zu und küsste mich auf die Wange. Sie schloss die Tür und ließ mich in der Stille von Nels Mädchenzimmer allein, unter der cremeweiß gestrichenen Holzverkleidung der Dachschrägen. Ich öffnete das Dachfenster einen Spalt. Von draußen drang eine noch größere Stille herein. Auf dem kleinen Holzschreibtisch unter dem Fenster stand das gerahmte Foto einer Schulklasse, der Lehrer in der Mitte, Cornelia in der ersten Reihe hockend, ein ernstes Gesichtchen mit großen Augen, einem breiten Mund und geflochtenen Zöpfen. Ich zog mich aus und schlüpfte ins Bett, zwischen Bettzeug, das nach Gras und Seife duftete.

Ich fühlte mich wundersam glücklich.

Ich träumte, dass ich eine bekannte Stimme hörte und andere Stimmen, die flüsternd antworteten. Jemand sagte meinen Namen. Es folgte leises Quietschen und Rumoren, das Rascheln von Kleidung. Nel rutschte neben mich, und alles in dem französischen Bett wurde rundum vollkommen. Alles passte. So ist das mit Nel. Ich brauche nur eine Bewegung mit meinem Knie zu machen und sie legt ihre Beine darüber, sodass ich sie im Liegen trage und mit einer schläfrigen Geste die Hand auf ihren Bauch oder zwischen ihre Beine legen kann. Meine andere Hand lege ich ihr auf Mund und Nase, und ich spüre, wie ihr Atem meine Handfläche erwärmt. Sie vertraut mir vollkommen, sie kommt gar nicht auf die Idee, dass ich ihr den Atem rauben und sie ersticken könnte. Solche Gedanken gehen nur mir durch den Kopf, weil ich auf das Erfinden von derlei Unsinn programmiert bin, als würde das normale Leben mit seinen gewöhnlichen alltäglichen Freuden und häuslichen Annehmlichkeiten nicht ausreichen.

Ich hielt Nel im Arm und dachte bei mir, dass das mehr als genug war.

Nel wollte mir alle wichtigen Plätze ihrer Jugend zeigen, und nach einem gesunden Frühstück im Garten spazierten wir an der ehemaligen Schmiede, der Kirche und der alten Schule vorbei und dann über die Brücke zum Bauernhof ihrer Freundin Wietske. Auf dem Hof stand eine nervöse schwarze Stute, festgehalten von einem Bauern und dessen feixendem Sohn. Nel erklärte, Wietske sei mit einem Rechnungsprüfer namens Hendrik verheiratet, der in der Stadt arbeite. Sie kümmere sich um die Deckstation.

»Was heißt das, sie kümmert sich um die Deckstation?«

»Sie besitzt einen Zuchthengst. Sie verkauft seinen Samen zur künstlichen Befruchtung, aber Hendrik deckt auch Stuten aus der näheren Umgebung.« Sie wies mit einem Nicken auf das grobknochige Tier, das immer nervöser wurde.

»Hendrik? Ihr Mann?«

Nel kicherte. »Wietske hat drei Hendriks. Ihr Sohn heißt auch so, er geht in Ezinge zur Schule.«

Eine bildschöne rothaarige Groningerin in Gummistiefeln und Blaumann kam hinaus auf den Hof. Sie schloss Nel fest in die Arme und küsste mich unbefangen auf beide Wangen. »Aha, der Neue«, sagte sie. »Ich werde ihn gleich mal ausquetschen, wenn Hendrik fertig ist mit Rosa zwei.« Sie lachte und verschwand durch eine Tür hinten am Gebäude, hinter der wir lautes Schnauben und Stampfen hörten.

»Hendrik wittert die Stute«, sagte Nel. »Mit einem Hengst ist nicht zu spaßen, der tritt jeden Stall kurz und klein, und man kann ihn nur bändigen, wenn er sich bändigen lassen will. Wietske ist die Einzige, die mit ihm fertig wird.«

»Ich dachte, du hättest keine Ahnung vom Landleben und würdest Tomaten für Kletter-Rote-Bete halten.«

Sie lehnte sich an mich. »Das war doch nur eine Ausrede, weil ich mich nicht getraut habe, mit dir zusammenzuziehen.«

Wietske brachte den tänzelnden braunen Hengst hinaus. Sie führte ihn an einem Halfter ohne Gebiss und wurde fast mit angehoben, als Hendrik den Kopf hochwarf, die Mähne schüttelte und durch seine geblähten Nüstern schnaubte. Der monumentale Hengst erinnerte mit seinem glänzenden Fell und den schwellenden Muskelpaketen an eine mythische Titanengestalt. Während seine Hufe auf den Pflastersteinen scharrten und stampften, fuhr er seinen Schlauch wie den Rüssel eines Elefanten aus seinem Unterleib heraus. Die Stute zitterte und spreizte die Hinterbeine seitlich nach hinten ab, als der Riese stieg, die Spitze seines Geschlechtes voller Schaumflocken vor tierischer Lust. Wietske hob mit erfahrener Hand den Schweif der Stute beiseite und fasste mit der anderen unter Hendriks Bauch, griff den monströs geschwollenen Schlauch und führte ihn auf die Öffnung zu. Hendrik schnappte schnaubend nach dem Hals der Stute, und als er in einer Explosion von Beinen, Muskeln und Flanken nach vorn sprang, sperrte die Stute die Nüstern auf und wieherte klagend und schrill vor Todesangst und Entzücken.

Der Anblick weckte primitive Höhlenmann-Gefühle in mir, Besitzerdrang und unverfälschte Lust. Ich schaute Nel an, *Cornelia,* mit ihren gebräunten Beinen unter dem olivgrünen Sommerrock, die Wölbung ihrer Brüste, die im Ausschnitt ihrer Baumwoll-Hemdbluse gegen glattes Synthetikgewebe und Spitze drückten. Ich musste mich beherrschen, um sie nicht an der Hand zu nehmen und sie mit in die Stille hinter dem Bauernhof zu führen, wo ich ihr im saftigen Groninger Gras gezeigt hätte, was ich mit anderen männlichen Tieren gemeinsam hatte und was mich von ihnen unterschied.

Valerie hatte keine Zeit für ein Treffen, sie musste wieder nach Mailand. Doch ich bräuchte mir keine Sorgen mehr zu machen, sie habe eine Karte von Caroline bekommen, auf der stand, dass sie bei einer Freundin zu Besuch sei und in Kürze wieder nach Hause käme. Ein Sturm im Wasserglas, abgesehen davon, dass ein armer Teufel von einem Kirchenchor heruntergeworfen worden war und ein Vergewaltiger und Mörder noch immer frei herumlief.

»Hast du die Polizei informiert?«, fragte ich.

»Ja, natürlich.« Ihre Stimme klang demütig. »Und mich entschuldigt.«

»Woher kam die Karte?«, fragte ich.

»Ich bin ihr zwar manchmal böse deswegen, aber sie macht nun mal, was sie will«, sagte Valerie, ohne meine Frage zu beantworten. »Ich müsste das eigentlich von ihr gewöhnt sein, und ich selbst verhalte mich ja auch so. Es ist meine eigene Schuld. Es war dumm von mir, mich so aufzuregen und dich einzuschalten. Am besten schickst du deine Rechnung an die Kanzlei von Remco Donkers.«

Dass sie sich aufgeregt hatte, war mir kaum aufgefallen. »Wann geht's los nach Mailand?«, fragte ich.

»Ich werde morgen früh abgeholt.«

»Na, dann gute Reise.«

»Vielen Dank.«

Ich wollte Valerie keine Chance geben, mich auf diese Weise abzuspeisen. Ich brachte Nel in Amersfoort zum Zug nach Hause; ihr Polo stand am Bahnhof von Geldermalsen.

Es war bereits dunkel, als ich bei Valeries Haus eintraf. Die Gardinen waren zugezogen, aber es brannte Licht. Auf der kurzen Auffahrt stand kein Auto, doch die Hoffnung, der Rechtsanwalt verbringe den Abend am Busen seiner eigenen Familie, erwies sich als Illusion. Auf mein Klingeln hin ging eine Riffelglasluke in der Tür auf und ich erhaschte einen flüchtigen Blick auf sein Gesicht, bevor die Luke wieder geschlossen wurde. Die Tür blieb zu, sodass ich noch einmal schellte, diesmal länger.

»Tut mir Leid«, sagte Donkers, als er endlich aufmachte. Es klang unaufrichtig. »Ich musste erst einen Augenblick überlegen. Was ist denn los?«

»Ich muss mit Valerie sprechen.«

»Dann hättest du einen Termin mit ihr vereinbaren sollen, ihr habt doch telefoniert?«

Er trug Freizeitkleidung, Hemd und Sommerhose. »Offenbar hast du kaum ein Privatleben«, sagte ich. »Oder ist das dein Privatleben?«

Er hielt mir eine Visitenkarte hin. »Du kannst die Rechnung an meine Kanzlei schicken, sie wird dann umgehend beglichen. Das war doch schon so weit geklärt, meine ich.«

»Ich komme nicht wegen der Rechnung.« Ich streckte

meinen Fuß nach vorn und legte die Hand gegen die Tür, als er sie zu schließen versuchte. »Ich muss sie sprechen und ich kann nicht warten, bis sie aus Mailand zurückkommt. Du brauchst mich gar nicht erst zu fragen warum, denn es ist Valeries Sache, wen sie in ihre Privatangelegenheiten einweiht und wen nicht.«

Noch ehe ich den Satz beendet hatte, ließ er mit gelassenem Gesichtsausdruck die Tür los, drehte sich um und ging mir durch den Flur voraus. Unter der Stehlampe neben der zerwühlten Schlafcouch standen Gläser, doch Valerie stand schon auf der anderen Seite des Raumes vor dem Wohnzimmersofa. »Max«, sagte sie tadelnd. »Ich habe nicht mit dir gerechnet und ich habe noch sehr viel zu tun.«

Sie gab mir nicht die Hand, daher ließ ich auch meine dort, wo sie war. »Ich muss etwas mit dir besprechen, was mit deiner Vergangenheit zu tun hat, und ich bin mir hundertprozentig sicher, dass du dich lieber unter vier Augen darüber unterhalten möchtest.«

Der Anwalt stand finster daneben. Sein Jackett hing über der Lehne des weißen Ledersofas. »Ich habe vor Remco keine Geheimnisse«, sagte sie.

»Es geht um den Roekenhof.«

Valerie erstarrte und tastete mit der Hand ins Leere, als suche sie Halt. Sie sank auf das Sofa nieder und warf Donkers einen peinlich berührten Blick zu. »Remco, es tut mir Leid …«

»Wir wollten doch keine Geheimnisse voreinander haben«, sagte Remco wie ein gekränktes Kind.

»Ich rufe dich später an, okay?«

Donkers nickte mit verkniffenen Lippen und nahm sein Jackett vom Sofa. »Morgen früh um neun«, sagte er und ging mit großen Schritten davon. Ich unterdrückte eine bissige Bemerkung und wartete, bis ich die Haustür zuklappen hörte.

»Valerie, es geht um den Mörder deiner Schwester«, sagte ich dann.

Sie saß reglos auf dem Sofa. Ich ging hinüber zur weißen Bar, fand Gläser und eine angebrochene Flasche kostbaren *Hine d'Antique* und trug alles zum Marmortisch. Ich setzte mich ihr gegenüber, schenkte Cognac ein und schob eines der Gläser über den Marmor. Ich trank einen Schluck und dachte an die Vorteile, die Geld und guter Geschmack mit sich brachten.

»Der Mann sitzt doch im Gefängnis?«, fragte Valerie tonlos.

»Bertus Tons ist tot. Aber er war nicht der Mörder. Und er war auch nicht der Vater von Caroline.«

Ich sah, wie sie in Panik geriet. »Wovon redest du da? Ich kann dir nicht helfen ...«

»Du brauchst mir nur zu erzählen, was an jenem Abend oder in jener Nacht geschehen ist.«

Sie stockte. »In welcher Nacht?«, flüsterte sie.

»Mehr als zwei Jahre vor dem Tod von Denise. Du warst achtzehn, standest kurz vor dem Schulabschluss. Du hast sie an jenem Samstag im Roekenhof besucht. Du hast dort übernachtet, das tatest du öfter. Am nächsten Tag kamst du völlig aufgelöst nach Hause und verlangtest von deinen Eltern, Denise sofort dort wegzuholen. Stattdessen wolltest du dich um sie kümmern. Deine Eltern taten das als eine deiner Launen ab. Du konntest nicht für Denise sorgen, du stecktest mitten in deinen Abschlussprüfungen und strebtest eine Karriere an. Aber es war keine Laune, nicht wahr?«

Sie schüttelte den Kopf. Sie reichte nach dem Glas und trank einen Schluck Cognac. Ihre Hand zitterte. »Der Pfarrer behauptete, dass der Gärtner, Bertus, Denise sexuell missbrauche und dass er das noch mit weiteren Heimbewohnerinnen täte.«

»Dominee Schamhart?«

Sie nickte.

»Hast du nie daran gezweifelt? Ob es tatsächlich Bertus war?«

Verwirrt hob sie den Blick. Sie stellte ihr Glas ab, eine Geste, hinter der sie sich versteckte.

»Du bist Bertus doch öfter begegnet? Du hast ihn mit Denise zusammen gesehen. Denise liebte ihn. Eine frühere Betreuerin sagte, Denise und Bertus seien so etwas wie Romeo und Julia gewesen. Jetzt komm schon, Valerie. Was ist damals genau geschehen?«

»Ich kann nicht darüber sprechen«, sagte sie tonlos.

»Bertus ist tot und der Mörder von Denise läuft frei herum. Du bist ihre Schwester. Walia. Ich brauche dich und ich brauche Caroline.«

»Caroline?«, fragte sie erschrocken.

»Du hast doch bestimmt schon mal von Gentests gehört?«

»O nein!« Sie machte ein entsetztes Gesicht, ließ dann den Kopf hängen und sank seitlich gegen das Sofa. Sie verbarg das Gesicht in den Händen und fing an zu weinen. Ich ging um den Tisch herum, setzte mich neben sie und klopfte ihr auf den Rücken. Sie blieb steif sitzen, aber rückte nicht von mir ab.

»Ich werde versuchen dich zu schützen«, sagte ich beruhigend. »Der Richter wird schon verstehen, dass du es schwer genug gehabt hast, und man wird dich unter Ausschluss der Öffentlichkeit anhören. Niemand hat ein Interesse daran, dir Schwierigkeiten zu bereiten. Valerie? Du warst kaum achtzehn. Du konntest nichts tun und du konntest unmöglich vorhersehen, was zwei Jahre später mit Denise geschehen würde.«

Sie nickte schluchzend. Sie war eine erwachsene Frau, wirkte jetzt aber wie ein untröstliches Kind. Ich hatte Mitleid mit ihr. Ich wusste, was in ihr vorging. Schuld, Reue. Ich stand auf, fand hinter der Küchenbar ein Geschirrtuch und brachte es ihr. Sie tupfte sich die Augen damit ab, mit der automatisierten Berufssorge um ihr Make-up, die sie selbst jetzt nicht im Stich ließ.

Ich gab ihr eine Minute, sich zu erholen, und wiederholte dann: »Was ist in jener Nacht genau geschehen?«

Sie hielt das Tuch an die Augen. »Der Pfarrer nahm mich nachmittags beiseite und sagte, ich solle abends, wenn Denise im Bett liege, zu ihm kommen, um über meine Schwester zu reden. Es gäbe etwas, worüber er sich Sorgen mache, aber es müsse vorläufig unter uns bleiben. Ich bin so gegen zehn Uhr zu ihm gegangen.«

»Wo habt ihr euch getroffen?«

»Er wohnte in einem kleinen Gebäude mit Kapelle und Sprechzimmer, hinter den Ställen ...« Sie geriet ins Stocken. Sie nahm das Tuch vor den Augen weg und ich reichte ihr ihr Glas. »Er war sehr freundlich, bot mir ein Glas Limonade an. Dann erzählte er mir, er habe den Gärtner im Stall dabei erwischt, wie er Denise sexuell missbrauchte, und dass er sie seitdem beide getrennt voneinander zu sich kommen ließe, um sie von ihren sündigen Verirrungen zu heilen. Er sagte, dass Denise natürlich für jemanden wie Bertus eine leichte Beute sei und dass Mädchen wie sie manchmal eine teuflische und primitive Lust auf Sex entwickelten, er aber über ihr geistiges Wohl zu wachen versuche, indem er regelmäßig mit ihr bete und rede. Ich erschrak sehr darüber, ich war doch erst siebzehn, Denise knapp sechzehn. Auf den Schrecken gab er mir ein Glas Likör. Ich verstand nicht, was er von mir wollte.«

»Hast du ihn nicht gefragt, warum er sich nicht an die Heimleitung wandte und sich über Bertus beschwerte?«

»Doch, natürlich. Er sagte, Gott habe ihm die Aufgabe gegeben, Seelen zu retten, und nicht, Menschen brotlos zu machen. Bertus sei ein Sünder, er habe es auch mit anderen Heimbewohnerinnen getrieben, aber er glaube an die Kraft des Gebetes. Er sagte, ich solle es ihm überlassen, er ziehe mich nur ins Vertrauen, weil ich Denises Schwester sei und weil ich ihm helfen könne, indem ich zusammen mit ihm für sie bete. Ich war durcheinander, ich bekam Kopfschmerzen von dem süßen Likör und wurde müde davon. Ich kriegte kaum mehr etwas mit.«

»Hat er dich betäubt und anschließend missbraucht?«, fragte ich rundheraus.

»Der Dominee? Nein, natürlich nicht.« Valerie starrte mich entsetzt an. »Es war Bertus!«

Du grüne Neune. »Was genau ist geschehen?«

»Der Pfarrer brachte mich in die Kapelle und schaltete leise Musik ein. Er brachte mich zur vordersten Bank und fing an zu beten. Dann musste er an der Predigt für den nächsten Tag arbeiten, sagte aber, ich könne einen Moment sitzen bleiben, um wieder zu mir zu kommen. Ich glaube, dass ich eingeschlafen bin und wach wurde, weil die Musik ausging. Der Pfarrer war weg und ich konnte mich kaum auf den Beinen halten. Ich weiß noch, dass ich mich darüber wunderte, dass die Außenbeleuchtung ausgeschaltet war. Ich musste nämlich an den Ställen vorbei. Und dort ist es passiert.«

»Hast du ihn gesehen?«

Ich sah, dass es ihr schwer fiel, sie hielt ihr Gesicht abgewandt, doch sie wollte es sich endlich von der Seele reden. Sie hatte noch nie mit jemandem darüber gesprochen, sondern es nur hundert Mal in Gedanken wiederholt. Sie erinnerte sich an jede Einzelheit. »Jemand hat mir einen Jutesack über den Kopf gezogen, mich in den Stall gezerrt und ins Heu geworfen. Ich wäre fast erstickt, ich versuchte mich zu wehren, doch meine Arme und Beine waren wie aus Blei. Ich weiß auch noch, dass ich daran dachte, dass man sich nicht wehren und auch nicht schreien soll, aber dazu wäre ich sowieso nicht in der Lage gewesen. Er drückte mir den Sack auf das Gesicht und ich fühlte, wie er meine Bluse aufknöpfte und meinen Rock hochzog. Es war, als fiele ich in einen Abgrund. Er riss nichts kaputt, und später überlegte ich mir, dass er auf jeden Fall intelligent genug war, um zu wissen, dass es auffallen würde, wenn ich mit zerrissener Kleidung in Denises Block ankommen würde, obwohl dort schon alle schliefen. Aber er war grob und gemein, er tat mir weh, und meine Brüste waren hinterher voller blauer Flecken. Dann ließ er von mir ab und ich zog mir den Sack vom Kopf und lag im Dunkeln. Ich habe eine Stunde lang unter der Dusche gestanden und den Duschkopf praktisch in mich hineingesteckt, um es loszuwerden.«

»Der Pfarrer hat dir ein Schlafmittel verpasst, sich einen Jutesack geschnappt und dich in den Stall gezerrt.«

Sie schwieg eine Weile. Sie hatte das vorhin so heftig geleugnet, dass ich mich fragte, ob sie noch nie zuvor Zweifel gehegt hatte.

»Warst du noch Jungfrau?«

»Nein. Und keine Sekunde lang dachte ich daran, dass ich schwanger sein könnte. Ich wollte nichts lieber, als es so schnell wie möglich zu vergessen. Am anderen Morgen bin ich sofort nach Hause gefahren. Ich wollte nur noch, dass Denise da weggeholt wurde. Aber das habe ich auch nicht geschafft.« Sie sagte wieder ein paar Augenblicke nichts und fügte dann hinzu: »Ich habe sie im Stich gelassen.«

Sie trank einen zu langen Zug aus ihrem Glas und verschluckte sich. Ich klopfte ihr auf den Rücken. Der Rest war sonnenklar. Sie war schwanger geworden und bekam Caroline. Sie hielt ihre Eltern für ungeeignet, sie ins Vertrauen zu ziehen, und auf den Gedanken, eine Therapie zu machen, kam sie wahrscheinlich gar nicht. Sie heiratete überstürzt und zog fort. Der schwerste Schlag kam zwei Jahre später, als Denise ermordet wurde, wahrscheinlich weil sie sich zum ersten Mal gegen ihren Peiniger und seine Methoden der geistigen und körperlichen Reinigung zur Wehr setzte. Zwei Wochen nach Denises Beerdigung wurde Valerie geschieden, ging auf die Mannequinschule nach Mailand und flüchtete in eine Karriere, kalt und allein, ein Zeitungsblatt im Wind, wie Nel es ausgedrückt hatte. Ich hatte keine Fragen mehr an sie, ich hätte sie nur damit gequält.

»Hast du Caroline niemals angesehen, wer ihr Vater ist?«

Valerie schüttelte den Kopf, zögerte. »Ich habe diesen Mann nie mehr wiedergesehen und Caroline war kaum zwei Jahre alt, als ich nach Mailand ging und meine Eltern sie zu sich nahmen. Sie war noch so klein, sie sah niemandem ähnlich, sie war nur ...«

Hässlich? Und später? Als Bertus im Gefängnis saß? In ihrer Vorstellung war Bertus womöglich genauso schuldig wie sie selbst, wenn sie überhaupt je darüber nachgedacht hatte. Vogel-Strauß-Politik.

Ich stand auf. »Hast du die Postkarte hier irgendwo?«

Sie wies mit einem Nicken auf ein Wandtischchen. Blaue Iris. Poststempel Utrecht, eine Woche alt. Die Handschrift wirkte gezwungen, als sei der Text Buchstabe für Buchstabe niedergeschrieben worden, um ihn lesbar zu machen. *Hi, bin zu Besuch bei einer Freundin, nimm dir in Mailand auch mal Zeit für ein gutes Buch! Karel.*

»Ist das ihre Handschrift?«

»Natürlich. So schreibt sie, wenn sie sich große Mühe gibt.«

»Was meint sie mit der Bemerkung über das gute Buch?«

Valerie zuckte mit den Schultern. »Ich lese nicht so gern, ich habe auch zu wenig Zeit dafür. Ich glaube, das verübelt sie mir.«

Ich steckte die Karte in meine Tasche. »Kennst du eine Freundin von ihr, die in Utrecht wohnt?«

»Nein. Vielleicht eine Schulkameradin.«
»Hatte Caroline viel Bargeld bei sich?«
»Sie besitzt eine Kreditkarte.«
»Die hat sie aber seit ihrem Verschwinden nicht benutzt.«
Sie hob den Blick. »Woher weißt du das?«
»CyberNel kann so etwas überprüfen. Sie antwortet auch nicht auf ihre E-Mail, obwohl sie ihren Computer mitgenommen hat.«
»Vielleicht ...«
»Sag mir Bescheid, sobald sie wieder zurück ist«, sagte ich. »Und du wirst bei Gelegenheit in Assen eine Aussage machen müssen.«
»Was für einen Sinn hat das noch?«, fragte sie bedrückt.
»Dieser Mann hat Denise ermordet und dich vergewaltigt. Willst du ihn ungeschoren davonkommen lassen?«
Sie schaute mich an und seufzte. Sie hatte ihr Herz erleichtert, aber das hatte nicht viel verändert, weil ihr ganzes Leben auf einer stillschweigend neu geschriebenen Vergangenheit beruhte. Und in dieser schön gefärbten Scheinwelt war die Tatsache, dass ein totgeschwiegener Vater durch einen anderen ausgetauscht wurde, nichts weiter als eine Marginalie.
»Ich möchte diese ganze Sache vergessen«, sagte das Mannequin ohne Vergangenheit.
»Ich nicht«, erwiderte ich.

8

»Max«, flüsterte Nel eindringlich. »Wach auf!«

Wir lagen aneinander gekuschelt in unserer warmen Schlafhöhle. Ich blinzelte gegen das Sonnenlicht hinter den gelben Gardinen an. Draußen grummelte ein Gewitter. »Was ist denn?«

»Ein Bulldozer? In unserer Einfahrt? Sollten wir nicht mal nachschauen gehen?«

Das ›unserer‹ klang, als habe sie sich daran gewöhnt. »Lass uns lieber liegen bleiben«, meinte ich. »Wie spät ist es?« Dem Sonnenstand nach zu urteilen musste es zwischen acht und neun Uhr an einem schönen Septembermorgen sein.

»Vielleicht kommen die unseren Carport abreißen, weil er ohne Genehmigung gebaut wurde. Danach hört sich's jedenfalls an«, sagte Nel.

»Unser schöner Carport?«

Sie rückte näher an mich heran. »Was für ein Krach!«

»Das ist der Milchmann mit seinem Lastwagen.«

»Oder eine Panzerdivision.«

Ich fing an, an ihr herumzufummeln. »Morgens früh bin ich besonders scharf auf dich.«

Der Türklopfer dröhnte durchs Haus.

»Verschieben wir's auf morgen früh«, entschied Nel.

Die Haustür ließ sich nicht öffnen, da die vorderen Eingangstüren auf dem Land nur selten benutzt werden. Ich schob ein Fenster im Gästezimmer nebenan hoch und streckte den Kopf nach draußen. Bokhof stand auf dem Deich.

Ich warf ihm einen bösen Blick zu. »Machst du so einen Höllenlärm?«

»Ich habe an die Hintertür geklopft, aber du hast mich nicht gehört«, sagte er munter. »Gut, dass hier vorne noch ein Klopfer dran ist.«

»Und was macht da sonst noch so einen Krach?«

Bokhof grinste. »Ich wollte dich überraschen. Du hast nicht zufällig eine Tasse Kaffee für mich? Ich bin doch nicht zu früh, oder?«

Ich zog das Fenster herunter.

CyberNel stand schon an der Glastür im Wohnzimmer. »Da arbeitet jemand«, sagte sie. »Ist das unser Nachbar?«

Bokhof kam ums Haus herum, ich öffnete die Hintertür und ging nach draußen. Ein schwerer Traktor war rückwärts die Einfahrt heruntergekommen und stieß jetzt im Leerlauf tuckernd blauen Qualm aus. Ein dunkelhaariger junger Mann lud Holzscheite vom Anhänger und stapelte sie neben dem Carport auf.

»Morgen zusammen!«, sagte Bokhof. »Das ist also Mevrouw. Wir haben uns bis jetzt noch nicht kennen gelernt.«

»Guten Tag, wie geht's?«, sagte Nel. Ihre Hand verschwand in der Pranke des Obstbauern.

»Ich bin Harm. Das da ist mein Sohn. Er stapelt euch die Scheite ordentlich auf. Wir haben in einer alten Plantage die Bäume gefällt, und da dachte ich, Max freut sich bestimmt über ein bisschen Holz, damit er mit seiner neuen Dame am offenen Kamin sitzen kann. Nichts brennt so gut wie Apfel- und Birnbaum.«

Max, dachte ich. »Wie nett von dir, Harm.«

»Seiner neuen Dame?«, fragte Nel interessiert.

»Jede Dame ist für mich neu«, sagte Bokhof mit einem Nicken, wobei er sich hauptsächlich an Nel wandte, die hübsch aussah in ihrem hastig übergeworfenen Bademantel. »Dein Mann hat mich bei der Geschichte mit meiner Mieterin ziemlich anständig behandelt, dabei hätte er mir eine Menge Unannehmlichkeiten bereiten können. So was vergessen wir hier nicht.«

»Ach ja?«, fragte Nel. »Was für Unannehmlichkeiten?«

»Familiärer Art.« Ich sah, wie seine Gedanken in die Zeit zurückwanderten, als meine Nachbarin Jenny ermordet wurde und er eine Zeit lang der Hauptverdächtige war, weil er nicht zu verraten wagte, was ihm ein wasserdichtes Alibi verschafft hätte, nämlich dass er zur Tatzeit in einem Sexclub gewesen war.

»Das sind Männergeschichten«, sagte ich. »Trinkt dein Sohn auch eine Tasse Kaffee?«

»Nicht, bevor er nicht alles ordentlich aufgestapelt hat.«

Ich nickte. »Ordnung muss sein.«

Er trottete hinter uns her in die Küche. Nel brühte Kaffee auf. Bokhof setzte sich breitbeinig auf einen Stuhl und fragte: »Willst du immer noch den Heuschober für die neue Firma von deiner Frau mieten?«

»Na klar«, sagte Nel. »Aber ich müsste ihn ein bisschen umbauen.«

»Dann weiß ich schon den richtigen Mann für dich, Harry Need, ein Bauunternehmer aus Acquoy.«

»Auch ein Dienstagabendfreund?«, erkundigte ich mich.

Er wirkte gekränkt. »Ich gehe nur noch Billard spielen«, log er. »Wenn ich Need Bescheid sage, macht er euch ein anständiges Angebot. Und ich mache euch einen anständigen Mietvertrag.« Er drehte sich um zu Nel. »Du würdest dasselbe zahlen wie ... äh ... die vorige Mieterin, ich muss es nur noch in Euro umrechnen. Seid ihr eigentlich verheiratet?«

Nel schenkte ihm Kaffee ein und sagte: »Wenn es je dazu kommt, laden wir den ganzen Deich zur Hochzeit ein.«

Er schlürfte an seinem Kaffee und schaute mich an. »Diese neuen Leute aus Den Haag, die jetzt im Haus der

Bracks wohnen, brauchst du erst gar nicht einzuladen«, sagte er. »Van Stangeren heißen die, oder so ähnlich. Er ist Ingenieur. Die tragen die Nase ganz schön hoch. Passen gar nicht hierher. Hast du sie schon gesehen? Ingrid und Peter haben sich wenigstens vorgestellt und hin und wieder ein Deichfest mit den Nachbarn veranstaltet. Über die Sache wird immer noch viel Scheiße geredet.« Er schaute Nel an. »Ich meine Unsinn.«

»Verstehe schon«, sagte Nel. »Könnte dein Sohn den Traktor nicht abstellen? Der qualmt doch nur vor sich hin, die reinste Umweltverschmutzung.« Sie lächelte ihn honigsüß an und Bokhof stand gehorsam auf und verließ die Küche.

»Der soll mein Hauswirt werden?«, fragte Nel.

»Er ist kein übler Kerl, außer wenn er betrunken ist«, sagte ich. »Und außerdem bin ich ja da und beschütze dich.«

»Ich zieh mich an, mach du in der Zeit schon mal Frühstück.«

Die Zeit in unserem Dorf verstrich. Die Niederländer waren in die Fabriken und Büros zurückgekehrt und die Wassersporttouristen ließen die Linge allmählich in Ruhe. Wir sind wieder unter uns, sagten wir Deichbewohner zueinander. Das Auto ließen wir so oft wie möglich stehen. Manchmal fuhren wir mit dem Fahrrad eine Runde über den Deich, die Hauptstraße entlang oder über Rhenoy nach Rustwat, um am Wasser eine Tasse Kaffee zu trinken. Beesd war ein schönes Dorf und wir bekamen dort alles, was wir benötigten. Die Stadt brauchten wir nicht mehr und hier dudelte auch keine Musik im Supermarkt.

Wir entwickelten uns zu richtigen Landbewohnern und begannen provinziell zu denken. Eine eigene kleine Welt. Ich hatte oft das Gefühl, die übrige Welt habe in den

Achtzigerjahren die falsche Richtung eingeschlagen und es irgendwann nicht mehr weiter gebracht als bis zu ohrenbetäubender Musik und geisttötenden Fernsehshows, die vom Voyeurismus der Massen und der öffentlichen Schadenfreude darüber lebten, dass andere Menschen von Pferden stürzten und sich die Knochen brachen. Es gab Tote bei einer neuen beliebten Sportart, bei der sich Schulkinder Krawatten um den Hals banden und sich gegenseitig würgten, um zu schauen, wer am längsten bewusstlos bleiben konnte. In den Pariser Vorstädten waren Bandenvergewaltigungen die neueste Mode. Eine Bande von zehn Jungen vergewaltigte ein vierzehnjähriges Mädchen, das anschließend monatelang im Krankenhaus lag. Drei der Bandenmitglieder wurden gefasst und hinter Gitter gebracht, die sieben anderen terrorisierten die Familie des Mädchens, weil die daran schuld war, dass ihre Freunde im Gefängnis saßen. Der Siegeszug des Fernsehens im Alltagsleben stumpfte allmählich die Sinne ab und deformierte die Gehirne derart, dass sie solche neuen und absurden Formen der Logik hervorbrachten.

Caroline rückte für mich ein wenig in den Hintergrund. Nicht für Nel, aber auch sie konnte wenig unternehmen, solange Caroline nicht von sich aus wieder auftauchte. Nel hatte ihr noch eine E-Mail geschrieben. *Liebe Caroline, ich habe gehört, du wärst bei einer Freundin in Utrecht, bitte melde dich mal kurz bei mir. Wir brauchen dich dringend. Deine Nel.*

Doch es kam keine Reaktion und Nel stürzte sich auf den Umbau des Heuschobers, zusammen mit dem rundlichen, rotwangigen Bauunternehmer aus Acquoy und seinen Zimmerleuten. Sie schaffte Wagenladungen voller Computer und anderer elektronischer Geräte aus Amsterdam herbei. Manchmal bekam ich sie den halben Tag lang nicht zu Gesicht.

Die einzige Überraschung kam per Einschreiben mit der Post. Ein nagelneuer Ausweis vom Büro Meulendijk mit meinem Foto, das der Hausfotograf von Meulendijks Imperium irgendwann einmal aufgenommen hatte und das sich natürlich im Archiv befand. Vielleicht wurde der Exstaatsanwalt allmählich alt und vergesslich.

»Max Winter?«, sagte er erstaunt, als ich ihn endlich ans Telefon bekam. »Das ist aber lange her, oder ... Was kann ich für dich tun?«

»Stehe ich noch auf der Liste der Mitarbeiter?«, fragte ich. »Oder war das mit dem Ausweis ein Computerfehler?«

»Ich glaube, dass ich dich nicht ...«

»Ich habe heute Morgen einen Ausweis von euch bekommen, so ein standardisiertes Modell für das neue Jahrhundert, mit meinem alten Foto.«

»Ach, ist das Foto nicht mehr ... Warte mal.« Er redete genau wie früher in bruchstückhaften Sätzen.

»Ich dachte, ich sei selbst nicht mehr ...«, sagte ich bescheiden.

Es blieb eine Weile still, während Meulendijk nach Papieren kramte oder seinen Computer um Rat fragte. »Ah ja ... Die Freiberufler. In Amsterdam habe ich genug. Aber du wohnst doch jetzt in ... Manchmal brauchen wir da auch Leute. Du bist doch nach wie vor bereit, für uns zu arbeiten?«

Ich brauchte nicht lange darüber nachzudenken. Nel war mit dem Zug nach Amsterdam gefahren, um ein lukratives Geschäft zusammen mit Eddy in trockene Tücher zu bringen, aber ich konnte sie nicht allein für unseren Lebensunterhalt sorgen lassen. Ich hatte mich bereits mit dem Gedanken abgefunden, nie wieder etwas von Meulendijk zu hören. Es war eine Erleichterung, festzustellen, dass ich mich geirrt hatte. Er hatte mich einfach nur in das Netzwerk seiner freien Mitarbeiter auf dem Lande versetzt. Ich hatte momentan keine Aufträge. Meine Rechnung an Valerie Romein war längst bezahlt und den Job für die Obstversteigerungsgenossenschaft hatte Bokhof mit keinem Wort mehr erwähnt. Ich konnte jeden Auftrag gebrauchen. Meulendijk bezahlte gut und einen anständigeren Auftraggeber konnte man sich kaum wünschen.

»Natürlich, Bernhard«, sagte ich. »Mit Vergnügen, und wenn du etwas für mich hast, brauchst du nur anzurufen.«

»Da fällt mir ja ein Stein vom Herzen.« Er klang aufrichtig erleichtert, fast so, als habe ich ihm die Gelegenheit geboten, etwas gutzumachen.

Um die gute Nachricht gebührend zu feiern, meldete ich mich noch am selben Nachmittag auf eine Anzeige, in der ein Ruderboot mit Außenbordmotor angeboten wurde. Ich rief den Eigentümer an und fuhr mit dem Fahrrad hin. Es war ganz in der Nähe, in Rhenoy. Das Boot machte einen gesünderen Eindruck als das Exemplar, das an unserem modrigen Anlegesteg allmählich auseinander fiel, und 250 Euro schien mir ein günstiges Angebot, wie alles in der neuen Währung. Ich zahlte bar, drapierte mein Fahrrad über die Vorderbank und tuckerte die Linge hinauf nach Hause. Im Nachmittagslicht, so ohne Touristen, war die Linge der schönste Fluss der Niederlande.

Das alte Ruderboot lag natürlich im Weg. Ich fragte mich, ob man mich wegen Umweltverschmutzung verklagen würde, wenn ich es einfach in die Mitte des Flusses schubsen und dort seinem Schicksal überlassen würde. Vorläufig rammte ich meine Neuerwerbung mit dem Bug in den Schlamm vor das mit kleinen Pfählen befestigte Ufer und schaltete den Motor aus, der noch einen Moment nachblubberte.

Ich sprang ans Ufer, band das Anlegetau um einen Pfahl und hob mein Fahrrad heraus, als ich Nels Wagen über den Deich kommen hörte. Ich winkte und rief, doch sie sah mich nicht, und der Polo verschwand mit reichlich Fahrt in der Einfahrt neben unserem Haus. Mein BMW stand im Carport, sodass Nel davor parken musste. Mit dem Heuschober würde sie zugleich auch eine eigene Einfahrt und eine eigene Garage bekommen. Ich kletterte mit dem Fahrrad über der Schulter durch das hohe Gras den Deich hinauf und rief ihren Namen.

Sie war schon auf der Terrasse und blieb stehen. »Max?«

»Hier bin ich!« Ich kam über den Deich und ließ das Fahrrad von meiner schmerzenden Schulter rutschen, während sie auf mich zurannte. »Ich habe eine Überraschung für dich«, sagte ich.

»Ich habe auch eine.« Demonstrativ hielt sie die Hand hinter den Rücken.

»Meine liegt da unten.« Ich zeigte auf das Boot. »Endlich können wir trockenen Fußes und ohne schweißtreibendes Rudern zum Restaurant fahren.«

Sie würdigte meine Neuerwerbung kaum eines Blickes. »Und ich habe Caroline gefunden.«

Ich schob das Fahrrad die Einfahrt hinunter und stellte es in den Carport. »Ist sie zu Hause?«

Sie schüttelte den Kopf. Ihre Augen funkelten.

»Cornelia!«

Sie zog ein Buch hinter ihrem Rücken hervor und hielt es hoch. »Hier ist sie.«

Stirnrunzelnd warf ich einen Blick darauf. »Was willst du damit sagen?«

»Das ist ihr Roman!«

Ich schaute mir das Werk an, ein bescheidenes Taschenbuch von kaum zweihundert Seiten. Der Titel *Ein kleines Geschenk* prangte in zierlicher, indigoblauer Kursivschrift über einem impressionistischen Kornfeld mit Klatschmohn. »Es stammt von einer gewissen Hedwige

Larue«, sagte ich. »Der Name klingt französisch, ist es eine Übersetzung?«

Ich wollte mir die Titelseiten anschauen, aber Nel nahm mir das Buch aus den Händen und klappte es bei einem Eselsohr auf, das sie in eine Seite irgendwo in der Mitte gemacht hatte. Sie legte mir eine Hand auf die Brust, um mich in Schach zu halten, und fing an, vorzulesen. *»Der Ermittler drückte sich gewandt aus und bewegte sich geschmeidig. Er schien ein zufriedener Mensch zu sein, doch Germaine betrachtete nun einmal jeden Mann, der alt genug war, ihr Vater zu sein, mit ganz besonderen Augen und sah manchmal Dinge, die vielleicht gar nicht da waren. Melancholie zum Beispiel, weil seine Zeit verstrich, und Unruhe, weil er tief in seinem Inneren wusste, dass er nicht genug aus seinem bisherigen Leben gemacht hatte und zu wenig übrig behielt, um stolz darauf zu sein.«*

Ich starrte sie an. Es war praktisch wortwörtlich dasselbe, was sie damals auf Porquerolles zitiert hatte. Ich räusperte mich. »Germaine?«

»Vielleicht gefiel ihr dieser Name besser.«

»Marga würde es als Harmonie des Zufalls bezeichnen.«

Nel schüttelte den Kopf. »Sie benutzt ein Pseudonym, das ist alles. Ich habe das Buch im Zug gelesen und irgendwie kam es mir die ganze Zeit bekannt vor. Als ich dann die Stelle mit Max dem Kripobeamten las, war ich mir ganz sicher. Es ist von Caroline.«

»Max Winter?«

»Max Schneemann.«

»Der schreckliche Schneemann.«

CyberNel biss sich auf die Lippen, klemmte das Buch unter den Arm und ging vor mir her ins Haus. Sie bog schnurstracks links ab zu meinem Schreibtisch hinter der Glasschiebetür.

»Was hast du vor?«

»Anrufen.«

»Warte doch mal.«

Sie schlug das Buch auf einer Seite ganz vorne auf, strich darüber, sodass es offen liegen blieb, und drehte meinen Stuhl, um an die Telefonbücher hinter meinem Schreibtisch zu kommen. »Baarn, gehört das zu Utrecht?«

»Zu Hilversum, glaube ich. Was hast du denn vor?«

Sie fand das Telefonbuch, legte es neben den Roman und fing an zu suchen. »Ich habe schon bei Valerie angerufen, aber da meldet sich niemand. Ich versuche es mal bei dem Verlag, der ist in Baarn.«

»Und was willst du sagen?«

»Die wissen doch bestimmt, wo ihre Autoren zu erreichen sind.«

»Jetzt warte doch mal«, sagte ich noch einmal.

»Hast du Angst, ich könnte mich blamieren?«

»Nein, aber trotzdem schadet es nie, vorher nachzudenken.« Ich nahm mir einen Hocker und setzte mich wie ein Klient vor meinen eigenen Schreibtisch. »Bist du dir ganz sicher?«

Sie schaute mich mit festem Blick an. »Hundertprozentig.«

»Worum geht es in dem Buch?«

»Eine junge Frau sucht Kontakt zu ihrem Vater und wird im Laufe dieses Prozesses erwachsen. Irgendwann ist er plötzlich verschwunden, deshalb schaltet sie die Kriminalpolizei ein, doch der Vater befindet sich lediglich in Begleitung einer Stripperin auf einer Kreuzfahrt. Ein einfaches Thema, nichts Neues, aber wunderschön geschrieben, rührend und noch dazu voller Humor. Das kleine Geschenk ist die Mutter der jungen Frau, mit der sie sich am Ende versöhnt. Wirklich ergreifend, vor allem wenn man die Realität kennt. Es ist Carolines Traumwelt.«

»Wusstest du, dass sie ein Buch schrieb?«

»Nicht wirklich. Sie hat zwar andauernd geschrieben,

wollte aber nichts Näheres darüber sagen, außer, es sei einfach nur eine Geschichte. Sie wurde so verlegen, dass ich nicht weiter nachgehakt habe. Aber ich wusste, dass sie fertig damit war, auch der Ermittler kam bereits darin vor. Sie hat die Figur nur verändert, weil sie dich kennen lernte.«

Wenn ich irgendjemandem auf der Welt vertrauen konnte, dann Nel. Trotzdem wandte ich ein: »Aber du hast doch noch nicht einmal einen ganzen Tag mit ihr verbracht.«

Sie grinste wie eine Sphinx. »Mit dir habe ich auch nur einen Abend verbracht und du warst auch noch betrunken.« Dann wurde ihr Gesicht wieder ernst. »Ich irre mich nicht. Übrigens ist das Buch ein großer Erfolg. Ich habe es gekauft, weil es in allen Zeitungen überschwänglich gelobt wird. Die Autorin wird als moderne Jane Austen gepriesen.«

»Und warum hat sie es unter einem Pseudonym veröffentlicht?«

»Caroline ist kamerascheu. Dir brauche ich das ja nicht zu erklären. Vielleicht war es eine Idee des Verlegers. Viele Schriftsteller tun das, sie ist da keine Ausnahme.«

»Vielleicht will sie unerkannt bleiben.«

»Könnte sein.« Ihr schien plötzlich etwas einzufallen. »Du meine Güte«, sagte sie. »Weißt du noch, was Dolf Romein erzählt hat? Dass Caroline wegen irgendetwas ganz aufgeregt war, was sie nur ihrem Vater erzählen wollte? Eine Überraschung? Was könnte das anderes sein, als dass sie dieses Buch geschrieben und einen Verleger gefunden hatte?«

An dieser Stelle musste mal jemand den Advocatus Diaboli spielen. »Das ist kein Beweis, höchstens ein Indiz.«

»Du kannst einem ganz schön auf die Nerven gehen.« Nel warf mir einen ungeduldigen Blick zu und fuhr mit dem Zeigefinger die Seite des Telefonbuchs hinunter.

»Mirabel Verlag.« Sie wählte die Nummer und ich reichte nach vorn und drückte auf die Mithörtaste.

Niemand nahm ab. Eine Stimme vom Band verkündete die Bürozeiten. Ich schaute auf die Uhr und unterbrach die Verbindung, bevor Nel eine Nachricht aufsprechen konnte.

»Jetzt ist morgen früh«, flüsterte Nel und fing an, meinen Schlafanzug aufzuknöpfen.

Ich war bereits wach und schaute blinzelnd in das Septemberlicht. »Ich weiß nicht, was du meinst«, flüsterte ich zurück.

»Du bist ziemlich vergesslich. Vor ungefähr vierundzwanzig Stunden wusstest du es noch ganz genau.«

»Als wir auf Ibiza aus dem Kopf gescrabbelt haben, bist du deine ganzen Buchstaben auf einen Schlag mit dem Wort ›Stalion‹ losgeworden. Du hast behauptet, das wäre ein ziemlich kleiner Stall, für ungefähr zwei Ziegen. Jedenfalls in Groningen.«

»Meinst du, das hätte ich erfunden?«

»Das auch. Aber ich will darauf hinaus, dass du so oft ›ziemlich‹ oder ›ungefähr‹ sagst. Ein Psychologe würde behaupten, dass das ein Ausdruck deiner Bindungsangst ist.«

»Welcher Psychologe?«

»Ungefähr zwei ist doch Unsinn. Was soll das heißen? Anderthalb? Zweieinhalb? Das geht weder bei Ziegen noch bei Menschen. Da gibt es nur entweder eins, zwei oder drei. Einer ist ein Single, drei sind einer zu viel, das gibt nur Probleme. Auch mit zweien kann es schwierig werden, wenn sie zum Beispiel keine andere Wahl haben und zusammen in einen Stalion eingepfercht sind. Etwa die Situation: Ich habe Krebs und du musst für mich sorgen.«

Sie hörte auf mich zu streicheln. »Hast du Krebs?«

»Ich meine das im übertragenen Sinne.«

»Denkst du so über das Zusammenleben?«, fragte sie alarmiert.

»Nein, warum?«

Sie blieb eine Weile still. Dann sagte sie: »Wir leben hier mit ungefähr zwei Menschen in einem Deichhaus.«

Ich zog sie auf mich. Ihr kleiner, weicher Körper. Ich konnte sie ein Stück hochheben und ihre Brüste umfassen, die so groß wie Waldtauben waren. Oder sie sinken lassen und an mich drücken, sodass ich tiefer in sie eindringen konnte, oder sie tiefer in mich, bis der Unterschied aufgehoben schien.

Später rutschte sie ein Stück hinunter und legte die Wange auf meine Brust, und ich streichelte ihre Rippen und glaubte, sie wäre dabei, wieder einzuschlafen. Doch dann flüsterte sie: »Wirst du mich auch noch anschauen, wenn ich alt bin, so in zwanzig Jahren?«

»Dich anzuschauen ist meine Lieblingsbeschäftigung.«

Sie strich mir mit den Nägeln über die Haut, in einer abwesenden Geste, als wüsste sie nicht, was sie mit mir anfangen sollte. »Du siehst mich, wie ich bin, und das ist etwas ganz anderes«, flüsterte sie.

Ich streichelte ihren Kopf. »Wovor hast du solche Angst?«

»Das Glück kann nicht von Dauer sein. Das war es nie.«

Ihr Körper war sehr warm und klebte an meinem. Ich hielt sie fest und fragte mich, was sie mit ungefähr zwei meinte.

Der Mirabel Verlag befand sich in der hinteren Hälfte des Erdgeschosses einer weißen Bürovilla, die an der Allee in Richtung Baarn lag. Zwar hatte die Firma eine eigene Eingangstür seitlich am Haus, wirkte aber dennoch eher bescheiden. Der Empfang, flankiert von einer Topfpalme, lag in einer Nische des breiten, hellen und freundlichen

Marmorflures. Dahinter saß eine junge blonde Frau und telefonierte. Ein paar Meter weiter befanden sich einander gegenüber zwei cremefarbene Türen, und am Ende des Flures bot eine verglaste Tür zum Garten Aussicht auf Sträucher und Bäume.

Bevor wir den Empfangsschalter erreichten, hielt Nel mich plötzlich auf. Wir standen vor einem kunstvollen Plakat, auf dem eine attraktive dunkelhaarige Frau von etwa Mitte dreißig vor einer Vergrößerung des Einbandes von *Ein kleines Geschenk* zu sehen war. Unter dem Foto stand in zwei eleganten Zeilen: *Hedwige Larue. Die Jane Austen des 21. Jahrhunderts.*

»Ein bisschen voreilig«, bemerkte ich. »Das 21. Jahrhundert hat doch gerade erst begonnen.«

»Mevrouw Larue ist heute mit ihrem Agenten nach Dortmund gefahren, wegen der Übersetzung, und morgen Abend hat sie einen Fernsehauftritt«, hörte ich die Blondine sagen. »Aber ich kann ihr gerne etwas ausrichten.«

Nel warf mir einen Seitenblick zu. Ich sah ihr an, wie verwirrt sie war.

»Vorsicht«, murmelte ich. »Du oder ich?«

»Ich.« Sie machte ein verbissenes Gesicht und ich beschloss, nicht mit ihr darüber zu streiten. Sie gab mir ihre Kamera und ich hängte sie mir am Riemen um die Schulter.

Die Empfangsdame hatte den Hörer aufgelegt und lehnte sich über den Empfangsschalter hinaus, um nach den Besuchern im Flur Ausschau zu halten. Nel ging über die Marmorfliesen rasch auf sie zu. »Guten Tag, ich bin Lia van Doorn. Das hier ist mein Fotograf. Wir arbeiten gerade an einer Serie über Autorinnen. Könnte mir dabei vielleicht Ihre Abteilung für Öffentlichkeitsarbeit weiterhelfen?«

Die junge Frau lächelte. »So etwas haben wir nicht. Wir sind nur ein kleiner Verlag. Ich zum Beispiel bin für die Rezeption verantwortlich, nehme Telefonate entgegen und erledige die Sekretariatsarbeiten für das Lektorat. Meneer Klausman hat eine eigene Sekretärin, und das war es auch schon in etwa. Außer den Lektoren natürlich.«

»Ist Meneer Klausman der Verleger?«

»Ja, aber der ist momentan in Deutschland. Wir haben derzeit ziemlich viel zu tun.«

»Wegen des neuen Stars?«

»Richtig.« Ihr Gesicht nahm einen Ausdruck an, den ich nicht richtig einordnen konnte, irgendwie abfällig. Ich dachte bei mir, dass sie besser nicht in einem Verlag arbeiten sollte, wenn sie auf erfolgreiche Schriftstellerinnen neidisch war.

»Ich war zufällig gerade bei einem anderen Verlag in Baarn und hörte dort von der neuen Jane Austen. Man ist ziemlich eifersüchtig auf euch. Ich habe das Buch zwar noch nicht gelesen, würde aber gerne die Autorin interviewen.« Nel zeigte mit dem Daumen über die Schulter auf das Plakat. »Vielleicht könnten wir kurz mit dem Lektor von Hedwige Larue sprechen, und wenn Sie mir gleich ihre Telefonnummer geben könnten? Sie wohnt doch im Gooiland, oder?«

»Ja, in Eemnes, aber …« Das Mädchen für alles unterbrach sich abrupt, als habe sie zu spät bemerkt, dass sie hereingelegt worden war. Wahrscheinlich tauchten bei Mirabel nur selten Journalisten oder andere gewiefte Informationssammler auf. Sie kniff die Augen zusammen. »Für welche Zeitung arbeiten Sie?«

Nel lächelte. »Ich bin freie Mitarbeiterin bei der Zeitschrift *Elegance*.«

Das Mädchen machte ein Gesicht, als erinnere sie sich endlich wieder an ihre Instruktionen. »Einen Augenblick bitte.« Hastig verließ sie ihre Nische, betrat ohne anzuklopfen das Zimmer gegenüber und ließ die Tür halb offen stehen. Wir erhaschten einen Blick auf einen grauhaarigen Herrn im weißen Hemd und eine rothaarige junge Frau mit Hornbrille. Ihre Schreibtische waren brechend voll mit Mappen, Bücherstapeln und Computerzubehör. Das Lektorat. Ein dritter Schreibtisch war leer und unbesetzt, als sei jemand in Urlaub oder fristlos entlassen worden.

Wir warteten höflich, während sich das Mädchen über die Schulter des grauhaarigen Mannes beugte. Seine Kollegin hörte offensichtlich mit, ließ die Brille auf die Nasenspitze rutschen und musterte uns über den Rand hinweg.

Der Mann seufzte, nahm ein Kärtchen aus einer Ablage auf seinem Schreibtisch und kam auf uns zu. Die Rezeptionistin blieb im Büro zurück und knüpfte ein Gespräch mit der Lektorin an.

Der Mann ließ die Tür hinter sich zufallen. »Guten Morgen«, sagte er. »Ich bin Gerard Vreemoed.« Er hatte ein mageres, müdes Gesicht mit grauen Bartstoppeln. Altmodische, silberne Gliederbänder oberhalb seiner Ellenbogen hinderten seine Hemdsärmel am Herunterrutschen. Wir schüttelten uns die Hände. Lia van Doorn, Walter Gieseking. Ich wählte den Namen eines längst verstorbenen Pianisten, weil auch Nel sich hinter ihrem Jugendnamen versteckte. Vorsicht konnte nicht schaden, solange wir nicht wussten, was hier vor sich ging.

»Ich höre, dass Sie auf der Suche nach, äh, Hedwige Larue sind, aber wir geben grundsätzlich die Adressen unserer Autoren nicht ohne deren ausdrückliche Zustimmung weiter, das würde kein Verlag tun.«

Vielleicht geriet er deshalb bei dem Namen ins Stolpern, weil auch er noch nicht an das Pseudonym gewöhnt war. Nel hatte es natürlich auch gehört. »Das verstehe ich«, sagte Nel und fragte: »Ist Hedwige Larue eigentlich ein Pseudonym?«

»Genau genommen nicht.«

»Das klingt ja äußerst mysteriös.« Nel lächelte verführerisch und blickte sich um. »Können wir uns hier irgendwo einen Moment unterhalten?«

Vreemoed wurde unsicher. »Das möchte ich eigentlich nicht so ohne weiteres.«

»Aber Sie sind doch ihr Lektor?«

»Nein, meine Kollegin Katrien hat das Buch lektoriert.«

»Wie finden Sie *Ein kleines Geschenk?*«

Der Mann wandte sein Gesicht zum Ende des Flures hin und sagte: »Es ist ein wunderbarer Roman.«

»Kam sie hier einfach so mit dem Manuskript hereinspaziert?«

Vreemoeds Zögern wurde langsam chronisch. »Nein, so würde ich es nicht ausdrücken. Aber wie ich schon sagte, ich kann Ihnen nicht viel darüber erzählen ...«

»Warum nicht?«

»Wir sind nicht dazu befugt.«

Nel kicherte. »Ist diese Geheimnistuerei vielleicht eine spezielle Strategie, die die Autorin für das breite Publikum interessant machen soll?«

Vreemoed verzog das Gesicht. »Sie hat einen Agenten, der die Öffentlichkeitsarbeit für sie erledigt und sämtliche Interviews arrangiert.«

»Ist er auch für dieses schöne Plakat verantwortlich?«

»Ja, indirekt, es stammt von einer Agentur. Wir können solche Werbemittel hier nicht selbst produzieren.«

»Eine gute Aufnahme«, warf ich in meiner Rolle als Fotograf ein. »Das ist doch die Autorin?«

Vreemoed blickte unwillkürlich zu dem Plakat hinüber, als müsse er sich selbst davon überzeugen. »Ja, natürlich.«

»Was gibt der Mirabel Verlag sonst noch heraus?«, fragte Nel.

Der Lektor wies mit einem Nicken zum Empfangsschalter. »Emily kann Ihnen einen Katalog mitgeben. Vor allem Do-it-yourself-Ratgeber und Handbücher, aber wir haben auch ein paar Krimiautoren im Programm.«

»Ansonsten keine Belletristik?«

»Wir hoffen, dass *Ein kleines Geschenk* die Grundlage für einen neuen literarischen Zweig bildet. Wir drucken bereits die dritte Auflage und demnächst erscheinen Übersetzungen ins Deutsche und ins Französische.«

»Wann haben Sie das Manuskript erhalten?«

»Vor etwa zwei Monaten.«

»Ist das nicht ein bisschen knapp, um ein Buch zu lesen, zu lektorieren, zu drucken und auf den Markt zu bringen?«

Er nickte. »Es kann auch ein wenig länger her sein, aber es ist tatsächlich sehr schnell gegangen. Das liegt unter anderem an der modernen Technik, zum Beispiel braucht man Manuskripte heutzutage nicht mehr abzutippen so wie früher.«

»Ist ein Folgeband geplant?«

»Davon gehen wir aus. Hören Sie, ich erzähle Ihnen gerne alles über den Verlag, aber mit sämtlichen Fragen über die Autorin wenden Sie sich bitte an ihren Agenten, Hein Drisman in Den Haag.« Er gab uns die Visitenkarte, die er die ganze Zeit in der Hand gehalten hatte.

»Für meine Story wäre es aber nett, wenn die Person dabei wäre, die sie entdeckt hat«, sagte Nel hartnäckig. »Sind Sie das oder Ihre Kollegin, wie hieß sie noch, Katrien?«

»Von einer Entdeckung kann man eigentlich nicht reden, aber Katrien hat das Manuskript lektoriert, das ist richtig. Doch wie schon gesagt: Wir dürfen keinerlei Informationen an Sie weitergeben, das ist nun einmal so vereinbart.«

Wir parkten den BMW an den Bahngleisen und bestellten belegte Brötchen auf der Terrasse eines Lokals namens *De Generaal.* Nel bestellte ein Glas Milch. Es war ein sonniger Herbsttag.

Als der Kellner hineingegangen war, starrte Nel eine Zeit lang die Bäume und Villen an, schüttelte dann den Kopf und sagte: »Ich glaube kein Wort von alledem.«

»Wovon?«

»So schrecklich menschenscheu ist Caroline nun auch wieder nicht, dass sie sich hinter jemand anderem verstecken müsste, wenn sie das Einzige, worauf sie wirklich stolz sein kann, an die Öffentlichkeit bringt.«

»Vielleicht war ihr nicht klar, dass es ein Erfolg werden würde. Möglicherweise hat sie mit dieser Scharade begonnen, weil sie selbst kein Vertrauen in ihre Arbeit hatte, und jetzt kann sie nicht mehr zurück.«

»Aber wo steckt sie nur?«

»An einem geheimen Ort, wo sie an ihrem Nachfolgeroman arbeitet.«

»Und gibt weder ihrer Mutter noch mir Bescheid?«

»Ich bin zu Besuch bei einer Freundin«, zitierte ich.

Der Kellner brachte Kaffee, Milch und Brötchen. Ich biss in ein knuspriges Exemplar mit altem Gouda. Ich hatte Hunger.

Nel trank von der Milch und schüttelte erneut den Kopf. Ich selbst glaubte auch nicht so recht an diese Theorie. »Woher kennt sie diese Larue?«, fragte Nel. »Sie wird doch kaum mit ihr befreundet sein, die Frau ist doppelt so alt wie sie.« Das klang ein wenig abfällig und auch ein bisschen besitzergreifend, als fiele es ihr schwer zu akzeptieren, dass Caroline eine völlig Unbekannte ins Vertrauen gezogen hatte und nicht sie. »Die Sache wird in der Öffentlichkeit ganz falsch dargestellt.« Nel holte einen Zeitungsausschnitt aus ihrer Tasche und las daraus vor. »Das hier ist aus dem *NRC Handelsblad.* Die Larue sagt, sie habe nicht über ihr eigenes Leben schreiben wollen und daher ein jüngeres Alter Ego erschaffen müssen, eine einsame junge Frau von heute, die alles entbehren musste, Vater, Mutter, familiäre Wurzeln. *Jane Austen schenkte uns Fanny Price, Hedwige Larue verdanken wir Germaine Thomas, und das ist mehr als nur ein kleines Geschenk. Zweifellos handelt es sich dabei um die literarische Sensation des Jahres.«* Sie faltete den Ausschnitt zusammen. »Ein jüngeres Alter Ego? Was soll der Blödsinn?«

»Die Frage ist, ob der Verlag davon weiß«, sagte ich.

Nel hing ihren eigenen Gedanken nach. »Wo immer sie auch sein mag, sie sieht ihr Alter Ego im Fernsehen, auf Plakaten und in jeder Buchhandlung, sie liest die Zeitungen. Das Mindeste, was sie tun würde, wäre doch, ihrer Mutter unter die Nase zu reiben, dass sie nicht völlig wertlos ist, sondern etwas geleistet hat, und zwar etwas, was mehr Substanz hat als nur schön zu sein und über den Laufsteg zu paradieren.« Sie schwieg einen Augenblick lang, dachte nach und sagte dann: »Auf der Postkarte schreibt sie, ihre Mutter solle mal ein gutes Buch lesen. Vielleicht wusste sie, dass ihr Roman erscheinen würde, und hoffte, ihre Mutter würde ihn in die Hände bekommen.«

Ich zuckte mit den Schultern. »Vielleicht weiß die Dozentin dieses Schreibkurses etwas darüber, wie heißt sie noch gleich, Deborah? Mit ihr hatte sie mehr als nur oberflächlichen Kontakt.«

Nel nickte. »An sie könnten wir uns wenden. Warte, ich schaue mal kurz im Telefonbuch von Eemnes nach. Falls der Name Larue ein Pseudonym ist, steht sie garantiert nicht drin.« Sie stellte ihr Glas ab und verschwand im Lokal.

Es war Mittagszeit und die Terrasse füllte sich mit Mitarbeitern der umliegenden Bürovillen. Auch die Lektorin und die Empfangsdame des Mirabel Verlages erschienen und setzten sich an einen der letzten freien Tische am Rande der Terrasse. Als sie bestellt hatten, nahm ich Nels Kamera und ging zu ihnen hinüber. Ich blickte lächelnd von der Rezeptionsdame zur Lektorin und sagte: »Hallo, Katrien, richtig?«

»Ja?«

»Es wäre praktisch, wenn ich jetzt schon ein Foto von dir machen könnte, irgendwann müssen wir es ja doch hinter uns bringen, und das Licht da drüben eignet sich wunderbar für Porträtaufnahmen.« Mit enthusiastischem Kopfnicken wies ich auf das Licht und das Wirrwarr von Schlagschatten unter den Bäumen neben *De Generaal*, in dem selbst der bescheidenste Fotograf nicht tot hätte aufgefunden werden wollen. »Hat Meneer Vreemoed nichts davon gesagt, dass wir in der *Elegance* ein großes Interview mit Hedwige Larue bringen wollen?«

»Nein, jedenfalls nicht zu mir.«

»Wie dem auch sei, die Entstehung des Romans muss unbedingt in die Story mit hinein, und du hast ihn doch lektoriert, stimmt's?«

»Ja, das stimmt.«

»Bist du Hedwige Larue auch persönlich begegnet?«

Katrien schaute ihre Kollegin an und kicherte. »Selbstverständlich.«

»Na ja, so selbstverständlich ist das doch nicht, wenn man nur das Lektorat übernimmt?«

»Doch, in diesem Fall schon.«

Die beiden warfen sich viel sagende Blicke zu und ich fragte: »Habe ich etwas Falsches gesagt?«

»Nein, schon gut.« Katrien zuckte mit den Schultern, die Empfangsdame grinste in sich hinein.

»Sollen wir dann mal schnell loslegen?« Ich sah Nel aus dem Lokal herauskommen und winkte ihr zu, als sie suchend in die Runde blickte.

Rasch kam sie zu uns herüber, nickte den Mirabel-Damen erfreut zu und sagte begeistert: »Das trifft sich aber gut. Ich habe gerade mit dem Agenten telefoniert, das geht alles in Ordnung.«

»Ich weiß nicht«, wandte Katrien zögernd ein.

»Aber du möchtest doch sicher in die *Elegance?*« Ich schaute Nel an. »Ich habe schon erklärt, dass du auch über den Entstehungsprozess des Buches schreiben willst. Die Dame ist die Lektorin. Ich mache mal eben ein paar Porträtaufnahmen, dann brauche ich nicht noch einmal mit hierher zu kommen.«

»Du musst mich sowieso nach Eemnes begleiten, aber erledige das ruhig schon mal«, sagte Nel und fügte ohne die geringste Spur von Ironie mit einer Kopfbewegung zu den Schatten unter den Bäumen hinzu: »Da drüben ist gutes Licht.«

Katrien und ihre Kollegin tauschten erneut einen Blick aus. Die Blondine zuckte mit den Schultern und Katrien sagte: »Okay.«

Der Kellner brachte Gläser mit Buttermilch und Baguettehälften mit Tomaten, Gurken, Salat, Hähnchenstreifen und viel Mayonnaise. Katrien war klein und ein bisschen kräftig. Sie hatte ein eckiges Gesicht mit humorvollen Zügen, Sommersprossen und eine tiefe Stimme. »Soll ich vorher mein Make-up etwas auffrischen?«, fragte sie.

»Je natürlicher, desto besser«, behauptete ich.

Sie folgte mir von der Terrasse hinunter zu dem Pflaster zwischen den Bäumen.

Ich positionierte sie am Zaun, ließ sie ein paar Schritte nach links und dann wieder zurück nach rechts machen, hantierte umständlich mit der Kamera, ließ das Teleobjektiv rein- und rauszoomen und machte sogar einige Aufnahmen von ihr.

»Hattest du viel Arbeit mit dem Manuskript?«, fragte ich ganz nebenbei.

»Nein, kaum. Ich habe es für den Satz vorbereitet, ein paar Tippfehler korrigiert, Kleinigkeiten.«

»Habt ihr den Klappentext verfasst?«

»Nein, sie hat es mit mir zusammen getan.«

»Macht es Spaß, mit ihr zu arbeiten?«

Ich spürte, wie sie zögerte. »Ja, schon«, sagte sie dann ohne rechte Überzeugung.

»Autoren können ja so nervtötend sein«, sagte ich, als wüsste ich, wovon ich rede. »Stellen sich an wegen eines einzigen Fotos. Wann ist sie denn mit dem Manuskript angekommen?«

»Ach, ganz plötzlich. Sie behauptet ja schon seit Jahren, an einem Buch zu schreiben. Ich habe ihr nie geglaubt, aber da kann man mal sehen. In unserem Beruf erlebt man die seltsamsten Überraschungen.«

Ich verbarg mein Erstaunen hinter der Kamera. »Einen kleinen Schritt zurück, bitte«, sagte ich. »Dort ist das Licht weicher. Du hast sie also schon vorher gekannt?«

»Ja, natürlich ...« Katrien wurde unsicher und fragte: »Hein Drisman weiß doch Bescheid?«

»Sonst würden wir hier nicht stehen«, antwortete ich. »Da habe ich einen schönen warmen Ton erwischt, dein Haar kommt sehr gut zur Geltung. Leck dir mal kurz über die Lippen, damit sie etwas glänzen. Jetzt kurz stillhalten, ein klein wenig lächeln, ja, gut so.« Meine Kamera klickte. »Wie hast du sie kennen gelernt?«

Sie ging nicht darauf ein. »Jetzt muss ich aber wirklich zu Mittag essen, wir haben nur bis halb zwei Pause.«

»In Ordnung.«

Ich ließ den Fotoapparat sinken, blieb ihr gegenüber stehen und sagte: »Ich werde den Eindruck nicht los, dass du euren neuen literarischen Zweig nicht sehr viel versprechend findest.«

Sie schüttelte ihre roten Locken. »Darum geht es nicht. Ich liebe Literatur, aber Mirabel sollte lieber bei seinen eigenen Leisten bleiben, bei den Ratgebern und Hobby-Handbüchern, damit sind wir immer gut gefahren. Noch nicht mal die Krimiautoren passen so recht zu uns. Ich habe von Anfang an gesagt, dass es schließlich mehr als genug literarische Verlage gibt, aber na gut … Wie man sieht, habe ich im Nachhinein betrachtet Unrecht gehabt. Wir werden mit Literatur Geld verdienen. Wir haben Hedwige Larue.«

Sie sprach den Vornamen ziemlich übertrieben aus, mit dem dazu passenden Gesichtsausdruck. Dann drehte sie sich auf dem Absatz um und ließ mich stehen.

9

Wir fuhren den Meentweg in Eemnes entlang und kamen an hübsch restaurierten Gehöften und Architektenvillen vorbei. Im Hintergrund erstreckte sich ein Polder mit leuchtend grünen Wiesen und von Hecken umgebenen Bauernhöfen bis an die von Wellen gekräuselten Überbleibsel der Zuiderzee.

Nel hielt nach Hausnummern Ausschau und zeigte auf eine massive weiße Backsteinvilla mit viel Glas und einem Reetdach.

Ich hielt vor einem hohen grünen schmiedeeisernen Gittertor an. Nel schlüpfte aus dem Auto und lief schnell hinüber, wie ein Kurier, der etwas in den Briefkasten werfen will. Ich erblickte eine weiße Kiesauffahrt, eine große Garage und einen sorgfältig gepflegten Garten. Die Bäume ließen das erste Herbstlaub auf den frisch gemähten Rasen fallen. Nel kam zurück und warf die Beifahrertür zu. »Fahr weiter«, sagte sie. »Wir fallen hier auf wie Mistkäfer in der Suppe.«

»Na dann los.«

Ich bog in eine Seitenstraße ein und verirrte mich prompt in einem dieser modernen Viertel, in dem die üblichen Straßen, Wege und Alleen Wohnanlagen mit Namen wie *Rietgors*, *Scholekster*, *Roerdomp* oder *Zomertaling* gewichen sind.

Es reichte nicht, dass das ganze Viertel quasi eine verkehrsberuhigte Zone war. Zusätzlich bildeten die kompliziert angelegten Siedlungseinheiten einen Irrgarten, der einen in den Wahnsinn trieb. Wir kurvten durch den *Patrijzenhof*, diverse andere *-hoven* und das *Jonneveen.* Schließlich parkten wir vor einem Friedhof am beruhigend normalen Laarderweg.

»Sie ist nicht zu Hause«, sagte ich. »Hast du ein Namensschild gesehen?«

»H. Larue.«

Ich blätterte den Mirabel-Katalog durch. »Was haben wir sonst noch?«

»Ich würde gerne mit der Dozentin reden, dieser Deborah, nur zu meiner eigenen Beruhigung.«

Ich schaute sie von der Seite an. »Dir kommen doch nicht etwa Zweifel?«

Ich sah, wie sie mit sich kämpfte, als kämen Zweifel einem Verrat an Caroline gleich, die auf den seltsamen Umwegen, die Gefühle manchmal gehen können, zu einer Art Schützling für sie geworden war. »Natürlich kommen mir allmählich Zweifel«, sagte sie mit einem Seufzer. »Nicht zuletzt deshalb, weil das Buch so umjubelt ist, es ist kaum zu glauben, und das bei einem Debüt. Hat Caroline wirklich so viel Talent?«

»Auch für Hedwige Larue ist es ein Debüt. Obwohl die auch noch gut aussieht.«

Nel hielt sich zurück. »Na schön, ich bin ein bisschen verunsichert. Ich sehe die Plakate und das ganze Tamtam, die Frauen bei Mirabel kennen die Larue, sie ist echt, sie steht ganz normal im Telefonbuch und hat offenbar schon jahrelang an einem Buch geschrieben.«

»Die eine Frau kann sie nicht besonders gut leiden«, bemerkte ich.

»Die andere auch nicht«, sagte Nel. »Vielleicht sind sie neidisch. Jedenfalls würde mich gerne mal mit dieser Deborah unterhalten. Ihre Adresse bekomme ich schon über das Institut in Leiden heraus.«

»In Ordnung.« Ich blätterte den Katalog durch. Handbücher über essbare Pilze und Wildkräuter, komfortablen, aber dennoch preiswerten Campingurlaub, Geldverdienen im Internet, Kriminalromane. »Sieh mal einer an, Gert Monnik.«

»Wer ist das denn?«

Ich deutete auf das Foto eines jovialen, inzwischen fast kahlköpfigen Polizisten. »Ein früherer Kollege aus Amsterdam. Er wollte immer schon Bücher schreiben. Vor zehn Jahren ist er nach Utrecht gezogen, da hat er eine Stelle als Leiter der Kripo am Tolsteeg bekommen.« Ich lachte in mich hinein. »Vielleicht ist das ein ruhiger Job oder er hat seinen Beruf an den Nagel gehängt. Das hier ist offenbar schon das fünfte Buch mit Inspecteur Theo Blankers.«

Nel nickte ein wenig abwesend. »Was sollen wir denn jetzt machen?«

»Einfach zur Larue hingehen und fragen, ob sie dieses Buch geschrieben hat?«

Sie schüttelte den Kopf. »Wenn sie mit Caroline eine Abmachung getroffen hat, wird sie das nicht der erstbesten Journalistin auf die Nase binden. Ich muss mich für eine Weile an den Rechner setzen. Und ich würde auch gerne mal einen Blick in den Computer von Hedwige Larue werfen.«

»Das wirst du aber auf legale Weise kaum hinkriegen. Es sei denn, du könntest beweisen, dass du wirklich ganz aus Versehen und völlig unschuldig mitten in der Nacht in ihr Haus geraten bist, weil du beim Schlafwandeln nun einmal große Entfernungen zurücklegst. Und vorher musst du erst noch am Hund und am Chauffeur vorbei. Neben einem Hund könnte sie außerdem einen Mann und drei Kinder haben.« Ich startete den BMW und fuhr in Richtung der A27.

»Sie sieht nicht aus wie eine Mutter«, meinte Nel. »Außerdem ist sie nicht verheiratet. Das ist so ungefähr das Einzige, was ich aus der blonden Tussi herausbekommen habe.«

»Ihr Name klingt gediegen hugenottisch. Wenn das Haus nicht ihrem Mann gehört, dann ihr selbst. Woher hat sie so viel Geld? In der Gegend stehen ja nicht gerade bescheidene Mietshäuschen.«

Nel hörte mir nur mit halbem Ohr zu. »Am helllichten Tag geht es auf keinen Fall. Das Haus ist mit einer Alarmanlage gesichert. Ich glaube, ich weiß, was für eine es ist, aber ich habe kein Werkzeug bei mir und muss Eddy vorher um Rat fragen.«

Nel hörte über das Autotelefon unseren Anrufbeantworter in Rumpt ab, während ich die Autobahn entlangfuhr.

Auf dem trockenen Herbstgras am Straßenrand sorgte der Wechsel von Licht und Schatten unter den Bäumen für einen stroboskopartigen Effekt. Es war nicht viel Verkehr und wir hätten in einer halben Stunde zu Hause sein können.

»Wer ist Kees Nijman?«, fragte Nel, den Hörer am Ohr.

»Kees Nijman ...« Jetzt fiel es mir wieder ein. »Der Kripobeamte aus Nijmegen.«

»Er hat dir eine Nachricht hinterlassen. Ob du ihn zurückrufen könntest, es sei dringend.«

»Ich glaube, ich habe seine Karte ins Handschuhfach gelegt.«

Nel öffnete die Klappe und suchte zwischen den Pfefferminzbonbons, den Autopapieren, vergessenem Krimskrams und der Beretta herum, die ich in ein neues Holster aus weichem Leder gesteckt hatte, um zu verhindern, dass sich beim Durchsuchen des Handschuhfachs ein Schuss löste.

Nel fand die Karte. »Soll ich ihn anrufen?«

Ich nickte und hielt nach einer Parkmöglichkeit Ausschau, während Nel die Nummer wählte und nach Nijman fragte. An den Ausfahrten in Richtung Hilversum waren wir bereits vorbei. Es gab nur auf der anderen Seite einen Parkplatz, an einer Anhöhe, die Hengstenberg hieß und tatsächlich als örtlicher Treffpunkt für schnelle Herrenkontakte diente. Auf unserer Seite sah ich keine Möglichkeit, doch die Abfahrt Bilthoven war nicht mehr weit entfernt.

Nel schaltete auf Lautsprecher und ich wandte mich dem Mikrofon zu, das sie kürzlich oberhalb der Windschutzscheibe angebracht hatte, damit ich frei sprechen konnte.

»Meneer Nijman? Ich bin's, Max Winter.«

»Ah.« Nijman klang erleichtert. »Rufst du vom Festnetz aus an?«

»Nein, ich sitze im Auto, wir sind gerade an Hilversum vorbei.«

»Kannst du herkommen?«

»Was ist denn los?«

Nel verzog das Gesicht. »Warum fragt er wohl, ob du vom Festnetz aus anrufst? Bei Gesprächen über Satellit kann doch jeder Depp mithören!«

»Du warst doch auf der Suche nach jemandem«, antwortete Nijman denn auch ausweichend. »Möglicherweise haben wir die betreffende Person gefunden.«

Diesmal saß eine andere Beamtin hinter der Glasscheibe, und selbst wenn für sie dieselben Regeln galten, brauchte ich diesmal nur meinen Namen zu nennen und schon kam Nijman uns abholen.

Ich stellte Nel als meine Partnerin vor, was häufig zu Missverständnissen führt, weil in den Niederlanden heutzutage die Hälfte der Bevölkerung einen ›Partner‹ im Sinne von Lebensgefährten hat und sogar ein männlicher Partner Gefahr läuft, für etwas anderes angesehen zu werden, als man meint. Nel und ich mussten überlegen, wie wir dieses Problem zufrieden stellend lösen konnten – Teilhaberin? Bevollmächtigte? –, doch Nijman hatte andere Dinge im Kopf. Im Flur hielt er uns einen Augenblick auf.

»Falls ich dich umsonst habe herkommen lassen, tut es mir Leid, wir sind uns nicht hundertprozentig sicher«, sagte er. »Aber ich möchte weder der Mutter noch anderen Verwandten unnötig einen Schreck einjagen. Außerdem kann ich die Mutter nicht erreichen.«

»Valerie Romein ist in Mailand«, sagte ich.

Nijman nickte. »Ich dachte an dich, weil wir hier nur das Foto haben, das du uns überlassen hast.«

Das alles rief böse Vorahnungen in mir wach, und zwar nicht nur weil Nijman wie von selbst auf das Du übergegangen war. Nel schlug die Hand vor den Mund und blieb stocksteif stehen. In der Stille hörte man das Blut in den Adern rauschen.

»Caroline ist gefunden worden«, sagte ich.

»Jedenfalls die Leiche einer jungen Frau. Vielleicht kannst du sie vorläufig identifizieren. Du hast Caroline Romein doch persönlich gekannt? Sie kommt gerade aus der Gerichtsmedizin in Rijswijk zurück. Die Körpergröße passt zu ihrer Personenbeschreibung.«

»O mein Gott«, flüsterte Nel.

Nijman schien sie zum ersten Mal zu bemerken und fragte: »Sie sind doch keine Verwandte?«

Nel schüttelte den Kopf. »Wo ist sie?«

Nel stieg hinten in den Streifenwagen ein, doch Nijman hielt mich kurz auf, als ich hinüber zur Beifahrerseite gehen wollte. Er wies mit einem Kopfnicken auf Nel und sagte leise: »Vielleicht sollten wir sie besser nicht mitnehmen. Die Leiche hat zwei Monate im Wasser gelegen. Dir brauche ich ja nicht zu erzählen, was das für ein Anblick ist.«

»Nel war früher auch bei der Polizei.«

»Kann schon sein, aber sie wirkt sehr erschüttert.«

»Deine plötzliche Kollegialität kommt ein wenig überraschend«, erwiderte ich.

Nijman antwortete achselzuckend: »Ich habe mich bei der Kripo in Amsterdam erkundigt. Ich hoffe, du bist mir nicht böse deswegen.«

Ich schüttelte den Kopf. »Ich hätte dasselbe getan. Du kannst sogar Meulendijk anrufen, ich stehe wieder ganz und gar in seiner Gunst.«

Ich stieg ins Auto ein. Unterwegs drehte ich mich zu Nel um und sagte: »Wenn du willst, gehe ich alleine. Es ist eine Wasserleiche.«

Sie wusste, was das bedeutete. »Wie lange?«, fragte sie.

»Man geht von zwei Monaten aus.«

»Das arme Mädchen.« Nel biss sich auf die Lippen und starrte auf Nijmans Rücken. »Wann ist sie gefunden worden?«

»Vor drei Tagen«, antwortete der Ermittler, ohne sich umzudrehen. »Im Gooimeer, hinter der Stichtse Brug, ein Stück vor Almere. Dort herrscht Strömung, sie könnte also auch irgendwo anders ins Wasser gelangt, dorthin getrieben und im Schilf hängen geblieben sein. Ein junges Paar in einem kleinen Segelboot hat sie entdeckt.«

Zwei Minuten später bog Nijman auf einen Parkplatz vor einem eckigen, niedrigen Backsteinkomplex ein. Ich sah ein Eichhörnchen am Stamm einer der Tannen hochlaufen, die neben Fichten, Koniferen, Rasenstücken und Spazierwegen ein parkähnliches Gelände um den Komplex bildeten.

Doch auf den Wegen ging niemand spazieren und meditierte über die Vergänglichkeit des Seins, und auch die Aula auf der Vorderseite war verlassen.

Nijman führte uns durch einen Seiteneingang in einen Flur und verschwand in einem der Büros. Kurz darauf kehrte er zurück und wir folgten ihm zum Ende des Ganges. Dort roch es nach Paraffin und, verborgen hinter Desinfektionsmitteln, nach Tod. Ein Mann in weißem Kittel stand in einer Türöffnung, winkte uns zu sich und zog Handschuhe an. »Die Leiche wurde behandelt«, sagte er, »aber trotzdem ...« Er beendete seinen Satz nicht, sondern reichte stattdessen Nijman einen Tiegel mit stark nach Eukalyptus riechender Vaseline.

Ich hielt Nel zurück und sagte: »Lass mich zuerst, okay?«

Sie schüttelte widerspenstig den Kopf. »Kommt nicht in Frage.«

Nijman musterte sie, zuckte mit den Schultern und bedeutete uns mit einer Handbewegung, vorauszugehen. Nel und ich schmierten uns Vaseline in die Nasenlöcher. Nijman murmelte: »Ich habe sie schon gesehen«, und blieb in der Tür stehen.

Der Mann im weißen Kittel wartete neben einer mit einem olivgrünen Laken bedeckten Bahre in einem kleinen fensterlosen Raum. Ein Ventilator in der Decke saugte hörbar die Luft ab. Der Mann schlug das Laken zurück. Darunter lag ein luftdichter Sack aus schwarzem Kunststoff. Er zog den Reißverschluss dreißig Zentimeter weit auf und hielt mit behandschuhten Händen die beiden Hälften auseinander.

Die Vaseline half, doch mein Gehirn war auf Leichen konditioniert, bei deren Bergung aus dem Wasser ich dabei gewesen war, und erinnerte sich an den Gestank, der aus dem Sack herausquoll.

Ich sah den groben, entstellten Rest eines Gesichts sowie einen haarlosen Schädel. Große Stücke Haut und Fleisch hatten sich abgelöst, sodass nur ein unkenntlicher Klumpen zurückgeblieben war, die grünen und scharlachroten Zeichen von Verwesung und Gasbildung, Verletzungen durch Blutsauger und Nagespuren von Ungeziefer. Man erkannte einen Nasenstumpf, eine Öffnung mit Zähnen. Das linke Auge war unter einer Schicht von durchweichtem Gewebe verborgen, es konnte aber auch ganz weg sein.

Das andere Auge war noch da. Es schaute starr nach oben, aus einem Bett von Gewebe und Knochen heraus. Es war blau, das mattgraue, undefinierbare Blau zwischen Himmel und Wolken, an das ich mich erinnerte. Das Auge von Caroline.

Ich war froh, dass ich nicht der Autopsie hatte beiwohnen müssen, obwohl die Schädeldecke nicht geöffnet worden war und der Gerichtsmediziner sich auf die Suche nach Brüchen und Beschädigungen sowie die Entnahme von Proben des Gewebes und von Organresten für das Labor beschränkt hatte. Ich konnte zwar einiges vertragen, aber etwas derart Grauenvolles ging selbst mir über die Hutschnur.

Ich spürte Nel neben mir. Ich hielt ihre Hand fest. Sie betrachtete das, was von Caroline übrig war, so lange, dass es allmählich wie eine Selbstbestrafung wirkte. Ich nickte dem Mann in Weiß zu. Er schloss den Reißverschluss mit einer definitiven Geste und ich zog Nel hinter mir her aus dem Raum hinaus.

Es gab eine Toilette, in der wir mit Papiertüchern das Zeug aus unseren Nasenlöchern wischen konnten. Der Gestank blieb. Ich wusch mir ausgiebig die Hände, obwohl ich nichts angefasst hatte, und ich sah Nel am Waschbecken neben mir dasselbe tun.

»Geht's?«, fragte ich.

»Ich lebe noch.«

Im Spiegel sah ich, wie die Tür aufging und Nijman seinen Kopf hereinsteckte. Ich hielt fünf Finger hoch – fünf Minuten – und gab ihm einen Wink, uns allein zu lassen. Die Tür ging wieder zu. Aus den Toilettenkabinen kam kein Laut, doch zur Sicherheit ging ich einmal an allen Türen entlang, während ich mir die Hände abtrocknete. Alle Anzeigen standen auf *frei.* Wir waren allein.

Ich stellte mich hinter Nel und sagte leise: »Wir sollten Nijman über die Geschichte mit Drenthe informieren, okay? Dann kann er dem Untersuchungsrichter in Assen mitteilen, dass Carolines DNA zur Verfügung steht.«

»Davon hat das Gericht aber nichts, wenn sich der Pfarrer weigert, eine Probe abzugeben.«

»Das kann er nicht.«

Nel stützte sich mit beiden Händen auf dem Waschbecken ab und schaute mich im Spiegel an. »Vor zwei Monaten? Kurz davor befand sich Caroline auf der Suche nach ihrem Vater. Sie war in Drenthe. Hat sie ihn gefunden?«

»Ich wüsste nicht wie.«

»Wir haben ihn auch aufgespürt. Selbst wenn sie nicht bei Bertus war, hätte es ja noch andere Alternativen gegeben. Sie brauchte nur in ein Archiv zu gehen und in den Drenther Zeitungen aus jener Zeit nachzuforschen.«

»Dann wäre sie trotzdem bei Bertus gelandet.«

Sie schüttelte den Kopf. »Nicht, wenn sie auf ein Interview mit dem Dominee gestoßen wäre, samt Foto. Dann hätte sie sofort ...«

Ich legte ihr die Hände auf die Schultern. »Die Polizei in Assen weiß genauso viel wie wir. Es ist jetzt ein Fall für die Kripo und liegt nicht mehr in unserer Hand. Das Einzige, was uns noch stört, ist das Buch. Aber meiner Meinung nach sollten wir Hedwige Larue vorerst unerwähnt lassen.«

Sie drehte sich um. »Warum?«

»Weil es immer noch ein Unfall gewesen sein kann. Oder Selbstmord.«

»Das glaube ich nicht.« Nel schüttelte den Kopf, so heftig, dass es schien, als müsse sie sich selbst überzeugen.

»Das mit dem Buch ist bis jetzt nur eine Theorie. Es könnte auch etwas anderes dahinter stecken«, wandte ich ein. »Wir haben keinerlei Beweise. Doch wenn du Recht hast und es tatsächlich Beweise gibt, dann werden die verschwinden, sobald die Larue merkt, dass sie verdächtigt wird, und zwar garantiert noch bevor die Polizei Gelegenheit zu einer Haussuchung erhält. Wir beschuldigen niemanden, bevor wir keine Antworten haben. Also kein Wort darüber, okay?«

Sie schaute mir ein paar Sekunden lang forschend in die Augen und nickte dann bedächtig.

Nijman hatte die Antwort natürlich bereits in der Leichenhalle an Nels Gesicht abgelesen, bat aber auf der Rückfahrt trotzdem noch um die übliche offizielle Bestätigung.

»Es handelt sich mit an Sicherheit grenzender Wahrscheinlichkeit um Caroline Romein«, sagte ich.

Nijman nickte. ›Mit an Sicherheit grenzender Wahrscheinlichkeit‹ war mehr, als er erwarten konnte. Eine Leiche, die zwei Monate lang im Wasser gelegen hatte, konnte nur selten mit hundertprozentiger Sicherheit durch reinen Augenschein identifiziert werden. »Das reicht, um gezielt Gebiss und Erbgut vergleichen zu können«, sagte er. »Ich werde die Mutter informieren.« Die bevorstehende Aufgabe deprimierte ihn sichtlich und ich konnte es ihm nachfühlen. Vielleicht brauchte Valerie Romein sich die sterblichen Überreste gar nicht anzusehen und die Leiche konnte in einen verschlossenen Sarg gelegt werden.

Ich berichtete ihm von unseren Vermutungen, dass Caroline auf der Suche nach ihrem Vater gewesen war, und erzählte ihm, was wir in Drenthe entdeckt hatten. Er war froh, dass es jedenfalls einen Verdächtigen gab, und versprach, noch am selben Tag Kontakt zur Kripo in Assen aufzunehmen.

»Ich würde mir nicht zu viel davon versprechen«, meinte ich.

»Warum nicht?« Nijman warf mir von der Seite einen kurzen Blick zu. »Falls du Recht hast, hat dieser Mann schon einmal einem Mädchen Gewalt angetan und später ihre Schwester vergewaltigt und ermordet. Weißt du, wie hoch der Prozentsatz der Wiederholungstäter ist?«

»Diesmal handelte es sich um seine Tochter«, erwiderte ich zurückhaltend.

Nel sagte nichts.

Nijman parkte vor dem Präsidium. »Ihr müsst noch kurz mit hineinkommen wegen der vorläufigen Identifikationserklärung.«

Er brachte uns in das Vernehmungszimmer, das freundlicher aussah als beim letzten Mal. So geht das mit Räumen; die Wandfarbe hat sich nicht geändert, aber die Atmosphäre ist besser.

»Die Erklärung wird noch getippt«, sagte er, als er sich zu uns gesellte. »Kaffee?«

»Ich würde lieber Näheres über die Autopsie erfahren. Ich hätte gedacht, dass sie nach zwei Monaten im Wasser stärker skelettiert wäre.«

Er zögerte. »Ich will dir gerne alles erzählen, allerdings unter der Bedingung, dass es unter uns bleibt.«

»In Ordnung.«

»Um es gleich zu Anfang zu sagen: Sie war wahrscheinlich schon bewusstlos, als sie ins Wasser gelangte.«

Nel war angeschlagen, aber ihr Verstand war hellwach. Sie fragte: »Also war es Mord?«

»Höchstwahrscheinlich«, antwortete Nijman. »Von daher meine Bedingung. Wir wollen diesen Teil vorerst noch nicht an die Öffentlichkeit dringen lassen.«

Valerie Romein würde ohnehin versuchen, das Ganze aus den Medien herauszuhalten.

Nijman nickte mir zu. »Du hast Recht. Der Gerichtsmediziner glaubt, dass die Leiche in irgendetwas eingewickelt war, was die Verwesung eine Weile verzögert hat.«

»Was sagt der Toxikologe?«, fragte ich.

»Verdacht auf Flunitrazepam.«

»Ist das ein Barbiturat?«, fragte Nel.

Er schüttelte den Kopf. »Alle Mittel mit der Endung -pam sind Tranquilizer, die als Schlafmittel Verwendung finden. Flunitrazepam ist unter den Namen *Rohypnol* auf dem Markt. Es ist ein äußerst starkes Mittel.«

Ich versuchte nicht an Carolines letzte Momente zu denken. Vielleicht war der Himmel so barmherzig gewesen, sie nicht aus ihrer Betäubung erwachen zu lassen, während sie gefesselt und hilflos im Wasser lag.

Nel schaute mich viel sagend an. »Der Pfarrer hat Valerie ein Schlafmittel in die Limonade getan. Das ist wohl sein *modus operandi.*«

Ich nickte und fragte: »Ist sie sexuell missbraucht worden?«

Nijman zuckte mit den Schultern. »Das kann man nach so langer Zeit im Wasser nicht mehr feststellen.«

»War sie nackt?«, fragte Nel.

»Ja, aber auch das hat nichts zu sagen«, antwortete Nijman. »Eine Leiche kann innerhalb einer entsprechend langen Zeit vom strömenden Wasser vollständig entkleidet werden. Wenn man den Fachleuten glaubt, ist Nacktheit kein Grund, von einem Sexualverbrechen auszugehen. Es wurden Seilspuren und Gewebereste gefunden, die von einem Teppich oder von Segeltuch stammen könnten.«

Er unterbrach sich, als ein uniformierter Kollege ein Formular hereinbrachte und wieder verschwand. Nijman gab Nel seinen Kugelschreiber und sie las sich die Erklärung durch.

Ich schaute ihn an und sagte: »Du hast eine Theorie.«

Er nickte langsam. »Keine Ahnung, ob sie Hand und Fuß hat. Ich habe mit dem Pathologen telefoniert. Ich dachte zunächst an einen Amateur; glücklicherweise sind das die meisten Mörder. Er schläfert sie mit dem Rohypnol ein. Von einer entsprechenden Dosis wird man tief bewusstlos. Er zieht sie aus und nimmt ihr den Schmuck ab, um die Identifikation zu erschweren. Er weiß wenig von Gentests und anderen modernen Untersuchungsmethoden. Er rollt sie in ein Stück Segeltuch ein, bringt sie mit einem Ruderboot in die Mitte des Sees, knüpft ein Seil um das Bündel, bindet daran ein Stück Eisen oder Beton, wirft sie ins Wasser und rudert zurück nach Hause. Die meisten Leute haben keine Ahnung vom Auftrieb einer Leiche, sie wissen nichts über postmortale Gasbildung, Wasserbakterien und so weiter. Das Segeltuch verrottet und wird weggeschwemmt. Das Seil hält ein wenig länger, hängt jetzt aber lose um sie herum. Ihr spezifisches Gewicht wird geringer als das von Wasser und sie gerät ins Treiben. Das Seil scheuert sich durch die Bewegung am Eisen, Beton oder was auch immer kaputt. Die Leiche löst sich und wird davongetrieben, bis sie an ihrem späteren Fundort hängen bleibt. Ich warte noch auf eine Übersicht über die Strömungsverhältnisse und die möglichen Orte, von denen aus sie angeschwemmt worden sein könnte, aber so lautet in etwa meine Theorie.«

»Von Drenthe aus wäre es allerdings ein bisschen weit«, bemerkte ich. »Wo hätte sie denn dann hineingeworfen worden sein sollen, ins Ijsselmeer, ins Markermeer? Denken wir an Schamhart? In seiner Nähe hätte es doch bestimmt andere geeignete Seen gegeben.«

»Eine Leiche kann in fließendem Wasser bis zu zehn Kilometer pro Tag zurücklegen«, erwiderte Nijman.

Ich sah, wie Nel sich anstrengte, Caroline als statistische Größe oder als Gegenstand zu betrachten anstatt als Person. »Er könnte sie auch hier in der Nähe ermordet haben«, warf sie ein. »Vorausgesetzt, sie hat ihn gefunden und aufgesucht. Das muss ein Schock für ihn gewesen sein. Vielleicht hat er sie zunächst einmal abgewimmelt und alles geleugnet. Doch dann wurde ihm klar, dass sie mit anderen darüber reden oder möglicherweise sogar zur Polizei gehen würde. Vielleicht weiß der Pfarrer sehr wohl über Gentests Bescheid und dass damit der Beweis geliefert werden kann, dass Caroline seine Tochter ist, was wiederum so gut wie ein Beweis dafür ist, dass er Denise Romein vergewaltigt und ermordet hat. Er ruft sie an, lockt sie mit einer rührseligen Geschichte in ein Lokal oder hat womöglich sogar einen Ferienbungalow in einem dieser Parks oder auf einem Campingplatz am Veluwemeer gemietet. Er konnte sie ja wohl kaum in seiner Wohnung in Drenthe empfangen. Caroline fällt darauf herein, schließlich ist der Mann Pfarrer.«

»Ist er verheiratet?«, fragte Nijman.

»Nein. Seit seiner Pensionierung lebt er mit seiner Schwester zusammen«, sagte ich. »Vielleicht kann die sich daran erinnern, ob ihr Bruder in diesem Zeitraum Besuch hatte oder abwesend war, wenn ihr ihr mal auf den Zahn fühlt.«

Er schaute mich pikiert an und sagte: »Wir wissen schon noch so ungefähr, wie's geht.«

Er schob das Papier von Nel zu mir und fügte hinzu: »Du musst jetzt nur noch hier unterzeichnen, wir erledigen schon den Rest.«

Auf der Fahrt nach Utrecht sagte Nel kaum ein Wort. Sie hatte die Rückenlehne ihres Sitzes nach hinten gekippt und lag mit dem Kopf auf der Nackenstütze, die Augen geschlossen.

Radio Klassiek spielte die Vierte von Mahler. Mir war klar, dass die Musik sie traurig machen würde, und auch, dass sie das gerne ein Weilchen sein wollte, deshalb schaltete ich nicht um.

Am Bahnhof fragte ich sie noch einmal, ob sie sich ganz sicher sei.

»Ob Caroline dieses Buch geschrieben hat? Natürlich bin ich mir sicher.«

»Nein, ich wollte wissen, ob du dir sicher bist, dass wir weiter ermitteln sollen?«

Sie schaute mich mit einem verletzten Blick an. »Willst du damit sagen, jetzt, wo sie tot ist, sei es sowieso egal?« Sie schnaubte empört. »Wenn du bei Monnik kein Glück hast, komm mich abholen. Ansonsten treffen wir uns im *De Generaal.* Aber ruf mich auf jeden Fall in ein paar Stunden an. Wenn es mir gelingt, die Adresse dieser Dozentin ausfindig zu machen, fahre ich vielleicht zuerst zu ihr.« Sie merkte, dass ich noch zögerte, und sagte: »Ich tue das für Caroline, und wenn es sein muss, tue ich es alleine.«

Die Kripobeamten am Tolsteeg hielten sich wohl ebenfalls für Verleger und weigerten sich, einem x-beliebigen Exkollegen die Adresse ihres geliebten Autoren zu geben. Nach einigem Sträuben erklärten sie sich jedoch bereit, ihn anzurufen.

Monnik reagierte offenbar positiv und sie reichten mir den Hörer weiter.

»Max! Das ist aber lange her.«

»Und du bist in der Zwischenzeit berühmt geworden. Wohnst du weit weg? Ich würde mich gerne einen Moment mit dir unterhalten.«

»Worüber denn?«

»Ich brauche ein paar Informationen.«

Er lachte. »Gut, du gibst einen aus. Ich wohne an der Kromme Nieuwe Gracht, aber für dich mache ich mich stehenden Fußes auf die Socken zum *Flora.* Der Wachkommandant kann dir erklären, wo das ist.«

Ich lachte ebenfalls. »›Stehenden Fußes auf die Socken‹, man hört gleich, dass du unter die Literaten gegangen bist.«

»In einer Viertelstunde«, sagte er.

Es war nicht weit weg. Ich fand einen Parkplatz am Lucas Bolwerk und spazierte am zäh fließenden Verkehr vorbei zur Brücke. Es war gegen fünf Uhr nachmittags, die Büros schlossen, Leute waren mit Autos und Fahrrädern auf dem Weg nach Hause, alles wirkte ganz normal. Der Herbst roch nach Benzin und Herbstlaub. Wasser sprudelte über eine Figurengruppe, Bäume bildeten ein Dach über dem Ring.

Gert Monnik stand auf und winkte mir zu, als ich die gut besuchte Terrasse erreichte. Von seinem roten Haar war kaum etwas übrig geblieben und sein markantes, knochiges Gesicht wirkte wesentlich voller. Unter seiner offenen Sportjacke spannte sein Hemd über dem Bauch und es war deutlich zu sehen, dass er nach seinem Abschied von der Polizei seine körperlichen Aktivitäten auf ein Minimum beschränkt und ein paar Kleidergrößen zugelegt hatte.

»Vor zwei Jahren habe ich mich frühzeitig pensionieren lassen«, erzählte er. »Ich bekomme trotzdem eine ganz ordentliche Pension und dachte, den Rest würde ich schon mit meinen Büchern dazuverdienen. Das klappt leider nicht so wie geplant. Ich konnte mich noch daran erinnern, dass du gerne Wein trinkst.« Er wies mit dem Kinn auf eine Flasche Riesling in einem Kühler. Auch zwei passende Gläser sowie eine Platte mit *bitterballen,* den pikanten kleinen Hackfleischbällchen, und Käse standen auf dem Tisch. »Und was ist mit dir? Du bist Privatdetektiv geworden?«

Er schenkte mir Wein ein und wir philosophierten über die Frage, ob es ein Leben nach der Polizei gibt. »Es nimmt eine Menge Druck vom Kessel«, sagte er. »Das ist der Vorteil. Manchmal vermisse ich den Druck allerdings, und auch die Kollegen. Das ist der Nachteil daran. Jetzt schreibe ich darüber, erlebe alles an der Maschine, aber Schreiben ist eben eine einsame Tätigkeit. Man sitzt da, starrt auf den Bildschirm und weiß manchmal nicht, was man sich noch alles ausdenken soll. Dann raucht man zu viel, und wenn man versucht, damit aufzuhören, fängt man stattdessen an zu futtern.« Er klopfte sich lachend auf den Bauch. »Ach, was soll's.«

»Ich wollte mich mit dir über deine Bücher unterhalten«, sagte ich.

Er zog die Augenbrauen hoch. »Verdienst du dir als Produzent was nebenbei? Über Inspecteur Blankers als Fernsehserie unterhalte ich mich gerne.«

»Ich war bei deinem Verlag in Baarn. Da arbeitet eine junge Frau, die ungefähr genauso rote Haare hat wie du früher.«

»Katrien van Dop? Die hat mich in den Verlag geholt und dafür gesorgt, dass ich verlegt wurde. Rothaarige helfen sich in jeder Lage, wir sind ein Weltverband, von dem Leute mit normalen Haaren keine Ahnung haben. Was wolltest du denn bei Mirabel?«

»Ich war auf der Suche nach Informationen über Hedwige Larue. Dann habe ich deinen Namen und dein Foto im Prospekt gesehen.«

»Was willst du von Hetty?«

»Du kennst sie also?«

Er grinste schief. »Gut, dass Ludmilla jetzt nicht dabei ist.«

»Deine Frau?«

»Meine zweite Frau. Wir sind seit anderthalb Jahren verheiratet, sie ist ein Schatz, stammt aus Polen. Es gibt nichts, was Frauen mehr interessiert als deine Vergangenheit. Und nichts, was sie so rasend macht.«

»Rasend?«

Er grinste. »In meinen Büchern verwende ich öfter solche Ausdrücke. Warum reden wir hier über Hetty Larue?«

»Ich habe den Auftrag, eine verschwundene Tochter aufzuspüren«, sagte ich. »Und ich habe Hinweise darauf, dass das Mädchen Kontakt zu Hedwige Larue hatte.«

Er schaute mich mit einem Blick an, wie er sich für einen ehemaligen Kripobeamten mit reichlich Berufserfahrung gehört. »Kontakt? Erzähl das deiner Großmutter. Wenn du nur von einem normalen Kontakt ausgehen würdest, gingst du einfach zu ihr hin und bräuchtest keinen Umweg über Utrecht zu machen.«

»Ich kann es dir nicht erklären«, sagte ich. »Das ist eben manchmal so, das weißt du selber. Es hat nichts mit mangelndem Vertrauen zu tun. Ich verspreche dir, mich hinterher bei dir zu melden, und dann kannst du ein Buch über den Fall schreiben.«

»Ist es eine gute Story?«

»Ich glaube schon. Habe ich dich eben richtig verstanden, dass du Hedwige kennst, und zwar näher?«

Er trommelte eine Weile mit den Fingern auf seiner Stuhllehne herum und blickte hinüber zu dem Verkehr, der über die Wittevrouwenbrug brummte. Es wurde langsam kühler und hier und dort wurden Tische abgeräumt. Ich verspürte ein bürgerliches Verlangen danach, nach Hause zu fahren und zusammen mit Nel vor zwei ordentlich durchgebratenen Steaks an unserem weißen Küchentisch zu sitzen.

»Die Larue ist ein Flittchen«, sagte Gert dann.

Ich lachte in mich hinein. »Aha.«

Er lachte ebenfalls, ganz kurz, und nahm sich dann einen *bitterbal* und quetschte eklig gelben Senf aus einem Plastiktütchen darauf. »Ich hatte eine sehr kurze Affäre mit ihr. Ich glaube nicht, dass sie mich jetzt noch beachten würde, schließlich bin ich nur ein einfacher Krimiautor. Hetty dagegen gehört ja jetzt zu den richtigen Schriftstellerinnen.«

»Was für ein Mensch ist sie, außer ein Flittchen?«

»Eigentlich nicht viel mehr als das. Ich hoffe, dass du mich nicht mal vor laufender Kamera zitierst. Hetty Larue ist die egozentrischste Person, der ich jemals begegnet bin, aber sie kann sich gut verkaufen. Sie ist das, was man ein Groupie nennt, ein richtiges Autorenflittchen.

Sie vögelt schon seit Jahren alle möglichen Schriftsteller, Literaturkritiker und Feuilletonjournalisten durch, um sie schon mal rechtzeitig für den großen Roman zu erwärmen, den sie immer zu schreiben verspricht, und weil sie schon vorher dazugehören will. Ich habe einige ihrer Liebhaber getroffen, auf dem Bücherball und so weiter, und ich bin so ein Typ, dem sich Leute rasch anvertrauen. Sie haben erst darüber geschmunzelt, doch in den letzten Jahren fühlten sie sich allmählich ein wenig für dumm verkauft, denn sogar eine attraktive Frau wie die Larue kann nicht ewig mit einem Versprechen locken. Man fragte sich, wann dieses tolle Buch denn nun endlich mal fertig würde.«

»Du bist eine prima Klatschbase.«

Er grinste unbekümmert. »Bei der Polizei lernt man dichtzuhalten, aber jeder, der Bücher schreibt, ist oder wird meiner Meinung nach zwangsläufig zu einer Klatschbase.«

»Und wie bist du in ihren Armen gelandet?«

»Durch ihren Rotstift natürlich. Sie hat die Manuskripte anderer Leute verhunzt. Beim ersten Mal dachte ich noch, das habe seine Richtigkeit und sie müsse es schließlich besser wissen als ich, aber irgendwann wurde es mir zu bunt.«

»Gert, ich weiß im Moment nicht, wovon du redest.«

Gert schaute mich verwundert an. »Du weißt also wirklich von gar nichts?«

»Fang doch einfach ganz von vorne an, wie wir bei den Vernehmungen zu sagen pflegen.«

Er seufzte. »Es war so vor gut zwei Jahren, ich war noch bei der Polizei und schrieb in meiner Freizeit. Eines Nachmittags marschierte ich mit meinem ersten *Inspecteur Blankers*-Roman unter dem Arm zu Mirabel hinein. Es ist ja nur ein kleiner Verein und niemand war im Lektorat außer der roten Katrien. Die war eigentlich nicht an

Belletristik interessiert, doch aufgrund unserer gemeinsamen Haarfarbe sagte sie: Na gut, lass es mal hier, dann schauen wir es uns an. Einen Monat später wurde ich angerufen. Man sagte mir, der Verlag wäre an meinem Krimi interessiert, unter der Voraussetzung, dass ich Nachfolgebände in petto hätte, denn mit nur einem Band könnten sie nichts anfangen. Man wollte eine Serie herausbringen. Nach einem weiteren Monat bekam ich ein lektoriertes Manuskript zugeschickt, das vor Korrekturen und Änderungen knallrot war. Aber wie ich schon sagte: Ich dachte, das hätte seine Richtigkeit. Ich war ja noch ein Anfänger.«

»Genau.«

Er schaute mich pikiert an, um festzustellen, was ich damit sagen wollte. »Nach ein paar Büchern wird man dann eigensinniger und ärgert sich darüber, wenn man in Rezensionen lesen muss, dass die Geschichten zwar nett erzählt seien, der Stil jedoch so hölzern wie ein Schulaufsatz, und dann Beispiele zitiert werden, die nicht von einem selber stammen, sondern durch diesen verdammten Rotstift zu Stande gekommen sind. Ich habe Katrien angerufen, um nachzufragen, wer mich lektoriert hat, und sie sagte, es sei Hetty Larue gewesen und ich sei nicht der Einzige, der sich darüber beklage.«

»Die Larue hat für Mirabel gearbeitet?«, fragte ich erstaunt.

Gert lachte abfällig. »Klar. Ich habe sie angerufen, ihr die Rezensionen vorgelesen und gesagt, sie solle in Zukunft gefälligst die Finger von meinen Manuskripten lassen. Da ich jedoch inzwischen ein zwar unbedeutender, aber doch schon ein klein wenig bekannter Autor geworden war, kam sie noch am selben Abend zu mir nach Hause, um sich mit mir zu versöhnen, und blieb gleich über Nacht. Zu meiner Verteidigung kann ich vorbringen, dass ich damals noch nicht wieder verheiratet war.

Seitdem überarbeitet Katrien meine Manuskripte. Hetty hatte sich um diese Arbeit gerissen, weil sie selbst angeblich auch Schriftstellerin war. Deshalb hatte sie ursprünglich bei dem Verlag angefangen. Das hat mir Katrien später erzählt. Hetty trat auch dafür ein, dass der Verlag sich mehr in Richtung Belletristik orientierte, obwohl sie, wenn du mich fragst, keine Ahnung von Literatur hat. Und seit drei Jahren ist sie sogar Miteigentümerin von Mirabel.«

»Wie bitte?«

»Hetty hat geerbt und ich glaube, sie weiß nicht, was sie mit ihrem Geld anfangen soll. Der Verlag geriet in finanzielle Schwierigkeiten und da hat sie sich sofort eingekauft. Ich glaube, sie hat die gesamte Werbekampagne aus eigener Tasche bezahlt. Sie besitzt ein teures Haus in Eemnes, ich bin einmal dort gewesen.«

»Wohnt sie allein?«

»Ja.« Wieder schaute er mich mit diesem Fahnderblick an, als sei ihm klar, dass ich konkrete Informationen aus ihm herauslockte. »Sie hat eine Putzfrau, einmal pro Woche kommt ein Gärtner, und soweit ich weiß übernachtet hin und wieder ein Literaturkritiker bei ihr. Sie war nie verheiratet, hatte immer nur kurze Beziehungen. Und sie ist ehrgeizig.«

»Und außerdem talentiert, wie man sieht?«

Er schnaubte. »Ja, obwohl ich's selbst kaum glauben kann.«

»Hat dich das überrascht?«

»Ach, was heißt ›überrascht‹? Angesichts ihrer Herumstümperei an meinen Manuskripten habe ich immer geglaubt, sie könne nicht eine einzige Zeile vernünftiges Niederländisch schreiben.«

Ich hob den Blick. »Du bist neidisch, stimmt's?«

Gert schüttelte den Kopf und zuckte mit den Schultern. »Vielleicht ist ja ein Wunder geschehen oder sie hat

Drogen genommen, ist einen Monat lang high gewesen und hat in der Zeit das Buch geschrieben. Solche Fälle soll es ja geben.«

»Ist der Roman wirklich so gut?«

Er nickte. »Ich würde zu gerne sagen können, dass es absoluter Mist ist, aber *Ein kleines Geschenk* ist ein Meisterwerk. Ich bin mal verdammt neugierig, ob ihr das noch ein zweites Mal gelingt. Die gesamte niederländische Literaturszene wartet gespannt auf den Nachfolger.«

10

Ich saß an einem der Holztische am Fenster von *De Generaal,* wartete auf CyberNel und schaute zu, wie auf dieser Seite von Baarn allmählich die Dunkelheit hereinbrach. Dann und wann fuhr ein Zug vorbei. Beim Warten wird einem die Zeit lang und außerdem weiß ich nie, was ich bestellen soll, wenn ich vom vielen Kaffee schon ganz fix und fertig bin, aber keinen Alkohol trinken will, weil ich einen klaren Kopf behalten muss. Zitronenlimonade. Ginger Ale. Campari mit viel Soda und Eis – ein typisches Bordell-Getränk, wenn man nicht betrunken werden will, aber dennoch einen Drink vor sich auf der Theke stehen haben muss.

Autos überquerten den Bahnübergang, Scheinwerfer und Straßenlaternen leuchteten auf. Die Villen auf der gegenüberliegenden Seite der Allee verschmolzen allmählich mit der Dunkelheit. Ich dachte an Hedwige Larue. Mir fiel eine sonderbare Übereinstimmung auf zwischen dem, was mir Gert Monnik über die ehrgeizige Schriftstellerin erzählt hatte, und allem, was wir über Valerie Romein wussten. Beide waren egozentrische Frauen, in deren Leben kein Platz für langfristige Beziehungen war und die alles ihrer Karriere unterordneten. Sie kamen mir identisch vor mit ihrer platten, inszenierten Selbstdarstellung, die ausschließlich die Gegenwart widerspiegelte und Vergangenheit, Hintergründe und Ursachen unberücksichtigt ließ.

Doch Valerie hatte zumindest einen Grund, ihre Tochter zu ignorieren und in eine Karriere zu flüchten. Sie war auf der Flucht vor den Schrecknissen der Vergangenheit und ihren Schuldgefühlen wegen des Todes ihrer Schwester. Caroline erinnerte sie Tag für Tag an ihre Vergewaltigung und daran, dass sie Denise hätte retten können, wenn sie ihre Eltern ins Vertrauen gezogen oder sich einfach an die Polizei gewandt hätte. Wenn diese schreckliche Sache mit Denise nicht geschehen wäre, hätten ihre natürlichen Mutterinstinkte vielleicht im Laufe der Zeit eine Chance gehabt. Doch so konnte sie sich nur retten, indem sie den Kopf in den Sand steckte und ihre Vergangenheit verleugnete.

Was war mit der Larue los? Womöglich gar nichts. Vielleicht war sie einfach nur eine hohle Nuss, ein Parasit. Manche Leute streben danach, koste es, was es wolle, berühmt zu werden, im Mittelpunkt zu stehen. Wenn sie weder Talent noch Verstand besitzen, dafür aber genügend Ehrgeiz, lassen sie sich einfach eine Zeit lang Tag und Nacht im Schlafzimmer, in der Küche und auf der Toilette von Fernsehkameras filmen. Das reicht schon aus, um ein Promi zu werden, einen Job als Diskjockey zu ergattern, zu Talkshows und Diskussionsrunden eingeladen zu werden und auf den Titelseiten der Boulevardblätter zu erscheinen. Von der Larue konnte man wenigstens behaupten, dass sie wesentlich mehr Energie investierte. Sie bahnte sich als Kurtisane den Weg zu ihrem Ziel.

Aber Mord, nur um sich mit den Federn einer anderen zu schmücken? Und dann, danach?

Vielleicht dachte Hedwige Larue nicht an das Danach.

Ich sah, wie ein Auto blinkte, rechts abbog und hinter *De Generaal* verschwand. Kurz darauf kam Nel herein. Sie trug einen ihrer schwarzen Jeansanzüge und graue Sneaker. Abendkühle wehte mir entgegen, als sie mich küsste. »Tut mir Leid, dass ich so spät komme«, sagte sie. »Nachdem ich bei Eddy war, musste ich noch nach Voorburg.«

Wir bestellten Steaks, Salat und Mineralwasser, um nüchtern zu bleiben.

»Wohnt die Dozentin in Voorburg?«, fragte ich.

Nel nickte. »Deborah Vrins ist eine liebenswürdige alte Dame. Sie hat vor Jahren ein paar Romane verfasst und leitet jetzt die Schreibfernkurse. Sie war sehr traurig, als sie von Carolines Tod erfuhr.«

»Was hast du ihr erzählt?«

»Nur, dass sie ertrunken ist. Sie dachte sofort an Selbstmord. Sie wusste, dass Caroline sehr einsam und unglücklich war.«

»Wir hätten auch an Selbstmord gedacht, wenn es kein atypischer Ertrinkungstod gewesen wäre.«

Nel warf mir einen kurzen Blick zu. »Das machte es jedenfalls einfacher, ihr zu erklären, dass wir für die Mutter die Hintergründe ihres Todes untersuchen und dabei auf ihren Namen gestoßen sind. Sie hat Caroline nie persönlich kennen gelernt, zeigte mir aber einige Briefe, die sie sich geschrieben haben. Sie bedauerte es, dass Caroline den Kurs abbrach. Sie hätte ihr gerne weitergeholfen, denn für ihr Empfinden besaß Caroline außergewöhnlich viel Talent, so hat sie sich ausgedrückt. Ihr kamen die Tränen. Sie hätte sie nie einfach so gehen lassen dürfen, sie hätte zu ihr fahren und sie dazu ermutigen sollen, ernsthaft mit dem Schreiben zu beginnen. Sie hätte ihr sogar angeboten, sich um einen Verleger zu bemühen.«

»Hast du mit ihr über *Ein kleines Geschenk* gesprochen?«

»Nein.«

Ich nickte zustimmend.

Nel sagte: »Vielleicht wollte Caroline auch sie überraschen, genau wie ihren Vater.«

Ich runzelte die Stirn. »In diesem Fall hätte sie es nie zugelassen, dass eine andere Person sich als die Autorin ausgibt.«

»Stimmt.« Nel schüttelte den Kopf. »Nicht freiwillig jedenfalls.«

Wir ließen den BMW in Baarn stehen und fuhren in Nels klapprigem Polo über den Wakkerendijk nach Eemnes. Die Nacht war kühl, mondlos und sehr still. Die Polder schliefen.

Wir parkten das Auto hinter dem Bürgerhaus und warteten eine Weile, bis sich unsere Augen an die Dunkelheit gewöhnt hatten. Zu unserem Glück grenzten die Villengrundstücke auf der Rückseite an einen Wassergraben. An der anderen Uferseite lagen Grünflächen, Tennisanlagen und Sportplätze. Das Sternenlicht und die Häuser- und Sportplatzbeleuchtung erhellten die Nacht so weit, dass Umrisse und Reflexionen gerade noch zu erkennen waren.

Zwischen Wassergraben und Umzäunung der Sportanlagen führte ein schmaler Streifen mit verwildertem Gras entlang. Nachdem wir uns zehn Meter weit vorgekämpft hatten, erkannten wir, dass der Graben mindestens drei Meter breit war und nirgendwo schmaler zu werden schien.

»Das geht nicht«, flüsterte Nel. »Ich kann da nicht rüberspringen.«

»Dann müssen wir durch die Gärten schleichen und über fünfzehn Holz- und Drahtzäune klettern.«

»Bleiben aber trocken.«

Wir gingen zurück, um den Anfang des Wassergrabens herum, kletterten über eine Mauer und arbeiteten uns durch eine Buchenhecke. Eine Rasenfläche erstreckte sich vom ersten Haus bis hinunter ans Wasser. Im ersten Stock brannte Licht. Unser Blick fiel auf einen Teepavillon, Gartenmöbel und auf einen von Clematis überwucherten Unterstellschuppen, der fast am Ende der nächsten Begrenzungsmauer stand. Ich sah das Glitzern spitzer Glasscherben auf der Mauer und ging auf der Suche nach einer Leiter in den dunklen Schuppen hinein. Ich stieß gegen ein Hindernis und fühlte den Rand eines Bootes.

Ich zischte Nel zu, schirmte meine Taschenlampe ab und beleuchtete das Boot. Es war ein kleines, flaches Exemplar für Kinder. Ein Paddel lag darin. Wir brauchten nicht lange zu überlegen. Nel stellte ihre Tasche hinein und wir trugen das Boot so leise wie möglich aus dem Schuppen hinaus und hinunter zum Graben. Es war schwerer, als wir dachten, und als wir den schmalen Steg am Ufer erreichten, stolperte Nel über die Raseneinfassung aus hochkant stehenden Backsteinen und ihr glitt das Boot aus den Händen. Es knallte auf den Steg, das Paddel verrutschte und fiel klappernd zu Boden. Ich ließ mein Ende auf den Steg sinken und hielt das Boot fest, während wir mucksmäuschenstill auf das Hundegebell warteten.

Hunde sind eine Landplage. Wenn einer bellt, fangen alle an, von hier bis Moskau, das gehört bei ihnen irgendwie zum guten Ton, man kann es nicht ändern. Auf das Gebell hin kommen die Herrchen aus dem Haus, im Gooiland vielleicht nicht gleich mit Jagdgewehren bewaffnet, aber garantiert mit Taschenlampen und Hockeyschlägern, und wenn die Hunde nur lange genug anschlagen, werden ein, zwei Herrchen gewiss misstrauisch genug, um die Polizei anzurufen. Zu den Häusern hier schienen teure Rassehunde besser zu passen als Kinder, aber in diesem wohnten offenbar Kinder, und sie hatten ein Boot anstelle eines Hundes.

Wir ließen das Boot zu Wasser und kletterten hinein. Es schaukelte bedenklich und wir klammerten uns am Steg fest, bis wir einigermaßen das Gleichgewicht gefunden hatten. Zwei Erwachsene passten gerade so hinein. Nel hockte in dem engen Raum vor der Bank und zog uns an Weidenzweigen voran, während ich auf den Knien im hinteren Teil saß und versuchte möglichst geräuschlos zu paddeln. Wir kamen nur langsam vorwärts, doch das kleine Boot war stabil gebaut und blieb trocken. Häuser und Gärten, efeubewachsene Mauern und Hecken glitten vorüber.

Wir erkannten die weißen Mauern und das Reetdach wieder. Nirgendwo brannte Licht. Das Haus war von einem weitläufigen Grundstück umgeben, und auch hier erstreckte sich eine breite Rasenfläche bis hinunter ans Ufer. Auf beiden Seiten boten Sträucher, Bäume und dichte Hecken Schutz vor unerwünschten Blicken von außen. Es gab keinen Steg, wohl aber eine niedrige Befestigung aus kleinen Holzpfählen. Wir vertäuten das Boot, indem wir die Leine zwischen die Pfähle klemmten, und kletterten ans Ufer. Auf der freien Fläche fühlten wir uns etwas schutzlos, und wir rannten gebückt über den Rasen und an der Hecke entlang auf das Haus zu.

Im nächtlichen Restlicht erkannten wir gemauerte Blumenkästen rund um eine pergolaüberdachte Terrasse, von der aus ein Verbindungsgang zwischen dem Haus und der Garage entlanglief. Drei Stufen führten zu einer Seitentür, hinter der vermutlich ein Vorratsraum lag. Unter den Küchenfenstern befanden sich die kleineren Mattglasfenster von Souterrainräumen.

Wir schauten uns das Haus eine Weile lang an. Alles blieb ruhig. Hedwige Larue übernachtete in einem Fünf-Sterne-Hotel in Dortmund, es sei denn, die Damen vom Verlag hatten sich das nur ausgedacht und sie schlief doch zu Hause, womöglich mit einem muskelbepackten Literaturkritiker.

Ich wies mit einem Nicken auf den Verbindungsgang. »Durch eins von den kleinen Fenstern?«

Nel nickte und öffnete ihre Tasche. Ich holte einen Stuhl von der Terrasse und stellte ihn unter das mittlere der drei Fenster. Vier Butzenscheiben in einem Holzrahmen.

Ich hielt den Stuhl fest, während Nel darauf kletterte und eine kleine Akkubohrmaschine auf eine der Scheiben setzte. Das Gerät summte und die Spitze des Bohrers glühte kurz auf, als er ein Loch in das Glas schmolz. Die Glut erlosch. Nel bewegte den Bohrer vor und zurück und zog ihn wieder heraus. Sie stieg von dem Stuhl, packte den Bohrer ein und holte im Dunkeln einen rechteckigen Apparat und eine dünne, nadelförmige elektronische Sonde aus ihrer Tasche. Sie verband die Sonde über ein Kabel mit dem Apparat und drückte ihn mir in die Hand. »Halt mal kurz hoch«, sagte sie. »Und gib mir deine Lampe.«

Sie kletterte wieder auf den Stuhl. Ich hielt den Apparat hoch und sie steckte die Sonde durch das kleine Loch im Glas. Das äußere Ende der Sonde glitzerte wie Weihnachtsbaumschmuck, als sich nadeldünne Fühler aufspannten wie die Speichen eines umgedrehten Regenschirms. Ich hörte ein Summen. Ein Lichtpunkt begann auf dem Apparat in meiner Hand zu flackern. »Augen zu«, flüsterte Nel, bevor sie meine Taschenlampe aufblitzen ließ, um die Anzeige ablesen zu können.

»Okay.«

Sie stieg von dem Stuhl, legte den Apparat zurück in die Tasche und nahm erneut den Bohrer heraus. »Auf dieser Seite gibt es keine Alarmanlage«, sagte sie leise. »Das Fenster hat einen ganz einfachen Verriegelungsgriff, ich weiß genau, wo er sitzt, und kann ihn mit dem Bohrer anheben. Das hinterlässt nur einen schrägen dünnen Strich im Holz darunter, den sieht kein Mensch.«

»Bist du dir ganz sicher, dass hier keine Alarmanlage angebracht ist?«

Sie schnaufte. »Wenn eine da ist, sollten Eddy und ich unser Geld besser beim Spargelstechen in Limburg verdienen.«

»Ich kann bestimmt die Seitentür aufkriegen«, meinte ich.

Nel schüttelte den Kopf und zog dünne Polizeihandschuhe über. »Wir fassen keine Tür an, bis ich nicht den

Hauptalarm im Flur ausgeschaltet habe. Es ist ein Böhring, ein stiller Alarm, der mit der Polizei oder einem privaten Sicherheitsdienst verbunden ist. Garantiert sind die Türen damit gesichert.«

Wieder stieg sie auf den Stuhl und fing an, in das Holz hineinzubohren. Es dauerte eine Weile, weil sie auf der Innenseite einen drei Zentimeter hohen Schlitz fräsen musste. Ich hörte den Bohrer kreischen, als er mit der Spitze das Metall des Fenstergriffs berührte.

Nel fuhrwerkte so lange mit dem Bohrer herum, bis der Verschluss des Fenstergriffs aus dem Schlitz schnappte und sie das Fenster nach innen öffnen konnte. Sie reichte mir ihre Sachen, hievte sich durch die Fensteröffnung und ließ sich auf der anderen Seite mit den Händen zuerst in den Flur rutschen. Kurz darauf erschien ihr Gesicht am Fenster.

»Meine Tasche«, sagte sie. »Und die Taschenlampe. Ich komme dich gleich holen.«

Ich gab ihr die Tasche und sie verschwand im Flur. Ich zog Handschuhe an, setzte mich auf den Stuhl und wartete. In der Ferne hörte ich Verkehr rauschen. Wer absolute Stille suchte, musste woanders hingehen als gerade in die Niederlande. Irgendwo rief eine Schleiereule.

Die Seitentür zum Vorratsraum wurde geöffnet und ich ging auf das schwach erleuchtete Rechteck zu. Nel hatte eine Kühlschranktür aufgemacht. »Ich glaube, das mit dem Licht können wir ruhig riskieren«, sagte sie. »Die Alarmanlage ist ausgeschaltet.«

»Bist du sicher, dass niemand im Haus ist?«

»Ich war noch nicht oben.«

Wir schauten uns rasch im Erdgeschoss und in den Schlafzimmern im oberen Stockwerk um. Niemand da. Das Haus war sehr groß für eine Person und luxuriös eingerichtet. Es strahlte Einsamkeit aus. Oben gab es zwei Badezimmer und drei Schlafräume. Einer davon war offenbar der der Bewohnerin, bei den beiden anderen handelte es sich um Gästezimmer, die den Anschein erweckten, als würden sie selten oder nie benutzt. Keine Kissen und Decken auf den Betten, nur Überwürfe auf der Matratze. Wir fanden akkurat gefaltete Decken und Bettwäsche in den Schränken, mit einem Mottenstäbchen und ein paar alten Lavendelsäckchen dazwischen. Wir suchten überall, unter den Betten, unter den Matratzen, oben auf den Schränken, im Badezimmer. Ich hockte mich in die Duschkabine und pulte das Sieb aus dem Abfluss, um es auf Haare zu kontrollieren. Alles war blitzsauber. Entweder hatte Hetty Larue eine hervorragende Putzfrau oder sie selbst hatte stundenlang geschuftet, um jegliche Spur zu beseitigen. Falls es Spuren gegeben hatte. Wir fanden keinerlei Anzeichen dafür, dass hier überhaupt je ein Mensch zu Besuch kam.

Wir schalteten das Licht in Hettys Schlafzimmer ein und durchsuchten Schränke und Schubladen, ohne uns große Hoffnungen zu machen. Es wäre auch nicht leicht gewesen, in Hetty Larues umfangreicher Garderobe ein paar fremde Pullover oder Jeans zu entdecken, selbst wenn sie ein paar Nummern zu klein gewesen wären. Doch warum sollte Hetty, falls sie etwas mit dem Tod von Caroline zu tun hatte, so dumm sein, ihre Sachen aufzubewahren? Serienmörder behielten manchmal Trophäen, doch die Larue war keine Serienmörderin. Sie wäre nach dem Mord vermutlich wie erstarrt vor Angst und Grauen gewesen.

Für den einmaligen Täter besteht oft die größte Schwierigkeit darin, einen klaren Kopf zu behalten. Der Anblick des Opfers, das vor den eigenen Augen stirbt, versetzt ihm häufig einen solchen Schock, dass er in seiner Panik all seine Pläne und Vorsätze vergisst und Fehler macht.

Ich schaltete das Licht im großen Badezimmer ein und begann die Schränke zu durchsuchen. Ich fand jede Menge Toilettenartikel und Badezimmerutensilien, Pakete mit Slipeinlagen und Kondome in diversen Operettenfarben, Reservezahnbürsten. Die Hausapotheke füllte das oberste Regalbrett eines Schränkchens: Schmerzmittel, Tabletten gegen Menstruationsbeschwerden, Pflaster, kleine Scheren, Jod, Wundpuder, Hustensaft, Augentropfen, Vitamine. Ich fand ein Schlafmittel, Euphytose, aber das war mehr oder weniger ein homöopathisches, unschädliches Medikament. Ein entzündungshemmendes Antibiotikum. Und irgendwo hintendrin eine kleinere Schachtel.

Ich kehrte ins Schlafzimmer zurück, wo Nel noch mit den Kleiderschränken beschäftigt war, die eine komplette Seitenwand in Beschlag nahmen. »Was für eine Tasche hatte sie dabei?«, fragte sie, während sie die Kleider beiseite schob, um auf dem Schrankboden nachzusehen.

»Eine grüne«, antwortete ich. »Laut Valerie.«

Nel richtete sich auf und schloss die Schranktür. Sie ließ den Blick über das große Bett schweifen, den hellblauen Morgenmantel, die an Haken hängenden Schlafanzüge aus Seide und den Frisiertisch voller Schönheitsprodukte unter einem dreiteiligen Spiegel. Sie schüttelte den Kopf und sagte: »Hier ist nichts.«

Ich hielt die Schachtel hoch und wedelte mit dem Beipackzettel. »Dalmadorm. Es enthält Flurazepam, einen weniger starken Wirkstoff als das Flunitrazepam, das Nijman erwähnt hat. Acht Tabletten fehlen.«

Nel las den Beipackzettel. »Es hat eine äußerst lang anhaltende Wirkung. Nach drei Tagen hat man die Hälfte von dem Zeug noch im Körper.« Sie hob den Blick. »Caroline war klein, sie wog keine sechzig Kilo. Wahrscheinlich wäre sie schon von zwei oder drei Tabletten schnell weg gewesen und es dann auch geblieben. Eine lang anhaltende Wirkung?«

Sie biss sich auf die Lippen. Ich wusste, dass sie an den barmherzigen Himmel dachte und an Sterben, ohne wach zu werden. Sie gab mir den Zettel zurück und verließ das Zimmer. Ich rollte zwei von den Tabletten in ein Papiertuch, steckte sie ein und stellte die Schachtel zurück an ihren Platz im Badezimmer. Nachdem ich die Lichter ausgeschaltet hatte, folgte ich Nel nach unten.

Nel ging ins Wohnzimmer und zog die Gardinen zu. Ich öffnete die Tür zum Souterrain, schaltete das Licht ein und durchsuchte einen trostlosen Abstellraum mit verwohnten Möbeln, einem Damenfahrrad und Kisten voller Altkleider und Bücher, einen gut ausgestatteten Weinkeller und den Heizungsraum mit Therme, Gas-, Wasser- und Stromzählern. Ich sah nichts Verdächtiges, keine Spuren, keinen Ort, an dem man jemanden hätte einsperren können. Die Gastherme war ein modernes Gerät, in dem man nichts verbrennen konnte.

Als ich in das Wohnzimmer zurückkehrte, erschreckte mich ein heller Lichtblitz hinter einer halben Zwischenwand. Nel stand mit ihrer Polaroidkamera vor einem Schreibtisch im Nebenzimmer. Das Foto fuhr aus dem Apparat heraus. Auch hier waren die Gardinen zugezogen und Nel hatte eine Lampe auf dem mattschwarzen Schreibtisch eingeschaltet, der eine Maßanfertigung zu sein schien. Er bestand aus einer großen Tischplatte und Stützwänden rechts, links und hinten. Links neben dem Stuhl war ein Schubladencontainer aus Metall darunter geschoben. Die Wand hinter dem Schreibtisch war vom Boden bis zur Decke mit Büchern gefüllt, die auf Regalbrettern aus schwarzem Hartholz standen. Manche Bücherreihen wirkten so neu, dass sie Attrappen für ein Bühnenbild hätten sein können. Das Einzige, was gebraucht aussah, waren eine vielbändige Enzyklopädie und eine Reihe von Nachschlagewerken. Ein blauer iMac stand inmitten von Papieren, Stiftschälchen, zwei Lesebrillen, einer Postablage und diversen Exemplaren von *Ein kleines Geschenk.*

Nel zog den Telefonstecker aus der Wand, setzte sich in den Bürodrehstuhl und schaute sich den Drucker und das andere Computerzubehör genau an. Sie reichte nach vorn und hielt den Stecker eines grauen USB-Diskettenlaufwerks hoch, das neben dem Computer lag. Sie nickte, legte den Stecker zurück und schaltete den Computer ein.

»Hoffentlich brauchst du kein Passwort.«

»Normale Leute benutzen keine Passwörter«, entgegnete Nel. »Du doch auch nicht, oder? Warum solltest du? Du arbeitest an deinem eigenen Computer, der in deinem eigenen Haus steht.« Der Bildschirm füllte sich mit Icons. *Haushalt* lautete eines von ihnen.

»Schau doch auch mal nach, ob du Namen und Adresse der Putzfrau findest.«

Nel nickte und kontrollierte den Papierkorb. Er war leer. Sie öffnete einen Ordner mit der Bezeichnung *Buch. Ein kleines Geschenk* erschien auf dem Bildschirm, der Titel in dicken Kursivbuchstaben, *von Hedwige Larue* in kaum bescheidener Schrift darunter. Kapitel eins. Nel scrollte durch den Text. Sie las eine Weile und klickte auf *Wörter zählen.* 150 Seiten, dreiundsechzigtausendundsoundso viele Wörter, an die 300.000 Zeichen.

»Genau so ist es gedruckt worden«, sagte sie. »Die endgültige Fassung. Es gibt keine anderen, nur die automatische Back-up-Datei.«

»Registriert der Computer nicht irgendwo, wann sie damit begonnen und wann sie Änderungen durchgeführt hat?«

Sie warf mir einen anerkennenden Blick zu. »Gute Idee, Max«, murmelte sie. »Das wäre schön.«

Nel startete Sherlock, tippte *ein kleines Geschenk* ein und klickte auf *Suche starten.* Ein Fenster mit fünf Zeilen für die Word-Dokumente öffnete sich. ›Ein kleines Geschenk‹ und die Back-ups. »Mist«, murmelte sie und verbreiterte das Fenster, um die Spalte mit den Daten sichtbar zu machen. »Vier von Anfang August und eine zwei Wochen ältere, von Mitte Juli.« Auf ihrer Stirn bildete sich eine Falte. »Logisch.«

»Sie kann nicht innerhalb von zwei Wochen ein Buch schreiben.«

»Nein. Aber sie kann innerhalb von zwei Wochen eines überarbeiten. Mit dem Computer Namen auszutauschen geht ruckzuck. Dann noch ein paar Änderungen und ein paarmal durchlesen, um zu prüfen, ob nichts mehr darin steht, was auf Caroline hinweist. Das Problem ist der Titel.«

»Sie hat den Namen Max nicht geändert.«

»Nein, das ist eine Nebenfigur und sie glaubte, dass Caroline sich diesen Namen nur ausgedacht hatte. Aber das Zeitschema beweist gar nichts, weil sie dem Buch garantiert einen anderen Titel gegeben hat als Caroline. Sherlock zeigt uns nur die Daten für diesen Titel an. Die Larue kann schon jahrelang unter einer anderen Überschrift an dem Buch gearbeitet haben und sich erst am 15. Juli den Namen *Ein kleines Geschenk* ausgedacht haben. Alle früheren Daten findet man, wenn man den ursprünglichen Titel kennt. Dafür müsste ich die ganze Festplatte durchsuchen.« Sie warf mir einen ironischen Blick zu. »Verstehst du, was ich meine?«

»Gibt es keine andere Methode? Wie hat sie zum Beispiel das Manuskript von Carolines Laptop auf ihren Computer gekriegt?«

»Ich nehme an, indem sie es auf eine Diskette kopiert hat.« Sie wies mit einem Nicken auf das externe Laufwerk. Eine Diskette schaute heraus. »Sie wäre aber wirklich dumm, wenn sie die darin stecken gelassen hätte.« Sie zog den Druckerstecker an der Seite des iMac heraus und steckte dafür den des Diskettenlaufwerks in die Schnittstelle. Sie schob die Diskette in das Laufwerk und zwei

Sekunden später erschien ein schwarzes Icon mit dem Titel *KUCKUCKSKIND* auf dem Bildschirm des Mac.

Ich hielt den Atem an. *Kuckuckskind* war ein Titel, der wirklich gut zu Caroline passte.

Nel blieb skeptisch. »Die Putzfrau braucht nur einmal neugierig zu werden oder ihren computerbegeisterten Sohn mitzubringen ...« Trotzdem klickte sie das Icon an. Der Ordner enthielt nur ein einziges Dokument: ›Das Kuckuckskind‹. Nel klickte es an und ein Manuskript füllte den Bildschirm. *Das Kuckuckskind und andere ausgestoßene Jungtiere in der Natur*, von Hector Zisli. Mirabel Verlag.

Nel ging es zur Sicherheit kurz durch, doch das Dokument war das, was der Titel besagte: ein Naturkundebuch. »Vielleicht hat sie das gerade lektoriert, bevor sie berühmt wurde«, meinte Nel.

Ich lachte. »Mit ihrem berüchtigten Rotstift.«

Ich hockte mich neben sie und durchsuchte den Metallcontainer unter dem Schreibtisch. Er war voller Krimskrams, mit dem sich Schreibtischschubladen unweigerlich im Laufe der Zeit füllen: Briefmarken, Zigaretten, Kontoauszüge, Fotos, alte Kugelschreiber, ein Tacker, Klebeband, Umschläge und eine Schachtel voller Hotelquittungen. Die Larue verfügte über ein dickes Bankkonto.

Während Nel sich weiterhin mit dem Computer beschäftigte, setzte ich mich auf den Boden vor die Bücherwand und schaute mir die Reihe der Ordner im untersten Fach an, die mit handgeschriebenen Etiketten wie Steuer, Finanzen, Haushalt, Verträge, Versicherungen beschriftet waren. Der Vertrag für *Ein kleines Geschenk* war auf den 24. Juli datiert. Es schien ein Standardvertrag zu sein, wenn auch ohne Vorschussvereinbarung, obwohl man doch hätte erwarten können, dass die Larue als Mitinhaberin von Mirabel ein lukrativeres Geschäft hätte aushandeln können. Doch uns war schon lange klar, dass es der Larue hauptsächlich um Ansehen und Ruhm ging. Geld hatte sie schon genug.

Hetty bewahrte ihre Akten, Policen und Eigentumsurkunden in einer festen blauen Mappe auf, wie man sie von Banken erhält, wenn man eine Hypothek aufnimmt. Sie hatte vor zehn Jahren 1,6 Millionen Gulden für das Haus bezahlt, die Hälfte davon finanziert über eine Hypothek, die 1999 erneuert worden war, um von den niedrigen Zinsen zu profitieren. Ihre Eltern hatten sich 1984 scheiden lassen; ihre Mutter hatte wieder geheiratet und war nach Argentinien gegangen. Ihr Vater hatte seine Baufirma kurz vor seinem Tod verkauft und laut einem Testament aus dem Jahr 1996 seinen gesamten Besitz seiner einzigen Tochter hinterlassen. Hetty besaß neben einem dicken Konto auch Anteile an *Robeco* und einem Wirtschaftsprüfungsunternehmen.

Im Haushaltsordner fand ich zwar keine Informationen über eine Putzfrau oder einen Gärtner, wohl aber Garantiescheine für Rasenmäher, Kühlschränke und andere Geräte, Rechnungen für eine neue Therme und von ihrer Autowerkstatt. Und eine Besitzurkunde für einen niederländischen Backdecker mit 40 PS, 1996 von einem Privatmann in Harderwijk erworben.

»Die Larue besitzt ein Boot«, sagte ich. »Die *Ophelia.*«

Nel schloss Outlook und klickte ein Icon mit dem Titel *BUCH2* an. »Ein Boot? Wo?«, fragte sie.

»Keine Ahnung, es ist ein acht Meter langes Binnenboot, eine Motorjacht. Bestimmt hat sie einen Liegeplatzvertrag. Im Gooiland und an den Randseen gibt es Häfen genug.«

Nel blickte mich von der Seite an. Sie dachte dasselbe wie ich. »Ich glaube, das sollten wir herausfinden«, sagte sie.

»Sollten wir. Hast du irgendetwas über das Personal gefunden? Ihre Putzfrau könnte wissen, ob hier jemand zu Besuch gewesen ist.«

»Ihre Putzfrau heißt Connie Henkel und wohnt in Baarn, ich habe ihre Adresse. Ansonsten habe ich E-Mails von Freunden und Verwandten gefunden, aber die kann ich nicht alle durchlesen. Die Frau hat Freunde und Bekannte, geht zu Partys, fährt zur Buchmesse nach Frankfurt und zum Wintersport in die Schweiz.« Nel drehte ihren Stuhl wieder um und sagte missmutig: »Wir können all ihre Disketten heraussuchen und sie überprüfen, bis wir schwarz werden. Wenn sie Carolines iBook vernichtet hat, kommen wir keinen Schritt weiter.«

Ich schaute auf den Bildschirm. In dem Fenster, das nur *BUCH2* hieß, war eine Anzahl untereinander gedruckter Titel erschienen, in derselben Kursivschrift, die Hetty für *Ein kleines Geschenk* benutzt hatte. *Der Regen, Rainy Days, Der Traum, Die Aussicht, Später.* Erst darunter folgte Kapitel eins und ein wenig Text. »Ist es das, wofür ich es halte?«

Nel las den Text durch bis zur Mitte von Seite zwei. Weiter war die Larue nicht gekommen. Ich las mit. »Ihr luxuriöses Schlafzimmer? Karen? Klingt ja wie ein Jungmädchenroman.«

»Klingt nach überhaupt nichts«, sagte Nel. »Ihr fällt noch nicht mal ein Titel ein und meiner Meinung nach weiß sie auch nicht, wie sich ihre Geschichte weiterentwickeln soll oder worum es bei dem Streit zwischen ihren Romanfiguren geht. Sie steckt fest.« Nel las ein paar Zeilen vor. *»Karen weigerte sich, aus dem Bett aufzustehen, solange der Regen an das Fenster ihres luxuriösen Schlafzimmers prasselte. Noch nie zuvor hatte sie einen so schrecklichen Streit mit ihrer Mutter gehabt. Sie wusste, dass sie eine Entscheidung treffen musste. Sie musste das Haus verlassen.«* Nel schnaubte. »Sie versucht, den schnörkellosen Stil Carolines zu imitieren. Aber bei Caroline fließt der

Text nur so dahin, während diese Frau überhaupt nicht schreiben kann.«

»Aber Gert Monnik hat erzählt, dass sie schon seit Jahren verkündet, bald ein Buch herauszubringen. War das vielleicht ein ganz früher Versuch?«

Nel öffnete erneut Sherlock und überprüfte das Dokument. Sie schüttelte den Kopf. »Nichts. Ich weiß nicht, woran sie vorher gearbeitet hat, aber hiermit hat sie am 24. August angefangen und seitdem noch viermal versucht daran zu arbeiten, das letzte Mal am 29. September abends um Viertel vor zwölf.«

»Wenn sie mit eineinhalb Seiten pro Monat so weitermacht, wird die niederländische Literaturszene noch ein Weilchen auf Roman Nummer zwei warten müssen.«

»Ja, schade aber auch«, antwortete Nel lakonisch, zog das Kabel des Diskettenlaufwerks aus der USB-Schnittstelle und schaltete den Computer aus. »Komm, lass uns den Rest erledigen.«

»Es gibt keinen Rest«, entgegnete ich. »Unten ist nichts, oben ist nichts. Wenn es etwas gibt, dann ist es hier in ihrem Arbeitszimmer.«

»Ein Tresor?«

Ich zuckte mit den Schultern. »Wenn sie einen hätte, würde sie ihre Akten und Policen darin aufbewahren anstatt in dieser Bankmappe. Sie hätte sie allerdings auch in den Container legen können, der ist bleischwer und abgeschlossen genauso sicher wie ein handelsüblicher Tresor.« Stirnrunzelnd blickte ich den Schubladencontainer unter dem Schreibtisch an.

»Wie bitte?«, fragte Nel. Sie hing nach vorne gebeugt auf ihrem Stuhl und sagte: »Dahinter ist doch noch Platz.«

Ich rollte Nel auf ihrem Stuhl aus dem Weg und ging auf die Knie. Unter dem Schreibtisch lag ein verschlissenes Fußkissen, die Stromkabel von Computer, Drucker und Bürolampe führten um den Metallcontainer herum zu einer Verteilersteckdose auf dem Fußboden dahinter. Das Stromkabel der Verteilersteckdose verlief parallel zum Telefonkabel bis zu einer Steckdose hinter der untersten Bücherreihe. Bei dem Schubladencontainer handelte es sich um ein solides *Gispen*-Modell auf Rollen, das zwei Personen kaum hätten anheben können. Dort, wo die Kabel entlangführten, waren fünfzehn bis zwanzig Zentimeter Platz.

Ich zog den Container ein Stück nach vorn und tastete dahinter herum. Meine Hand berührte ein glattes Rechteck, das an der hinteren Schreibtischwand lehnte. Nel rutschte von ihrem Stuhl und hockte sich hinter mich. Ich zog einen kleinen grauen Koffer hervor. Man hätte Staubflusen erwartet, doch er war sauber und glänzend.

»KISS«, flüsterte Nel.

»Was heißt das, KISS?«

»Das ist eines der beiden Computermantras. *Keep it simple, stupid.* Vielleicht hat Hetty auch so gedacht. Kein Mensch schaut je hinter den Container.«

»Ist das Carolines iBook?«

»Das werden wir gleich herausfinden. Hetty bewahrt es unter ihrem Schreibtisch auf, weil sie es hier direkt an die Telefonsteckdose anschließen kann. Und ich glaube, ich weiß warum.«

Ich schaute auf meine Armbanduhr. Es war halb drei. Wir befanden uns schon seit über zwei Stunden in diesem Haus und mussten weg sein, bevor Eemnes erwachte. Wir brauchten viel zu lange. Wenn wir Pech hatten, wurden die Hunde hier mitten in der Nacht ausgeführt. »Wir können den Laptop nicht mitnehmen«, sagte ich. »Wenn wir ihn je als Beweisstück verwenden wollen, muss die Polizei ihn selbst entdecken.«

Nel nickte. »Ich hatte auch nicht vor, ihn mitzunehmen. Nicht, solange wir nicht wissen, was wir als Nächstes unternehmen.« Nel schob Hettys Tastatur und andere Gegenstände beiseite, legte Carolines Laptop auf den Schreibtisch und steckte den Stecker in die Verteilersteckdose auf dem Fußboden. Sie startete den Laptop, schaute sich Ordner an, öffnete und schloss ein paar. Es waren nicht viele und sie fand schnell heraus, dass kein Buchmanuskript dabei war.

»Ist ja auch logisch«, meinte CyberNel. »Hetty hat es auf eine Diskette kopiert und das Original in den Papierkorb verschoben. Aber glücklicherweise hat Hetty genauso wenig Ahnung von Computern wie du. Sie glaubt, dass alles, was man in den Papierkorb verschiebt, vollständig gelöscht ist, aber das stimmt nicht. Nur der Name des Dokumentes oder des Ordners beziehungsweise das entsprechende Icon verschwindet aus dem Programm des Benutzers. Das Dokument selbst befindet sich noch immer auf der Festplatte.«

»Prima«, sagte ich. »Aber wie willst du es finden, wenn du nicht weißt, wie es heißt?«

»Mit ein wenig Geduld und dem Norton Commander, oder noch schneller mit dem HackMac.« Nel fischte eine CD aus ihrer Tasche und steckte sie in das iBook. Auf dem Bildschirm erschien ein rotes Icon mit einem Schlüsselsymbol und den Buchstaben MQHM darunter. Nel klickte es an. Ein kleines Fenster öffnete sich. Es war völlig leer bis auf ein einziges Fragezeichen.

»Augen zu«, befahl Nel und tippte auf ein paar Tasten. »Für Unbefugte verboten.«

Das Fragezeichen verwandelte sich in die vorbeiwandernden Buchstaben OK, und innerhalb eines Augenblicks füllte sich der Bildschirm mit einem Fenster voller Funktionen und Codes. Ich stand ein wenig hilflos daneben.

Nel grinste. »Der HackMac ist eine Erfindung von MindQuest«, erklärte sie. »MindQuest gehört einem deutschen Computergenie, für das ich manchmal arbeite. Den paar Leuten, die den HackMac benutzen dürfen, hat er Vorschriften von hier bis nach Jerusalem aufgebrummt. Es ist eine Art Einbrecherwerkzeug.«

Sie wählte den Befehl *Unerase HD.* Ein hohes Fenster mit einer Bildlaufleiste füllte sich mit den Titeln und Anfangsworten aller Dateien, die Caroline, seit sie dieses iBook besaß, in den Papierkorb verschoben hatte. Nel klickte auf *Find* und anschließend auf *Select* und *Size.* In ein Textfeld tippte sie *250.000 up* ein.

Der Markierung sprang in die Mitte der Leiste. In der Reihe der Stichwörter war eines schwarz hervorgehoben.

»Mein Gott«, sagte Nel leise. »Sie hatte noch gar keinen Titel dafür.«

Mithilfe des mysteriösen HackMac war sie in der Lage, das Dokument zu öffnen. *Kapitel eins. Seit dem vergangenen Herbst hatte Tilly ihren Glauben an zwei Dinge verloren: an Gott und an ihren Vater.*

Nel klickte den Text weg. Sie benutzte ihr Pocket-Laufwerk, um Carolines Buch zu kopieren, und schickte anschließend gleich noch ein paar weitere Ordner mit hinüber. Ich schlug eines der zahlreichen Exemplare von *Ein kleines Geschenk* auf, die auf dem Schreibtisch herumlagen. Das erste Kapitel begann wortwörtlich mit demselben Satz, außer dass der Name Tilly in Germaine geändert worden war.

Hedwige Larue verdanken wir Germaine Thomas.

Nel zog den Stecker ihres Pocket-Laufwerks heraus und verpackte es wieder in ihrer Tasche.

»Sind wir fertig?«, fragte ich.

»Fast. Nur noch kurz die Mails.« Sie verschob das HackMac-Fenster in eine Ecke des Bildschirms, klickte Outlook an und überprüfte die Eingangsmails. Sie gab *CyberNel* als Suchbefehl ein und fand ihre beiden E-Mails an Caroline.

Nel schaute auf und sagte: »Sie sind abgeholt und geöffnet worden.«

»Bist du sicher?«

»Ja, sonst wären sie mit einem blauen Asterisk gekennzeichnet gewesen. Die erste könnte Caroline noch selbst gelesen haben, aber die zweite garantiert nicht, schau dir mal das Datum an. Vor einem Monat war sie bereits tot.«

Nel hielt sich nicht weiter damit auf.

Wieder öffnete sie den HackMac und tippte *Show Connection Protocol* ein. Auf dem Bildschirm erschienen Daten, Zeiten und eine Telefonnummer, ich nahm an, die von Carolines Server.

CyberNel machte ihr zufriedenes Sphinx-Gesicht. »Die Larue überprüft mindestens einmal pro Woche, ob Caroline Mails erhalten hat, das letzte Mal vor drei Tagen nachts um halb eins.«

»Schön«, sagte ich, ohne zu wissen warum. »Aber kann sie die Mails nicht von ihrem eigenen Computer aus abholen?«

Nel grinste. »Nein, weil sie das Passwort nicht kennt. Man meldet sich normalerweise einmal damit an und speichert es anschließend auf der Festplatte, sonst müsste man sich jedes Mal mit allem Pipapo einloggen, da würde man ja verrückt werden. Außerdem ist das Passwort codiert, das heißt, dass beim Eingeben auf dem Bildschirm nur Sternchen erscheinen, deshalb kann Hetty es nicht lesen und auf ihren eigenen Computer kopieren. Das ist der einzige Grund, warum sie Carolines Laptop aufbewahrt.«

Sie ließ den HackMac nach dem Namen Deborah Vrins suchen. Sie fand einen Ordner mit dem Titel *Schreibkursus,* der auch sämtliche E-Mails der Dozentin enthielt. Nel las ein paar davon durch, klickte sie wieder weg, öffnete ein HackMac-Fenster und gab *Power Replace in All Documents* ein.

Ein Fenster erschien, das der gewohnten Suchen-und-Ersetzen-Funktion ähnelte. Hinter *Find what* tippte sie die E-Mail-Adresse von Deborah Vrins ein.

»Was hast du vor?«

»Ich übernehme ihre Adresse.«

»Wie bitte?«

»Der HackMac kann unter anderem alles suchen und ersetzen, was sich auf diesem Computer befindet. Ich verändere Deborahs E-Mail-Adresse ein bisschen und dadurch laufen sämtliche E-Mails an und von Caroline ab jetzt über mich. Kleine Umleitung sozusagen.«

»Wozu soll denn das gut sein?«

»Um mit Hetty unter dem Decknamen einer unverdächtigen Person in Kontakt treten zu können.« Nel nahm die Hände von der Tastatur und wandte sich zu mir um. »Damit lasse ich mir ein Hintertürchen offen. Vielleicht haben wir dadurch die Möglichkeit, sie irgendwann in die Falle zu locken oder nervös zu machen.«

»Falls sie weiterhin Carolines E-Mails abholt.«

»Das wird sie tun. Ich würde es auch machen. Einfach zur Sicherheit. Deshalb steht der Laptop unter ihrem Schreibtisch.«

»Und der CyberNel-Kontakt reicht nicht?«

»Natürlich nicht. Wir sollten sie nicht unterschätzen. Möglicherweise hat sie einen Menschen ermordet und auf jeden Fall hat sie Carolines Buch gestohlen. Sie erhält E-Mails von einer Unbekannten namens CyberNel, die offenbar auf der Suche nach der verschwundenen Caroline ist. Wenn ich Hetty wäre, würde ich auf jeden Fall versuchen herauszubekommen, wer diese CyberNel ist. Sie braucht nur ins Internet zu gehen und meine Website zu besuchen und schon schrillen die Alarmglocken bei ihr. Alles, was von mir kommt, ist verdächtig. Bei Deborah Vrins dagegen handelt es sich um eine unschuldige alte Dame.«

Ich musste zugeben, dass da etwas dran war. »Und wie willst du das anstellen, ohne dass Hetty es merkt?«

Nel wendete sich wieder dem Computer zu. Hinter *Find what* war die E-Mail-Adresse *Deborah-Vrins@yahoo.com* erschienen. Nel gab dieselbe Adresse in das *Power-Replace*-Fenster ein: *Deborah_Vrins@yahoo.com,* gefolgt von *In all files of type document.*

»Ich sehe keinen Unterschied«, sagte ich.

»Hetty hoffentlich auch nicht. Er besteht im Bindestrich. Wenn sie eine E-Mail erhält, sieht sie nur den Namen des Absenders, und falls sie jemals antworten will, ergänzt der Computer die Adresse, sobald sie *Deborah* eingibt, denn ihre Adresse ist im Adressbuch gespeichert.«

Nel klickte auf *Replace All.* Oben im HackMac-Fenster begann eine kleine Uhr zu laufen.

Ich beugte mich nach vorn und küsste sie auf den Scheitel. »Du bist ein kluges Köpfchen«, sagte ich. »Du bist CyberNel.«

Sie lächelte. Die Uhr blieb stehen. Die Ersetz-Prozedur war abgeschlossen. Nel verschob den HackMac in den Papierkorb, zog die CD-ROM aus dem Laufwerk und schloss den Laptop. Ich nahm ihn ihr ab, kroch damit unter den Schreibtisch und stellte ihn zurück hinter den Rollcontainer.

Nel schob Hettys Tastatur vor den Bildschirm. Dann rückten wir anhand des Polaroidfotos sämtliche Gegenstände auf dem Schreibtisch wieder exakt an ihren alten Platz. Wir schalteten die Lampe aus, zogen die Gardinen auf und ich verließ das Haus durch die Hintertür und wartete draußen, während Nel die Alarmanlage im Flur wieder einschaltete.

Ich fing sie auf, als sie durch das kleine Fenster hinauskroch. Sie stieg auf den Stuhl, legte den Fenstergriff um und schlug das Fenster zu. Sie drückte dagegen, aber der

Verschluss war eingeschnappt. Geschickt steckte sie den nadelfeinen Bohrer durch den Rahmen und drückte den Griff weiter hinunter. Ich sammelte ein wenig Schmutz von den Bodenplatten in meiner Hand, Nel tupfte mit dem Finger hinein und wischte damit über die Bohrspuren.

Ich hatte ein gutes Gefühl. Das Boot lag an seinem Platz. Über Eemnes erwachte dunstig die erste schwache Morgendämmerung.

Das Licht wurde nach und nach milchiger, als wir in der Scheinwerferkette der Frühaufsteher an Hilversum, Utrecht und Vianen vorbeifuhren. Amseln lärmten auf dem Deich, und irgendwo ließ ein eifriger Obstbauer seinen Traktor an. Im Haus war es kühl.

Wir gingen zusammen unter die Dusche. Ich hielt Nel in meinen Armen und ließ das warme Wasser eine Weile über uns strömen.

Als ich das Badezimmer verließ, blieb Nel zurück und ich hörte, wie sie sich übergab.

Das hatte ich jetzt schon ein paar Mal mitbekommen.

Kurz darauf schlüpfte sie zu mir ins Bett. Ich war sehr müde und sie auch, aber ich zog sie an mich und rollte sie auf meinen Bauch. Sie schmeckte nach Zahnpasta.

»Was war denn das?«, fragte ich.

»Nichts, mir ist ein bisschen schlecht, das ist ganz normal.«

»Normal?«

»Ja, aber nach dem dritten Monat geht das vorüber.« Sie drückte ihr Gesicht an meinen Hals und presste ihre Brüste an mich.

»Freust du dich?«, fragte sie dann.

Eine solche Nachricht bringt einen unwillkürlich ins Grübeln, doch zum Glück arbeitet der Verstand so rasch, dass der andere gar nicht erst das Gefühl bekommt, man würde betreten schweigen.

Ich dachte also kurz nach und kam zu dem Schluss, dass es im Grunde ganz einfach war. Ich liebte CyberNel. Ich war am glücklichsten, wenn sie glücklich war. Dann nahm ich ihren Kopf zwischen beide Hände und hob ihr Gesicht an, damit sie mich anschauen konnte.

»Ich freue mich riesig«, sagte ich und küsste sie.

11

Der Bestattungsunternehmer begrüßte die wenigen Anwesenden mit den Worten, dass wir heute hier zusammengekommen seien, um von unserer geliebten Caroline Romein Abschied zu nehmen, bevor sie ihre letzte Reise antrete, als habe das arme Kind jemals die Gelegenheit gehabt, wie eine echte Globetrotterin die Welt zu erkunden.

»Von Hilversum nach Drenthe«, flüsterte Nel. »Und einmal nach Porquerolles.«

Ich reichte ihr mein Taschentuch.

Wir saßen ganz hinten. Auch Ermittler Nijman war gekommen, in einem dunklen Anzug. Er saß am anderen Ende unserer Reihe, dazwischen leere Stühle.

Ganz vorne, von uns getrennt durch ein Feld weiterer unbesetzter Plätze, verbarg Valerie ihr Gesicht unter einem extravaganten schwarzen Hut mit Schleier. Sie saß starr da, den Rücken kerzengerade. Bei Beerdigungen bestimmen meist die nächsten Angehörigen das Ausmaß der Trauerbezeugungen. Beginnen sie zu weinen oder zu wehklagen wie in einem griechischen Drama, ahmen die anderen sie automatisch nach. Valerie gab keinen Mucks von sich. Rechtsanwalt Donkers an ihrer Seite blickte stur geradeaus auf ein Glasmalereifenster über dem Sarg. Auf der anderen Seite von Valerie saß ein älterer Dandy in dunkelblauem Anzug und mit einem weißen Seidenschal um die Schultern, vermutlich ihr Agent. Der Gartenzwerg aus Drenthe und seine Frau waren als Letzte mit steifen kleinen Schritten hereingekommen und saßen mit blassen Gesichtern und wie betäubt schräg hinter ihrer Tochter. Eine blonde Frau mit dem fröhlichen Gesicht einer georgischen Bäuerin, das ebenso wenig zu diesem Anlass passte wie ihr geblümtes Kleid, saß ein paar Stühle vor Nijman. Sie hielt das Handgelenk eines etwa sechs- oder siebenjährigen Jungen umklammert, der ungeduldig zappelnd auf das Ende der Feierlichkeit wartete oder auf eine Chance, vorher zu entkommen.

Man hatte sich kaum bemüht, der Feier eine persönliche Note zu verleihen. Noch nicht einmal ein Sträußchen Drenther Heidekraut, sondern nur ein teures Bukett weißer Lilien schmückte den Sarg, und nur der Beerdigungsunternehmer sprach einige Worte. Er las seinen Text ab und verkündete anschließend, dass im Hause der Mutter keine Kondolenzwünsche entgegengenommen, sondern Kaffee und Brötchen in einem angrenzenden Raum serviert würden. In der Trauerhalle eine kleine Elektroorgel, aber niemand spielte für Caroline und niemand hatte sich etwas Besonderes für sie ausgedacht, sodass der Sarg unter Begleitung eines deprimierenden Gedudels langsam im Fußboden versank, um anschließend eingeäschert zu werden.

»Ich habe noch nie eine so traurige Beisetzung erlebt«, bemerkte Nel, als wir aufstanden.

»Immer noch besser als *Amazing Grace.*«

Sie brauchte nichts weiter hinzuzufügen. Wir beide wussten, dass diese Trauerfeier hauptsächlich deshalb so bedrückend war, weil niemand Caroline besonders zu vermissen schien und sie bald vergessen sein würde.

Nijman gesellte sich zu uns, als wir die Trauerhalle verließen, um außen herum zum Kaffeetrinken zu gehen. »Wer ist die blonde Dame?«, fragte ich.

»Mevrouw Romeins Putzfrau, sie musste ihren Sohn von der Schule abholen.«

»Gab es keine Einwände gegen die Einäscherung?«, fragte Nel.

Er schüttelte den Kopf. »Wir haben alles, was wir brauchen.« Und mit einem viel sagenden Blick zu mir: »Auch ihre DNA.«

»Und der Pfarrer?«

»Um den kümmern sich die Kollegen in Drenthe.«

»Musste Valerie sie noch identifizieren?«, fragte Nel.

Wir blieben vor dem schlichten Park stehen.

»Anhand von Fotos«, sagte Nijman mit einer hilflosen Geste.

Valerie spazierte zwischen ihren beiden Begleitern auf dem Parkweg unter den Tannen entlang. Der weiße Schal des Agenten flatterte in der schwachen Herbstbrise. Die Großeltern warteten vor dem Eingang zum Kaffeesaal. Ihren Hund hatten sie an einen Baum gebunden. Er schaute brav zu Herrchen und Frauchen hinüber und wedelte mit dem Schwanz. Die geblümte Putzfrau war bereits ihrem Sohn in Richtung Brötchen und Erfrischungen gefolgt.

»Wir konnten die Identifikation anhand des Gebisses und eines Knochenbruchs bestätigen. Das Mädchen hatte sich mit vierzehn einmal das Bein gebrochen.« Er schwieg einen Augenblick und fügte hinzu: »Bei einem Segelsportfest ihrer Schule.«

»Ich sehe kaum Freunde und Freundinnen«, bemerkte Nel.

»Ihre Mutter hat mir erklärt, dass keine Anzeige aufgegeben wurde«, sagte Nijman. »Ich glaube, es wurden auch keine Karten verschickt.«

»Hat etwas darüber in der Zeitung gestanden?«

»Nur ein unauffälliger Artikel, dass sie ertrunken sei. Die Mutter kennt den Polizeipräsidenten, und mir ist es egal, also haben wir im polizeilichen Pressebericht nicht erwähnt, dass es Mord war. Sollte es zu einem Prozess kommen, ist immer noch Zeit für entsprechende Meldungen in den Medien.« Nijman nickte dem umherspazierenden Grüppchen zu. »Ich verabschiede mich nur kurz und bin dann weg. Ich halte euch auf dem Laufenden, wie versprochen.«

Wir schauten ihm nach, wie er dem Drenther Hund im Vorbeigehen den Kopf tätschelte und zu Valerie hinüberging, ein paar Sätze mit ihr wechselte und ihr die Hand gab. Er verbeugte sich kurz vor ihren Vasallen und verschwand in Richtung Parkplatz.

»Ob Hetty Larue weiß, dass man sie gefunden hat?«, fragte Nel, als wir zum Kondolenzsaal gingen.

»Ich glaube nicht, dass sie Zeit oder Interesse für die Lokalzeitung hat«, meinte ich. »Sie war in Deutschland, hatte einen Fernsehauftritt, sie gibt Interviews, sonnt sich im Rampenlicht, ist berühmt. Sie liest nur, was über sie geschrieben wird.«

»Gut so«, sagte Nel.

Ich schaute sie verwundert an. Mein Taschentuch war feucht gewesen, als sie es mir zurückgegeben hatte, doch jetzt klang sie verbissen und entschlossen, als feile sie an einem Racheplan.

Die Großeltern sprachen uns an der Tür an. Wir murmelten unsere Kondolenzwünsche und sie drückten uns die Hände, als seien wir enge Freunde. Mir war nicht klar, ob sie sich wirklich freuten, uns zu sehen, oder ob sie einfach über jeden Gast bei der so spärlich besuchten Feierlichkeit dankbar waren.

»Wie furchtbar«, flüsterte Eva Fuck entsetzt. »Warum hat sie das nur getan?«

»Caroline hat gar nichts getan«, erwiderte Nel entschieden.

»Aber sie hat sich doch selbst ...« Die Frau wagte das Wort nicht auszusprechen und schaute Hilfe suchend ihren Mann an.

»Es war kein Selbstmord«, sagte ich. »Falls Sie das meinen.«

»Nein?« Ihr Gesichtsausdruck hellte sich auf. »Also war es ein Unfall?«

Ein Unfall, damit konnte sie leben.

»Nein«, entgegnete Nel schonungslos. »Caroline ist verunglückt. Das ist etwas anderes.«

Nun schauten beide verwirrt von mir zu Nel. Ich drückte Nels Hand und zog sie mit hinein. Ich war wahrscheinlich der Einzige, der wusste, was sie meinte.

Vor den Fenstern hingen Gardinen aus grünem Samt, Armstühle und kleine Tische boten Platz zum Sitzen, und auf dem weiß gedeckten Büfett standen Platten mit Brötchen und Häppchen sowie ein großer Chrombehälter, aus dem eine Serviererin Kaffee zapfte. Der Sohn der Putzfrau arbeitete sich durch eine Platte mit Würstchen im Schlafrock. Nel ging zum Kaffeebehälter und ließ sich zwei Tassen einschenken. Wir entfernten uns ein paar Schritte vom Büfett und tranken von dem Kaffee.

Die Haushaltshilfe kam zu uns herüber, fragte, ob wir Verwandte seien, stellte sich als Valeries Putzfrau vor und erklärte, dass ihr das arme Kind schrecklich Leid täte. »Was für ein furchtbares Schicksal«, sagte sie. »Karel war schon immer so alleine, und genau so ist sie auch gestorben.«

»Hatten Sie viel Kontakt zu ihr?«, fragte ich.

»Nein. An den Nachmittagen, an denen ich bei ihr im Dachgeschoss sauber machte, ging sie meistens weg, spazieren oder Fahrrad fahren oder ins Kino, ich weiß es gar nicht so genau. Sie hat nie viel gesagt.« Sie warf einen Blick zur Tür. »Ihre Mutter war auch praktisch nie zu Hause. Jetzt frage ich mich, ob ich nicht mehr für sie hätte tun können. Vielleicht hätte ich sie einmal mit zu uns nach Hause nehmen oder ihr etwas Leckeres mitbringen sollen, damit sie nicht immer selbst zu kochen brauchte.« Ihr breites Gesicht drückte jetzt aufrichtige Trauer aus.

»Sie können es nicht ändern«, sagte Nel tröstend.

»Stimmt. So was sagt man sich dann im Nachhinein.« Ihre Stimme klang brüchig. »Hinterher tut es einem Leid.

Aber sie wurde immer so allein gelassen und hier ist auch niemand …«

»Ich glaube, sie wollte Schriftstellerin werden«, unterbrach Nel sie. »Hat sie nicht an so einem Kurs teilgenommen?«

Die Putzfrau nickte. »Sie hat ständig geschrieben oder sie saß an ihrem kleinen Computer, wenn ich kam. Was sie schrieb, weiß ich nicht, ich habe es mir nicht angeschaut, dazu hatte ich auch gar keine Zeit. Das Haus ist groß, und wenn nur eine Person es sauber hält, bedeutet das viel Arbeit, selbst wenn die Bewohnerin kaum da ist. Karel hat sich meistens in ihrer Dachwohnung etwas gekocht, und mit ihrer kleinen Küche hatte ich auch viel zu tun. Vielleicht schickt es sich nicht, das zu sagen, aber sehr häuslich war sie nicht.«

»Vielleicht sollten Sie sie Caroline nennen«, bemerkte Nel freundlich. »Sie war ein Mädchen.«

Die Frau errötete. »Ja, das ist wahr«, musste sie zugeben. »Aber alle nannten sie Karel, man gewöhnt sich eben daran, aber es ist wirklich nicht richtig. Sie hieß Caroline. O, ich muss, äh, da ist Mevrouw …«

Die Putzfrau nickte uns zu und nahm ihren Sohn mit, als sie Valerie zur Tür hereinkommen sah, gefolgt von Donkers und dem Agenten. Ich trank von meinem Kaffee und hörte Valerie unter ihrem Schleier sagen, dass es gut sei, noch bevor die Putzfrau ihre Teilnahme ausdrücken oder ihren Sohn dazu bewegen konnte, der trauernden Dame die Hand zu geben.

Die Herren gingen zum Büfett. Donkers nickte uns flüchtig zu und bestellte drei Kaffee. Der Dandy zupfte seinen Schal zurecht, bevor er mit Sorgfalt ein Schinkenbrötchen auswählte. Valerie war stehen geblieben, als bemerke sie uns jetzt erst. Sie machte eine kleine schreckhafte Bewegung, als der Sohn der Putzfrau an ihr vorbeirannte, sich ein Würstchen im Schlafrock vom Büfett griff und zurück nach draußen sauste, um es an den Hund zu verfüttern.

Endlich kam sie auf uns zu. Ich stellte meinen Kaffee ab und gab ihr die Hand. Valerie nickte Nel zu und drapierte ihren Schleier über den breiten Rand ihres Hutes. Sie war und blieb eine wunderschöne, selbstbewusste Frau. Das hier würde vorübergehen, so wie alles vorüberging, Schwangerschaft, Ehe, Mutterschaft. Morgen würde sie wieder über den Laufsteg schreiten. Ihr Gesicht war blass und unbewegt, doch ihre Augen waren rundherum leicht gerötet. Vielleicht hatte sie doch ein paar Tränen vergossen, als sie vorhin ihre Tochter im Fußboden versinken sah, die danach von zwei oder drei unbekannten Herren in Hemdsärmeln in den Ofen geschoben wurde. Ich fragte mich, was sie mit der Asche vorhatte.

»Mit euch hatte ich nicht gerechnet«, sagte sie ein wenig heiser.

»Mich überrascht vielmehr, dass Dolf Romein nicht hier ist.«

»Ich habe ihn nicht benachrichtigt«, sagte sie schließlich.

»Aber er ist doch mehr oder weniger ...«

Sie unterbrach mich. »Nein, ist er nicht.«

Richtig. Einen Herzschlag lang trat Stille ein und ich verspürte einen Stich des Mitleids. Ich schaute zu den Großeltern hinüber, die mit Brötchen und Kaffee am Fenster saßen, und fragte mich, wo die Einsamkeit begonnen hatte.

»Ich habe überhaupt niemanden eingeladen«, fuhr Valerie fort. »Es ist schon schlimm genug ohne diese ganzen Leute ...« Donkers erschien an ihrer Seite und sie nahm mit einem knappen Nicken die Tasse Kaffee von ihm entgegen, was uns um die Erklärung brachte, wen sie mit diesen ganzen Leuten meinte. Die auffälligsten Abwesenden waren natürlich die sorgsam fern gehaltenen Fotografen und Fernsehteams.

»Hast du einen Augenblick Zeit?«, fragte ich. »Am liebsten unter vier Augen?«

Donkers zog das passende Gesicht. Valerie fragte: »Worum geht es?«

»Um den Mord an deiner Tochter«, sagte Nel nicht allzu laut.

Valerie schaute zu der Serviererin am Kaffeebehälter hinüber, als verdächtige sie sie, sich als Informantin für die Presse ein Zubrot zu verdienen. Doch wahrscheinlich galt ihre Sorge nur ihrem Agenten, den sie natürlich ebenso wie ihre Eltern über die Hintergründe von Carolines Tod im Ungewissen gelassen hatte.

»Remco weiß über alles Bescheid«, sagte Valerie und ging hinüber zu ihrem Agenten, um ihm Bescheid zu sagen, dass sie gezwungen sei, sich kurz ›um diese Leuten zu kümmern‹.

Der Dandy schaute auf die Uhr, dann zu uns hinüber und sagte: »Wir haben nicht viel Zeit.«

Valerie nickte, gab ihren Eltern ein Zeichen, dass sie gleich wiederkäme, und folgte uns nach draußen. Der Hund hatte es geschafft, das Würstchen aus seinem Blätterteigmantel zu befreien, und schnüffelte an den Teigresten herum. Es war ein frischer Herbstmorgen. Nel trug einen Mantel. Der Himmel über dem dunklen Grün der Fichten hatte die milchig blaue Farbe von Carolines Augen.

»Was gibt es für ein Problem?«, fragte Valerie, als wir dem Weg unter den Tannen ein Stück weit gefolgt waren und stehen blieben.

»Es gibt überhaupt kein Problem. Nur, dass der Fall noch nicht gelöst ist und Nel und ich daran weiterarbeiten.«

Valerie warf einen Blick auf das missbilligende Gesicht von Donkers, der neben Nel stand. »Aber das wollte ich gar nicht«, sagte sie. »Die Polizei hat doch einen Verdächtigen im Visier? Meneer Nijman sagte, dass sie den Mann in Kürze verhaften werden.« Sie vermied es sorgfältig zu erwähnen, wie und mit wessen Hilfe. »Wahrscheinlich muss ich irgendwann eine Aussage machen. Ich hoffe, dass das unter Ausschluss der Öffentlichkeit möglich ist, und ich habe gewiss kein Bedürfnis nach weiteren Unannehmlichkeiten.«

»Dieser Mann hat deine Schwester Denise ermordet, aber er ist höchstwahrscheinlich nicht der Mörder von Caroline.«

Valerie biss sich auf die Lippen. Der Wind zupfte an ihrem Schleier.

»Davon hat die Polizei nichts erwähnt«, bemerkte Donkers wenig begeistert.

»Stimmt«, sagte ich.

»Aber was willst du denn dann?«, fragte Valerie.

Ich schaute Nel an. Sie schüttelte ganz leicht den Kopf.

»Wir glauben, dass Caroline von jemand anderem ermordet wurde und aus völlig anderen Gründen«, erklärte ich. »Ich kann im Moment nicht viel darüber sagen, weil die entsprechende Person sich in Sicherheit wiegt und jede Spur eines Beweises vernichten würde, sobald sie merkt, dass ein Verdacht gegen sie besteht.«

»Sie?«, fragte Valerie.

»Ja, es handelt sich um eine Frau.«

Donkers schnaubte. »Für mich klingt das wie ein platter Versuch, einen Folgeauftrag an Land zu ziehen.«

Ich ignorierte ihn und schaute Valerie an. »Schade, dass du nur so wenig von deiner eigenen Tochter weißt«, sagte ich. »Das ist im Übrigen auch der Hauptgrund, warum diese Frau die Chance erhalten hat, Caroline auszunutzen.«

»Du sprichst in Rätseln«, sagte Donkers.

»Stimmt.« Ich schaute Valerie weiterhin unverwandt an. »Ich möchte nur, dass du weißt, dass meine Partnerin und ich damit fortfahren, unauffällig zu ermitteln, weil diese Person unserer Meinung nach nicht ungeschoren davonkommen und den Rest ihres Lebens von Caroline profitieren darf.«

»Caroline ist tot«, erwiderte Valerie tonlos. »Du redest, als sei mir das egal.« Ich sah zu meiner Verwunderung, dass ihre Augen feucht wurden. »Ich bin nicht die beste Mutter gewesen. Ich bin überhaupt keine Mutter gewesen. Aber sie war meine Tochter. Das ist etwas ..., aber was weißt du schon davon?«

»Ich wollte dich nicht beleidigen«, sagte ich.

Sie drehte sich abrupt zu Donkers um und sagte heftig: »Sogar du glaubst, dass mich ihr Tod kalt lässt. Ich weiß, was du denkst, nämlich dass ich mich nie um Karel gekümmert habe und meine Trauer zu spät kommt. Aber trotzdem empfinde ich sie ...« Sie unterbrach sich plötzlich, ihre Unterlippe zitterte.

Donkers erschrak über ihren Ausbruch. Einen Moment lang sagte niemand etwas.

Ich sah, wie ein schwarzer Leichenwagen vor dem Eingang hielt und auf die Leute wartete, die vor dem Park ihre Autos abgestellt hatten und sich jetzt einer nach dem anderen zum Trauerzug für die nächste Einäscherung formierten.

Der Rechtsanwalt räusperte sich. »Wie sollte jemand nach Carolines Tod von ihr profitieren können? Meinst du vielleicht eine Erbschaft? Davon kann in ihrem Fall keine Rede sein.«

Valerie riss sich zusammen. »Ich verstehe das auch nicht«, sagte sie.

»Ich hoffe, es dir bald erklären zu können.«

Valerie dachte nach und sagte dann: »Natürlich will ich wissen, wer Karel ermordet hat und warum.« Sie wandte sich an Donkers. »Das ist ja wohl das Mindeste und ich bin bereit, dafür zu bezahlen, was nötig ist.« Sie nickte Nel zu und sagte: »Ich danke dir.«

Wir schauten ihr nach, wie sie mit schnellen Schritten zur Trauerhalle zurückkehrte.

Donkers sagte herablassend: »Na, das habt ihr ja …«

Ich unterbrach ihn. »Noch ein Wort und du kommst mit einem gebrochenen Bein nach Hause.«

Er gab ein abfälliges Geräusch von sich und schaute mit verächtlicher Grimasse von mir zu Nel. »Ich will damit nur sagen, dass ich dafür sorgen werde, dass die Rechnungen erst bezahlt werden, wenn ihr auch ein Ergebnis vorweisen könnt.«

Ich verzog das Gesicht zu einem zynischen Grinsen: »Geht in Ordnung, Junge.«

Donkers drehte sich beleidigt um und marschierte von dannen.

Ich fasste Nel an der Hand und wir gingen ein Stück in dem kleinen Park spazieren. Die Holzbank unter den Tannen erinnerte mich unwillkürlich an die Bank auf der Insel der ertrunkenen Prinzessin, auf der wir mit Caroline zusammen gesessen hatten. Zwischen den Baumstämmen hindurch sahen wir in der Ferne den Leichenwagen, der den Haupteingang zur Trauerhalle erreicht hatte. Der Sarg wurde aus dem Laderaum auf eine Bahre geschoben und sechs männliche Verwandte stellten sich um ihn herum, um ihn hineinzutragen.

»Sie werden sie bald vergessen«, sagte Nel.

Ich legte meinen Arm auf die Banklehne und meine Hand auf ihre Schulter.

»Wenn sie ihr Buch hätte veröffentlichen können, hätte alle Welt sie geliebt«, sagte Nel. »Nicht weil sie dann berühmt gewesen wäre, sondern weil man begriffen hätte, was für ein besonderer Mensch sie war. Jetzt glauben alle, die Larue sei dieser besondere Mensch.«

Ich zündete eine Gauloise an. Der Rauch passte gut zu den Tannen und zu einem Krebstod. Ich dachte bei mir, dass CyberNel bald nicht mehr damit einverstanden sein würde, dass ich im Haus rauchte. Ich würde es auf der Terrasse oder auf dem Fluss tun müssen – oder einfach damit aufhören.

»Ich habe eine Idee«, sagte Nel. »Für die Larue.«

Sie klang rachsüchtig und ich fragte: »Was denn?«

»Die Larue würde sich aus allem herausreden, selbst wenn wir beweisen könnten, dass eine frühere Version des Romans existiert, die wahrscheinlich von Caroline stammt«, erklärte sie. »Es gibt nur eine einzige Möglichkeit, sie hereinzulegen, nämlich, sie dazu zu bringen, dasselbe noch einmal zu tun.«

Ihre Augen funkelten. Sie war so schön. Ihr kastanienbraunes Haar, das zum Frühherbst passte, ihr Körper, so schlank und grazil wie der einer Hirschkuh, ihre honigfarbene Haut und ihre Augen, die stets lebhaft in die Welt blickten.

12

Ich habe hunderte Stunden damit verbracht, im Auto sitzend Personen zu observieren, im Sommer mit heruntergedrehten Fenstern, im Winter mit rollenden Schultern und wackelnden Zehen, hin und wieder den Motor anlassend, um nicht zu erfrieren. Morgens wach, nachts im Halbschlaf. Jetzt saß ich an einem regnerischen Morgen knapp eine Woche nach der Trauerfeier in einem Viertel am Stadtrand von Ede und mein größtes Problem bestand darin, dass sich niemand in der Nachbarschaft später an mein Gesicht erinnern durfte.

Zuerst war ich dem Mann gefolgt, als er in Begleitung von zwei Kindern von zu Hause losfuhr, alle drei auf Fahrrädern, die Kinder in knallgelben Regenmänteln mit Kapuzen auf dem Kopf. Die Kinder schienen noch keine zehn Jahre alt zu sein, wobei mir das Mädchen etwas älter vorkam als der Junge. Der Mann trug einen Indiana-Jones-Hut und einen braunen Regenmantel, der ihm beim Treten rechts und links um die Waden flatterte. Es herrschte starker Verkehr. Die Stadtrandviertel hatten ihre eigene morgendliche Hauptverkehrszeit, in der Scharen von Fahrrad- und Mopedfahrern sowie Schulkinder unterwegs waren. Es war eine grüne Wohngegend für junge Familien; Einfamilienhäuser umgeben von freundlichen Gärten und einige mehrstöckige Mietshäuser am Rande der Siedlung zwischen herbstlich gelben Pappeln.

Für einen Autofahrer ist es nicht leicht, Fahrradfahrern unauffällig zu folgen, doch dank der gelben Regenmäntel konnte ich ihnen stets eine ganze Straßenlänge Vorsprung gewähren. Ich erwartete, dass der Mann und die Kinder sich an einem bestimmten Punkt trennen würden und sie weiter zu Schule, er zur Arbeit führen, doch sie blieben beisammen und radelten bis zu einer Grundschule fünf Minuten von ihrem Haus entfernt. Sie stiegen alle drei ab und schoben ihre Fahrräder zu den überdachten Fahrradständern, wobei der Mann sein Rad in einem getrennten Ständer abstellte. Der Junge und das Mädchen mischten sich unter andere Kinder auf dem Spielplatz und der Mann ging in das Schulgebäude hinein.

Ich hielt in der Allee davor an und gab Nel am Telefon den Namen der Schule durch. Ich beobachtete die Schülerlotsen, Mütter, die ihre Stoppschilder unter ihren Regencapes hervor in den Nieselregen hielten und mit herrischen Gebärden Kinder über die Straße und auf den Schulhof winkten.

Männer, die allein im Auto sitzend an Spielplätzen herumlungern, ziehen rasch die Aufmerksamkeit auf sich, doch wir waren hier in der Provinz und ich sah keine Schülerlotsen-Mutter nach dem Handy greifen, um die Polizei zu alarmieren. Aus diesem Grund hatte ich die Stadt verlassen und war aufs Land gezogen. Weniger Verbrechen, weniger Paranoia. Doch auch weniger Arbeit natürlich.

Nel rief ein paar Minuten später zurück. »Du kannst ruhig fahren. Der Mann ist dort Lehrer in der vierten Klasse«, meldete sie. »Das passt ja prima, das sind schon mal drei, über die wir Bescheid wissen.«

Ich fuhr zurück zu dem Haus in der Wikkestraat. Offensichtlich war die Frau der Unsicherheitsfaktor. In dem Carport neben dem Haus am Ende der Auffahrt stand ein japanischer Kleinwagen. Wäre die Frau ebenfalls berufstätig gewesen, hätte sie sich bestimmt schon auf den Weg gemacht. Doch vermutlich war sie zu Hause, schüttelte gerade die Betten auf, räumte den Frühstückstisch ab, stellte den Abwasch in die Spülmaschine. Falls ihr Mann und die Kinder mittags nach Hause kamen, ging sie womöglich auch nachmittags nicht arbeiten. Zwar gab es heutzutage Kinderhorte und andere Einrichtungen im Überfluss, doch die Leute in dieser Gegend schienen dem gehobenen Mittelstand anzugehören. Sie führten ihren Haushalt selbst, stritten sich nicht allzu häufig, erledigten viele Arbeiten am Haus in Eigenregie, hielten ihren Garten in Ordnung und pflanzten ihre eigenen Salatköpfe und Tomaten an. Der Lehrer verdiente außerdem als Übersetzer dazu.

Das Ganze war von A bis Z CyberNels Plan. Sie war ein paar Tage lang mit ihrem Computer und dem Telefon zugange gewesen, hatte das *Boekblad* im Internet nach den neuesten Verlegernachrichten durchforstet und sich durch Verlagskataloge gearbeitet. Noch bevor sie einen geeigneten Köder für die Larue gefunden hatte, hatte sie ihre geänderte Debrorah-Vrins-Adresse für eine erste E-Mail benutzt:

Liebe Caroline, schade, dass du nichts mehr von dir hören lässt, ich weiß noch nicht einmal, ob dich meine Mails erreichen. Wir haben uns nie persönlich kennen gelernt und vielleicht hältst du mich für eine etwas aufdringliche alte Dame. Doch ich kann einfach nicht vergessen, was für ein großes Talent du besitzt. Ich kann verstehen, dass du es für vernünftiger hieltest, mit dem Kursus aufzuhören, weil du Tag und Nacht an deinem neuesten Buch arbeiten wolltest. Andererseits begreife ich deine Eile wiederum doch nicht so ganz, falls du vorhast, das Manuskript wieder nur auf deinem Computer abzulegen, weil du dich nicht traust, dich damit an einen Verleger zu wenden. Du hast mir einmal versprochen, mir einige Seiten zum Lesen zu geben, doch jetzt weiß ich noch nicht einmal, wovon deine Bücher handeln. Ich kenne nur diesen Titel, von dem du vor einem halben Jahr wissen wolltest, ob ich ihn als Buchtitel geeignet fände. Ich bin so gespannt und ich würde

dir so gerne weiterhelfen! Ich habe da eine Idee, aber darüber erzähle ich dir in Kürze mehr.
Liebe Grüße, Deborah.

Die Nachricht war einfach gehalten und klang wie die logische Fortsetzung der E-Mails, die die echte Deborah ihrer Schülerin geschickt hatte und in denen sie ihr ans Herz legte, aus ihrem Talent etwas zu machen. Es kam keine Antwort darauf, aber damit hatte Nel auch nicht gerechnet.

»Es könnte doch auch sein, dass sie nicht antwortet, weil sie weiß, dass Caroline gefunden wurde«, bemerkte ich.

»Natürlich.« Wieder dachte Nel kurz nach und schüttelte dann den Kopf. Wie ich sie so zwischen ihren Computern und elektronischen Geräten sitzen sah, dachte ich bei mir, dass CyberNel die Detektivin des einundzwanzigsten Jahrhunderts war. Die Fahnder des zwanzigsten Jahrhunderts mussten mit Verwandten reden, den Verdächtigen vernehmen und mittels akribischer Untersuchung seines Hauses, seiner Bücherschränke und seiner Garderobe seinen Charakter mehr oder weniger zu ergründen versuchen. CyberNel brauchte sich nur ein Stündchen an ihren Computer zu setzen. »Nein«, erwiderte Nel. »Die Larue fühlt sich sicher. Sie ist längst mit Leib und Seele in die Rolle der berühmten Schriftstellerin geschlüpft und betrachtet *Ein kleines Geschenk* ganz und gar als ihr eigenes Werk. Dir ist doch klar, wie das auf psychischer Ebene funktioniert? Du hättest sie mal im Fernsehen sehen sollen.«

»Du hast sie im Fernsehen gesehen?«

»Ja, gestern Abend, in so einer Talkshow. Sie habe es schon seit Jahren mit sich herumgetragen und es in ihrem Inneren wachsen gefühlt und sie glaube an göttliche Inspiration, da sie das Buch schließlich in einem Schwung zu Papier habe bringen können. Sie ist schon längst an einem Punkt angelangt, an dem sie das alles selber glaubt. Sie wurde nur in dem Moment ein wenig nervös, als man sie nach ihrem nächsten Buch fragte. Das versetzt sie in Panik. Sie will keine Eintagsfliege sein, aber bis jetzt fällt ihr leider nicht viel mehr ein als Karen in ihrem luxuriösen Schlafzimmer.« CyberNel grinste voller Schadenfreude.

Zwei Tage später hatte sie den passenden Köder gefunden. Es handelte sich um den zweiten Roman der viel versprechenden englischen Schriftstellerin Sara Baswin. Er hieß *Hidden Strings* und wurde unter dem Titel *Kleine Geheimnisse* im Winterkatalog eines großen niederländischen Verlages angekündigt, voraussichtliches Erscheinungsdatum Mitte Dezember. Der Name des Übersetzers stand dabei, Erik Alledins, der auch schon das erste Buch von Sara Baswin ins Niederländische übertragen hatte.

»Einfach perfekt«, sagte CyberNel, als sie die englische Fassung gelesen hatte. »Es ist nur hundertfünfzig Seiten lang, genau wie das erste. Hast du das eigentlich mal gelesen?«

Ich musste zugeben, dass ich mich in letzter Zeit auf Douglas Kennedy und John Lescroart beschränkt hatte. »Worum geht es in dem Buch?«

»Um ein typisches Caroline-Thema. Es handelt von einem etwa elfjährigen Mädchen, dessen Eltern wie Hund und Katze sind, sich ständig streiten und anschreien und sich jeden Tag gegenseitig mit Scheidung drohen. Das Mädchen bekommt eine Lungenentzündung, muss ins Krankenhaus, schwebt in Lebensgefahr. In der Angst um ihre kleine Tochter vergessen die Eltern vorübergehend ihre Streitigkeiten. Dem Mädchen wird klar, dass das Familienleben nur so lange harmonisch ist, wie Vater und Mutter sich um sie Sorgen machen. Doch sie wird gesund, geht wieder zur Schule und die Streiterei geht von vorne los. Da entdeckt sie eine Methode, bei sich selbst hohes Fieber auszulösen, und sie macht sich absichtlich krank, damit ihre Eltern beisammen bleiben.«

»Und dann leben sie glücklich bis an ihr Lebensende?«

»Nein, natürlich nicht. So naiv ist Sara Baswin nicht, und Caroline wäre es genauso wenig. Nach zwei, drei Mal kommt der Vater dahinter, wie sie es anstellt, nämlich mit dem alten Wehrpflichtigentrick, sich Knoblauch unter die Achseln zu klemmen. In einem sehr humorvollen Kapitel nimmt der Gemüsehändler den Vater beiseite und erzählt ihm, dass seine Tochter ein Kilo Knoblauch gestohlen habe. Er wolle deswegen keinen großen Ärger machen, frage sich aber, was eine Elfjährige mit dem ganzen Knoblauch anfange. Der Vater findet den Knoblauch unter ihrem Bett, riecht an ihren Achseln et cetera. Der Mann besitzt weder Einfühlungsvermögen noch Humor und wird furchtbar böse. Die Mutter begreift, warum ihre Tochter das tut, und liebt sie dafür umso mehr. Doch der Vater beschuldigt seine Frau, mit der Tochter unter einer Decke zu stecken, und wirft dem Mädchen vor, es habe die durchtriebene Schläue seiner Mutter geerbt. Der Vater ist ein Mistkerl, genau wie die Vaterfigur in *Ein kleines Geschenk* übrigens. Er brennt mit einer Operettensängerin durch und das Mädchen bleibt allein mit seiner Mutter zurück.«

Ich nickte. Das klang tatsächlich nach einem Caroline-Thema.

Nel sagte: »Wenn ich aus der Operettensängerin ein Fotomodell mache, fällt Hedwige Larue garantiert darauf rein.«

»Außer sie hat Sara Baswin gelesen.«

Nel schüttelte den Kopf. »Wetten, das hat sie nicht? Die englischsprachige Taschenbuchausgabe ist noch nicht erschienen und außerdem hast du doch ihren Bücherschrank gesehen! Sie liest kaum, und wenn, dann niederländischsprachige Ausgaben. Die niederländische Übersetzung erscheint aber erst Mitte Dezember. Doch sie müsste jetzt schon fertig sein und beim Verlag lektoriert werden.«

»Dann sollten wir es vielleicht beim Verlag versuchen.«

Doch Nel hatte an alles gedacht. »Zu riskant. Die Polizei wird hinterher mit dem Staubkamm nach jedem Unbekannten fahnden, der mit welcher faulen Ausrede auch immer beim Verlag aufgetaucht ist. Die Autorin ist berühmt und wird von den größten Verlagen Englands und der Niederlande herausgegeben. Die lassen keinen Stein auf dem anderen, werden Millionen an Schadensersatz fordern und prozessieren die Larue ins Grab.«

Nel klang äußerst entschlossen und rachsüchtig. Vielleicht erhob ich nur deshalb noch alle möglichen Einwände, weil ich mir selbst noch nicht so sicher war, ob ich mich an der Aktion beteiligen wollte. »Wenn das Manuskript schon beim Verlag liegt, hat der Übersetzer es vielleicht gar nicht mehr.«

Sie warf mir einen spöttischen Blick zu. »Du meinst, es ist in den Papierkorb gewandert? Dafür brauche ich noch nicht mal meinen HackMac.«

»Oder er hat sich einen neuen Computer gekauft?«

»Schriftsteller und Übersetzer werfen keine Manuskripte weg, bevor sie nicht gedruckt sind. Er hat es einfach auf seinem Computer abgespeichert. Was sonst? Was ist los, Max? Willst du nicht mehr mitmachen?«

»Bei dem Gedanken, sich selbst zum Richter zu machen, ist einem ehemaligen Polizisten eben nicht so recht wohl in seiner Haut.«

»Und wie willst du den Mord sonst aufklären?«, fragte sie nur.

Es war Nels Fall und natürlich hatte sie Recht. Es war die beste Methode, die Larue in die Enge zu treiben. Wenn ihr zweites Buch als Plagiat entlarvt würde, würde man sich fragen, wie sie an ihr erstes gekommen war. Wir brauchten der Polizei nur einen Tipp zu geben und sie würde Carolines iBook finden. Und falls sie es inzwischen vernichtet hatte, besaßen wir eine Kopie von dem Original. Sobald man eine Verbindung zwischen ihr und Caroline festgestellt hätte, würde man sie automatisch verdächtigen, und der Rest war dann nur noch eine Frage der Beweisführung.

Um fünf vor zehn kam die Frau des Übersetzers mit einer Tasche aus dem Haus.

Sie drehte sich um und zog die Tür hinter sich zu. Ihr rascher, routinierter Griff zu der glasierten Hausnummernkachel, die neben der Tür an die Backsteinwand geschraubt war, wäre mir beinahe entgangen. Sie eilte durch den Nieselregen zum Carport und stieg in den Japaner ein. Der Regen kam uns gelegen. In der Straße standen noch weitere geparkte Autos und die Passanten interessierten sich lediglich dafür, wie sie am schnellsten nach Hause oder zur Arbeit kommen konnten.

Ich folgte der Frau bis zu einer Straße mit niedrigen altengerechten Wohnhäusern. Sie parkte etwa in der Mitte und ging mit ihrer Tasche rasch auf eines der Häuser zu, öffnete einen grünen Briefkasten, holte die Post heraus und durchquerte damit den kleinen Vorgarten. Sie hatte einen Haustürschlüssel und schloss auf.

Ich schlenderte zweimal an dem Haus vorbei. Ich sah, wie die Frau einer alten Dame half, in einem bequemen Stuhl mit hoher Lehne an einem Esstisch Platz zu nehmen. Als ich zum zweiten Mal an dem Haus vorbeikam, trank die alte Dame Kaffee und die Frau des Übersetzers bügelte. Sie hatte das Bügelbrett an den Tisch gerückt, sodass sie dicht bei der alten Dame stand, und die beiden führten eine angeregte Unterhaltung.

Ich gab Nel am Telefon die Adresse und den Namen

E. Bode durch, der auf dem Briefkasten stand. »Vielleicht ihre Eltern«, meinte ich.

»Glaube ich nicht«, entgegnete Nel. »Ich habe schon das Einwohnerregister der Stadt Ede durchgesehen. Ihr Mädchenname lautet Evelien van Velzen, sie ist seit zwölf Jahren verheiratet und in Vught, in Brabant, geboren. Die Kinder heißen Bas und Charlotte, sieben und neun Jahre alt. Ich ruf dich zurück.«

Ich wartete im Auto. Es dauerte nicht lange. »Ich kann keine Verwandtschaftsbeziehungen feststellen«, sagte Nel am Autotelefon. »Unter dieser Adresse ist eine Elisabeth Bode gemeldet, achtundsiebzig Jahre alt, Witwe.«

»Ob Evelien als Altenbetreuerin arbeitet?«, spekulierte ich.

»Sie ist als ›nicht berufstätig‹ registriert.« Sie schwieg einen Augenblick. »Aber vielleicht macht sie das ehrenamtlich.«

»Haben ehrenamtliche Mitarbeiter feste Zeiten?«

»Ich versuche das herauszufinden. Schließlich haben wir keine ganze Woche Zeit, um ihren jeweiligen Tagesablauf auszukundschaften.«

»Hast du die Nummer von Mevrouw Bode? Sobald du etwas über die entsprechende Organisation weißt, könntest du ja vorgeben, vom Sozialamt anzurufen, und nachfragen, ob sie zufrieden ist, ob die ehrenamtliche Kraft sie häufig genug besucht und ob du eventuell noch eine zweite Hilfe für sie suchen sollst, für nachmittags zum Beispiel? Oder du erfindest irgendeine andere Ausrede, um Eveliens Arbeitszeiten herauszukriegen.«

»Okay.« Nel dachte kurz nach. »Aber ich sollte besser nicht anrufen, solange Evelien da ist. Bleibst du dort auf deinem Posten? Oder musst du dir das Haus noch einmal anschauen?«

»Ich sage dir Bescheid, sobald sie weg ist.«

Ich fuhr ein paarmal zwischen dem Haus der Witwe

und dem des Übersetzers hin und her. Bei der Witwe brauchte ich nur zu kontrollieren, ob Eveliens Auto noch da stand. In der Wikkestraat fuhr ich ein paarmal am Haus vorbei, parkte dann ein Stück weiter weg und spazierte unter meinem Regenschirm verborgen daran vorbei, um zu überprüfen, ob sie nicht doch eine Putzfrau hatten oder andere Leute bei ihnen ein und aus gingen.

Es war eine ruhige Allee, in der keine alten Damen hinter den Gardinen versteckt vorbeigehende Herren neugierig anstarrten. Die Kinder waren in der Schule, die Eltern bei der Arbeit. Mütter brachten ihre Kleinen in den Hort oder zum Arzt, einige kamen und fuhren mit dem Auto weg oder schoben eilig Kinderwagen mit Regenhaube in Richtung Einkaufszentrum zwei Straßen weiter. Der Postbote kam um elf Uhr mit seinem ledertaschenbehängten Rollwagen vorbei. Bei den Nachbarn des Übersetzers ließ er seinen Wagen auf dem Bürgersteig stehen und klingelte mit einem Einschreiben. Während der Schulzeit geschah in der Wikkestraat wenig Aufregendes.

Ich rief Nel an, als ich Evelien Alledins um zehn vor zwölf bei der Witwe aufbrechen sah. Sie war vor zwölf Uhr zu Hause, eine Viertelstunde bevor der Übersetzer und sein Sohn angeradelt kamen. Das Mädchen blieb in der Schule oder aß bei einer Freundin. Doch das einzig Wichtige war, dass bis zehn vor zwölf die Luft rein gewesen war. Ich fuhr zum Einkaufszentrum und parkte vor einem Café. Da bei uns in Rumpt das Telefon besetzt war, ging ich hinein, bestellte Kaffee und ein Käsebrötchen und las die Morgenzeitung.

Eveliens Besuch bei der Witwe erwies sich in der Tat als ehrenamtliche Aufgabe. Wir hatten Glück. »Du kannst sie heute Nachmittag ruhig weiter beobachten, aber ich glaube, dass wir es riskieren können«, sagte CyberNel, als ich wieder im Auto saß. »Die Witwe ist zwar schlecht zu Fuß, will aber wie jede dickköpfige Witwe weiterhin alleine wohnen bleiben. Jeden Mittwochnachmittag kommt eine Altenpflegerin, ihre Töchter besuchen sie abwechselnd am Wochenende und Evelien kommt immer von zehn bis zwölf Uhr montags, dienstags, donnerstags und freitags. Die Witwe ist sehr zufrieden mit Evelien.«

»Wir auch«, sagte ich. »Also sollten wir es morgen oder am Donnerstag versuchen. Morgen wäre mir recht.«

»Mir auch«, sagte Nel.

Am Dienstag regnete es stärker. Um Viertel vor neun war noch keine Spur von dem Übersetzer und seinen wasserdicht verpackten Kindern zu sehen und wir machten uns allmählich Sorgen. Schulstreik? Studientag?

»Keine Panik«, meinte Nel. »Regenfrei gibt es nicht.«

Um fünf vor neun kam die ganze Familie heraus, ohne Regensachen. Alle vier rannten zum Auto. Die Kinder kletterten auf den Rücksitz, die Frau setzte sich ans Steuer und der Übersetzer neben sie. Wir duckten uns, als Evelien in den Rückspiegel und über die Schulter schaute und rückwärts auf die Straße setzte.

»Sie bringt sie nur schnell zur Schule«, sagte Nel. »Lass uns warten, sie kommt bestimmt gleich zurück.«

»Hatte sie eine Tasche dabei?«

»Ich habe nur die Schultaschen gesehen.«

Wir warteten. Heute waren mehr Autos, dafür aber weniger Fahrräder unterwegs als gestern, und in der Straße stellte sich allmählich die typische ruhige Vormittagsatmosphäre ein.

»Vielleicht geht sie unterwegs gleich einkaufen«, meinte Nel, als Evelien um halb zehn immer noch nicht zurückgekehrt war.

Mich beschlich das ärgerliche Gefühl, dass der Regen unseren Plan durchkreuzte. Ich startete den Motor. »Lass uns doch mal eben nachsehen.«

»Bei den Geschäften?«

Ich schüttelte den Kopf und fuhr zu den altengerechten Häusern am anderen Ende des Viertels. Ich war noch nicht ganz in die Straße eingebogen, als ich Eveliens Auto schon dort stehen sah. »Mist. Nichts da von zehn bis zwölf. Sie kann genauso gut schon um elf Uhr nach Hause kommen.« Rasch fuhr ich zurück in die Wikkestraat.

»Oder sie bleibt eine Stunde länger und holt auf dem Rückweg ihren Mann und die Kinder ab«, meinte Nel besänftigend.

Diesmal hielt ich vor dem Haus an, am Ende der Gartenhecke. »Ich habe nicht gesehen, ob sie den Schlüssel hinter der Kachel versteckt hat«, sagte ich. »Wenn er nicht da ist, kommst du sofort zurück, dann verschieben wir das Ganze auf Donnerstag.«

Nel seufzte, öffnete die Beifahrertür, spannte ihren Schirm auf und stieg aus. Auf Fotos und im Fernsehen wirkte die Larue einen halben Kopf größer als Nel, aber unter dem Regenschirm verborgen, in einem Regenmantel und mit sehr hohen Absätzen bestand durchaus eine entfernte Ähnlichkeit. Wir machten uns nicht allzu große Sorgen, denn es würden zwei bis drei Monate vergehen, bis man in der Nachbarschaft Erkundigungen einzöge. Und selbst bei einer vorsichtigen Ermittlungsweise muss die Polizei früher oder später zum Vergleich ein Foto zeigen. Die Nachbarin sagt dann, ja, sie habe eine Frau gesehen, und da die Polizei offenbar glaubt, es müsse sich um diese Frau handeln, und es außerdem geregnet hat, könnte das durchaus stimmen. Zwei Fragen später könnte die Nachbarin es dann beschwören.

Nel ging durch das Gartentor. Ich stieg aus dem Auto aus, öffnete meinen Schirm, nahm Nels Tasche und lief an der Hecke entlang. Das Nachbarhaus wirkte verlassen. Das Gartentor der Alledins stand auf und Nel war nirgendwo zu sehen. Ich klappte das Tor zu. Die Haustür war angelehnt und Nel schloss sie hinter mir. Sie hatte die hochhackigen Schuhe ausgezogen. Auf Strümpfen sah sie kleiner und unschuldig aus.

»Wo ist der Schlüssel?«

»Zurück an seinem Platz.«

Da unsere Schirme auf den Fliesen im Flur Pfützen hinterlassen würden, stellte ich sie an den Zählerkasten auf die Kokosfußmatte, auf der die Nässe weniger auffiele. Ich wischte meine Schuhe an der Matte ab, kehrte Nels Mantel auf links und hängte ihn über die Regenschirme. Ich nahm ihre Tasche und wir gingen rasch ins Haus hinein, auf der Suche nach dem Computer. Von der Eingangsdiele aus gelangte man in einen Flur mit einer Treppe ins obere Stockwerk. Weiter hinten befand sich die geräumige Küche, von der aus eine Tür in den Garten führte und wo es nach Tee und Erdnussbutter duftete. Die Familie hatte den Küchentisch nicht abgeräumt und in der Eile auch die Tür zum Wohnzimmer offen gelassen. Nel öffnete die einzige geschlossene Tür und pfiff mir zu.

»Hier ist es.«

Der Übersetzer hatte ein Arbeitszimmer im vorderen Teil des Hauses. Es nahm ein Drittel des gesamten Erdgeschosses in Anspruch und war vom Wohnzimmer durch eine offensichtlich selbst gebaute Konstruktion aus Schränken und einer Falttür abgetrennt. Ein Klostertisch diente als Schreibtisch. Dahinter standen Regale und Fächer voller Bücher und Kuriositäten, und von dem verschlissenen Bürostuhl aus konnte Alledins durch das Fenster nach draußen schauen. Auf halber Höhe war eine Gardine angebracht, die er zuziehen konnte, wenn er nicht abgelenkt werden wollte, aber nun war sie offen und nur ein paar Pflanzen versperrten den Einblick von draußen. Es war ein ziemlich chaotisches Zimmer mit abgenutzten Möbeln und einem marokkanischen Sitzkissen auf einem unechten Perser, Pappkartons, herumliegendem Spielzeug, Büchern und Zeitschriften sowie Grundschulbüchern und Schulheftstapeln. Hier wurden die Bücher auch gelesen.

Wir blieben einen Augenblick lang in der Tür stehen. »Ein Foto brauchen wir nicht zu machen, aber wir müssen die Gardine zuziehen«, sagte ich.

Nel drückte sich an der Wand entlang und stieg auf dem Weg zum Fenster über allerlei Hindernisse. Sie schob die Gardine hinter einem Ficus vorbei und hielt sich verdeckt, während sie die beiden Hälften schloss. Es regnete noch immer und wir brauchten höchstens mit dem Postboten zu rechnen. Ich musste aufpassen, mit dem Kopf nicht die Gardine zu überragen.

Ich schob einen Sitzhocker beiseite, damit Nel an den Schreibtisch und den Computer gelangen konnte, doch noch bevor sie ihn erreicht hatte, sagte sie aus tiefstem Herzen: »Scheibenkleister!«

»Was ist denn?«

»Na guck doch, keine Tastatur!«

»Scheibenkleister!«, äffte ich sie nach, weil Nel nun einmal nicht fluchen konnte. Scheibenkleister war schon ziemlich ernst.

Sie warf mir einen warnenden Blick zu. »Ich schleppe zwar alles Mögliche mit mir herum, aber keine Tastaturen. Er hat sie natürlich wegen der Kinder versteckt. Er will vermeiden, dass sie, wenn er mal nicht zu Hause ist, an seinen Computer gehen und aus Versehen eine Übersetzung löschen.«

»Oder sich Pornos angucken.«

»Hier wohnen keine Pornokinder«, entgegnete Nel und begann Schubladen im Regal hinter dem Schreibtisch zu öffnen. Ich durchsuchte die Schränke neben der Falttür. Sie waren voller Papierstapel, Fotokisten, ausgeblichenen Pappordnern mit Zeitungsausschnitten, Blechdosen mit Gummiringen, Klebeband, Stiften und Kleinbildfilmen, alten Langspielplatten und sogar ein paar antiken Singles von Dusty Springfield, Bob Dylan und den Beatles. Dazu kam alles Mögliche, was die Leute im Urlaub in Griechenland und Tunesien an Touristennippes sammeln. Der Übersetzer war ein Mensch, der nichts wegwerfen konnte. Seine Tastatur versteckte er jedoch irgendwo anders und uns lief die Zeit davon.

Plötzlich erinnerte ich mich daran, wo ich früher meine Pistole aufbewahrt hatte, damit sie meinem Sohn Jerry nicht in die experimentierfreudigen Finger fiel, und sagte: »Ach, darum steht der Hocker hier.«

Ich stellte ihn zurück auf den Platz, an dem ich ihn vorgefunden hatte und stieg darauf. Ich befand mich in Augenhöhe mit Büchern über Philosophie und Geschichte, drei Bänden *Christliche Theologie* von Macquarry, einem Exemplar des Korans und dem *Bonhoeffer-Brevier.* Darüber war noch ein Regal mit Büchern über Graphologie, Astrologie und den Weissagungen des Nostradamus. Wäre der Übersetzer ebenso groß wie ich und bei der Polizei gewesen, hätte er seine Dienstwaffe zwischen dem grünen Ziertopf und dem Kupfermörser mit Stößel auf dem obersten Brett aufbewahrt.

Ich zog die Tastatur zu mir hin und reichte sie vorsichtig hinunter. Das Kabel war darumgewickelt. Ich machte Nel Platz und rückte meinen Hocker neben sie. Sie schaltete den Computer ein und Windows 2000 wurde hochgefahren. Ein paar Symbole huschten vorbei; dann ertönte ein munterer Jingle und ein fröhliches Eichhörnchen auf einem Surfbrett erschien. Es hielt zwei Bucheckern zur Auswahl bereit: *Willst du spielen? Willst du surfen?* Und darunter sagte eine kleine Zeile: *Keins von beiden.*

»Scheibenkleister«, sagte Nel erneut. »Das ist der Familiencomputer mit Kinderschutzsoftware. Die Kinder dürfen ihn benutzen, kommen aber nur an die Spiele, die Disney-Seiten und so weiter heran, nicht an die Pornos.«

»Sehr vernünftig«, sagte ich.

»Ja, aber auch sehr ärgerlich, guck mal da.« Nel klickte auf: *Keins von beiden,* und ein Fenster mit *Passwort eingeben* öffnete sich. »Ohne Passwort für die Erwachsenen macht ein Kinderschutzprogramm keinen Sinn. Lass dir mal was einfallen.«

Sie griff nach ihrer Tasche und legte die HackMac-CD ein. Das Fragezeichen erschien. Nel gab ihren Zugangscode ein und der HackMac wurde geöffnet. Sie klickte auf eine der Funktionen und schaute mich an.

»Du bist doch CyberNel«, sagte ich. »Lotje, Abkürzung von Charlotte?«

Sie warf mir einen missbilligenden Blick zu, tippte aber trotzdem den Namen von Alledins' Tochter ein. »Der HackMac probiert auch gleich alle möglichen Varianten eines Passworts aus, also Lotje und Jetlo, Lot1, Joetl und so weiter«, sagte sie. »Aber es ist nicht Lotje. So ein Mist.«

Der HackMac hatte kaum mit seiner Arbeit begonnen, als ihn das Eichhörnchen vom Bildschirm vertrieb. *Willst du spielen? Willst du surfen?* Nel klickte auf *Keins von beiden. Passwort eingeben.*

Nel verschob den HackMac in den Papierkorb. Die CD fuhr heraus. »Ich kann ihn nicht benutzen. Das hier ist ein geniales System mit der neuesten, einbruchssicheren 128-Bit-Codierung. Es wurde dafür konzipiert, einen Computer vor Vierzehnjährigen zu schützen, für die Hacken zur zweiten Natur geworden ist. Es wirft dich nach drei missglückten Versuchen raus und lässt das Eichhörnchen wieder erscheinen. Der HackMac kriegt also gar keine Chance und jeder Jugendliche würde erst mal seinen eigenen Namen, den seiner Schwester und den seiner Mama ausprobieren, so einfach kann es also gar nicht sein.«

Wir versuchten es mit Holland, Wikke, Baswin. Das Eichhörnchen fragte, ob wir surfen oder spielen wollten.

Mutter, Schulzeit, van Velzen. Das Eichhörnchen hing uns allmählich zum Hals raus.

Nel hörte auf zu tippen und starrte deprimiert auf den Bildschirm. »Ich komme nicht rein«, murmelte sie. »Der HackMac verfügt über eine riesige Datenbank an Passwörtern: Vornamen, Katzen- und Hundenamen, Hobbys und exotische Orte, was man sich nur denken kann. Er braucht nicht lange, um sie auszuprobieren, aber wenn er jedes Mal nach drei Fehlversuchen rausgeworfen wird, sitzen wir hier nächste Woche noch.« Sie dachte nach und schüttelte den Kopf. »Ich kann es nicht umgehen. Wir haben nur eine Möglichkeit und die ist, von selbst auf das Passwort zu kommen.«

»Die meisten Leute schreiben es sich doch irgendwo auf?«

»Ja, irgendwo«, erwiderte sie ironisch. »Schau dich doch bloß mal hier um. Bestimmt kommt unsere Ehrenamtliche um elf Uhr wieder nach Hause, aber selbst wenn sie erst um zwölf Uhr kommt ...« Sie seufzte. »Erst diese blöde Tastatur, und jetzt das.«

Sie bearbeitete weiter die Tastatur und ich fing an herumzuschnüffeln. Es war zehn Uhr. Im Haus herrschte eine gemütliche Unordnung; hier wohnte ein Ehepaar, das sich gut verstand, seine Sprösslinge liebte und offensichtlich auch etwas von Kindern verstand. Ich schob die Falttür zum Wohnzimmer auf und sah eine abgewohnte Holzessecke mit durchgesessenen Kissen auf den Bänken, Kinderbücher, mit Reißzwecken an die Wände geheftete Kinderzeichnungen, eine Komposition aus Trockenblumen, *Zum Muttertag*, ein Klavier mit Notenstapeln darauf. Türen zum Garten, in dem ein kleiner Schuppen stand. Sträucher, Blumentöpfe, ein Vogelhäuschen, ein Holzzaun.

Modelleisenbahnschienen in Form einer Acht mitsamt Güterzug und kleinem Bahnhof, montiert auf einer quadratischen Hartfaserplatte auf dem Fußboden und rundherum dekoriert mit Holzklötzchen und dürren Fichtenzweigen, erinnerten mich plötzlich an die Geschichten meines Vaters aus seiner Jugend.

Heutzutage werden die Kinder unter einem Sammelsurium an laufenden Godzillas, Dinosauriern, sprechenden Babypuppen in Lebensgröße, Hubschraubern, Panzern, Saxofonen und Modelleisenbahnen in allen Größen und schreienden Farben förmlich begraben. Der Einzige, der damit Geld verdient, ist der Spielzeugfabrikant. Die Verlierer sind die Kinder, die fünf Minuten lang auf ihrem neuen Spielzeugflügel herumhämmern und das Ding anschließend vergessen, weil es zu nichts passt und ihre Fantasie nicht anregt. Das Feuerwehrauto von Onkel Piet passt nicht in die Werkstatt von Onkel Kees und der Zug von Tante Jet ist noch nicht mal mit einer Sturmramme durch den Tunnel vom Nikolaus zu kriegen. Nichts passt. Nichts gehört zueinander. Ein Kind braucht Sicherheit. Sicherheit bedeutet Ausgeglichenheit, eine Welt von Dingen und Menschen, die zueinander gehören. Der kunterbunte Quatsch, mit dem sein Zimmer gefüllt wird, frustriert sein natürliches Bedürfnis nach Harmonie und erstickt seine kreativen Fähigkeiten im Keim.

»Was ist denn?«, fragte Nel. »Ich höre dich gar nicht mehr.«

Sie hatte sich neben mich gestellt, ohne dass ich es bemerkt hatte. Ich zeigte auf das Dorf neben der Eisenbahn. »Das hat mich an meinen Vater erinnert.«

»Na ja, ist ja auch der passende Moment«, meinte sie ironisch.

»Er wurde als kleiner Junge für ein Jahr auf einem Bauernhof untergebracht, damals in der schlechten Zeit, und Spielzeug war so ungefähr das Letzte, wofür die Eltern Geld übrig hatten. Deshalb sammelte er Klötze aus Abfallholz, Koniferenzweige und Reste von diesem und jenem, fegte eine Hofecke sauber und beschäftigte sich wochenlang mit dem Bau seiner eigenen Stadt, mit Unterführungen, Straßen, Grünanlagen und einer Sternwarte. Auf dem Dach hatte er ein Stückchen Spiegelglas angebracht, das bei einem bestimmten Sonnenstand ein gleißendes Lichtsignal in den Weltraum sandte, zu den Bewohnern anderer Planeten. Und wenn ein Gewitter seine Stadt wegspülte oder ein durchgegangenes Pferd sie kaputttrampelte, fing er wieder von vorne an und seine Stadt bekam einen Fluss und einen Viehmarkt und eine noch höhere Sternwarte.«

»Damals gab es noch keine Sciencefiction.« CyberNel schaute das Dorf auf dem Fußboden an und schob ihre Hand in meine.

»Na und ob«, entgegnete ich. »Er las Jules Verne und Tscholkowski, der sich schon vor hundert Jahren Lichtsignale von Planet zu Planet vorstellte.«

»Es ist zwanzig vor elf.«

»Klappt es nicht?«

Sie schüttelte den Kopf. »Eine andere Möglichkeit wäre, mich von außen über eine E-Mail in seinen Computer einzuschleichen, aber das ist schwierig und auch gefährlicher, denn bei der Polizei gibt es gute Computerspezialisten. Es wäre nicht gut, wenn sie auf uns stoßen würden.«

»Er schreibt garantiert seine Passwörter irgendwo auf.«

»Vor allem wenn er intelligente Kinder hat und sie oft ändern muss.«

»Lass uns erst überlegen, was wir tun, wenn sie plötzlich nach Hause kommt. Ich könnte einen Wasserkessel zum Pfeifen bringen oder etwas anbrennen lassen. Oder den Schlüssel wegnehmen.«

»Nein, dann glaubt sie, ihr Mann sei zu Hause, klingelt und schaut durch die Fenster«, wandte Nel ein. »Etwas, was sie veranlasst, sofort nach oben zu rennen, wäre besser.«

»Wasser die Treppe runterlaufen lassen? Ich wollte hier eigentlich keine Schweinerei veranstalten.«

Nel schüttelte den Kopf. Ich folgte ihr ins Arbeitszimmer. Ihre Tasche stand auf dem Schreibtisch. »Ein Sägezahn«, murmelte sie und holte aus den Tiefen ihrer Tasche zwei kleine Apparate hervor. Sie gab mir Handschuhe, wickelte einen der Apparate in einen Baumwolllappen und wischte ihn sauber. Wir hatten uns nicht besonders bemüht, keine Fingerabdrücke zu hinterlassen, weil es Monate dauern würde, bevor man hier nach Spuren suchte, falls es überhaupt jemals so weit käme. Doch dieses Gerät wäre verdächtig, weil es hier nicht hingehörte.

»Was ist ein Sägezahn?«, fragte ich.

»Ich habe keinen Generator für einen echten Sägezahn, aber dieser hier funktioniert so ähnlich und macht Krach von einem Kilohertz Lautstärke.« Sie drückte mir den kleinen Empfänger in die behandschuhte Hand. »Versteck den in einem der Kinderzimmer und lass die Tür offen stehen. Ich mache den Sender bereit.«

Ich eilte nach oben, öffnete Türen. Das Zimmer des Jungen lag hinten, gegenüber dem Badezimmer. Das Bett sah aus, als habe Bas selbst es in aller Eile gemacht. Er besaß einen kleinen Schreibtisch für seine Hausaufgaben, Poster an den Wänden, kleine Flugzeuge an der Decke, ein Holzregal mit Bücher- und Zeitschriftenstapeln, mit Spielen, Autos und Legoschachteln. Daneben einen Karton voll mit Taschenspielen und Pokémons sowie eine Playstation, die auf seinem Schreibtisch stand. Ich schaltete zur Tarnung die Playstation ein, legte Nels Empfänger hinter den Karton, warf ein paar Spiele darüber und schob den Karton dagegen.

Ich ging hinunter in die Diele, wickelte unsere Regenschirme in Nels Regenmantel und nahm das Bündel mit ins Arbeitszimmer. Auf der Innenseite steckte ein Schlüssel an der Tür zur Diele und ich drehte ihn um. Die

Falttür zum Wohnzimmer ließ sich nicht abschließen, doch ich zog sie zu. Nel saß am Schreibtisch und suchte in Papieren und Taschenkalendern herum. Ihr Sender lag mit einer kurzen herausgezogenen Antenne auf einer Ecke des Tisches. Ein Stück dünner Kupferdraht schaute aus dem Batteriefach heraus. Das Eichhörnchen surfte über den Bildschirm und fragte, ob wir spielen wollten. Nels Taschenlaufwerk mit seiner 40-Gigabite-Festplatte war daran angeschlossen, bereit, ein komplettes Buch innerhalb von drei bis vier Sekunden zu kopieren.

Ich setzte mich gedankenverloren auf den Stuhl des Übersetzers. *Wie war noch das Passwort? Ich habe es mir hier aufgeschrieben.* An einem Ort, auf den die Kinder nicht kommen, aber in Griffweite. Auf einem Regalbrett rechts vom Schreibtisch standen Nachschlagewerke, man musste an ihnen vorbei, um sich an den Tisch setzen zu können. Auf dem Schreibtisch lag vermutlich alles, was er zum Arbeiten brauchte. Den Rest hatte er wieder zurückgestellt, nachdem er mit der letzten Übersetzung fertig geworden war und noch keinen neuen Auftrag hatte.

Nel fand eine Liste mit untereinander geschriebenen Mädchennamen auf der Rückseite eines Bankumschlags und tippte den obersten und anschließend die untersten beiden ein. Das Eichhörnchen lachte sie aus. »Mist, sie erwarten ein drittes Kind und suchen einen Namen«, flüsterte sie.

Wörterbücher.

Sie standen alle durcheinander, häufig benutzt und abgegriffen. Ein Van Dale, ein kleiner Larousse. Ein technisches Wörterbuch, Vornamenbücher. Taschenbücher mit Sprichwörtern und Zitaten, *Contemporary Slang,* Spanisch, Deutsch, Wolters N/E und Wolters E/N.

Sara Baswin, *Hidden Strings,* aus dem Englischen übersetzt.

Ich nahm das Wörterbuch Englisch/Niederländisch

heraus. Freie Seiten ganz vorne, keine geheimnisvolle, hineingekritzelte Liste. Ganz hinten: ebenfalls leere Seiten. Ich ließ den Wolters auf den Schreibtisch sinken, schlug die letzten beiden Seiten auf, die allerletzte leer, die vorletzte halb gefüllt mit dem Ende der Liste unregelmäßiger Verben, die Wolters als eine Art Extraservice beifügt. Einige Seiten wölbten sich aneinander hängend auf, als würden sie häufig zusammen umgeschlagen und glatt gestrichen, um das Buch an dieser Stelle offen zu halten. Ich steckte meinen kleinen Finger an die Stelle und schlug das Bündel Seiten um. Ich landete am Ende des Buchstabens Z. Zymosis. Infektionskrankheit.

Ich entdeckte kleine Häkchen neben den einzelnen Eintragungen, wie ein Grundschullehrer sie neben jeden fehlerfreien Satz in den Hausaufgaben seiner Schüler machen würde. Es waren an die zwölf, mit Kugelschreiber und Buntstiften in verschiedenen Farben, von unten nach oben, angefangen bei dem Wort Zymosis.

»Zounds«, sagte ich.

»Wie bitte?«

»Laut Wolters ein milder Fluch, sapperlot.« Ich schob Nel beiseite, ließ das Eichhörnchen verschwinden, indem ich auf *Keins von beiden* klickte, und gab ZOUNDS ein.

Der Computer ließ ein lautes Ping! ertönen, wodurch mir das Geräusch der sich öffnenden Haustür beinahe entgangen wäre. Ich erstarrte und drückte eine Hand auf Nels Schulter. »Es ist jemand gekommen!«

Es regnete. Wir hatten kein Auto gehört. Jemand in der Diele. Mantel aus. Nel stieß mich mit dem Fuß an, als sie zu dem Sender hinüberlangte. Ich fühlte einen Nylonzeh.

Ihre Schuhe!

Nel steckte das andere Ende des Kupferdrahtes in eine Öffnung an der Seite des kleinen Senders und drückte auf einen Knopf. Ein durchdringendes Kreischen gellte durch das Haus. Ich schob das Wörterbuch zurück an seinen

Platz und lief zur Tür. Nel saß wieder am Computer. Sherlock öffnen. Suche nach dem Dokument starten. Wenn wir endlich Glück hatten, würde es gleich vor uns auf dem Bildschirm erscheinen.

Ich hielt mein Ohr an die Tür. Ich konnte bei dem Lärm keine Reaktion im Flur hören, wohl aber die Zwischentür und, soweit ich feststellen konnte, Schritte auf der Treppe.

»Beeil dich!«, zischte ich, als bräuchte Nel Ansporn. Ich griff nach dem Bündel mit den Regenschirmen und öffnete die Tür einen Spalt. Das Kreischen des Sägezahns klang wie zehn Stück Kreide an einer Tafel. Es hallte im oberen Stockwerk wider und ich hörte, wie die Frau auf der Suche nach der Geräuschquelle über den Flur rannte und Türen aufriss. Ich sah Nel auf den Stuhl klettern und die Tastatur zurückstellen. Ich erinnerte mich an die Gardine und zog sie auf.

Dann war Nel neben mir an der Tür, ihre Tasche in der einen, den Sender in der anderen Hand. Sie drückte mit dem Daumen auf die Seite, um den Kupferdraht an seinem Platz im Steckkontakt zu halten. »Ich hab's!«

»Deine Schuhe!«

Sie wies mit dem Kinn auf die Diele, ich nahm ihr die Tasche ab und klemmte das Bündel unter den Arm. Ich zog die Tür auf. Oben kreischte der Sägezahn, ich hörte keine Schritte mehr. Sie war jetzt wahrscheinlich im Jungenzimmer, schaltete die Playstation aus, weil sie glaubte, der Lärm stamme daher, suchte zwischen dem Krimskrams auf dem Regal herum. Wenn sie den Empfänger fand, würde sie als Erstes an Bas denken, aber ihr wäre auch klar, dass sie diesen Lärm noch nie zuvor gehört und den Apparat noch nie zuvor gesehen hatte. Sie würde sich womöglich nicht trauen, ihn anzufassen.

Wir schlüpften in die Diele, zogen die Arbeitszimmertür hinter uns zu. Nel griff rasch nach ihren hochhackigen Schuhen. Falls die Frau sie entdeckt hatte, bevor der Lärm sie ablenkte, würden sie zu einem weiteren sonderbaren Element dieses merkwürdigen Zwischenfalls werden.

Ich öffnete die Haustür. Nel schaltete den Sender aus und zog den Draht heraus. Die Stille im Haus war förmlich greifbar. Wir schlüpften hinaus, zogen die Haustür hinter uns zu und rannten zum Auto, Nel auf Strümpfen durch den Regen.

CyberNel und ich waren einen Tag lang mit verschiedenen Änderungen in *Hidden Strings* beschäftigt. Anstelle des Titels der niederländischen Übersetzung, *Kleine Geheimnisse,* nannten wir es umständlich *Die Tochter, die sich eine glückliche Familie wünschte,* und Nel speicherte die geänderte Version auf ihrem Pocket-Laufwerk, von wo aus sie es in Sekundenschnelle auf Carolines iBook übertragen konnte. Drei weitere Tage verstrichen, bis wir ganz sicher waren, dass die Larue wieder die Wege des Ruhms beschreiten und die Nacht auswärts verbringen würde, diesmal in Brüssel, wo sie nach Angaben ihres Agenten eine Lesung gab und einen französischen Verleger treffen würde.

Es regnete stark, als wir erneut nach Eemnes fuhren. Nel lachte mich aus, als ich behauptete, es sei nicht richtig, dass sie sich in ihrem Zustand durch Fenster zwängte und in Flure fallen ließe, und so half ich ihr wenigstens in das Boot hinein und wieder heraus und durch das Fenster, das genauso aussah, wie wir es zurückgelassen hatten. Als Nel sicher auf dem Dielenfußboden gelandet war, reichte ich ihr ein aufgerolltes Handtuch hinein, mit dem sie ihre Füße abtrocknen und ihre Spuren wegwischen konnte. Anschließend suchte ich unter einem Dachvorsprung Schutz und wartete im Dunkeln hinter einer glitzernden Wassergardine auf ihre Rückkehr.

Nel hatte sich verschiedene Methoden ausgedacht, um

das Buch auf dem Laptop zu verstecken, die meisten aber wieder verworfen, weil sie zu kompliziert waren, mit der Folge, dass Hetty das Manuskript nicht oder zu spät entdecken würde. Schließlich entschied sie sich dafür, das Dokument im Ordner *Projekte* abzulegen. Dort wurden alle Back-up-Kopien von Word-Dateien gespeichert, und daher hätte man es selbst dann noch darin gefunden, wenn Caroline es gelöscht hätte.

»Kommt mir immer noch ziemlich kompliziert vor«, hatte ich bemerkt.

Nel lächelte, wie sie es immer tat, wenn ich etwas über Computer sagte. »Macht nichts. Sobald ich Hetty den Titel untergejubelt habe, lässt sie Sherlock danach suchen und das Dokument erscheint, wo immer es sich auch versteckt hält. Das ist nur für den Fall, dass sie Carolines Laptop bereits nach anderen Arbeiten durchsucht hat. So kann ich sie glauben machen, dass Caroline das Originaldokument gelöscht, aber die Back-up-Kopie übersehen hat, ohne dass sie eine Spur misstrauisch wird.«

CyberNel wird schon wissen, was sie tut, dachte ich, wie so oft in letzter Zeit.

Der Einbruch war ein Kinderspiel. Nel kletterte um halb zwei in der Nacht hinein und kam eine Viertelstunde später wieder zum Fenster heraus.

Noch in derselben Nacht verschickte Nel die E-Mail, mit der die Falle zuschnappen sollte:

Liebe Caroline, ich hoffe, dass du nun endlich auf meine E-Mails reagierst, denn ich habe eine Überraschung für dich. Du weißt, dass ich damals in jugendlicher Unbesonnenheit einige Romane veröffentlicht habe. Mit dem Verleger, heute ein respektabler alter Herr, bin ich stets in Kontakt geblieben. Vor kurzem habe ich ihn gefragt, ob er vielleicht an dem Werk eines jungen, bisher unveröffentlichten Talents interessiert sei, das nie den Mut aufbringen konnte, sich persönlich an einen Verle-

ger zu wenden. Er sagte, wenn ich es für lohnenswert hielte, würde er sich das Manuskript gerne einmal anschauen. Ich habe aber deinen Namen nicht genannt und würde nichts unternehmen ohne deine Zustimmung.

Vielleicht könntest du mir nun endlich etwas von dir zu lesen geben. Ich bin ja so neugierig! Ich weiß noch nicht einmal, ob deine Arbeiten autobiografischer Natur sind oder ganz deiner Fantasie entspringen. Ja, ich weiß noch nicht einmal, ob der Titel, weswegen du mich damals um Rat fragtest, der des älteren Buches war oder dessen, an dem du derzeit so hart arbeitest. Die Tochter, die sich eine glückliche Familie wünschte *erscheint mir jedoch ziemlich umständlich und lang, meiner Meinung nach akzeptiert sogar dein Computer nur bis zu 31 Zeichen für einen Dokumentnamen. Aber vielleicht ist der Titel ja genau richtig, ich kann kaum etwas Sinnvolles dazu sagen, solange ich nichts gelesen habe.*

Ich glaube, du solltest den kleinen Schritt in die große Welt jetzt endlich wagen. Falls du befürchtest, aufdringlich zu wirken, brauchst du dem Verleger ja noch nicht einmal zu erzählen, dass du bereits zwei Manuskripte fertig hast. Gib ihm erst das eine, und falls das eine Katastrophe sein sollte (kleiner Scherz!), überraschst du ihn einfach mit deinem zweiten.

Denk darüber nach. Wenn du Hemmungen hast, schick mir die Manuskripte einfach per E-Mail und ich verspreche dir, dir ehrlich zu sagen, was ich davon halte.

Auf, Caroline! Raus aus deinem Schneckenhaus!

Deine dir gewogene Deborah

13

Das Telefon auf meinem Schreibtisch klingelte, als ich nach anderthalb Tagen bei der Staatsanwaltschaft und der Polizei in Assen wieder nach Hause kam. CyberNel war nirgendwo zu sehen, aber ihr Auto stand im Carport neben dem Heuschober.

Ich verstand den Namen der Anruferin nicht richtig, doch ihre Stimme klang brüchig und bescheiden. »Bin ich da richtig bei Mevrouw van Doorn? Sie hat mir diese Nummer hinterlassen.«

»Mevrouw van Doorn ist gerade dabei, sich ihr neues Büro im Haus nebenan einzurichten«, sagte ich. »Ich kann Sie leider noch nicht verbinden. Soll ich sie holen oder sie bitten, Sie zurückzurufen?«

»Sie hat mich besucht, um mit mir über eine meiner Kursteilnehmerinnen zu reden, Caroline Romein.«

Deborah Vrins. »Ach so, Mevrouw. Ich weiß darüber Bescheid, wir untersuchen für Carolines Mutter die Umstände ihres Todes.«

»Richtig.« Die Dozentin zögerte kurz, als hielte sie ihre Frage für womöglich unpassend. »Ist über die Umstände denn schon Genaueres bekannt?«

»Im Grunde nicht, Mevrouw. Aber vielleicht sollte ich lieber meine Partnerin an den Apparat holen?«

»Nein, nein ...«, erwiderte die Dozentin. »Sie brauchen sie meinetwegen nicht bei der Arbeit zu stören. Es handelt sich nur um eine Kleinigkeit ... Caroline war eine meiner besten Schülerinnen und ich hatte immer eine Schwäche für sie. Mevrouw van Doorn und ich haben uns lange über sie unterhalten und sie bat mich, sie anzurufen, falls mir noch irgendetwas Besonderes einfiele. Ich hoffe, dass ich nicht übertrieben reagiere ...«

»In unserem Beruf zählt jede Kleinigkeit, Mevrouw«, sagte ich.

»Oh. Nun, es geht um eine Sendung, die heute Morgen mit der Post gekommen ist. Ich dachte, ich rufe Sie doch lieber an. Es war ein Umschlag, in dem nur ein Zeitungsausschnitt steckte, und es muss ein älterer Ausschnitt sein, denn sie wurde doch vor ungefähr einem Monat gefunden?«

»Ging es darin um Caroline?«

»Ja, pardon, ich drücke mich wohl etwas undeutlich aus. Das ist das Alter. Es ist ein kurzer Artikel darüber, dass Segler im Gooimeer die Leiche einer jungen Frau gefunden haben, die inzwischen als Caroline Romein aus Hilversum identifiziert wurde. Laut diesem Bericht geht die Polizei von Ertrinken infolge eines Unfalls aus, wobei jedoch auch ein Selbstmord nicht ausgeschlossen wird.«

»Stand ein Datum dabei oder der Name der Zeitung?«

»Nein, rein gar nichts, es war nur diese ausgeschnittene Meldung. Auf der Rückseite ist ein Stück von einer Anzeige, also wird es wohl eine Innenseite gewesen sein.«

»Und kein Absender auf dem Umschlag?«, nahm ich an.

»Nein. Nur meine Adresse, mit einem Drucker darauf gedruckt, glaube ich.« Sie lachte kurz auf. »Das nutzt Ihnen bestimmt nichts, oder? Ich stamme aus der Zeit von Agatha Christie, da gab es noch die Schreibmaschinen mit den unregelmäßigen Buchstaben und man brauchte nur die entsprechende Maschine zu finden, im Kleiderschrank des Butlers zum Beispiel.«

Ich fiel in ihr Lachen ein. »Ist denn ein Poststempel darauf?«

»Ja, der Brief wurde in Utrecht aufgegeben. Es ist mir ein Rätsel, warum mir jemand diesen Zeitungsausschnitt geschickt hat.«

Mir war das völlig klar, aber ich konnte es Deborah

Vrins ja schlecht erklären. »Vielleicht war es einer Ihrer anderen Kursteilnehmer oder kennen sie sich untereinander nicht?«

»Das würde mich wundern. Ich könnte mir noch vorstellen, dass ihre Mutter mich darüber informieren will, dass ihre Tochter verstorben ist, aber das würde sie doch bestimmt nicht auf so merkwürdige Art und Weise tun.« Es kam mir vor, als suche die Dozentin in erster Linie für sich selbst eine Erklärung. »Außerdem hat Mevrouw Romein doch bestimmt gewusst, dass Caroline den Kursus abgebrochen hat, und hielt es gewiss für unnötig, mir eine Nachricht zu schicken. Ich denke eher an einen geschmacklosen Scherz. Glauben Sie denn eigentlich an Selbstmord?«

»Wir wissen es noch nicht, Mevrouw.« Ich dankte ihr für den Anruf und ging hinüber zum Heuschober. Nel war eifrig mit Kabeln und Elektronikgeräten beschäftigt.

»Hetty«, sagte sie, als ich es ihr erzählt hatte.

»Das glaube ich auch. Sie hat das Manuskript gefunden und will Deborah Vrins loswerden. Sobald wir sicher sein können, dass es beim Verleger liegt, können wir weitermachen.« Ich beugte mich über sie und legte ihr die Hände auf den Bauch. Man konnte noch nichts erkennen, und wenn ich eine Wölbung fühlte, dann war das in erster Linie Einbildung. »Da drin alles in Ordnung?«

»Ja.« Nel wandte mir ihr Gesicht zu. »Es wird sich vieles verändern, auch für dich.«

»Vielleicht habe ich das dringend nötig.«

»Ich will es dir nicht allzu schwer machen. Zur Not ziehe ich sie hier groß, zwischen den Computern.«

»Sie?«

Nels Augen suchten die meinen. »Manchmal glaube ich, dass es ein Mädchen ist, aber ich will es gar nicht wissen.«

Ich streichelte sie. »Plagt dich deine Vormieterin?«

»Nein«, antwortete sie. »Absolut nicht, von Anfang an nicht. Jenny war ein guter Mensch, sie hat einfach nur Pech gehabt.« Sie dachte nach. »Im Grunde dieselbe Art von Pech wie Caroline. Eine andere Frau hat ihren kostbarsten Besitz begehrt. Bei Jenny war es ihr Kind, bei Caroline ihr Buch. Ich weiß, dass Jenny hier ermordet wurde, aber wir haben getan, was wir konnten, und wir haben dafür gesorgt, dass ihr Kind bei seinem Vater aufwächst. Sie spukt nicht herum, sie hat nichts gegen mich, und ich fühle mich hier wohl.«

Ich nickte und schaute mich um.

Der Geruch im Haus hatte sich verändert. Früher hatte es hier nach Essen, Bügeln und Kleinkind gerochen, und am Ende nach Blut, doch jetzt lagen Kaffeeduft und die typischen Ausdünstungen von elektronischen Geräten in der Luft. Jennys Kochnische unter der Treppe war geblieben, der Rest ihrer Wohnküche war bis zur Unkenntlichkeit umgebaut worden und erinnerte jeden Tag mehr an eine freundliche, ländliche Version von Nels ehemaliger Computer-Dachwohnung. Die Gastherme summte im Abstellraum, doch sobald die Oktobersonne durch die Fenster fiel, brauchte man hier eigentlich nicht zu heizen. Nel hatte jetzt einen eigenen Arbeitsplatz, eine Garage und sogar ein Gästezimmer. Bart Simons und seine Frau Mia hatten hier schon übernachtet. Wir waren sehr reich.

»Wie war's in Assen?«, fragte sie.

»Valerie war da, begleitet von ihrem Rechtsanwalt. Sie wurde als Zeugin vernommen, unter Ausschluss der Öffentlichkeit. Man ist bestrebt, sie möglichst schonend zu behandeln. Schamhart hat jeden Widerstand aufgegeben, als er begriff, dass Leugnen ihm nichts mehr nutzte, und feststand, dass er Valerie vergewaltigt hatte und Carolines Vater war. Er hat auch den Mord an Denise gestanden.«

»Hat er Caroline jemals gesehen?«

»Nein, das beschwört er. Die Ergebnisse des Gentests erschütterten ihn übrigens nicht so sehr wie dein Foto von Caroline. Die Kripo in Assen hat erzählt, es sei ziemlich schockierend gewesen, ihn erst zetern zu hören, dass das alles Huren und Teufel wären, die alles daransetzten, einen Mann Gottes zu versuchen, und ihn gleich darauf in Tränen ausbrechen zu sehen. Der Mann ist verrückt.«

»Und Bertus?«

»Schamhart schwört, es sei ein Unfall gewesen, aber sie werden ihm wohl Unfallschuld mit Todesfolge anhängen. Natürlich hat man mir die eigenwillige Vorgehensweise der Firma Winter ordentlich unter die Nase gerieben, aber sowohl Asveld als auch Nijman haben uns verteidigt. Asveld hat mich in dieser Hinsicht wirklich positiv überrascht. Er hat kein Wort über unsere Schwindelei verloren, tat aber sehr wichtig, als habe er den Fall gelöst.«

»Hatte der Dominee ein Alibi für den Mord an Caroline?«

»Das kann man nur schwer überprüfen, wenn man den genauen Todeszeitpunkt nicht kennt, aber laut Aussage seiner Schwester hat er Borger während der ganzen fraglichen Zeitspanne nicht verlassen, und es hat ihn auch niemand besucht, auf den Carolines Beschreibung passen würde. Andere Zeugen haben das übrigens bestätigt.«

»Also bleibt nur Nijman auf einem ungelösten Mordfall sitzen«, meinte Nel.

Ich nickte. »Als alles vorbei war, habe ich mich ein wenig von ihm fern gehalten, um ihm gegenüber nicht lügen zu müssen, und glücklicherweise hat auch Valerie mit keinem Sterbenswörtchen erwähnt, dass wir noch an dem Fall arbeiten. Donkers tat so, als kenne er mich nicht.«

Nel gab einen abfälligen Laut von sich. »Valerie wird ihm ordentlich Bescheid gesagt haben. Die würde ja sowieso am liebsten alles totschweigen.«

»Hallo«, sagte ich in den Telefonhörer. »Emily, richtig? Hier ist Walter Giesing.«

Vielleicht war der Name Gieseking doch eine allzu spontane Eingebung gewesen und ich beschloss, ihn etwas abzuschwächen.

»Ja?«, fragte die Telefonistin in neutralem Tonfall.

»Ich habe doch neulich Fotos von Katrien van Dop gemacht, ist sie im Büro?«

Ihre jetzt fröhlicher klingende Stimme bewies mir, dass wir im Verlag noch nicht auf der Liste der verdächtigen Personen standen. »Ach ja, bei *De Generaal.* Augenblick, ich verbinde!«

Klick. »Mirabel Verlag, Katrien am Apparat. Gieseking?«

»Hallo, Katrien, wir sind neulich bei euch gewesen wegen Hedwige Larue und ich habe Fotos von dir gemacht, weißt du noch?«

»Ja, natürlich.«

»Die Fotos sind sehr hübsch geworden. Du bekommst einen Satz von mir, sobald wir mit dem Artikel fertig sind.«

»Das würde mich freuen.«

Auch Katrien hörte sich normal an. Alles in Ordnung. »Lia ist im Moment mit einem anderen Interview beschäftigt und hat mich gebeten, mit euch wegen des Hedwige-Larue-Artikels zu beratschlagen. Lia hat sich mit Hein Drisman in Verbindung gesetzt und wir haben gehört, dass ein zweites Buch in Vorbereitung ist. Jetzt hält sie es für besser, wenn der Artikel zeitgleich mit der Veröffentlichung erscheint, das wäre vielleicht auch für Mirabel interessanter.«

»Ja, kann schon sein, aber all diese Dinge regelt der Agent.«

»Das stimmt. Sie wird auch noch einen Termin mit dir und dem Chef vereinbaren, wie heißt er gleich wieder …«

»Klausman.«

»Richtig. Ich soll auch nur kurz nachhören, wie weit das Buch ist und wann es erscheint, wegen der Planung.«

Katrien schwieg einen Augenblick, als frage sie sich, wie sie reagieren solle. Ich hörte sie nicht den Hörer abdecken und jemand anderen fragen, Gerard Vreemoed zum Beispiel. Vielleicht war er nicht da. »Eigentlich ist eine spezielle Präsentation geplant und die Presse soll erst kurz vorher informiert werden. Es soll eine Überraschung werden.«

»Wir wollen das auch gar nicht veröffentlichen, selbstverständlich respektieren wir eure Entscheidung«, sagte ich in meinem integersten Tonfall. »Aber es wird ein großer Artikel und Lia muss die Seiten in der *Elegance* reservieren.«

Offenbar hatte bisher niemand aus dem Mirabel Verlag bei der *Elegance* angerufen und überprüft, ob wir tatsächlich die waren, für die wir uns ausgaben. Warum sollten sie auch? Die Larue wurde andauernd interviewt und in der normalen, nicht kriminellen Welt gehen die Leute durchweg davon aus, dass man ist, wer man zu sein behauptet.

»Na gut«, sagte Katrien. »Aber nur unter der Bedingung, dass absolut nichts durchsickert, nur für den internen Gebrauch. Ich weiß nicht, ob wir es bis Nikolaus schaffen, aber der Roman soll auf jeden Fall vor Weihnachten in den Buchläden liegen.«

»Das geht aber schnell. Dann habt ihr das Manuskript also schon?«

»Es ist schon im Satz. Der Umschlag muss noch entworfen werden.«

»Der Titel steht also schon fest?«

Wieder ein kurzes Zögern. »*Traum eines Mädchens,* aber auch das muss unter uns bleiben.«

»Natürlich. Hast du es lektoriert?«

»Ja.«

»Wie fandest du es?«

Sie lachte leise. »Tja, weißt du ...«

Ermutigend erwiderte ich ihr Lachen. »Ich frage nur aus persönlicher Neugier. Hattest du viel Arbeit damit?«

»Nein«, sagte Katrien. »Es ist ein schönes Buch.«

»Genauso gut wie das erste?«

»Es ist anders. Und für mich war es eine ziemliche ....« Sie schien sich über ihre eigene Indiskretion zu wundern und sagte dann: »Ich habe mich einfach total in ihr getäuscht, und das ärgert mich.«

»Es kam also überraschend für dich?«

»Ja, genau wie das erste ...« Sie unterbrach sich plötzlich und ich spürte, wie es mit der Vertraulichkeit vorbei war, vielleicht weil jemand hereinkam. »So, jetzt muss ich aber weiterarbeiten«, sagte sie schließlich in einem Ton, als habe sie einen lästigen Cousin an der Strippe.

»Du kannst sie also immer noch nicht leiden?«, bemerkte ich.

Sie lachte kurz, sagte: »Bis bald«, und legte auf.

Traum eines Mädchens. CyberNel hatte es geschafft.

Die Gegend sah heruntergekommen aus, wie so viele Viertel des sozialen Wohnungsbaus, die kurz nach dem Krieg schnell und billig hochgezogen worden waren, um die drückende Wohnungsnot zu lindern. Fünfzig Jahre hatten ihre Spuren hinterlassen. Die Mietshäuser, maximal drei Stockwerke hoch, damit man ohne teure Aufzüge auskam, standen inmitten von verwahrlosten Sträuchern, kahlen Rasenflächen und ramponierten Asphaltwegen. Hier und dort trauerte ein Baum in einem kleinen Kreis toter Erde vor sich hin. Die Bäume waren krank, weil die Bewohner ihre Autos und Mopeds selbst warteten und das Altöl irgendwo loswerden mussten. Die Wände waren mit Graffiti beschmiert, um die Häuser herum lag Müll und die Abstellräume im Untergeschoss hatten etwas Beklemmendes.

Ich stieg die Betontreppe hinauf zur zweiten Galerie. Die Fenster waren geschlossen. Ich stand vor einer Riffelglastür und drückte auf die Klingel. Eine große Frau mit mürrischem Gesicht riss die Tür auf. Sie war um die fünfzig, hatte blaue Augen, und ihr kantiges Gesicht glänzte fettig, als bekämpfe sie täglich ein ernsthaftes Hautproblem mit einer Schicht Vaseline.

»Mevrouw Henkel?«

Sie musterte meinen Regenmantel und den Schlapphut, den ich manchmal trug, um einem Ermittler aus einem Film mit Robert Mitchum zu ähneln. »Mein Name ist Max Winter, darf ich kurz hereinkommen?«

Sie kniff die Augen zusammen, während sie sich meinen Meulendijk-Ausweis anschaute. »Sind Sie von der Polizei?«

»Vom Ermittlungsbüro des … Staatsanwaltes.« Noch immer fügte ich anstelle der Silbe Ex eine Art Räuspern ein.

»Auch das noch. Habe ich was verbrochen?« Sie hatte eine kräftige Stimme, ein wenig heiser, als müsse sie ihre Familie mit viel Geschrei zusammenhalten.

»Wenn Sie einen Moment Zeit für mich hätten …«

Sie spitzte die Lippen, kehrte mir ihren breiten Rücken zu und ging mir voraus in den Flur. Ich schloss die Tür hinter mir und folgte ihr in ein Wohnzimmer mit dunklen Möbeln, einem Esstisch und einem mit Deckchen und Kissen überladenen Sofa auf einem verschlissenen Teppich. Darauf saß eine schmollende Sechzehnjährige, ebenso kräftig gebaut wie ihre Mutter, in grauem Rock und grünem Pullover, Wollsocken und Wanderschuhen. Sie hatte auch das gleiche grob geschnittene Gesicht wie ihre Mutter, jedoch mit Pickeln, ohne Vaseline und auch ohne Make-up. Sie machte keine Anstalten aufzustehen.

»Los, jetzt geh schon«, sagte ihre Mutter unfreundlich.
»Aber was soll ich denn sagen?«, fragte sie klagend.
»Weiß ich doch nicht«, antwortete die Mutter ruppig. »Frag doch mal den Meneer hier. Der ist von der Polizei.« Das Mädchen erschrak und ich sah, wie das die Mutter auf einen praktischen Gedanken brachte. »Kommen Sie wegen Cora?«

Cora war vor Schreck aufgestanden. »Nein, Mevrouw«, sagte ich mit einem Lächeln zur Mutter.

Es schien Cora kaum zu beruhigen. »Sag einfach, dass du nichts dafür kannst«, sagte ihre Mutter. »Und beeil dich. Die machen um zwölf Uhr zu.«

Das Mädchen stampfte aus dem Zimmer hinaus. Die Tür fiel zu und kurz darauf hörte ich das Klappen der Haustür. Die Frau wies mit einer Geste auf das Sofa, auf dem die Tochter eine Kuhle hinterlassen hatte, doch ich knöpfte meinen Mantel auf und griff nach der Lehne eines Stuhls.

»Ewig dieses Theater«, schimpfte die Frau. »Das sind diese Reefpartys oder wie die heißen. Und anschließend kommen sie mit Filzläusen nach Hause. Ist zwar immer noch besser als schwanger, aber verdammt nochmal, die werden doch davor gewarnt.«

»Ja, das ist schon ein Schlamassel«, stimmte ich zu. »Hat sie keine Arbeit oder geht sie noch zur Schule?« Ich setzte mich an den Esstisch, auf dem ein Plüschläufer lag.

Sie machte ein abfälliges Geräusch. »Schon zwei Wochen kratzt und juckt sie sich und versucht die Biester mit Hundeflohpuder loszuwerden, weil sie sich nicht zum Arzt traut. Das ist doch ansteckend, die Viecher krabbeln auf einen über, bald haben wir sie alle. Stimmt doch, oder? Heute Morgen hat sie endlich den Mund aufgemacht und jetzt geht sie zum Arzt. Der kann ihr dieses rote Zeug verschreiben, brennt zwar ganz höllisch, ist aber die einzige Methode, die Mistbiester loszuwerden.«

»Hundeflohpuder?«

»Ja. Das hatten wir noch, war schon Jahre alt. Wir hatten früher mal einen Hund, aber das ist nichts in einer Mietwohnung, deshalb hat Kees ihn ...« Erschrocken brach die Frau mitten im Satz ab, als fiele ihr gerade noch rechtzeitig ein, dass ich mit der Justiz zu tun hatte und nicht die richtige Person war, um mir zu erzählen, dass Kees damals das Problem mit dem Hund löste, indem er ihn im Wald an einen Baum band.

Ich nutzte die winterliche Stille, um meinen Hut auf den Tisch zu legen und mein Notizbuch hervorzuholen. »Sie haben doch eine Putzstelle bei Mevrouw Larue in Eemnes«, sagte ich.

»O Gott.« Ich sah, wie sie wütend wurde. »Hat die sich etwa beschwert?«

»Hätte sie denn einen Grund dazu?«

Sie stand groß und missgelaunt auf der anderen Seite des Tisches, mit einer Hand in dem Plüschläufer kratzend, als sei er mit dem Problem ihrer Tochter infiziert. »Einen Grund? Ich sollte vielleicht besser die Klappe halten.«

»Sie gehen doch dreimal pro Woche zu ihr?«

Connie Henkel war eine Frau, die, einmal in Fahrt, ihren eigenen Gedankengängen folgte, was immer man auch sagen mochte. »Der kann man doch nichts recht machen. Ich habe noch nie in meinem Leben einen so unzufriedenen Menschen erlebt. Man könnte doch sagen: Das Weib hat alles. Ein teures Haus, einen Haufen Geld geerbt, sie hat einen netten Job nur so zum Spaß, keine Kinder, die ihr die Hucke voll nörgeln, zwei Autos, sie kann machen, was sie will, und jetzt ist sie auch noch berühmt. Vielleicht bin ich eine Meckerliese, aber ich nenne das Kind beim Namen, und bei uns wird wenigstens hin und wieder gelacht. Hetty Larue habe ich noch nie lachen sehen. Vielleicht stimmt es, dass Geld nicht glücklich macht.« Sie nickte mir viel sagend zu und wiederholte: »Dieses Weib hat alles und es ist noch nicht genug.«

»Zwei Autos?«

»Einen teuren Mercedes-Sportwagen und dazu noch so einen Plastikjeep ...«

»Einen Mehari?«

»Kann schon sein, jedenfalls benutzt sie ihn nur, um damit den Meentweg hinunter zu diesem neuen Hafen zu fahren. Da ist es überall noch ziemlich matschig und sie will den Mercedes nicht schmutzig machen. Der Gärtner putzt ihn jede Woche.«

»Sie hat also auch ein Boot?«

»Ich könnte es mir nicht mit zwanzig Putzstellen leisten, aber für sie ist es nur ein Bötchen und sie interessiert sich kaum dafür.« Wieder runzelte sie die Stirn. »Worum geht es denn eigentlich?«

»Möchten Sie sich nicht setzen?«

Sie zog einen Stuhl zurück und hielt mitten in der Bewegung inne. »Werde ich wegen irgendwas verdächtigt?«

»Nein, Mevrouw.«

»Na dann.« Sie nickte. »Na, das wäre ja auch noch schöner. Ich behaupte zwar nicht, dass ich kein Geld aus einem gefundenen Portmonee nehmen würde, bevor ich es brav bei der Polizei in den Briefkasten werfe, aber gestohlen wird bei uns nicht, schon gar nicht bei meiner Arbeitgeberin, und wenn sie noch so stinkreich ist und es nicht mal merken würde.«

»Ich wollte Sie nur etwas fragen, Mevrouw, das ist wirklich alles.«

»Fragen kostet nichts. Kann ich Ihnen eine Tasse Kaffee anbieten?«

Allmählich fand ich, dass Connie Henkel eine ganz nette Putzfrau war. »Nein, vielen Dank. Setzen Sie sich doch einen Moment.«

Sie tat es. »Was wollten Sie mich denn fragen?«

»Hat Mevrouw Larue oft Besuch?«

»Meinen Sie Herrenbesuch?«, erwiderte sie. »Ich tratsche nicht gern über meine Arbeitgeberin.« Es klang sogar ernst gemeint.

»Die Herren interessieren mich nicht«, beruhigte ich sie. »Aber vielleicht können Sie sich daran erinnern, ob vor kurzem eine junge Frau bei ihr gewohnt hat.«

»Wann soll das gewesen sein?«

»Anfang Juli.«

»Vor drei Monaten?« Sie setzte zu einer Antwort an, überlegte es sich aber zunächst anders. »Warum wollen Sie das wissen?«

»Ein junges Mädchen ist von zu Hause weggelaufen und ihre Mutter hat uns gebeten, sie zu suchen. Sie ist neunzehn, ein paar Jahre älter als Cora.«

»Cora würde nicht weglaufen, der geht's viel zu gut hier, Kost und Logis, ein bisschen Geld vom Staat. Sie hat ihren Mittelschulabschluss gemacht und hätte sofort eine Anstellung kriegen können, bei einer Versicherungsgesellschaft, aber im letzten Moment hat sie dankend abgewunken.«

Ich nickte verständnisvoll. »Wir glauben, dass Carla Ihre Arbeitgeberin kennen gelernt und vorübergehend bei ihr gewohnt hat. Danach hat ihre Mutter noch eine Karte von ihr aus Utrecht bekommen, aber wir verfolgen ihre Spur von Anfang an.«

»Warum fragen Sie sie nicht selbst danach?«

»Hedwige Larue?« Ich sprach den Namen übertrieben französisch aus und sie musste lachen. »Wie Sie schon sagten: Sie ist inzwischen berühmt und ich erwische sie einfach nicht. Wir haben gehört, dass Sie bei ihr als Haushaltshilfe arbeiten, und da dachte ich, weißt du was, Max, verschwende keine Zeit und frage doch direkt Mevrouw Henkel.«

Sie war nicht dumm und sagte ironisch: »Putzfrauen wissen alles?«

»Sie schon, glaube ich.«

»Meine Tochter ist ungefähr genauso hübsch wie ich«, sagte sie sarkastisch. »Aber dieses Mädchen war wirklich sehr hässlich. Könnte sie das sein?«

Sie hatte sie gesehen. Wir hatten eine Zeugin. Ich zog Carolines Foto heraus. Ein Blick genügte ihr.

»Ich arbeite montags, mittwochs und freitags bei Mevrouw Larue«, begann sie. »Es war an einem Montag, Anfang Juli. Ich weiß nicht mehr genau an welchem Tag, aber wenn es sein muss, kann ich auf dem Kalender nachschauen.«

»Sie haben ein gutes Gedächtnis«, sagte ich.

»Das liegt daran, dass mir die Sache ein bisschen komisch vorkam. Für ihre Liebhaber brauche ich kein Gästezimmer zurechtzumachen und meistens bekomme ich sie überhaupt nicht zu Gesicht, nur gelegentlich mal morgens. In letzter Zeit ist es meistens dieser Edelgermane aus Den Haag, der ist jetzt ihr Agent, aber die Hälfte der Zeit ist sie ja sowieso mit ihrem Buch auf Tour. Letztens war sie wieder im Fernsehen.«

»Und Sie haben das Mädchen gesehen?«

»Ja, aber ich glaube, das war ihr nicht recht. Morgens wurde mir gesagt, ich solle das Gästezimmer ganz hinten in Ordnung bringen und könne anschließend sofort nach Hause gehen, und dass ich mittwochs freihätte und erst am Freitag wiederzukommen bräuchte.«

»Das war also an einem Montagmorgen?«

Die Putzfrau nickte. »Ich habe sie, als sie in ihren Mercedes stieg, ganz nebenbei gefragt, ob das ein bezahlter oder ein unbezahlter freier Tag sei, aber ich bekam mein Geld. Sie zahlt gut, das muss man ihr lassen. Na ja, sie braucht ja auch nicht zu knausern. Was ich die da immer alles reintragen sehe ...«

»Aber als Sie wegwollten …«

»Ja, das meinte ich damit, dass man ihr nie etwas recht machen kann. Ich bereite also das Gästezimmer vor und denke, wenn ich sowieso erst am Freitag wiederkomme, kann ich doch den Rest jetzt noch erledigen. Gegen zwölf Uhr war ich fertig. Ich will gerade auf mein Mofa steigen, da kommt sie angefahren. Sie lässt das Mädchen im Auto sitzen und marschiert wütend auf mich zu: ›Ich hatte doch gesagt, dass Sie nach Hause gehen sollen!‹ Da gibt man sich alle Mühe und steht da mit seinem gewaschenen Hals. Ich dachte, rutsch mir doch den Buckel runter, und steige auf mein Mofa. Ich seh das Mädchen im Auto und denke noch, was soll denn der Unsinn, wenn sie heimlich lesbisch geworden ist, kann sie doch was Besseres finden als dieses hässliche Entlein, die hat doch Geld genug für ein paar von den Weibern aus dem Fernsehen, die Kees abends immer sabbernd beglotzt.«

Ich lachte. »Aber am Freitag war Carla wieder weg?«

Wieder nickte sie. »Ich wusste nicht, dass sie so heißt, aber sie ist auf jeden Fall gut erzogen, denn das Gästezimmer war ordentlich aufgeräumt und die Bettwäsche schon in der Waschmaschine.«

»War Mevrouw Larue zu Hause, als Sie am Freitag kamen?«

»Ja, sie saß an ihrem Computer und ging nicht in den Verlag. Sie sagte, sie würde eine Woche zu Hause bleiben, weil sie viel Arbeit habe, und sie wolle nicht gestört werden.«

Ich schloss mein Notizbuch, in das ich Strichmännchen gezeichnet hatte. »Was Sie sagen, stimmt mit dem überein, was wir uns schon dachten. Ich glaube, jetzt brauchen wir Mevrouw Larue gar nicht mehr zu belästigen.«

Abfällig bemerkte sie: »Die hat sowieso zu nichts mehr Zeit.«

»Sie hat bestimmt viel Arbeit mit ihrem neuen Buch?«

»Das ist, glaube ich, schon lange fertig. Wann sie daran arbeitet, ist mir ein Rätsel, vielleicht nachts.«

Ich stand auf. »Sie wird doch bestimmt ein bisschen netter geworden sein, seit sie so viel Erfolg hat?«

»Davon merke ich nichts«, erwiderte sie. »Im Fernsehen macht sie einen auf sympathisch, aber ich bekomme noch immer denselben Stundenlohn, und mir gegenüber ist sie so zickig wie eh und je. Ich denke so bei mir: Wenn Geld nicht glücklich macht, warum sollte es dann der Erfolg?«

Die Schriftstellerin verkündete auf ihrem Anrufbeantworter, dass sie abwesend sei. Auch ihr Literaturagent war nicht erreichbar. Seine Sekretärin in Den Haag gehörte zu der Sorte, die nicht gerne zugibt, dass sie über etwas nicht informiert ist, und daher hatte sie natürlich von dem geplanten großen Interview in der *Elegance* gehört. Doch wir sollten besser später noch einmal anrufen, denn Hedwige Larue und ihr Agent seien in London, wo sie die englische Übersetzung von *Ein kleines Geschenk* aus der Taufe hoben und dem Verlagshaus Headline eine Manuskriptfassung von *Traum eines Mädchens* zur Begutachtung anboten.

»Es ist doch das reinste Wunder, dass diese Frau überall auftritt und daneben noch die Zeit findet, gute Bücher zu schreiben«, spottete Nel, als wir in Richtung Gooiland fuhren. »Darüber macht sich niemand Gedanken.«

Es war ein hässlicher Novembertag. Russische Kälte wehte in Böen über das Land. Wir fuhren langsam am verlassenen Haus der Larue vorbei. Der Gärtner würde erst am Freitag wiederkommen, um die letzten Herbstblätter zusammenzurechen, und die Putzfrau hatte heute auch nichts zu tun.

Wir folgten dem Meentweg und fuhren dann eine schmale verlassene Straße entlang durch eine kahle Polderlandschaft mit vereinzelten großen Bauernhöfen. In der Ferne donnerten die Fahrzeuge über die Autobahn von Huizen nach Almere, doch hier war es still. Die Bauern saßen am Ofen, kehrten den Stall, mahlten Futterrüben für die Kühe oder schraubten an ihrem Traktor herum. Alles war besser, als draußen auf dem Feld zu arbeiten.

Wir gelangten an einen schmalen Wasserlauf. Es gab eine Fähre hinüber nach Bunschoten, doch wir drehten, bevor der Fährmann am anderen Ufer auf die Idee kommen konnte, uns abzuholen. Wir fuhren um einen stillen Bauernhof herum, folgten der verlassenen Landstraße und erblickten eine Reihe hoher Bäume und die Masten von Segeljachten.

Es fror noch nicht stark genug, als dass der Matsch gut befahrbar gewesen wäre, und wir rutschten und schlidderten das letzte Stück des unbefestigten Weges entlang. Ich parkte den BMW mit dem Kühler zum Wasser auf einem schmutzigen Kiesstreifen, mehr oder weniger sichtgeschützt zwischen Weidenstämmen und Sträuchern und stellte den Motor ab. Wir blieben eine Weile lang mit geöffneten Fenstern sitzen und schauten uns um.

Der Hafen sah einfach und neu aus. Er bildete ein künstlich angelegtes Viereck, das von frisch gepflanzten Bäumen gesäumt wurde. Um das begrünte Hafenbecken herum verlief ein unkrautbewachsener Wall aus aufgeschütteter Erde. Die Holzstege waren über einen Fußweg erreichbar. Ein niedriges Gebäude aus grün gebeizten Brettern duckte sich an Land vor einer Baumreihe. Zum Wasser hin wurde der Hafen von einem schmalen weidenbepflanzten Deich vor den Elementen geschützt. Ein Plattenweg führte ans Ende des Deiches zur Ein- und Ausfahrt für die Jachten. Hier und da lagen noch Reste von Betonplatten herum.

Wir stiegen aus und ich drehte Nel an den Schultern zu mir um und zog den Reißverschluss ihres schwarzen

Anoraks zu. Man sah ihr an, dass sie fror. Masten wiegten sich hin und her und Stagen klickten im Wind. Bäume knarrten. Das waren die einzigen Geräusche. Wir stiegen über den Erdwall und folgten dem Weg am Hafen entlang zu dem Holzgebäude. Es war zu, die Fenster abgeschottet, alles abgeschlossen. Wir liefen über die Holzstege und suchten die *Ophelia.*

Im Hafen lagen ungefähr genauso viele Segeljachten wie Motorboote, die meisten von bescheidener Größe, dazu einige wenige größere Motorjachten. Die *Ophelia* lag am dritten Steg, ein Motorkreuzer mit einem kurzen Cockpit, einem Segeltuchdach über der Steuereinrichtung sowie einer Kabine. Wir stiegen die Leiter zum Cockpit hinunter. Die Kabinentür war abgeschlossen. Ich ging das schmale Gangbord entlang nach vorne, wo sich ein kleiner Raum mit einer weiteren Kabinentür befand, die ebenfalls abgeschlossen war.

Ich schaute durch die Fenster und sah Sitzbänke, einen Tisch und weiter hinten einen kleinen Kartentisch mit Echolot. Es gab eine Anrichte mit Schränken, einen Kühlschrank und einen Gaskocher. Aber vor allem lag alles Mögliche herum, Kleidung, Segelzubehör, einige Taschenbücher, angebrochene Kekspakete und Essenswaren, eine Bratpfanne auf dem Gaskocher. Man hatte den Eindruck, dass das Schiff mitten in der Saison seinem Schicksal überlassen worden war, ohne dass sich jemand die Mühe gemacht hatte, die Unordnung zu beseitigen und sauber zu machen.

Ich kehrte zurück zu CyberNel ins Cockpit. Wir durchsuchten die Schränkchen unter dem Armaturenbrett und die Aufbewahrungsfächer unter den Sitzbänken und fanden Taurollen, eine Persenning, kleine Eimer, einen Kanister mit Diesel und einen kleinen Anker. Ich klappte die Bänke wieder zu und setzte mich auf das kalte Holz.

»Das Schloss ist so klein, dass ich keinen Dietrich dafür habe«, sagte ich. »Ich komme nur rein, indem ich die Tür aufbreche.«

»Was hoffst du zu finden?«

Ich zuckte mit den Schultern. »Da drin sieht es aus, als hätte dort ein Landstreicher gehaust.«

»Meiner Meinung nach vergeuden wir hier unsere Zeit«, sagte CyberNel. »Wenn die *Ophelia* eine Segeljacht wäre, hätten wir wenigstens feststellen können, ob eine Sturmfock oder ein halbes Genuasegel fehlt, falls sie sie darin eingewickelt hätte.«

Wir konnten die Tür auf keinen Fall aufbrechen, denn das hätte jegliches eventuell vorhandene Beweismaterial unbrauchbar gemacht. Jeder Rechtsanwalt hätte argumentiert, dass irgendjemand auf dem Boot eingebrochen und es dazu benutzt habe, die Leiche in den See zu werfen, so wie Straftäter sonst auch gestohlene Autos benutzten, um ein Ding zu drehen.

»Sie brauchte die Kajüte noch nicht mal zu betreten«, sagte Nel. »Nicht, wenn alles störungsfrei verlaufen ist.«

»Anfang Juli waren doch sicher Leute hier.«

»Nachts? Das hier sieht mir nicht nach einem Hafen für Besucher aus. In Huizen oder Almere ist es garantiert viel belebter. Das nächste Restaurant liegt eine halbe Stunde Fußmarsch entfernt.« Sie schüttelte den Kopf. »Die Eigentümer dieser Boote wohnen hier in der Nähe, in Eemnes oder in Baarn, und die meisten gehen abends nach Hause und grillen im Garten.«

»Aber bestimmt schlafen auch ein paar von ihnen auf ihren Booten. Sie fahren morgens früh raus, legen irgendwo zum Essen an und kehren abends wieder zurück, dadurch sparen sie Liegegebühren. Damit musste Hetty zumindest rechnen.«

Ich fragte mich, ob Hetty überhaupt in der Lage gewesen war, nüchtern zu denken, nachdem sie eine unschuldige junge Frau, die ihr vollkommen vertraute, ermordet hatte und anschließend ihre Leiche in einen Teppich wickeln, zum Boot bringen und irgendwo außerhalb des Hafens über Bord werfen musste.

Wir verließen das Boot und gingen am Erdwall entlang zurück. Ich hielt Nel fest, als wir die Ecke des Parkplatzes erreichten. Dort befand sich ein breiter Durchbruch in dem Erdwall, durch den die Bootsbesitzer mit den Autoanhängern rückwärts setzen und offene Sportboote und Wanderboote zu Wasser lassen konnten. Neben dem abschüssigen Stück verlief ein kurzer Steg.

»Die *Ophelia* hat nur wenig Tiefgang«, bemerkte ich. »Sie hätte den Wagen dort parken können …«

»Den Mehari? Das ist doch ein kleiner offener Jeep.«

»Egal. Du weißt schon, was ich meine.« Ich schaute Nel in die Augen, die in der Kälte zitternd vor mir stand. »Die Leichenstarre war noch nicht eingetreten«, fuhr ich fort. »Vielleicht war sie noch nicht einmal tot. Hetty hätte sie leicht in einen Teppich oder in ein Segeltuch einwickeln, hinten in den Wagen legen und mit irgendetwas zudecken können.«

»Okay.« Nel presste die Lippen zusammen. »Vielleicht hat sie auf der Ladefläche auch etwas zum Beschweren der Leiche transportiert, es sei denn, sie hatte etwas auf der *Ophelia.* Der Anker ist noch da, aber der wäre auch gar nicht schwer genug gewesen.« Stirnrunzelnd betrachtete sie die losen Bodenplatten, die hier und da herumlagen. »Vielleicht hat sie ein paar von denen genommen. Und die haben sich wahrscheinlich als Erste gelöst, als das Segeltuch zu verrotten begann.«

Ich nickte. »Sie hat den Mehari da abgestellt und die *Ophelia* geholt. Der Motor läuft relativ leise. Sie setzt das Boot dicht neben dem Steg zurück. Sie vertäut es und stellt den Motor ab. Sie wartet eine Weile, um sicherzugehen, dass niemand auf einer der Jachten neugierig geworden ist und an Deck kommt, um nachzusehen. Es muss nach Mitternacht gewesen sein, meine ich.«

»Okay«, sagte Nel noch einmal. »Sie hat Glück und es ist niemand da.«

»Als sie glaubt, die Luft sei rein, geht sie zum Mehari und schleppt das Bündel zur *Ophelia.* Fünfzig Kilo, das schafft sie, es sind höchstens zehn Meter. Sie wirft das Bündel in das Cockpit, legt die Platten mit hinein, lässt den Motor an und fährt vorsichtig los. Ich nehme an, sie hat sich alles vorher sorgfältig überlegt.«

Ich holte die Karte aus dem BMW und Nel folgte mir über den schmalen Deich zwischen Hafen und Eemmeer. Wir gingen bis ans Ende und blieben im Wind stehen, der vom offenen Wasser her kam und sich nach dem relativ geschützten Hafen um einiges kälter anfühlte. Der See kräuselte sich in einem dunklen Schmutziggrau und Stahlblau. Rundum war alles grau in grau und neblig. Im See gab es eine kleine Insel namens De Dode Hond, aus der Ferne betrachtet nichts weiter als eine begrünte, schilfbewachsene Ausbuchtung, die sich kaum vor dem Ufer von Flevoland abhob. Weiter links zog die Brücke der A27 einen Strich durch die Winterlandschaft.

»Auf mich macht sie nicht den Eindruck einer Wassersportbegeisterten«, sagte Nel. »Ich glaube eher, dass sie das Boot aus einer Laune heraus gekauft hat, weil sie hörte, dass man in der Nähe einen Hafen anlegte und die Bewohner von Eemnes bei der Vergabe der Liegeplätze bevorzugt behandelt würden. Womöglich ist sie noch nie zuvor nachts damit gefahren.«

Ich versuchte mir die Situation vorzustellen. Kleine Hafenlichter brannten, vielleicht schien der Mond. Sie konnte sich an den Lichtern der Brücke orientieren, es bestand kaum Gefahr, sich zu verirren. Trotzdem war sie sicher nicht weiter hinausgefahren als unbedingt nötig. »Die Leiche wurde ein Stück vor Almere gefunden, das liegt kaum fünf Kilometer von hier entfernt. Hetty hatte bestimmt keine Lust, in der Dunkelheit unter der Brücke hindurchzufahren. Sie hat das Boot irgendwo in Höhe von De Dode Hond gestoppt und das Bündel über Bord gekippt. Sie brauchte den Anker nicht auszuwerfen und noch nicht einmal den Motor auszuschalten. Danach fuhr sie schnurstracks zurück.«

Nel nickte. Sie zog sich die pelzgefütterte Kapuze über den Kopf, drehte sich um und ging vor mir her zurück zum Auto.

14

»Gewiss gibt es hierzulande noch andere talentierte junge Autorinnen«, sagte Hedwige Larue. Gehüllt in einen warmen Lichtkokon, ein soeben in Empfang genommenes erstes Exemplar von *Traum eines Mädchens* in der Hand, stand sie im langen, eleganten, tief dekolletierten Schwarzen in der Lounge eines schicken Amsterdamer Hotels. Blitzlichtgewitter; ein Fernsehteam hockte neben ihrem Rednerpult. »Doch die meisten dieser Talente haben einfach nicht das Glück, einen so engagierten Herausgeber zu finden und von der Literaturkritik so positiv aufgenommen zu werden wie ich. Dadurch schaffte es schon mein erster Roman ganz nach oben auf die Bestsellerlisten und wurde bereits in sechs Sprachen übersetzt.« Hedwige Larue ließ den Blick durch den kleinen Saal schweifen und erlaubte sich ein kleines Lachen. »Bei all der Aufmerksamkeit, den Interviews und den Präsentationen für *Ein kleines Geschenk* war es ein Glück, dass ich mit meinem zweiten Roman schon vorher begonnen hatte, sonst hätte ich ihn wahrscheinlich niemals vor den Feiertagen fertig bekommen. Doch schließlich habe ich es dann ja noch geschafft. Diese Woche kommt er in den Buchhandel und ich kann Ihnen mit Stolz verkünden, dass auch die Rechte an *Traum eines Mädchens* bereits nach England, Deutschland, Frankreich und Italien verkauft wurden. Damit ist tatsächlich der Traum eines Mädchens in Erfüllung gegangen.«

Das Publikum im Saal stimmte in ihr Lachen ein, applaudierte begeistert und schlenderte anschließend am üppigen Büfett vorbei, während die Larue an einem Tisch Hof hielt, Bücher signierte, gemeinsam mit ihrem Agenten Terminabsprachen traf und kurze Interviews gab.

CyberNel und ich blieben im Hintergrund sitzen. Kellnerinnen boten Häppchen an, wir tranken Champagner und blickten uns unter den rund fünfzig Gästen um. Die einzigen, die wir wiedererkannten, waren die Mitarbeiter des Mirabel Verlags. Klausman, der Leiter, ein älterer Herr, hatte der Larue das erste Exemplar überreicht. Wir hatten am Eingang Leseexemplare von *Traum eines Mädchens* in Empfang genommen, ergänzt durch einen Pressebericht sowie kunstvolle Schwarz-Weiß-Fotos der Schriftstellerin.

Als sich die Menge um Hedwige Larues Tisch zu lichten begann, schlenderte ich hinüber und stellte mich hinter einem dicken Journalisten an, der sein Haar zu einem schmutzig blonden Pferdeschwanz gebunden trug und Schuppen hatte, die sich wie eine Schimmelpilzerkrankung auf den Schultern seines blauen Anzugs ausbreiteten.

»Ich bin froh, dass Sie nicht auch wissen wollen, wie ich auf die Ideen für meine Romane komme«, sagte Hedwige mit einem verschwörerischen Lächeln zu ihm. »So etwas können doch nur Leute fragen, die keine Ahnung haben, dass Schreiben ein Beruf ist. Ich schreibe schon sehr lange, nur war es mir vorher noch nie gelungen, alles, was sich in mir ansammelte, zu einem in sich geschlossenen Werk auszuarbeiten.«

Ich schaute über die Schulter des Mannes hinweg in Hettys Gesicht. »Es ist wie ein Reservoir an Gefühlen, das man Tag für Tag mit seinen Erfahrungen anfüllt«, hörte ich sie sagen. »Doch natürlich kann man letztendlich immer nur über sich selbst schreiben.«

Aus der Nähe betrachtet wirkte sie älter als auf dem Plakat, doch von einem Reservoir an Gefühlen, philosophischer Weisheit oder spirituellen Erfahrungen spiegelte sich in ihren Zügen wenig wider. Ihr Gesicht sah ein wenig verlebt aus und wies die Spuren von zu viel Alkohol und Schlafmangel auf, die sie unter einer dicken Make-up-Schicht zu verbergen versuchte. Sie hatte niemals gelernt, für sich selbst zu sorgen oder gar schöpferische Energie in ihr Überleben investieren zu müssen. Sie war durch teure Schulen geschleust worden und hatte das Glück, als einzige Tochter eines reichen, früh verstorbenen Vaters ihr Leben lang von dessen Erbe profitieren zu können.

Hein Drisman saß mit einem Timer an einer Ecke von Hettys Tisch und unterhielt sich mit einer Frau in Teenageraufmachung.

Mit enervierend albernem Getue und einem hohen Stimmchen versuchte sie wie eine Einundzwanzigjährige zu wirken, die gerne ihre Jungfräulichkeit an den Agenten verloren hätte, einen blonden, sportlich aussehenden Germanen mit blauen Augen, blendend weißem Gebiss und markantem Gesicht.

Hedwige Larue signierte ein Buch und reichte es mit einem Plastiklächeln dem Mann mit den Schuppen. Mit demselben Plastiklächeln sah sie mich an, als ich den Platz des Mannes einnahm und mein Exemplar von *Traum eines Mädchens* vor sie hinlegte, aufgeschlagen auf der ersten Seite.

»Hallo, Hetty«, sagte ich. »Wie geht's?«

Jetzt wirkte ihr Lächeln etwas verwirrt, weil sie mich nicht einordnen konnte. »Hallo«, sagte sie.

»Du kannst dich nicht mehr an mich erinnern«, sagte ich entgegenkommend.

»Nein, nicht so richtig«, gab sie zu. »Aber ich lerne schließlich sehr viele Menschen kennen.«

»Mir geht es genauso«, sagte ich. »Nicht dass ich so viele Leute kennen lerne. Das Problem haben nur berühmte Niederländer. Aber ich kann mich leider auch nicht mehr daran erinnern, wo wir uns schon mal begegnet sind.«

Verwirrt zog sie die Nase kraus. »Für welche Zeitung arbeitest du?«

»Für gar keine.«

»Ach.« Ihr Interesse erlosch. »Soll ich dir eine Widmung reinschreiben?«

»Ja, gern.«

Sie drehte es zu sich hin und griff nach einem wertvollen Füllfederhalter, der speziell für das Signieren von Büchern bestimmt war. »Was soll ich schreiben?«

»Alles Liebe, Hetty?«, schlug ich vor. »Oder heißt du jetzt nur noch Hedwige?«

Sie hatte sich noch genügend Menschliches bewahrt, um sich ihre Gereiztheit jetzt deutlich anmerken zu lassen. »Ich meine, für wen ist es?«

»Ach so. Mein Name. Max.« Sie schrieb und ich fragte: »Komme ich auch in dem neuen Buch vor?«

Sie machte mit dem Füller einen Kratzer und hob den Blick, das Gesicht verzerrt.

»Ich meine, genau wie in dem ersten? Der Ermittler?«

Ihre Augen wurden kalt. »Wie bitte?«

»Ich war früher bei der Kriminalpolizei, deshalb hast du mich wohl zum Vorbild für eine Figur in *Ein kleines Geschenk* genommen. Du hast meinen Namen in Schneemann verändert, aber das klingt ja recht ähnlich.«

Hetty warf einen flüchtigen Blick zu ihrem Agenten hinüber und auf die beiden jungen Frauen, die mit Büchern in der Hand hinter mir warteten. Der Agent sprach mit dem Möchtegernbackfisch, die Mädchen hörten zu und übten sich in Geduld. »Das muss ein Irrtum sein«, sagte die Larue schließlich. »Das müsste ich ja wohl wissen.«

»Stimmt«, gab ich zu und schenkte ihr mein entwaffnendstes Lächeln. »Eine Autorin sollte schon wissen, was sie schreibt. Meiner Freundin ist eben aufgefallen, dass die Beschreibung wirklich frappierend auf mich passt.

Der Ermittler ist um die fünfzig, das ist schon mal richtig, und dazu heißt er auch noch Max, was ja kein sehr häufiger Name ist, und obendrein noch Schneemann. Eine ehemalige Freundin von mir glaubte an gesetzmäßige Zusammenhänge hinter scheinbar zufälligen Übereinstimmungen. Doch bei der Polizei betrachtet man Zufälle natürlich in einem ganz anderen Licht.«

»Ich habe keine Ahnung, wovon Sie reden«, sagte Hetty förmlich, doch in ihre Stimme hatte sich eine gewisse Nervosität geschlichen, ein Hauch von Argwohn. Sie zwang sich anscheinend, mich unter der Rubrik ›harmloser Groupie‹ abzuhaken, doch ihre Augen und ihre Stimme verrieten, dass sie nicht hundertprozentig beruhigt war. »Wenn Charakterisierungen auf tatsächlich existierende Menschen zutreffen, heißt das lediglich, dass sie lebensecht sind, doch natürlich sind die Romanfiguren frei erfunden.«

»Das hast du schön gesagt«, erwiderte ich. »Man hört gleich, dass du Schriftstellerin bist. Vielleicht hast du Recht und obendrein bin ich schon lange nicht mehr bei der Polizei, das spricht also tatsächlich dagegen. Vielleicht stammt die Idee auch aus einem anderen Leben. Oder von einer anderen Frau, die ebenfalls an einem Buch schrieb, nur dass ihre Hauptperson Tilly und nicht Germaine hieß.«

Ich sah, wie sie auf den Vornamen reagierte. Sie klappte das Buch zu und schob es mir hin. »Bitte sehr.«

»Inzwischen arbeite ich als Privatdetektiv«, sagte ich. »Ich könnte dir die verrücktesten Sachen erzählen. Falls du also Anregungen suchst für ein weiteres Buch, ruf ruhig an.«

»Ich hoffe, dass Sie solchen Unsinn nicht auch in der Öffentlichkeit verbreiten«, sagte sie tonlos.

Ein Lichtblitz. Ich blickte mich um. Nel ließ die Kamera sinken und zwinkerte mir zu.

»Zusammen mit dir auf einem Foto!«, sagte ich erfreut zu Hetty. »Ich werde um einen Abzug bitten. Und ich werde gleich anfangen, das neue Buch zu lesen. Ich bewundere dich sehr. Ich frage mich immer, wie Autoren nur auf ihre Ideen kommen. Oder hat der Roman einen autobiografischen Hintergrund?«

»Auf diese Frage kann ich jetzt nicht eingehen, es warten noch mehr Leute.« Die Larue lächelte die Mädchen gezwungen an und wollte ihre Bücher entgegennehmen, doch ich blieb noch einen Augenblick lang im Weg stehen.

»Ich meine vor allem das erste Buch, in dem das Mädchen seinen Vater sucht«, fuhr ich hartnäckig fort. »Das interessiert mich wirklich sehr, denn ich habe selbst kürzlich einen ähnlichen Fall gehabt. Ich würde gerne einmal mit dir darüber reden, denn du weißt ja so gut, was in einer solchen jungen Frau vorgeht, jedenfalls wenn man dem Buch *Ein kleines Geschenk* glauben darf. Du wärst mir eine große Hilfe, denn wenn man den Charakter einer solchen Person ergründen kann, begreift man als Detektiv die Motive besser, nach denen man sucht. Verstehst du, was ich meine?«

»Nein, es tut mir Leid, ich muss jetzt ...«

Der Agent war endlich die Journalistin losgeworden und kam um den Tisch herum auf mich zu. »Kann ich Ihnen irgendwie behilflich sein?«

Ich warf ihm ein breites Lächeln zu. »Sind Sie auch Autor?«

Hetty sagte angespannt: »Hein, vielleicht könntest du diesem Meneer erklären, wie eine Schriftstellerin arbeitet.« Ihre Hand zitterte ein wenig, als sie die Nächsten zu sich winkte.

Drisman drängte mich mit diskreter Entschiedenheit beiseite. »Was wollen Sie?«

»Ich interessiere mich für Germaine, die Figur des traurigen Mädchens in ihrem ersten Roman.« Ich merkte, dass die Larue mithörte, während sie die Exemplare der Mädchen signierte. »Und zwar deswegen, weil sie mich an jemanden erinnert, den es tatsächlich gegeben hat. Hetty muss praktisch eine Reinkarnation von ihr sein, so sehr ähnelt sie ihr.«

»Das kommt nun mal vor«, erwiderte Drisman, um mich endgültig abzuwimmeln. »Es freut mich, dass das Buch Ihnen gefallen hat. Ihr Name ist übrigens Hedwige. Kann ich Ihnen ein Glas Champagner anbieten?«

»Nein, ich trinke nicht während der Arbeit.«

»Arbeit?« Erstaunt hob er die Augenbrauen. »Welche Arbeit denn?«

»Ach, nur die übliche Ermittlungsarbeit.«

Ich ließ ihn verwirrt stehen und gesellte mich zu CyberNel. Der Saal leerte sich allmählich.

»Und, amüsierst du dich?«, fragte Nel.

»Deshalb sind wir hier.«

»Am Wochenende erscheinen die Rezensionen in den Zeitungen. Die Kritiker haben das Buch bereits gelesen und sind begeistert. Der Baswin-Roman kommt am Monatsende heraus. Hoffentlich ist unsere Wühlarbeit hier nicht zu riskant.«

Ich lachte leise. »Aber warum denn? Hedwige kann nicht mehr zurück.«

Nel blickte sich um. Die Larue hatte sich von dem Fernsehteam unter Topfpalmen positionieren lassen und sprach vor der Kamera. Ihr Gesicht trug einen freundlichen, ausgeglichenen, ja professionellen Ausdruck. Sie war inzwischen schon längst an solche Interviews gewöhnt und ich konnte nicht erkennen, ob sie irgendwie beunruhigt war. Aus einer anderen Ecke der Lounge erklang fröhliches Gelächter. Dort feierten die Mitarbeiter des Mirabel Verlages ihr eigenes kleines Fest mit Freunden und Bekannten. Die meisten Journalisten waren bereits gegangen. Drisman führte ein ernstes Gespräch mit dem Verlagsleiter von Mirabel.

»Sie wird eventuelle Indizien vernichten, wenn sie sich in die Enge getrieben fühlt«, gab Nel zu bedenken.

»Deswegen sind wir ja hier.«

»Ich verstehe nicht ganz, was du meinst.«

»Es wäre doch ungünstig, wenn bald der Tanz losgeht und Carolines iBook mit deinen Mails darauf gefunden wird. Dann wird man sich nämlich bei Deborah Vrins erkundigen, was sie mit den beiden Büchern ihrer Schülerin Caroline genau meinte. Ich will doch schwer hoffen, dass das iBook auf dem Grunde des Ijsselmeeres liegt.«

Nel schaute mich mitleidig an. »Und deswegen sind wir hier?«

»Ja, ich will, dass sie diesen Computer entsorgt.«

»Aber das ist doch schon längst passiert«, entgegnete Nel spöttisch. »Sie glaubt mit Sicherheit nicht, dass da noch ein weiteres Buch drinsteckt, und sie braucht auch die E-Mails nicht mehr, ganz im Gegenteil.«

»Gut, dass wir eine Kopie von Carolines Buch haben.«

Nel seufzte. »Aber sobald wir damit ankämen, würde doch jeder Rechtsanwalt behaupten, dass wir auch die Übersetzung geklaut und heimlich auf die Festplatte geschmuggelt haben. Dadurch wird Hetty zum unschuldigen Opfer arglistiger Täuschung und man kann ihr nichts anhaben. Sie könnte sogar behaupten, dass wir Carolines Manuskript ebenfalls auf ihren Computer kopiert haben, um sie später damit erpressen zu können.«

Ich lachte. »Gute Idee eigentlich. Sie kann bestimmt eine Million entbehren.«

Ein paar Meter von uns entfernt unterbrachen der Verlagsleiter von Mirabel und Hein Drisman ihr Gespräch und schauten in unsere Richtung. »Du gehörst nicht zu mir«, sagte ich, ließ Nel stehen und wollte mich aus dem Staub machen.

Doch Drisman durchquerte den Raum und fing mich mühelos am Ausgang ab. »Ach, Meneer äh?«, setzte er an.

»Ja?«

»Ich hätte gerne Ihre Visitenkarte, nur für alle Fälle.«

Ich blieb stehen. »Für welchen Fall?«, erkundigte ich mich.

»Vielleicht möchte sich Hedwige Larue mit Ihnen in Verbindung setzen.«

»Ich habe keine Visitenkarte.«

Das fasste er zu Recht als Zurückweisung auf und reagierte gereizt. Er nahm eine Serviette von einem verlassenen Tisch neben uns und zog einen Kugelschreiber heraus. »Dann schreiben Sie mir eben Ihren Namen und Ihre Adresse auf, oder können Sie auch nicht schreiben?«

Ich schüttelte den Kopf. »Ich bin inkognito hier.«

Drisman runzelte die Stirn. »Haben Sie eigentlich eine Einladung?«

»Nein, deshalb gehe ich jetzt auch besser. Vielen Dank für das Buch.« Ich nickte Drisman freundlich zu und ging. Er blieb verdutzt zurück.

»Dummkopf!«, schimpfte Nel im Hotelfoyer. »Wir erregen viel zu viel Aufmerksamkeit!«

»Keine Sorge«, beruhigte ich sie. »Ich bin schließlich Walter Gieseking.«

Die Literaturkritik lobte an jenem Wochenende *Traum eines Mädchens* über den grünen Klee. Hedwige Larue habe mit einem meisterlichen Federstrich sämtliche Erwartungen, die ihr erster Roman geweckt habe, erfüllt, sei literarisch gereift und habe den Gipfel der niederländischen Literatur erklommen.

Kleine Geheimnisse, die Übersetzung von *Hidden Strings*, erschien eine Woche später. Vielleicht weil er von einer ausländischen Autorin stammte, schenkte man dem Roman Sara Baswins weniger Aufmerksamkeit als *Traum eines Mädchens,* dem man Betrachtungen über halbe Seiten hinweg, Zeitschriftenreportagen und Fernsehinterviews widmete.

Eine Woche später war immer noch nichts passiert. Anscheinend wurden Übersetzungen ausländischer Romane und niederländischsprachige Literatur von unterschiedlichen Kritikern rezensiert. Oder die Ausländer wurden weniger sorgfältig gelesen.

Nel wurde allmählich ungeduldig. »Nichts passiert und uns sind die Hände gebunden. Was ist denn los mit diesen Kritikern?«

»Die Zeitungen kriegen jede Woche bestimmt hundert Bücher zur Besprechung geschickt«, sagte ich. »Weißt du, wie viele Neuerscheinungen es jedes Jahr gibt?«

»Also müssen wir darauf warten, bis irgendein intelligenter Bücherwurm einen Leserbrief schreibt, weil ihm etwas Merkwürdiges aufgefallen ist? Bei so vielen Büchern pro Jahr kann das wohl noch eine Weile dauern.«

Ich trank Tee und schaute durch das Küchenfenster hinaus in den kahlen Dezembergarten. Sämtliche Insekten und auch Eichhörnchen und Feldhamster hockten jetzt in irgendwelchen gemütlichen Bauten und überwinterten, wenn man dem Geburtstagskalender glauben durfte, den Nel auf der Toilette aufgehängt hatte. Auch ich hatte manchmal nicht übel Lust auf einen behaglichen Winterschlaf. Mitten in der freien Natur auf dem Land ist man sich des Winters stärker bewusst als in Amsterdam. Wir hatten herbstliche Regenfälle gehabt und starke Stürme und sogar ein paarmal Nachtfrost. Ich hatte mir Holzschuhe für den Garten gekauft, musste aber sofort feststellen, dass sich der Spann nur mühsam an Klompen gewöhnt.

»Du bist ein intelligenter Bücherwurm«, fiel mir plötzlich ein.

»Vielen Dank. Soll ich einen Leserbrief schreiben?«

»Vielleicht geht es auch telefonisch. Ich müsste die Nummer doch noch irgendwo haben.«

Ich suchte mein Adressbuch heraus. Fred Brendel war noch nicht durchgestrichen.

»Ich bin's, Max Winter«, sagte ich kurz darauf in den Hörer. »Ich hoffe, du kannst dich noch an mich erinnern.«

»Na klar.« Fred Brendel lachte. »Ich habe gehört, dass du auf's Land gezogen bist.«

»Ich hätte da vielleicht wieder einen heißen Tipp für dich.«

»Prima. Seit der Geschichte mit dem General und den UN-Soldaten habe ich kaum mehr etwas Spektakuläres in den Fingern gehabt. Worum geht es?«

»Um Plagiat. Hast du den neuen Roman von Hedwige Larue gelesen, *Traum eines Mädchens?*«

»Nein.« Wieder lachte er. »Ich glaube auch nicht, dass mich ein Buch mit einem solchen Titel interessiert. Ich sollte mich schämen. Warum?«

»Nun, CyberNel hat es gelesen und dabei ist ihr etwas Merkwürdiges aufgefallen. Versprich bitte, uns aus der Sache herauszuhalten, aber Nel hat diese Woche auch die Übersetzung des Romans einer englischen Schriftstellerin gelesen und dabei festgestellt, dass das Buch der Larue eine fast wörtliche Kopie davon ist.«

Brendel schwieg einen Augenblick. Dann sagte er: »Jetzt mach mal halblang. Das kann doch nicht wahr sein. Wie heißt denn dieses andere Buch?«

»*Kleine Geheimnisse*, von Sara Baswin. Der englische Titel heißt *Hidden Strings.* Ich habe mir alle beide angeschaut und meiner Meinung nach hat CyberNel Recht. Die Geschichte ist genau dieselbe, nur die Namen wurden geändert und aus der Grafschaft Kent ist das Gooiland geworden.«

»Und das fällt niemandem auf?«, fragte er ungläubig.

»Na ja, beide Titel sind gerade erst erschienen, aber

trotzdem glaube ich, dass du schnell reagieren solltest. Ein intelligenter Leser und schon bricht die Hölle los, aber mit ein bisschen Glück kannst du eine Sensationsstory landen. Geh in den nächsten Buchladen und kauf sie alle beide, dann wirst du es selbst sehen.«

»Und wer hat da bei wem abgekupfert?«

Ich ließ ein abfälliges Lachen hören. »Das lässt sich ganz einfach feststellen. Schau im Impressum nach. Die englische Ausgabe ist letztes Jahr erschienen, das Buch der Larue gerade erst vor zwei Wochen.«

»Wow.« Wieder blieb es eine Weile still, während er in seinem Gehirn nach dem Haken an der Geschichte suchte. »Max?«

»Ja?«

»Was hast du damit zu tun?«

»Einem geschenkten Gaul schaut man nicht ins Maul«, antwortete ich.

»Ich dachte mir schon, dass du so etwas sagen würdest. Ich würde mich gern demnächst mal mit dir unterhalten.«

»Kein Problem. Ich wohne jetzt an der Linge.« Ich gab ihm die Telefonnummer und fügte hinzu: »Aber halte uns bitte da raus.«

Am nächsten Morgen stand es auf der Titelseite des *Algemeen Dagblad*. Fred ließ sich ausführlich darüber aus, er musste die halbe Nacht mit Lesen und Schreiben verbracht haben, hatte gleich lautende Passagen aus den beiden Büchern nebeneinander abdrucken lassen und zweifellos bereits an entsprechenden Stellen den nötigen Staub aufgewirbelt, indem er diverse Betroffene um einen Kommentar bat.

Die Larue hatte Brendel nicht zu fassen bekommen und ihr Agent Hein Drisman verweigerte eine Stellungnahme. Herausgeber Klausman von Mirabel behielt einen kühlen Kopf und beschränkte sich auf die förmliche Bemerkung, dass seinen Verlag keine Schuld träfe und man sie keinesfalls dafür verantwortlich machen könne. Brendel zitierte Klausman wörtlich: »Natürlich habe ich den Vertrag mit Juffrouw Larue in diesem Moment nicht vorliegen, doch jeder normale Vertrag enthält eine Gewährleistungsklausel, unter der der Autor erklärt, dass er das ausschließliche Urheberrecht an dem Werk innehat und er den Herausgeber von jeglichen Forderungen Dritter bezüglich des Inhalts seines Werkes entbindet.«

»Hetty wird sich freuen, dass ihr Herausgeber seine Autorin und Miteigentümerin jetzt Juffrouw Larue nennt«, sagte Nel, die über meine Schulter hinweg mitlas.

»Die Ratten verlassen das sinkende Schiff.«

»So sieht's aus.«

Der Übersetzer von Sara Baswins Buch war nicht erreichbar, doch ein Lektor des Verlages erklärte aus dem Stegreif, dass, falls sich diese Sache als wahr herausstelle, die Schriftstellerin nicht nur mit einer saftigen Schadensersatzklage seitens seines Verlages, sondern auch von Sara Baswin und Penguin Books in London rechnen müsse.

Ein Jurist der Zeitung erläuterte die rechtlichen Konsequenzen, die ein Plagiat in dieser Größenordnung nach sich ziehen konnte, sobald die Fakten einmal feststünden und bewiesen werden könnten. Die Berner Konvention garantiere den Schutz des Urheberrechtes, auch wenn es einen ausländischen Schriftsteller beträfe. Und das Urheberrecht sehe ein Verbreitungsverbot und die Vernichtung des Plagiatwerkes vor sowie Schadensersatzforderungen und strafrechtliche Verfolgung. Der Täter müsste mit Geldbußen sowie einer Gefängnisstrafe von bis zu sechs Monaten rechnen.

An jenem Abend wurde das Drama in den Fernsehnachrichten breit ausgewalzt. Kamerateams belagerten das Haus der Larue in Eemnes, konnten aber nicht viel mehr zeigen als das hermetisch verriegelte Tor und Interviews mit den Nachbarn, da Hedwige Larue selbst abgetaucht war. Ihr Agent war zwar erreichbar, hielt sich aber nach wie vor bedeckt.

Ein kleines Geschenk, Larues erstes Buch, wurde als das Werk bezeichnet, mit dem sich die Schriftstellerin auf einen Schlag einen Namen gemacht hatte. Auf die Idee, dass auch damit etwas nicht stimmen könnte, schien vorerst noch niemand zu kommen. Ein Rezensent sagte in einem Kommentar, dass der erste Roman der Larue sehr hohe Erwartungen geweckt habe, die die Autorin unter einen enormen Druck gesetzt hätten, innerhalb eines angemessenen Zeitraums ein neues Werk zu präsentieren, und dass sie dadurch vielleicht zu dieser verwerflichen Verzweiflungstat getrieben worden sei.

Ein Jurist äußerte die Erwartung, der Fall werde wohl hauptsächlich zivilrechtlich verhandelt. Dies könne sich zu einer Zeit raubenden Prozedur auswachsen, sodass vermutlich zunächst im Eilverfahren gefordert würde, das Buch unverzüglich aus dem Handel zu nehmen, es beim Verlag und den Versandfirmen zu beschlagnahmen und anschließend zu vernichten.

Die Buchhändler meldeten, ihnen würde der Roman förmlich aus den Händen gerissen und nach einem weiteren solchen Tag gäbe es vermutlich keine Exemplare mehr zu beschlagnahmen. Prompt erhielt *Traum eines Mädchens* Sammlerwert und wurde im Internet mit Preisen bis zu zweitausend Euro für ein von der Larue signiertes Exemplar angeboten.

Dem Reporter einer Nachrichtensendung gelang es, Erik Alledins zu erwischen. Der Lehrer war an diesem Tag zu Hause geblieben und las ungläubig das Buch der Larue. »Wir sprechen mit Erik Alledins, dem niederländischen Übersetzer des Romans von Sara Baswin«, verkündete der Reporter. »Meneer Alledins, was sagen Sie dazu?«

»Es ist wortwörtlich dasselbe«, sagte Alledins schockiert. »Das ist meine Übersetzung!«

»Aber wie kann Hedwige Larue daran gekommen sein?«, fragte der Reporter. »Die Manuskripte müssen doch praktisch zum selben Zeitpunkt bei den beiden Verlagen abgeliefert worden sein. Haben Sie den Text als Ausdruck, auf einer Diskette oder per E-Mail verschickt? Wie konnte Hedwige Larue seiner habhaft werden?«

Alledins stand verwirrt vor der Kamera. »Sie muss das Manuskript gestohlen haben, aber wie? Aus meinem Computer? Das ist unmöglich. Ich habe es per E-Mail an meinen Verlag geschickt und später noch die Druckfahnen korrigiert.«

»Könnte jemandem im Verlag ein Irrtum unterlaufen sein?«

Der Übersetzer runzelte die Stirn. »Ich weiß nicht, worauf Sie hinauswollen, aber ich kann mir nicht vorstellen, dass irgendjemand im Verlag sich auf etwas Derartiges einlassen würde.«

»Kennen Sie Hedwige Larue?«

Alledins starrte ihn an. »Wie bitte?«

»Ich meine, persönlich? Sie sind doch in der Buchbranche tätig. Sie haben sie doch bestimmt schon einmal irgendwo getroffen?«

Im Hintergrund klingelte ein Telefon und die Kamera schwenkte auf Mevrouw Alledins, die den Hörer hochhielt. Alledins erwachte aus seiner Trance und nahm das Gespräch an. Die Kamera blieb auf ihn gerichtet, während er zuhörte und schließlich auflegte. »Mein Herausgeber hat mich gebeten, keinerlei Informationen an die Medien weiterzugeben«, sagte er förmlich. »Und daran werde ich mich halten.«

Ein Londoner Korrespondent war nach Kent gereist, sodass wir auch Sara Baswin kennen lernten, eine joviale, rothaarige Engländerin mit funkelnden Augen und Sinn für Humor. Sie stand vor einem mit prächtigen Meißelarbeiten verzierten Kamin in einem gemütlichen Raum voller Bücher und sagte: »Sieh mal einer an, das wird ja das nötige Aufsehen erregen. Was wollen Sie von mir hören? Dass es eine Schande ist? Ich finde es in erster Linie lächerlich. Ich kann mir gar nicht vorstellen, wie irgendjemand im einundzwanzigsten Jahrhundert eine solche Dummheit begehen kann. Das Reden überlasse ich mit Vergnügen meinen Anwälten, aber es würde mich nicht wundern, wenn noch etwas anderes hinter dieser Sache steckt.«

Natürlich gelang es mir nicht, Hetty Larue zu erreichen, wohl aber ihren literarischen Agenten in seinem Den Haager Hauptquartier.

»Drisman.«

»Max Winter.«

»Wie bitte? Ach so, der Meneer Inkognito.«

»Stimmt. Ich weiß, dass Sie viel um die Ohren haben, und es widerstrebt mir richtig, Ihnen noch mehr aufzuhalsen. Stehen Sie in Kontakt mit Ihrer berühmten Schriftstellerin?«

»Das geht Sie gar nichts an.«

»Ich würde nicht auflegen, wenn ich Sie wäre. Sie sollten sich einmal mit ihrer Autorin unterhalten, und zwar über ihr erstes Buch, *Ein kleines Geschenk*. Das ist nämlich auch nicht einfach so vom Himmel gefallen. Ich muss es wissen, denn ich selbst komme darin vor, und ursprünglich hieß die Hauptfigur Tilly, bevor Hetty sie in Germaine umbenannte. Und wie hieß noch die andere junge Frau?«

Er legte nicht auf. Er schwieg zwei Sekunden lang und sagte dann: »Vielleicht könnten Sie mir mal erklären, was genau Sie bezwecken. Meine Klientin rätselte schon neulich, worauf Sie mit Ihrer merkwürdigen Geschichte hinauswollten. Inzwischen habe ich auch erfahren, dass Sie vor einiger Zeit unter einem Vorwand und einem falschen Namen beim Mirabel Verlag aufgetaucht sind.«

»Wahrscheinlich ist das ja alles nur ein Zufall«, sagte ich.

»Und ich würde Ihnen raten, es dabei zu belassen«, erwiderte er.

»Wie bitte?«

»Ich würde keinen Moment zögern, rechtliche Schritte gegen Sie zu unternehmen, falls Sie den guten Namen meiner Klientin in Misskredit bringen oder ihre Integrität als Autorin öffentlich anzweifeln.«

Das ließ ich mir kurz auf der Zunge zergehen. »Haben Sie das schriftlich vorliegen?«, fragte ich. »Oder formulieren Sie solche Sätze aus dem Stegreif?«

Er hatte ein dickes Fell. »Ich will Sie nur warnen!«

»Was Sie in der aktuellen Situation mit dem guten Namen ihrer Autorin meinen, ist mir zwar ein Rätsel, aber wenn ich Sie wäre, würde ich mich wirklich einmal mit ihr unterhalten. Richten Sie ihr ruhig aus, dass auch meine Geduld ihre Grenzen hat.«

15

In Baarn fiel Schneeregen, sodass ich hin und wieder die Scheibenwischer einschalten musste, um die weiße Villa beobachten zu können. Um elf Uhr hielten einige Autos auf dem nassen Kies direkt vor dem Seiteneingang. Es hatte ein Eilverfahren gegeben und ich vermutete, dass es sich um den Staatsanwalt, Mitarbeiter der Staatsanwaltschaft und vielleicht auch einige Kriminalbeamte handelte. Heute war die Tür des Mirabel Verlags geschlossen und die Leute mussten klingeln. Ich sah nicht, wer öffnete. Die Mitarbeiter der Staatsanwaltschaft trugen zusammengefaltete Kartons hinein. Eine halbe Stunde später wurden die Kartons auseinander gefaltet und mit beschlagnahmtem Material hinausgetragen und in einen Lieferwagen geladen, der als Erster losfuhr. Es waren nicht viele Kartons; ich ging davon aus, dass sich der größte Teil der Auflage von *Traum eines Mädchens* in der Druckerei und im Zentrallager befand.

Über der Villa hing eine bedrückte Atmosphäre, doch vielleicht lag das auch nur an dem widerlichen Wetter. Durch den Haupteingang zu den übrigen Geschäftsräumen herrschte das übliche Kommen und Gehen und um halb zwölf traf ein Übertragungswagen mit einem Fernsehteam ein, das Aufnahmen von der verregneten Villa machte und versuchte zur Seitentür hineinzukommen. Die Kamera war auf die Tür gerichtet, als jemand vom Verlag sie öffnete und fünf Sekunden später wieder schloss. Das Fernsehteam zog ab.

Um zwölf Uhr kamen nach und nach die Mitarbeiter der anderen Firmen heraus. Die Kripo war immer noch bei Mirabel, als ich die leicht gebeugte Gestalt von Gerard Vreemoed in einem Regenmantel aus der Seitentür herauskommen sah, gefolgt von Katrien van Dop, die einen roten Regenschirm aufspannte. Bei ihren Autos wurden sie von Kollegen aus den anderen Büros angesprochen. Vreemoed wimmelte alle ab und verschwand rasch in einem dunklen Renault, doch Katrien wechselte ein paar Worte mit einem jungen Mann indonesischer Abstammung, bevor sie in einen kleinen Peugeot stieg.

Ich startete den BMW und folgte ihr. Sie durchquerte das Zentrum von Baarn, parkte vor einer Reihe von Geschäften und rannte ohne Regenschirm in einen Albert-Heijn-Supermarkt hinein. Ich fand einen Parkplatz und wartete. Eine Viertelstunde später kam sie mit einer Einkaufstasche wieder aus dem Laden heraus. Ich spannte meinen Regenschirm auf und fing sie ab, als sie ihr Auto erreichte.

»Tag, Katrien.«

Sie blieb überrascht stehen und sagte dann: »Ach, der Fotograf.«

Ich hielt ihr meinen Schirm über den Kopf. »Ich muss dich einen Augenblick sprechen. Außerdem habe ich etwas gutzumachen. Hast du Zeit, mit mir zu Mittag zu essen?«

»Nein, tut mir Leid.« Sie schüttelte den Kopf. »Ich muss zu meinem Sohn. Normalerweise betreut ihn die Nachbarin über Mittag, aber die ist heute nicht da. Falls es um Hetty Larue geht, kann ich dir sowieso nicht weiterhelfen.« Sie lachte leise. »Wir dürfen nicht mit Medienvertretern reden, sonst droht uns die Entlassung. Per ordre de mufti, Klausman.« Hinter den Regentropfen auf ihren Brillengläsern funkelten ihre Augen irgendwie ein wenig schadenfroh.

»Fünf Minuten?«

Sie schaute auf die Uhr, öffnete die Autotür und stellte ihre Einkäufe auf den Rücksitz. »Aber ich verrate nichts.«

»Es geht auch um etwas anderes.«

Wir rannten unter die schützenden Vordächer der Geschäfte. Ich schüttelte meinen Schirm aus und klappte ihn zu. Katrien nahm ihre beschlagene Brille ab und zog ihr Taschentuch heraus. Ein wenig kurzsichtig schaute sie den Umschlag mit Fotos an, die Nel hatte machen lassen.

»Die hattest du noch gut.« Ich zog den kleinen Stapel halb aus dem Umschlag, sodass sie sehen konnte, dass sie darauf war. »Sie sind nicht besonders gut geworden, ich bin ein schlechter Fotograf.«

Sie nahm den Umschlag an und klemmte ihn unter den Arm, während sie fortfuhr, ihre Brille zu putzen. »Mir ist so was zu Ohren gekommen, aber ich bin nun mal von Natur aus neugierig.«

»Mein Name ist Max Winter und ich bin Privatdetektiv.« Ich zeigte ihr meinen Ausweis von Meulendijks Firma.

Unter ihren roten Haaren erschien eine steile Falte, als sie meinen Namen hörte. »Na ja, Walter Gieseking kam mir schon ein bisschen komisch vor. War das nicht ein Pianist?« Sie wies mit dem Kinn auf den Ausweis. »Was ist Meulendijk?«

»Ein Ermittlungsbüro.« Ich zog das Foto von Caroline hervor. »Hast du diese junge Frau irgendwann schon einmal gesehen?«

»Moment mal.« Katrien setzte ihre Brille wieder auf und schaute mich verdutzt an. »Jetzt verstehe ich überhaupt nichts mehr. Du behauptest, du seist von der Presse, und versuchst mich über Hetty Larue auszuhorchen. Und auf einmal bist du Detektiv und suchst jemand ganz anderen?«

»Es wäre sehr zeitraubend, dir das zu erklären«, sagte ich. »Es tut mir Leid, dass ich dich getäuscht habe, aber es ging nicht anders. Ich brauche deine Hilfe. Es geht um dieses Mädchen.«

Sie betrachtete das Foto und schüttelte den Kopf.

»Sie heißt Caroline Romein. Ich vermute, dass sie in der ersten Julihälfte im Verlag gewesen ist und mit Hetty Larue gesprochen hat.«

»Und wo liegt da der Zusammenhang?« Sie schaute mich forschend an. Sie war intelligent. »Du hast dich doch ausschließlich für Hettys Buch interessiert.«

»Es geht aber um dieses Mädchen.«

»Für wen arbeitest du?«

»Für ihre Mutter.«

»Ist sie weggelaufen?«

Ich zuckte leicht mit den Achseln. »Ich weiß, dass sie bei Mirabel gewesen ist, aber ich brauche jemanden, der das bezeugen kann.«

Sie spitzte die Lippen und schaute sich das Foto noch einmal an. »Ich habe das Mädchen noch nie gesehen. An dieses Gesicht würde ich mich garantiert erinnern. Falls sie bei uns gewesen ist, war ich gerade nicht da.«

Ich seufzte. »Vielleicht die Empfangsdame, Emily?«

»Emily lässt sich belegte Brötchen ins Geschäft bringen, die kann nicht weg. Du kannst dir das Chaos ja vorstellen. Sämtliche Bücher und Akten wurden beschlagnahmt. Man hat sogar mich vernommen, ob ich Hetty vielleicht irgendwie zu dieser Übersetzung verholfen hätte. Stell dir das mal vor. Dabei hatte ich bisher noch gar nichts von Sara Baswin gelesen.« Sie lachte. »Na ja, inzwischen offenbar schon, schließlich habe ich ihren letzten Roman lektoriert.« Wieder schaute sie auf die Uhr. »Bobbie hat jetzt Schule aus, ich muss wirklich nach Hause.«

»Wie könnte ich Emily erreichen?«

»Ich könnte ihr das Foto zeigen und sie fragen.«

»Nein, es ist besser, wenn das zunächst noch unter uns bleibt«, sagte ich. »Später wird dir alles klar werden, das verspreche ich dir. Am liebsten würde ich Emily selbst das Foto zeigen. Meinst du, du könntest sie heute Nachmittag irgendwie unter einem Vorwand hinauslotsen? Sag mir einfach eine Uhrzeit, dann stehe ich vor der Tür.«

Katrien zögerte nicht lange. »Okay, ich werde es versuchen. Gleich um zwei Uhr?« Sie nickte mir zu und rannte zu ihrem Wagen.

Nachmittags war es schon erheblich ruhiger. Die Polizeifahrzeuge waren weg und die Angestellten bei der Arbeit. Ich hörte in den Radionachrichten, dass Hedwige Larue am Vormittag in einem Hotel in Zeeland verhaftet und zum Verhör nach Hilversum gebracht worden war. Hein Drisman blieb in dem Bericht unerwähnt. Der Schnee war in Nieselregen übergegangen und überall lag Matsch. In den Alpen sind auch die Mischformen des Schnees romantisch; hier wurde man von oben bis unten nass gespritzt, wenn man sich zu nahe an die Bordsteinkante wagte. Allerdings konnte es durchaus sein, dass Nel wiederum auf eine weiße Winterlandschaft blickte, während sie vor ihren Konsolen im Heuschober saß und nach Mitteln und Wegen suchte, die Larue in die Enge zu treiben.

Ich startete den Wagen und fuhr die Kieseinfahrt hinauf, als ich Katrien mit der Rezeptionistin hinauskommen sah. Sie trugen keine Mäntel, doch die blonde Empfangsdame versuchte ihre Frisur mit einem kleinen karierten Schirm zu schützen.

Rasch stiegen sie hinten ein und ich fuhr vorne herum an der Villa vorbei und aus der anderen Ausfahrt hinaus auf die Straße. »Haben wir Zeit für eine Tasse Kaffee in *De Generaal?*«, fragte ich über die Schulter hinweg.

»Auf keinen Fall«, antwortete Emily. »Das Telefon klingelt ununterbrochen und Vreemoed flippt gleich aus.«

Katrien lehnte sich nach vorn. »Vreemoed sitzt an der Rezeption, ich habe ihm weisgemacht, dass Emily zu dem Untersuchungswagen für die Brustkrebsvorsorge am Bahnhof muss.«

Das Auto machte einen Schlenker, als ich mich umschaute. »Wohin?«

Sie kicherten. »Mir ist nichts Besseres eingefallen, und dazu konnte er keine weiteren Fragen stellen, ohne indiskret zu sein«, erklärte Katrien.

Ich hielt auf dem Parkplatz neben *De Generaal,* stellte den Motor ab und drehte mich um. Ich schaute Emily an. »Hat Katrien dir erklärt, worum es geht?«

»Ja, dass du jemanden suchst und mir ein Foto zeigen möchtest.«

Ich nickte und gab ihr das Foto von Caroline. »Das ist die junge Frau. Sie muss im Juli im Verlag gewesen sein.«

Emily genügte ein kurzer Blick. »Ach die«, sagte sie sofort. »Ihren Namen habe ich vergessen, aber das ist doch dieses Nervenbündel.«

»Wie kommst du denn darauf?«, fragte Katrien.

Emily schaute sie an. »So hat Hetty sie genannt. Ich kann mich noch daran erinnern, weil sie so eine Show darum machte.«

»Eine Show?«, fragte ich.

»Ja, sie kam am nächsten Tag zu mir an die Rezeption und hat mir lang und breit erzählt, wie viel Zeit sie mit diesem Nervenbündel und ihren Schulaufsätzen verschwendet habe, dass sie sie einfach nicht losgeworden wäre und ob ich ihr den Gefallen täte, sie abzuwimmeln, falls dieses Kind jemals wieder bei uns auftauchen würde.« Emily schaute Katrien viel sagend an. »Dabei muss sich Hetty normalerweise schon überwinden, mir Guten Morgen zu sagen, geschweige denn dass sie je mit mir ein Schwätzchen an der Rezeption gehalten hätte.«

Katrien murmelte: »Dumme Pute.«

Wieder schaute sich Emily das Foto an und runzelte die Stirn. »Auf dem Bild sieht sie hübscher aus, mit diesem leichten Lächeln. Als sie in den Verlag kam, hat mich ihr Gesicht an einen Totenkopf erinnert.«

»Weißt du noch, wann das war?«, fragte ich.

»Nein. Im Juli vielleicht?« Sie runzelte die Stirn und schaute Katrien an. »Warte mal, es muss an einem Mittwoch gewesen sein, denn dann hast du Bobbie über Mittag. Und Vreemoed geht immer um halb fünf nach Hause, also muss es später gewesen sein.« Sie schaute mich an und klärte mich auf. »Wenn Besucher in Verlagsangelegenheiten kommen, hole ich immer Katrien oder Vreemoed. Beide waren nicht da. Klausman könnte noch in seinem Büro gewesen sein.« Ihr Gesichtsausdruck hellte sich auf. »Aber das Datum muss ganz leicht rauszufinden sein, denn es muss der Mittwoch gewesen sein, bevor Hetty sich zwei Wochen Urlaub nahm.«

»Wie bitte?«, fragte ich.

Katrien nickte. »Stimmt. Sie wollte in der Zeit ihr Buch fertig machen.«

»Ach.« Ich wandte mich wieder an Emily. »Sie hat also nicht explizit nach Hetty gefragt?«

»Nein ...« Emily dachte nach. »Sie wollte einfach jemanden vom Verlag sprechen. Das kommt öfter vor, dass jemand mit einem Buchmanuskript vorbeikommt oder so. Diese Leute sind immer nervös.«

»Hatte sie ein Manuskript bei sich?«

»Sie trug eine Mappe unter dem Arm. Meistens ist es sowieso nichts, oder nichts für uns.« Wieder schaute sie Katrien an. »Stimmt doch, oder? Was soll das Ganze eigentlich?«

»Im Moment reicht es mir zu wissen, dass das Mädchen im Verlag gewesen ist und dort mit Hetty Larue gesprochen hat«, sagte ich. »Und ich brauche jemanden, der das wenn nötig bezeugen kann. Hast du sie auch weggehen sehen?«

»Nicht dass ich wüsste. Deshalb meine ich ja auch, dass sie gegen fünf gekommen ist, denn um fünf Uhr gehe ich meistens nach Hause. Vielleicht hat Klausman sie gesehen, der ist meistens der Letzte und schließt dann ab. Bezeugen? Meinst du bei der Polizei?«

»Vielleicht wird es gar nicht nötig sein, aber bitte sprich vorläufig nicht darüber.« Ich schaute in ihr hübsches blondes Empfangsdamengesicht und begriff, dass nicht über etwas zu reden eine schwere Aufgabe für Emily war. Auf der anderen Seite konnte ich davon ausgehen, dass Hetty Larue sich in der nächsten Zeit selten im Verlag blicken lassen würde.

Das Telefon auf meinem Schreibtisch klingelte, doch ich kam zu spät und der Anrufer hatte aufgelegt, bevor ich abnahm. Wer immer es auch gewesen war, er hatte offenbar keine Lust gehabt, eine Nachricht auf dem Anrufbeantworter zu hinterlassen. CyberNel hatte natürlich schon längst ein System installiert, das die Telefonnummern der Anrufer anzeigte. Es war eine Nummer in Den Haag, die wir alsbald als die der Agentur von Hein Drisman identifizierten. Ich schaute auf die Uhr. Es war weit nach Büroschluss.

Keine Hektik, dachte ich.

Eine halbe Stunde später klingelte das Telefon erneut und wieder passierte dasselbe, weil wir in der Küche beim Essen saßen. Wieder keine Nachricht. Der Anruf kam aus einer Telefonzelle in Amsterdam.

Ich schaute Nel an, die mir nachgekommen war. »Scheint so, als wollte jemand überprüfen, ob wir zu Hause sind«, sagte ich.

»Ich hätte schon längst eine Alarmanlage installieren sollen«, meinte sie. »Oder tausend Volt auf die Türklinken legen.«

Die literarische Agentur war natürlich geschlossen, aber der Anrufbeantworter gab neben den Bürozeiten auch eine Handynummer für dringende Fälle an. Die wählte ich. »Drisman.«

»Max Winter. Sie haben vorhin versucht, mich zu erreichen?«

»Wer ist da? Ach, Sie sind's. Nein, ich habe Sie nicht angerufen.«

»Vielleicht war es ein Stöhner, aber jedenfalls kam der Anruf aus Ihrem Büro, dann muss wohl dort jemand meine Nummer gewählt haben. Da ich mich gerade auf den Weg nach Deventer machen wollte, dachte ich, ich rufe Sie vorher lieber erst zurück, um nachzuhören, worum es ging. Haben Sie schon mit Ihrer Klientin gesprochen? Oder war das unter diesen Umständen zu problematisch?«

Wie gesagt, Drisman hatte ein dickes Fell. »Für wen arbeiten Sie?«, fragte er.

»Namen von Auftraggebern werden grundsätzlich vertraulich behandelt und außerdem habe ich jetzt keine Zeit.« Ich legte auf, bevor sich Drisman neue Drohungen ausdenken konnte.

Um elf Uhr läutete wieder das Telefon, als wir uns vor dem gemütlich bullernden Franklin-Kamin einen Drink genehmigten. Der Anrufbeantworter sprang an, doch noch vor dem Piepton wurde aufgelegt.

Nel stellte fest, dass der Anruf aus der Gastwirtschaft *De Roos* in Utrecht kam. Sie wurde allmählich nervös. Wir beschlossen, zur Sicherheit in den Heuschober umzuziehen.

Es war ein merkwürdiges Gefühl, in einem Gästebett im Heuschober zu liegen, umso mehr, weil wir uns im Schlafzimmer meiner verstorbenen Nachbarin Jenny befanden. Ich habe in tausenden von fremden Betten geschlafen. Sie alle haben ihre eigene Geschichte, ein Mosaik aus Langeweile, Sorgen, Sex, Freude, Krankheit und Tod. Ich lag an Nels Rücken geschmiegt, eine Hand schützend auf ihren Bauch gelegt, und überlegte, dass werdende Väter womöglich ihr Bedürfnis, andere Leute mit versteckten Drohungen aus der Fassung zu bringen, unterdrücken sollten.

Die Terrassentür zum Holzbalkon, der um den Heuschober herumführte, stand einen Spalt offen und ich fror. Nel war warm. Meine Beretta lag griffbereit in meinem Schuh auf dem Fußboden neben dem Bett und Nel hatte ihre lächerliche Jennings .22 in ihr Nachthemd gewickelt, bevor wir hinüberschlichen.

Ich hörte den Wind in den hohen Pappeln rauschen und hin und wieder ein Auto auf der Landstraße vorbeizischen, die ein paar hundert Meter entfernt hinter Bäumen und Weiden parallel zu unserem Deich entlangführte. Ich kam mir ein bisschen lächerlich vor, weil nichts passierte. Nach einer Weile schlief ich ein.

Nel rüttelte mich wach und hielt mir mit der Hand den Mund zu.

»Ich höre etwas«, flüsterte sie.

Ich schlug die Decke zurück, stand im Dunkeln aus dem fremden Bett auf und suchte tastend den Weg zur Balkontür. Ich löste den Türhaken, drückte die Tür weiter auf, blieb in der Kälte stehen und lauschte. Ich hörte nichts Ungewöhnliches. Der Balkon befand sich auf der Rückseite des Heuschobers und außerdem lag unser Haus hinter einer dichten Hecke. Der Wind fuhr seufzend durch die kahl werdenden Pappeln und das Schilf.

»Bist du sicher?«, fragte ich leise.

»Klang wie eine Autotür. Nein, dumpfer, wie ein Schlag auf eine aufgepustete Papiertüte.«

Sie hielt eine Taschenlampe abgeschirmt auf den Boden gerichtet, sodass ich meine Hose und meinen Pullover finden und meine Beretta aus dem Schuh fischen konnte, bevor ich ihn anzog.

»Du bleibst hier«, sagte ich.

»Ich gebe dir Rückendeckung.«

»Cornelia!« Ich steckte mir die Beretta in den Gürtel und drückte Nel mit beiden Händen zurück auf das Bett. »Du bist im vierten Monat schwanger und bleibst hier. Okay?«

»Schweizer Frauen stehen bis zwei Wochen vor der Geburt noch auf Skiern«, wandte sie ein.

»Aber nicht meine Frau.«

Ich konnte ihre Augen nicht sehen, aber ich wusste, was für ein Gesicht sie machte. Ich übernahm die Taschenlampe von ihr und schaltete sie aus, bevor ich zur Tür zum Zwischengeschoss ging. Ich schlich die Treppe hinunter, durchquerte die Küche und den Vorratsraum und verließ den Heuschober durch die Hintertür.

Der Deich wurde von Straßenlaternen beleuchtet, von denen die nächste hinter dem Haus der Nachbarn stand. Außerhalb ihres direkten Lichtkreises, zur Flussseite hin, stand ein Auto mit zwei Rädern auf dem unbefestigten Straßenrand geparkt. Ich hatte nie besonders darauf geachtet, was für einen Wagen die Nachbarn fuhren, und konnte nicht sagen, ob das Auto hierher gehörte oder nicht. Allerdings wusste ich, dass der Nachbar genau wie ich eine Einfahrt zu einer Garage hatte. Um das Auto zu erreichen hätte ich über den Deich direkt an der Vorderfront meines Hauses entlanggehen müssen. Falls sich jemand in den dortigen Räumen aufhielt, würde er mich im Schein der Straßenlaternen am Fenster vorbeikommen sehen.

Ich stand im schneidenden Wind auf dem Deich am Ende der Hecke und versuchte durch das Seitenfenster hineinzuschauen. Das Laternenlicht fiel durch die niedrigen Deichfenster auf die Sitzecke im Wohnzimmer. Ansonsten konnte ich nichts erkennen, sah weder Bewegungen noch Licht und hörte kein Geräusch. Ich schlich über die gepflasterte Einfahrt an der einen Hausseite entlang, stieg die wenigen Stufen zur Terrasse hinauf und blieb an der Glastür stehen. Ich leuchtete ganz kurz die Scheiben und das Türschloss an – keine Einbruchspuren zu sehen.

Ich schob ganz leise meinen Schlüssel ins Schloss. Die Tür ging lautlos auf. Ich roch einen beißenden Gestank. Meine Hand ging zum Lichtschalter, doch bevor ich ihn erreichen konnte, drückte jemand mir etwas Hartes, Rundes direkt unterhalb der Rippen in die Seite.

»Stehen bleiben!«, sagte ein Mann. Seine Stimme klang gedämpft, aber vollkommen beherrscht.

Der Mann reichte hinunter und nahm mir die Beretta aus der herunterhängenden Hand. Dabei hielt er weiterhin die Waffe unter meine Rippen gedrückt. Der Ring in meiner Seite hatte den Umfang eines Schalldämpfers. »Zwei Schritte nach vorn.«

Ich gehorchte und blieb vor den Blumenkästen stehen, die als Raumteiler zum höher gelegenen Wohnzimmer fungierten. Der Mann kam hinter mir her, aus dem Schatten einer großen Topfpalme neben der Hintertür heraus. Der Gestank war überwältigend, Schwefelsäure oder irgendein anderes ätzendes chemisches Zeug, das von meinem Schreibtisch aus auf mich zuwehte und mir in Mund und Augen stach.

»Hände auf den Rücken!«

Ich dachte nicht lange nach. Helden gibt's nur im Film. In der alltäglichen Wirklichkeit befolgen Polizisten und Detektive dieselben Regeln, die für Geldboten und Bankangestellte gelten. Die Stimme des Mannes klang gedämpft, als trüge er etwas vor dem Mund, aber von Nervosität keine Spur. Er würde schießen, wenn ich eine falsche Bewegung machte, vielleicht auch einfach so. Nel würde keinen Schuss hören. Ich hoffte, dass sie im Bett blieb und dass das hier nicht zu lange dauern würde, denn sonst würde sie ganz bestimmt kommen, mit ihrer Zündplättchenpistole.

Mir wurde etwas um die Handgelenke geschlungen, angezogen und mit leisem Klicken befestigt. Keine Metallhandschellen, aber die Fessel saß fest und stramm.

»Wo ist er?«

»Wer?«

»Der Tresor!«

»Ich habe keinen Tresor.«

Der Schalldämpfer wurde mir in den Nacken gebohrt. »Du weißt, was ich suche. Wo sind deine Disketten?«

»Man sagt doch, der iMac wäre so zuverlässig, da bräuchte man keine Back-ups zu machen.«

»Das war das letzte Mal, dass du versuchst, witzig zu sein«, sagte er. »Wo sind sie?«

»Im Computer«, sagte ich.

Der Druck in meinem Nacken verschwand. Links von mir wurde eine Lampe eingeschaltet. Ich wandte den Blick um und sah eine schmutzig weiße Nebelwolke über meinem Schreibtisch hängen. Darunter zischte etwas. Der Mann lief rasch hin. Er trug eine Sturmhaube, eine Schutzbrille und darunter einen dicken Knubbel, als versuche er eine missgestaltete Nase zu verbergen. Er war mittelgroß und hatte einen schwarzen Trainingsanzug und Handschuhe an. Kein Mensch konnte mit einer solchen Beschreibung etwas anfangen. Ich hoffte, dass das der Grund war, warum er mir nicht die Augen verbunden hatte.

An meinem Schreibtisch saß ein anderer Mann, ebenfalls mit Brille und Knubbel, und mir wurde klar, dass sie Atemschutzmasken trugen, um ihre Lungen vor dem zu schützen, was sie da auskochten. Der Rauch kam garantiert aus meinem Computer. Auf meinem Schreibtisch stand eine Tasche, eine Art Werkzeugkoffer, wie auch Nel ihn besaß, mit einem Riemen zum Umhängen und einer Schlaufe, mit dem man ihn an den Gürtel hängen konnte, damit er nicht im Weg war, wenn man durch ein

Fenster kletterte. Die Männer sprachen murmelnd miteinander. Ich stand zu weit weg, um sie verstehen zu können, doch der Mann hinter der Rauchwolke nickte und warf Gegenstände in die Tasche, die schon ziemlich voll zu sein schien.

Der erste Mann schaute in meine Richtung und zielte mit der Waffe auf mich. Es hätte eine Glock 17 oder eine 9 mm Taurus sein können, jedenfalls sah sie mit Schalldämpfer gemein aus. Ich starrte auf das kleine Loch in dem dicken Lauf und dachte, dass dies womöglich das Ende war, von anonymer Hand, und dass die Welt für mich aufhören würde zu existieren. Ich dachte an Nel, die allein war und schwanger. Das war eigentlich das Einzige, woran ich dachte. Ich hatte Angst davor, die Bilanz all dessen, was ich in meinem Leben richtig oder falsch gemacht hatte, präsentiert zu bekommen, oder meine Vergangenheit wie einen Film an mir vorbeiziehen zu sehen, der laut einschlägiger Literatur dem, der Auge in Auge mit dem Tod steht, von einem göttlichen Filmvorführer in Zeitraffer gezeigt wird.

Dann ging das Licht aus und ich hörte Schritte. Ein schwacher Lichtkegel kam ein Stück auf mich zu, bevor er über die Stufen hinauf ins Wohnzimmer wanderte und von dort aus zum Durchgang zur Küche. Das Licht verschwand im Flur. Meine Füße setzten sich in Bewegung, doch ich erstarrte, als ich unversehens in das grelle Licht einer anderen Taschenlampe getaucht wurde.

»Wollten wir nicht stehen bleiben?«

Der erste Mann war noch da. Ich stand im Lichtkegel und spielte Standbild. Der Mann blieb hinter seiner Lampe unsichtbar im Wohnzimmer stehen, auf der anderen Seite der Blumenkästen, drei Meter von mir entfernt. Ich hörte undeutliche Geräusche aus dem Gästezimmer am Deich. Vielleicht waren sie dort durch das Fenster eingestiegen. Wenn ich auf dieser Seite nachgesehen hätte,

hätte ich jetzt vielleicht nicht mit den Händen auf dem Rücken auf eine Kugel gewartet. Das Licht ging aus.

Ich sah nichts, ich war geblendet. Ich glaubte, leise Schritte zu hören, doch das Geräusch wurde vom Zischen des Zeugs übertönt, das dabei war, sich einen Tunnel durch meinen Computer und den Schreibtisch darunter zu fressen und von dort aus womöglich durch den Fliesenboden bis nach Hawaii. Ich vermied es durch die Nase zu atmen und drehte mich nach einer Minute vorsichtig um. Niemand schoss auf mich, als ich die zwei Schritte zurück zur Tür schlich und mit dem Kopf auf den Lichtschalter drückte. Ich sah die Wolke über meinem Schreibtisch und versuchte, meine Handgelenke aus den wie immer gearteten Fesseln zu befreien. Sie waren stark wie Stahl. Mir blieb die Luft weg und ich drehte mich zur Tür. Ich wollte gerade mit dem Ellenbogen den Griff herunterdrücken, als die Tür von selbst auf ging und ich halb nach draußen fiel. Nel fing mich auf, in einer Welle frischer Luft.

»Max ... du meine Güte!«

Ich roch kalte Luft und den Weichspüler ihres Anoraks und drehte mich um. Sie bückte sich. »Plastikhandschellen, kennst du ja«, sagte sie. »Ich habe leider kein Messer dabei.«

Wir nannten sie Arme-Leute-Handschellen, doch manchmal hatten auch wir sie benutzt, weil sie absolut reißfest waren und keinen Lärm verursachten. Es waren einfache Plastikbänder mit einem Spezialverschluss. Wurde das Ende durchgezogen und festgeklickt, saß man fest, bis einen irgendjemand mit einem scharfen Messer befreite.

»Du hast doch einen Feuerlöscher?«, fragte Nel.

»Im Flur neben dem Heizungskämmerchen. Aber das mache ich. Hol du eine Kneifzange aus dem Carport. *Cornelia!*«

Nel schlug meine Befehle in den Wind und war schon

im Haus. Ich folgte ihr, die Hände auf dem Rücken. Sie rannte durch das Wohnzimmer, schaltete das Licht ein und verschwand im Flur. Kurz darauf kam sie zurück und versprühte über das Geländer hinweg Schaum auf meinem ganzen Schreibtisch. Der Gestank des Löschmittels vermengte sich mit dem der ätzenden Säure und der schmelzenden Elektronik, und durch das Zischen hindurch hörte ich Nel husten. Ich schwankte zu ihr hinüber. Alles war voller beißendem Qualm, Schaum und Gestank. Ich schubste sie mit der Schulter beiseite. »Los, weg!«

Endlich ließ sie den Feuerlöscher los und wir flüchteten in die Küche. Nel riss ein Fenster auf und holte ein kleines Küchenmesser aus einer Schublade. Ich zog meine Handgelenke auseinander und sie schnitt die Handschellen durch.

»Verdammt nochmal, Nel!«

Ihr tränten die Augen und sie hustete. »Ist schon vorbei«, sagte sie. »Ich weiß jetzt, was da so geknallt hat, das war dein Bildschirm, den sie kaputtgeschlagen haben. Und danach haben sie die Säure drübergekippt.«

»Warum?« Ich konnte nicht klar denken, die Säuredämpfe hatten auch die Elektronik in meinem Schädel angegriffen. »Sie hätten ihn doch einfach mitnehmen können.«

»Aber so war die Drohung eindrucksvoller. Ich gucke mir das mal an.« Nel hielt sich ein Geschirrhandtuch vor die Nase und verließ die Küche. Ich folgte ihr und begutachtete über ihre Schulter hinweg das Chaos von Schaum, Glas und geschmolzenem Plastik auf meinem Schreibtisch. Es erinnerte mich an ein von Lasergewehren zerfetztes Weltraummonster aus einem Sciencefictionfilm.

»Dein Computer, dein Schreibtisch und alles, was drin war, sind völlig zerstört.«

»Das sind doch nur Dinge.«

Wir gingen zurück in die Küche. Frische Luft, offene Fenster. Mir wurde klar, dass unsere Heizung größte Anstrengungen unternahm, den gesamten Weltraum zu erwärmen, und ich drehte den Thermostat auf Null. Ich wusch mir die Hände und das Gesicht.

Wir warteten eine Weile, um sicherzugehen, dass kein Feuer ausbrach. Wir tranken ein Glas Cognac. Keiner von uns machte den Vorschlag, die Polizei anzurufen.

»Das kommt davon, wenn du herumposaunst, dass du Carolines Buch hast beziehungsweise hattest.«

»Ich hoffe, dass sie Letzteres denken. Aber sie hatten dieses Zeug und Gasmasken dabei, also hatten sie sowieso vor, den Computer aufzulösen.« Ich trank einen Schluck Cognac. »Was hat die Larue ihrem Agenten vorgelogen? Da steckt doch er dahinter.«

»Wie kommst du darauf?«

»Ich kann mir nicht vorstellen, dass die Larue über diese Art von Kontakten verfügt. Aber Drisman könnte sie haben. Du weißt doch, wie einfach das geht, wenn man erst mal den Kontakt geknüpft hat. Die beiden Kerle haben natürlich keine Ahnung, wer ihr Auftraggeber ist. Man bekommt die Nummer einer Referenzperson, ruft an, ohne seinen Namen zu nennen. Dann bekommt man eine Adresse, an die man das Geld liefern muss, plus ein paar Hunderter zusätzlich für den Mittelsmann, der das Geld überbringt. Das Einzige, was man braucht, ist diese Referenzperson, damit ist man vertrauenswürdig.«

»Hast du vor, von Drisman Schadensersatz zu fordern?«

»Erst mal lasse ich ihn im eigenen Saft schmoren.«

Nel grinste. »Vom Heuschober wussten sie nichts.«

Ich nickte. »Die Larue hat ein Verhältnis mit Drisman, aber trotzdem. Ob sie ihm auf die Nase binden würde, dass das erste Meisterwerk auch nicht von ihr stammt?«

Nel dachte nach. Dann sagte sie: »Sie könnte ihn erpressen, indem sie droht, zu beschwören, dass er davon gewusst hat. Als Mitwisser würde er alles verlieren. Wenn es ihr gelungen ist, ihm weiszumachen, dass bei *Ein kleines Geschenk* lediglich das Risiko besteht, dass du die Kopie einer alten Version besitzt, dann könnte er so dumm sein zu versuchen, ihrer habhaft zu werden. Ohne das Original lässt sich nichts beweisen.«

»Aber vor einem Mord würde er doch wohl zurückschrecken?«

»Glaube ich auch, deshalb lebst du noch. Sie hoffen, dass die Datei auf deiner Festplatte war, und wenn sie zerstört wäre, könntest du behaupten, was du wolltest. Sie könnte dich sogar wegen übler Nachrede drankriegen.«

»Ich meinte Caroline«, sagte ich.

Nel schaute mich an. »Davon wusste der Mann nichts. So dumm ist sie nicht.«

Valerie Romein sah verfroren aus in ihrer wenig raffinierten Winterkombination aus Wolljacke, blauer Trainingshose und Stricksocken in Pantoffeln. Der Thermostat im Haus stand auf mindestens 25 Grad. »Du bist spät dran«, sagte sie vorwurfsvoll, als sie mich hereinließ. »Ich warte schon seit einer halben Stunde auf dich.«

»Tut mir Leid. Ich musste noch ein paar Abbrucharbeiten erledigen.« Ich zog ein Buch aus meiner Innentasche, bevor ich meine Jacke aufhängte und ihr ins Wohnzimmer folgte. Kaltes Licht fiel durch die Vorhänge auf der Vorderseite und durch das Milchglas über dem Bettsofa auf der anderen Seite. Ich sah schmutziges Geschirr auf der Küchentheke stehen und eine angebrochene Flasche Cognac sowie einen vollen Aschenbecher auf dem Wohnzimmertisch. »Bist du krank?«

»Ich fühle mich elend, das ist alles. Ich habe eine Show in Antwerpen abgesagt.«

»Die Grippe geht um.«

Ich setzte mich ihr gegenüber. Sie schlüpfte in einen

pelzgefütterten elektrischen Fußwärmer und reichte dann nach ihrem Cognacglas, in dem noch ein Rest übrig war, und trank es aus. Sie sah der Dame auf dem Plakat mit dem ingwerfarbenen Parfümfläschchen am Meer kaum noch ähnlich. Ohne Make-up glich ihr Gesicht einer Leinwand, von der man die Farbe abgeschrubbt hatte. Ihre Haut war teigig und verräterische Fältchen zeigten sich um ihre Augen und am Hals. Sie schenkte sich Cognac nach und hielt die Flasche über ein zweites Glas, das sie offenbar für mich bereitgestellt hatte. Ihre Augen waren wässrig.

»Ja, danke«, sagte ich. »Ist Remco auch krank oder hat er seinen freien Tag?«

»Manchmal bin ich lieber allein.« Sie war zu müde, als dass man sie hätte verletzen können. Vielleicht ließ ich sie besser in Ruhe.

Zwei Uhr nachmittags war noch ein bisschen früh, doch ich trank von meinem Cognac und schaute sie an. Ihr steckte etwas anderes in den Knochen als die neueste Variante der asiatischen Grippe.

»Manchmal sehne ich mich so nach einem normalen Leben«, sagte sie.

»Das kann doch noch kommen.«

Sie schüttelte den Kopf. »Es ist zu spät«, murmelte sie. »Ich habe mich nie um sie gekümmert. Eine normale Familie. Sonntagnachmittags ein Spaziergang in der Lage Vuursche. Eine Partie Minigolf und danach Erbsensuppe.« Sie seufzte voller Selbstmitleid. »Ich bin hier noch nicht einmal richtig zu Hause. Ich wohne in Flugzeugen und in Hotels. Es ist zu spät.«

Mir fielen nur Gemeinplätze ein, etwa, dass es nie zu spät sei. »Für Caroline ist es zu spät«, sagte ich. »Du kannst noch einmal heiraten, Kinder bekommen, sonntags spazieren gehen.«

Sie schüttelte den Kopf. »Ich glaube, ich habe immer

gewusst, dass es der Pfarrer war«, sagte sie fast im Flüsterton. »Der arme Kerl. Er war lieb zu meiner Schwester gewesen und ich habe ihn hängen lassen.«

Möglicherweise würde sie nie darüber hinwegkommen und sich einer Therapie unterziehen müssen, um herauszufinden, womit alles angefangen hatte und ab wann die fatale Entwicklung nicht mehr aufzuhalten gewesen war. Doch eigentlich war das nicht mein Problem. Ich war wegen Caroline hier, nicht ihretwegen.

Sie erriet meine Gedanken. Sie hob den Blick und fragte: »Weißt du etwas Neues über Caroline?«

»Ja.«

»Remco sagt, du hättest noch keine Rechnung geschickt.«

»Die kommt schon noch. Du hast es uns nicht leicht gemacht.«

»Wie meinst du das?«, fragte sie.

Indem sie nicht die Mutter gewesen war, der Caroline ihre Geheimnisse und Erwartungen anvertrauen konnte? Oder zumindest eine Mutter, die wusste, dass ihre Tochter Schriftstellerin werden wollte, und die ihr helfen konnte, einen Herausgeber zu finden, sodass Caroline nicht in die Fänge dieser verdammten Larue geraten wäre?

Es spielte keine Rolle mehr. »Deine Tochter hat ein wunderbares Buch geschrieben.«

Sie schaute mich verdutzt an. »Karel?«

Ich legte *Ein kleines Geschenk* vor sie auf den Tisch. Sie stellte ihr Glas weg und nahm das Buch in die Hand. »Hedwige Larue?«

»Die Widmung fehlt hier, aber sie steht im Original. Für meine Mutter.«

Valerie starrte das Buch an und schüttelte den Kopf.

»Anfang Juli war Caroline mit ihrem Buch fertig. Sie fuhr zu ihrem Vater, wollte es ihm zu lesen geben oder ihn fragen, ob er es für gut genug hielte, um sich damit an einen Verlag zu wenden. Schließlich ist mein Vater Lehrer, dachte sie wohl. Nur dass er nicht ihr Vater war. Es war ein Schock für sie. Sie fuhr zu ihren Großeltern nach Drenthe, doch die waren ebenfalls ahnungslos. Sie wandte sich an dich, doch ihr habt euch nur gestritten, ohne dass sie einen Deut mehr erfuhr.«

»Es tut mir Leid«, murmelte Valerie kaum hörbar.

Ich wusste, dass sie es ehrlich meinte, aber hinterher tut es einem immer Leid. »Caroline beschloss, es auf eigene Faust zu wagen. Sie suchte sich einen kleinen Verlag, wo man sie nicht von vornherein auslachen würde. Sie fand den Mirabel Verlag in Baarn. Dort kam sie eines Mittwochnachmittags herein, mit ihrem Manuskript. Die Einzige, die sie dort antraf, war Hetty Larue, eine Dame, die Bücher anderer Autoren lektorierte und meistens mehr Schaden anrichtete als sonst etwas, weil sie kein Talent hat. Allerdings strebte diese Dame schon seit Jahren danach, eine berühmte Schriftstellerin zu werden, mit oder ohne Talent. Sie merkte, dass Caroline einsam und menschenscheu war, und auch, dass niemand wusste, dass sie ein Buch geschrieben hatte. Sie versprach, das Manuskript zu lesen und Kontakt mit ihr aufzunehmen. Das tat sie noch in derselben Woche. Wahrscheinlich hat sie Caroline gesagt, dass noch das ein oder andere an dem Buch geändert werden müsse und Caroline bei ihr wohnen könne, um gemeinsam das Manuskript zu überarbeiten. Sie sollte niemandem etwas verraten, damit es eine echte Überraschung würde.«

»Das klingt alles so, als wäre es meine Schuld«, sagte Valerie.

»Du warst nicht da«, sagte ich.

»Die Winterkollektionen …« Valerie starrte mich mit leeren Augen an. Eines Tages würde sie ihrer Schuldgefühle überdrüssig werden, sie tief in ihrer Seele begraben und einen neuen Anfang machen.

Ich trank einen kleinen Schluck von dem Cognac und dachte bei mir, dass die Umstände es Hetty Larue wirklich sehr leicht gemacht hatten. Caroline war von ihrem Pflegevater im Stich gelassen worden, fühlte sich von ihrer Mutter verraten. Sie hatte niemanden und hätte sich vermutlich nichts mehr gewünscht, als die ganze Welt mit einer großen Überraschung zu verblüffen.

»Hetty Larue kam sie am nächsten Montagmorgen abholen. Caroline sollte alles mitnehmen, was mit ihrem Buch zu tun hatte, auch ihren Computer. Im Kamin ihres Dachstudios liegen verbrannte Reste, unter anderem von dem grauen Notizbuch, in das sie in Porquerolles ununterbrochen hineingeschrieben hat.«

»Wo wohnt diese Frau?«

»Ganz in der Nähe, in Eemnes. Du hast anscheinend in den letzten Tagen weder ferngesehen noch Zeitungen gelesen.«

»Wieso?«

»Gleich. Hetty wusste genau, was sie tat. Sie nahm sich zwei Wochen Urlaub. Sie hat die Putzfrau weggeschickt und gesagt, sie solle erst am Freitag wiederkommen. Doch die Putzfrau war noch da, als Hetty gegen zwölf Uhr nach Hause kam, und sie hat Caroline im Auto sitzen sehen. Sie ist eine unserer Zeuginnen. Ich glaube, dass Caroline an diesem Tag bei ihr übernachtet hat, vielleicht auch noch am Dienstag, aber Hetty hatte schon alles durchgeplant. Caroline ist einfach in die Falle getappt. Hetty ließ Caroline die Postkarte schreiben, und sobald sie sicher war, dass niemand von dem Buch wusste, hat sie Caroline ermordet, um es unter ihrem eigenen Namen publizieren zu können.«

»Wie?«

Eines Tages würde sie es ja doch erfahren. »Sie hat ihr ein Schlafmittel verabreicht, das sie bewusstlos machte, sie in einen Teppich eingerollt und nachts mit dem Auto in einen kleinen Hafen ganz in der Nähe gebracht. Dort hat sie eine Motorjacht liegen. Sie brauchte nur ein Stück auf das Eemmeer hinauszufahren.«

Valerie gab sich größte Mühe, sich zu beherrschen, doch die Tränen traten ihr in die Augen und sie machte keinen Versuch, ihre Wangen zu trocknen. Ich reichte ihr über den Tisch hinweg mein sauberes Taschentuch.

»Ist Hetty diese Frau, auf die du bei der Beerdigung angespielt hast?«, fragte sie nach einer Weile.

»Ja.«

»Woher wusstest du das?«

»Nel hat zufällig dieses Buch gelesen.« Ich wies mit einem Nicken auf *Ein kleines Geschenk*, das Valerie noch immer in der Hand hielt. »Und sie hat es sofort als Carolines Werk erkannt.« Ich sah, dass Valerie mich nicht verstand, und erklärte es ihr: »Ein Ermittler kommt darin vor, auf Seite 124. Caroline hat mich für die Figur zum Vorbild genommen. Es war eine Art Scherz. Auf Porquerolles hat sie Nel die Charakterisierung der Figur vorgelesen, und sie steht wortwörtlich so in diesem Buch. Wir wussten gar nicht, dass Caroline an einem Roman arbeitete, sie sagte, es sei einfach nur so eine Geschichte.«

Valerie legte mein Taschentuch auf den Tisch und blätterte das Buch geistesabwesend durch. Sie steckte einen Finger zwischen die Seiten, ohne wirklich nach der Passage gesucht zu haben. Sie starrte den Wohnzimmertisch und die Cognacflasche an. »Das ist nicht viel, um sich darauf zu berufen.«

»Stimmt, aber wir haben noch mehr. Die Empfangsdame des Verlags hat Caroline anhand eines Fotos wiedererkannt und wir haben die Putzfrau. Außerdem verfügen wir über das Original von Carolines Buch. Es hatte noch keinen Titel, es stand nur *Buch* darüber, und die Figuren tragen alle andere Namen. Die Hauptperson heißt zum Beispiel Tilly und nicht Germaine.«

Valerie schaute auf. »Dieses Mädchen, das sie letztes Jahr aus der Schule mitbrachte, hieß Tilly. Vielleicht war sie ihre einzige Freundin.«

Hinweise, mehr nicht. Doch davon gab es dutzende. »Du wirst noch viele andere Dinge wiedererkennen«, sagte ich. »Vielleicht spielte sie darauf an, als sie auf der Karte schrieb, du solltest mal ein gutes Buch lesen.«

Sie spitzte die Lippen. »Dieses Original«, fragte sie. »Wie bist du daran gekommen?«

»Tja.« Ich seufzte. »Das hast du in ihrem Dachstudio gefunden.«

Sie war verwirrt. »Ich? Ich bin nie wieder in Karels Studio gewesen. Die Putzfrau hat sauber gemacht und aufgeräumt.«

»Ich brauche deine Hilfe.« Ich gab ihr einen kleinen Umschlag. »Mach ihn mal auf.«

Valerie riss den Umschlag auf und holte eine Diskette heraus. Sie drehte sie zwischen den Fingern und schaute sie an. Es war eine neue 3,5-Zoll-Diskette ohne Etikett. Caroline hatte ein Diskettenlaufwerk in ihrer Schublade und genau diese Art von Diskette hätte sie benutzt, wenn sie eine Back-up-Kopie von ihrem Buch hätte machen wollen. Wir hatten die Diskette abgewischt, bevor wir sie in den Umschlag gesteckt hatten. Meine Fingerabdrücke durften darauf sein, aber über Valeries, nicht unter ihren.

»Darf ich den Umschlag wiederhaben?«, fragte ich. »Und gib mir bitte auch nochmal die Diskette.«

Valerie tat, worum ich sie gebeten hatte. Ich knüllte den Umschlag zusammen und steckte den Papierball in meine Tasche. Ich nahm die Diskette, wischte darüber und drückte meine Finger darauf, bevor ich sie zurück auf den Tisch legte. Das Einzige, was fehlte, waren Carolines Abdrücke, aber das war nun mal nicht zu ändern.

»Du musst gut auf die Diskette aufpassen«, sagte ich. »Sie ist unser wichtigstes Beweisstück.«

»Woher hast du sie?«

Ich schüttelte den Kopf. Ich war froh, dass ihr Rechtsanwalt nicht da war, der illegal erworbenes – und von Nel auch noch manipuliertes – Beweismaterial argwöhnischer beäugt hätte. »Du möchtest doch, dass diese Frau für den Mord an deiner Tochter bestraft wird, oder?«

Ich sah, wie sie mit irgendetwas rang, vielleicht mit ihrem eigenen Schuldanteil, doch dann sagte sie: »Ja, natürlich.«

»Du hast die Diskette in Carolines Schreibtisch gefunden, wusstest aber nicht, was drauf war. Du hast sie in deinen Computer eingelegt, dir die Datei darauf angesehen und festgestellt, dass es eine Erzählung war, die von niemand anderem als von Caroline stammen konnte. Vielleicht hast du ja manchmal ihre Notizbücher durchgeblättert. Du wusstest nicht, dass sie sich damit an einen Verlag gewandt hatte. Du hast die Diskette mir gegeben, weil du mich damals für die Suche nach Caroline engagiert hattest. Heute bin ich zu dir gekommen und habe dir erzählt, dass Hedwige Larue Carolines Buch unter ihrem Namen veröffentlicht, also gestohlen hat. Du hättest es sofort gemerkt, wenn du *Ein kleines Geschenk* vorher gelesen hättest, doch du hast einfach nie die Zeit zum Bücherlesen. Ich habe dir ein Exemplar mitgebracht.« Ich wies mit einem Nicken auf das Buch, das zwischen uns auf dem Tisch lag. »Meinst du, du schaffst das?«

Valerie nickte. Je weniger sie wusste, desto besser.

»Die Larue ist wegen Plagiats verhaftet worden«, sagte ich. »Sie hat die Übersetzung eines englischen Buches gestohlen und als ihr angeblich zweites Buch publiziert. Die Schriftstellerin und ihre Herausgeber haben sie auf haushohen Schadensersatz verklagt und laut Urheberrechtsgesetz kann sie zu bis zu sechs Monaten Gefängnisstrafe verurteilt werden.«

»Das ist ja lächerlich«, sagte Valerie prompt.

»Für Mord sitzt sie mindestens fünfzehn Jahre.«

Valerie verstand allmählich. Ich erkannte, dass sie sich wieder unter Kontrolle hatte. Vielleicht schöpfte sie Trost aus dem Gedanken, dass ihre Tochter etwas Außergewöhnliches geleistet hatte und sie deshalb ermordet worden war und nicht einfach nur aus Willkür. »Sag mir, was ich tun soll.«

»Zunächst mal musst du die Diskette in deinen Computer einlegen und das Buch lesen, damit du weißt, worum es geht. Tu das noch heute, denn es könnte sein, dass schon morgen die Polizei bei dir vor der Tür steht.«

»Die Polizei?«, fragte sie erschrocken.

»Vermutlich Meneer Nijman von der Kripo, der damals schon hier gewesen ist, eventuell in Begleitung eines Staatsanwalts.« Ich schaute sie an. »Das lässt sich nicht vermeiden, okay? Du gerätst ins Licht der Öffentlichkeit, aber nicht ins falsche Licht. Du könntest dieser Frau zwar im Namen von Caroline eine Urheberrechtsklage anhängen, aber denk daran: Sie hat deine Tochter ermordet.«

Sie nickte. Ich sah Wut und Trauer in ihren Augen, und große Entschlossenheit.

16

»Wie die Larue an dieses zweite Buch gekommen ist, ist mir ein Rätsel, aber das erste stammt von Caroline Romein, und die hat sie dafür ermordet.«

Nijman fiel es schwer zu glauben, dass sein ungelöster Mordfall in einem Zusammenhang mit der Plagiat-Affäre stehen sollte, die seit Tagen das Hauptthema in allen Medien war. Ich gab sämtliche Informationen an ihn weiter, die ich auch hätte sammeln können, ohne bei der Larue einzubrechen: die Zeugin beim Mirabel Verlag, wo Caroline mit einem Manuskript unter dem Arm angekommen war, die Putzfrau, die sie in Eemnes bei der Larue im Auto hatte sitzen sehen, das Motorboot *Ophelia,* das ganz in der Nähe lag.

»Es passt genau zu deiner Theorie«, schmeichelte ich ihm. »Sie hat sie betäubt. Bei einer Haussuchung würdet ihr vielleicht den Tranquilizer finden. Dann hat sie sie in eine Segeltuchplane eingewickelt und mit ihrem kleinen Jeep in den nur ein paar hundert Meter entfernten Hafen gebracht. Ich habe mich dort mal umgeschaut, da liegen überall lose Bodenplatten herum, die sie hätte benutzen können, um die Leiche zu beschweren. Nachts ist dort kein Mensch weit und breit. Mit ein bisschen Glück findest du sogar Carolines Computer, sie besaß so ein iBook und das ist weg. Aber ihre Mutter hat eine Diskette mit ihrem Buchmanuskript gefunden, davon habe ich Kopien gemacht. Valerie Romein kennt die Arbeit ihrer Tochter und sie kennt sogar ihre Freundin Tilly, nach der Caroline ihre Hauptfigur benannt hat.«

Wir saßen in Nijmans Zimmer. Draußen trocknete die Wintersonne den Schneematsch weg, bevor er über Nacht gefrieren und Massenkarambolagen verursachen konnte. Nijman saß mit ungläubigem Gesicht an seinem Schreibtisch; der Kaffee in seiner weißen Bürotasse war schon längst kalt geworden.

»Was haben wir sonst noch?«, fragte ich. »Autoren und Mitarbeiter des Verlages zum Beispiel, denen zufolge die Larue nicht das geringste Schreibtalent besitzt und die es für ein unfassbares Gotteswunder hielten, als sie plötzlich ein Buch aus dem Hut zauberte.«

»Jetzt mach aber mal halblang«, sagte Nijman. »Tu mir den Gefallen. Schon weil man sie bei ihrem zweiten Buch erwischt hat, könnte man sich zu Recht fragen, wie koscher das erste ist.« Er tippte auf die Diskette, die ich ihm gegeben hatte. »Aber selbst wenn sie das erste auch geklaut hat, ist das noch kein Beweis für einen Mord. Alles, was du hast, sind verdächtige Hinweise.«

»Ist ihr Haus durchsucht worden?«

Er zuckte mit den Achseln. »Die Zeitungen behaupten es, aber natürlich hat man dabei nicht nach Indizien für einen Mord gesucht. Ihr Computer und alle möglichen Papiere wurden beschlagnahmt.« Wieder schüttelte er den Kopf. »Es ist zu wenig, damit kann ich mich kaum an den Staatsanwalt wenden.« Er nahm den Telefonhörer ab und wählte eine Nummer. »Ist Inspecteur Bergman da?«

Er wartete und schaute mich an. »Hallo, Wilfred«, sagte er dann in den Hörer. »Kees Nijman. Ihr habt Hedwige Larue im Zusammenhang mit dem Plagiatfall verhaftet? Ja, aus Zeeland, ich weiß. Sitzt sie noch in Untersuchungshaft?«

Er hörte eine Weile zu und legte dann auf. »Sie haben sie nach der Vernehmung bis zur Gerichtsverhandlung gehen lassen. Sie darf allerdings die Niederlande nicht verlassen, na ja, du weißt ja, wie das ist.«

»Hat sie gestanden?«

»Inspecteur Bergman hat erzählt, dass sie in einen seltsam trotzigen Trancezustand verfallen ist. Es sei ihr

Buch, sie sei die Autorin. Ihre Arbeit sei ihre Arbeit. Ansonsten verschlossen wie eine Auster. Die Jungs halten sie für einfach nur hysterisch und glauben, sie würde umkippen, wenn man sie sich mal etwas länger vorknöpfen könnte, aber sie hat einen guten Rechtsanwalt und mehr als vierundzwanzig Stunden konnte man sie nicht festhalten, schließlich sind wir hier ja nicht in Südamerika. Außerdem ist Plagiat kein Kapitalverbrechen, dafür geht man erst nach einer Verurteilung in den Knast. Und das höchstens für sechs Monate.« Nijman schüttelte den Kopf. »Für CD- und Software-Piraterie gibt es anderswo eine Mafia, und wie das mit Büchern ist, weiß ich nicht. Aber in diesem Fall fragt sich doch jeder, wie ein Mensch so dämlich sein kann, die illegale Kopie eines Romans herauszugeben, der eine Woche später auch als legale Version auf den Markt kommt. Ich weiß, was die bei der Staatsanwaltschaft über sie denken. Entweder gehört die Frau in die Psychiatrie oder da steckt noch eine ganz andere Geschichte dahinter.«

»Was sollte denn dahinter stecken?«, fragte ich gespielt naiv.

»Was weiß denn ich. Dass man sie irgendwie reingelegt hat?«

Mit einem höchst ungläubigen Gesichtsausdruck schüttelte ich den Kopf. »Wie sollte das denn funktionieren? Man weiß doch, ob man ein Buch geschrieben hat oder nicht. Wenn man ein Buch veröffentlicht, das man nicht selbst verfasst hat, dann fällt man nicht auf irgendetwas herein, sondern dann ist das Plagiat, wie immer man daran gekommen sein mag.«

Nijman nickte und schaute mich wieder eine Weile schweigend an.

»Oder es war ein Trick der englischen Autorin«, spekulierte ich. »Für das englische Original wird ja jetzt auf internationaler Ebene ordentlich die Werbetrommel gerührt. Ist eigentlich auch der Agent der Larue vernommen worden?«

Nijman rieb sich mit der Hand über die Stirn. »Den Berichten zufolge weiß der Mann von nichts. Das will ich auch gerne glauben, denn man müsste schon verrückt sein, sich an so etwas zu beteiligen.«

Ich ließ die beiden maskierten Zerstörer unerwähnt und fragte: »Aber du arbeitest doch noch an dem Mordfall?«

»Jedenfalls solange niemand einen Zusammenhang mit der Larue sieht«, antwortete er. »Wir werden deine Hinweise überprüfen und die Zeugen vernehmen. Carolines Mutter war nicht zu Hause, aber der Montag, an dem die Putzfrau der Larue sie deiner Aussage nach gesehen hat, könnte tatsächlich der Tag ihres Verschwindens sein. Die Autopsie hat genau die Woche als Todeszeitraum ergeben und die Karte aus Utrecht wurde mit höchster Wahrscheinlichkeit erst nach ihrem Tod eingeworfen.« Er hob die Hände.

»Das ist doch schon mal was.«

Er warf mir einen mitleidigen Blick zu. »Mit ein bisschen Glück können wir vielleicht beweisen, dass die Larue die Letzte war, die das Mädchen lebend gesehen hat. Doch wenn sie eine Erklärung dafür parat hat, warum sie bei ihr zu Besuch war, und steif und fest behauptet, dass sie die Kleine am Mittwochmorgen mit Reisetasche und Computer zum Bahnhof gebracht hat, können wir mit blonden Haaren im Gästebett nichts anfangen und kommen ohne knallharte Beweise keinen Schritt weiter. Du bist vom Fach, du weißt doch selbst, wie das ist.«

»Flurazepam im Arzneischrank, Spuren im Jeep, auf dem Boot?«

Sehr überzeugend klang das nicht und Nijman nickte viel sagend. »Welche Spuren denn? Es ist kein Blut geflossen.«

»Am besten wäre also ein Geständnis«, sagte ich.

Er lachte abfällig. »Und wenn der psychiatrische Gutachter sie für unzurechnungsfähig erklärt, wird man auch das auseinander pflücken.«

Wir tranken Kaffee und hielten Kriegsrat, im Heuschober, weil Nel dort ihren Arbeitsplatz hatte. Im Wohnhaus hatten zwei Zimmerleute des Bauunternehmers aus Acquoy eine neue Büroecke für mich fabriziert und im Gästezimmer eine neue Fensterscheibe eingesetzt. Der Chef hatte ein merkwürdiges Gesicht gemacht, als wir ihm erklärt hatten, dass wir ein kleines Malheur mit dem Fenster sowie ein Feuerchen im Haus gehabt hätten, damit aber weder die Feuerwehr noch die Versicherung hatten belästigen wollen. Inzwischen war alles wieder in Ordnung und ich konnte ein neues Leben mit einem schönen blauen iMac beginnen, den Nel mit allem ausgerüstet hatte, was sie an Back-ups finden konnte, inklusive einiger selbst geschriebener Programme, sodass das Ding zumindest ein wenig belebt aussah, als ich es zum ersten Mal einschaltete.

»Dann mal ran an den Speck!«, beschloss ich am Ende unserer Diskussion.

Nel schaltete einen Rekorder ein und setzte Kopfhörer auf, als ich die Nummer in Eemnes wählte. Ein Mann meldete sich. »Hallo?«, sagte er, ohne seinen Namen zu nennen.

»Ah, Meneer Drisman. Max Winter. Ich hatte geglaubt, dass Sie sich inzwischen von Ihrer Klientin distanziert hätten, aber Sie sind also noch an Bord. Ich habe erfahren, dass Mevrouw Larue freigelassen wurde, und dachte, ich rufe mal an.«

»Mevrouw Larue ruht sich gerade aus.« Drisman gab keinen weiteren Kommentar ab.

»Ich muss sie so schnell wie möglich sprechen.«

»Warum?«

»Ich habe etwas, was sie bestimmt interessiert.«

»Was?«

»Das, was die beiden Herren nicht gefunden haben. Es hat mich einen Computer gekostet, aber ich bin nicht nachtragend. Ich traue Computern sowieso nicht besonders, bei den ganzen Viren heutzutage. Deshalb hatte ich es an einem sicheren Ort aufbewahrt.«

»Was denn?«, wiederholte er ungeduldig, doch ich wusste, dass er mir weiter zuhören würde.

Ich nahm mir Zeit für die Antwort. »Wenn ich das jedem auf die Nase binden würde, würde es seinen Wert verlieren.«

Jetzt schwieg er eine Weile und ich vermutete, dass er über das Wort ›Wert‹ nachgrübelte. Ich hörte, wie er die Sprechmuschel abdeckte. Ich schaute Nel an und lächelte. Hinter ihr lag das Winterlicht bleiern auf den Ligustersträuchern und den kahlen Ästen ihres Apfelbaums. Offenbar stand die Larue kurz vor einem Nervenzusammenbruch, doch Drisman behielt einen klaren Kopf und kam zu dem Schluss, dass Zuhören besser war als den Kopf in den Sand zu stecken. Er war ein Literaturagent, kein Idiot. Anfangs hatte er vielleicht gehofft, dass sich der Schaden auf *Traum eines Mädchens* beschränken würde, doch inzwischen wusste er, dass auch mit *Ein kleines Geschenk* etwas faul war.

Die Larue musste inzwischen begriffen haben, dass Caroline doch eine Sicherheitskopie von dem Manuskript gemacht hatte und dass diese sich in meinem Besitz befand. Sie war schlau genug, um zu wissen, dass man ihr den Mord an Caroline kaum nachweisen konnte, und sie brauchte Drisman nur irgendein Lügenmärchen über die Kopie aufzutischen. Drisman hatte bereits einen Versuch unternommen, das Problem zu lösen, in erster Linie in seinem eigenen Interesse. Nel hatte seine Agentur überprüft. Er vertrat einige weniger bekannte Autoren und hatte sich erst mit Hedwige Larue einen Namen gemacht. An *Ein kleines Geschenk* hatte er bereits einen ordentlichen Batzen Geld verdient. Wenn ihm niemand Sand ins Getriebe streute, würde es noch mehr werden, dank hoher Verkaufszahlen, dem Verkauf der Übersetzungsrechte und sogar den Plänen für eine Verfilmung.

Ich hörte, wie Drisman die Hand wegnahm. »Mevrouw Larue ist bereit Sie anzuhören, wenn das hilft, Licht in die Sache zu bringen«, sagte er vorsichtig.

»Schön. Wo? Ihr Haus wird von der Polizei oder den Presseleuten beobachtet und bestimmt möchte sie lieber nicht, dass ich dort gesehen werde.«

»Haben Sie einen Vorschlag?«

»Ich überlasse das Ihnen, jedes ruhige Fleckchen ist mir recht.«

Wieder wurde die Sprechmuschel abgedeckt, doch ich hörte durch Drismans Finger hindurch eine zeternde Frauenstimme. Nach einer Weile meldete er sich wieder. »Meine Klientin möchte nach näherer Überlegung doch lieber davon absehen«, sagte er frustriert. »Es tut mir sehr Leid.«

Er unterbrach die Verbindung.

»Mist!«, sagte ich.

Nel nahm den Kopfhörer ab. »Das hörte sich gar nicht gut an«, sagte sie. »Als wäre sie verzweifelt und wüsste nicht mehr aus noch ein. Sie verdrängt es, es ist ein Abwehrmechanismus, sie rollt sich ein, stellt die Stacheln auf und hofft, dass der ganze Schlamassel irgendwann vorübergeht.«

Ich dachte nach. »Ich glaube, sie weiß nur zu genau, dass die echte Gefahr von ihrem ersten Buch ausgeht. Bei ihrem zweiten Plagiat kann sie die Folgen mithilfe guter Anwälte auf Bußgelder und vielleicht ein paar Monate Gefängnis beschränken.«

»Aber sie verliert ihren guten Namen«, gab Nel zu bedenken.

Ich schüttelte den Kopf. »Sie tut *Traum eines Mädchens* als ärgerlichen Irrtum ab. Damit kann sie leben, solange sie Autorin des ersten Buches bleibt. In ihrem wirren Geist ist sie das noch immer. Sie ist berühmt. Treibt man sie mit *Ein kleines Geschenk* in die Enge, ist sie womöglich zu einer Verzweiflungstat fähig.«

Nel biss sich auf die Lippen. »Du meinst, wir sollten vorsichtig mit ihr umgehen? Am Ende tut sie den Richtern noch Leid. Dann ziehen sie einen psychiatrischen Gutachter hinzu und sie wird in eine Luxuseinrichtung gesteckt, weil sie nicht wusste, was sie tat? Die wusste genau, was sie tat. Es war vorsätzlicher Mord und ich will, dass dieses Weib für den Rest ihres Lebens hinter schwedischen Gardinen landet.«

Nel war rachsüchtiger als das Strafgesetzbuch. »Es wird schon alles gut gehen«, beruhigte ich sie.

»Aber nicht, wenn wir sie einfach in Ruhe lassen.«

»Gleich klingelt wieder das Telefon«, sagte ich voller Überzeugung. »Drisman bringt seine Schriftstellerin ins Bett und will anschließend mit uns reden.«

Doch niemand rief zurück, außer Eddy, der eine Weile mit Nel über ihr neues Unternehmen sprach und danach per E-Mail einige Dokumente schickte. Nel fing gleich an zu lesen und ich schlenderte zurück zu unserem Haus, um den Kamin für einen gemütlichen Abend anzufachen und in der Tiefkühltruhe nachzuschauen, was ich an Essbarem auftauen konnte. Es wurde allmählich dunkel und ich schaltete das Licht ein.

Ich war gerade in der Küche dabei, zwei gefrorene Forellen in die Mikrowelle zu legen, als ich zwei leichte Schläge hörte, kurz hintereinander. Es hätten Autotüren sein können, obwohl sie unterschiedlich klangen. Vielleicht zwei Autos oder eine Autotür und die Klappe eines Kofferraums, in dem das Maschinengewehr lag. Ich stellte die Mikrowelle auf zwei Minuten im Auftaumodus und verließ die Küche, von wo aus ich nur unsere alten Birnbäume sehen konnte, Zweige und Himmel in dem typischen ersterbenden Winterlicht am Ende kürzer werdender Tage. Durch die Deichfenster im Wohnzimmer sah ich kein Auto. Ich wollte schon zurückkehren und den Tisch decken, als die Glastür zur Terrasse aufging und Hetty Larue hereinkam.

Sie schloss die Tür hinter sich. Eine Hand hatte sie in die Tasche ihres langen schwarzen Mantels gesteckt. Sie schaute sich um, ging an den großen Glasscheiben entlang und kam durch die Blumenkästen hindurch ins Wohnzimmer.

»Wo ist sie?«, fragte sie.

»Tag, Hetty«, sagte ich. »Hast du Meneer Drisman lieber zu Hause gelassen?«

Aus ihrer Manteltasche zog sie eine kleine Pistole. »Bist du allein?«

Ich zeigte mit einer demonstrativen Geste um mich. »Du brauchst keine Pistole, wenn du mit mir reden willst.«

Sie schnaubte: »Wo ist sie?«

Die wahnsinnige Halsstarrigkeit, von der Nijman erzählt hatte, stand ihr ins Gesicht geschrieben und ich wusste, dass ich vorsichtig sein musste. »In meinem Schreibtisch«, sagte ich.

Sie folgte meinem Blick zu dem neuen Arbeitsplatz und runzelte die Stirn, als erwäge sie die Vor- und Nachteile dieser Ecke. Dann winkte sie mich mit ihrer Pistole hinüber. »Beeil dich.«

Mir ging durch den Kopf, dass sie tatsächlich verrückt sein musste, wenn sie glaubte, dass sie nach der Zerstörung meines Arbeitsplatzes hier auch nur eine einzige

Kopie des Manuskripts finden würde. Sie folgte meinen Bewegungen, als ich das Wohnzimmer durchquerte und an ihr vorbeiging. Ihre Pistole sah nach einem billigen kalifornischen Davis-Modell aus, mit denen der internationale Markt überschwemmt wurde.

»Warte«, sagte sie, als ich an den großen Terrassenfenstern vorbeigegangen war und mich gerade an meinen Schreibtisch setzen wollte. Ich blieb stehen und drehte mich zu ihr um. Sie zielte die ganze Zeit auf mich, während sie um die Blumenkästen herumging. »Lag sie nicht in einem Tresor?«

»Ich habe keinen Tresor.«

»Wo ist sie dann?«

»In einer Schublade.«

»Setz dich hin. Warte! Was ist denn sonst noch in der Schublade?«

»Krimskrams.« In der Schublade war gar nichts, außer der Diskette, die ich mir zusammen mit einigen anderen Sachen für einen eventuellen Besuch Drismans zurechtgelegt hatte. Meine Beretta befand sich im Heuschober, ebenso wie Nel, hinter Mauern, der Hecke und zwei Einfahrten.

Sie hielt die Waffe auf mich gerichtet, während ich mich ganz vorne auf die Stuhlkante an den Schreibtisch setzte und vorsichtig die oberste Schublade aufzog. Ich holte die Diskette heraus und ließ die Schublade offen stehen. Sie langte über den Schreibtisch und nahm mir die Diskette aus der Hand.

»Gibt es hiervon Kopien?«, fragte sie.

»Nicht dass ich wüsste.«

Ich schaute in die Schublade, runzelte die Stirn, griff hinein und holte das Foto von Caroline nach unten gekehrt heraus. Ein Zeitungsausschnitt aus der Zeitung *Gooi en Eemlander* fiel herunter und landete auf meinem Schreibtisch.

»Das ist die junge Frau«, sagte ich. »Weißt du noch? Caroline Romein.«

Ich drehte das Foto um. Sie schaute es an und die Pistole in ihrer Hand zitterte kurz. *»Fuck you!«*

Ich schob ihr den Zeitungsausschnitt zu. »Mädchen tot im Eemmeer gefunden. Emily hat sie zu dir gebracht und deine Putzfrau hat sie bei dir zu Hause gesehen.«

»Es gibt keinerlei Beweise«, sagte sie. »Niemand kann mir etwas anhaben.«

»Schlaftabletten, in den Teppich, auf die *Ophelia,* die Platten, ins Wasser. Es wimmelt nur so von Spuren«, sagte ich. »Wäre es nicht besser gewesen, du hättest es ihr einfach abgekauft?«

Sie steckte die Diskette in die Tasche. »Es ist mein Buch.«

»Du vergisst ihre Mutter. Die hat es sofort als das Werk ihrer Tochter erkannt.«

Spöttisch erwiderte sie: »Ihre Mutter hat sich doch nie um sie gekümmert.«

»Und da dachtest du dir, dann bringe ich sie eben um?«

Sie wies mit dem Kinn auf das Foto. »Sollte das arme Schwein vielleicht ins Fernsehen und in die Zeitungen? Ich habe sie doch nur von ihrem Leiden erlöst.«

Der Griff um die Pistole hatte sich gelockert und sie hatte sie ein wenig gesenkt, weil sie abgelenkt worden war, doch ich hatte keine Chance, die Lage auszunutzen.

»Caroline hatte mehr Talent in ihrem kleinen Finger als du in deinem ganzen hohlen Zickenkopf«, sagte ich. »Und du wirst wegen Mordes ins Gefängnis wandern.« Ich rollte meinen Stuhl zurück.

»Dass ich nicht lache.«

Der Mord interessierte sie gar nicht. Sie hatte nur Angst wegen des Buches, ihr Buch, ohne das sie keine berühmte Schriftstellerin war. Sie war verrückt. »Eine Sicherheitskopie liegt beim Staatsanwalt«, sagte ich und wies mit einem Kopfnicken auf die Tasche, in die sie die Diskette gesteckt hatte.

Sie hob die Pistole und ich sah, dass sie schießen würde. Ich stieß mich ab und ließ mich mitsamt dem Bürostuhl zur Seite fallen. Etwas streifte meinen Oberarm, ich hörte einen Knall und dann lag ich auf dem Fliesenfußboden. Ihre Absätze kamen klickend um meinen Schreibtisch herum. Ich trat den Stuhl nach ihr und kroch tiefer in das geschlossene Rechteck unter der Arbeitsplatte.

»Scheißkerl!«, brüllte sie. Ich sah ihre Hand mit der Pistole und das Glitzern ihrer Augen, die ihr Ziel suchten. Ich schwang die Beine herum, um sie umzustoßen, und dann hörte ich aus der Mikrowelle drei hohe Pieptöne und einen Knall. Hettys Pistole und ihre Augen verschwanden aus meinem Blickfeld, als sie sich mit einem Schmerzensschrei aufrichtete.

CyberNel feuerte nochmals aus ihrer lächerlichen Jennings.

Ich arbeitete mich unter dem Schreibtisch hervor und Hetty Larue fiel auf mich. Ihre Pistole landete klappernd auf den Fliesen. An meinen Händen klebte Blut, die Larue röchelte und stöhnte.

Nel zog sie von mir herunter und schmiss sie gegen die Glasscheibe. Nel sah einfach süß aus in ihrem langen Wollpullover, der über ihr Bäuchlein und ihre Hüften auf ihren schwarzen Rock fiel. Sie trug die goldene Kette mit dem Herzanhänger, die ich ihr geschenkt hatte, und sie ließ ihr hellbraunes Haar noch immer wachsen. Es fiel ihr inzwischen bis auf die Schultern und oft band sie es mit einem schwarzen Haargummi zusammen, so wie jetzt, und manchmal auch mit einem fuchsiafarbenen, wenn sie in verwegener Stimmung war. Sie ließ ihre Jennings auf den Schreibtisch fallen und sagte missmutig: »Ich habe ihren Kopf verfehlt und ein Herz konnte ich nicht finden.«

Meine Cornelia.

Ich wählte die Notrufnummer, deutete mit dem Kinn auf ihre Pistole und sagte: »Ich hoffe, du hast inzwischen einen Waffenschein, sonst kriegen wir eine Menge Ärger.«

Der Aufruhr rund um *Ein kleines Geschenk* wurde automatisch von Bombenanschlägen in Israel, Unruhen in Mazedonien, Prozessen in Den Haag, Streiks überall sonst sowie den üblichen Nachrichten über Nebenwirkungen von Medikamenten, die Globalisierung und Überfälle auf milliardenschwere Geldtransporte in den Hintergrund gedrängt. Bereits nach einem Monat interessierte es praktisch niemanden mehr, dass die Larue von den Schadensersatzforderungen Sara Baswins und deren Herausgebern in die Pleite getrieben wurde. Die Chirurgen hatten die Kugeln aus Nels kleiner Pistole in ihrer Schulter und ihren Eingeweiden gefunden. Vor allem Letzteres war schmerzhaft und die Larue war noch mit Schmerzmitteln voll gepumpt, als man sie vom Krankenhaus aus in die Untersuchungshaft brachte.

Niemand behandelte sie freundlich. Sie gestand den Mord an Caroline und bekam achtzehn Jahre und zwölf Monate. Die zwölf Monate waren die Höchststrafe für das zweifache Plagiat. Man kam zu dem Schluss, dass Hein Drisman nichts von dem Mord gewusst hatte und auch an dem Plagiatsdelikt nicht beteiligt gewesen war. Er kam ungeschoren davon, verlor allerdings seine ergiebigste Einnahmequelle. Ich sagte nichts, schickte ihm aber die Handwerker- und die Computerrechnung. Drisman reagierte nicht, doch ich erhielt eine Woche später einen Umschlag ohne Absender mit Den Haager Poststempel. Darin befand sich ein Betrag in bar, der mit der Summe der Rechnungen übereinstimmte.

Schließlich erschien im Frühjahr bei Mirabel die Originalversion von Carolines Buch, auf dem Umschlag Nels Foto von dem hässlichen Entlein. Doch plötzlich fand sie keiner mehr hässlich. Valerie hatte Katrien van Dop als Literaturagentin angestellt und CyberNel verdiente ein kleines Vermögen mit dem einzig existierenden Foto der Schriftstellerin, das ebenso wie das Buch um die ganze Welt ging. Da die Autorin selbst ihrem Manuskript noch keinen Titel gegeben hatte, erklärte sich Valerie mit Katriens Vorschlag einverstanden, es schlicht und einfach *Caroline* zu nennen.

Wir hatten eine kleine Zusammenkunft in der Lounge, bevor Valerie später zusammen mit Carolines frisch gebackener Literaturagentin der Presse und den Fernsehkameras im angrenzenden Saal gegenübertreten musste. Emily, die Empfangsdame von Mirabel, servierte in einem sexy Frühjahrskleid Champagner. Klausman war da und auch der engstirnige Vreemoed, der mir förmlich die Hand drückte und mich weiterhin hartnäckig mit Meneer Gieseking anredete. Klausman überreichte Valerie weiße Rosen und äußerte in einer wirren Rede seine Dankbarkeit für ihren Entschluss, den Roman bei seinem Verlag zu belassen, trotz allem.

Valerie entgegnete, dass ihn doch keine Schuld träfe an dem ›trotz allem‹, er aber dennoch einen gravierenden Fehler bei der Auswahl der Personen begangen habe, die sich finanziell an seinem Verlag beteiligten. Valerie sah schön, tragisch und gefasst aus. Sie war jetzt nicht nur ein berühmtes Mannequin, sondern auch Mutter einer berühmten Schriftstellerin, die, in der reißerischen Terminologie der Medien, dem rücksichtslosen Ehrgeiz einer gewissenlosen Betrügerin zum Opfer gefallen war.

Katrien wirkte geschäftsmäßig mit ihrem dicken Brillengestell, der ordentlich gekämmten Frisur und ihrem grauen Wollkostüm. Nel und ich stießen mit ihr an. »Hast du viel daran machen müssen?«, fragte ich.

Sie ließ ein fröhliches Lachen hören. »Alles, was die Larue daran verändert hatte, waren Verschlimmbesserungen, wie üblich«, antwortete sie. »Ich habe im Original den Namen Tilly in Caroline umgeändert und das war alles, der Rest war perfekt.«

»Freust du dich über deinen neuen Nebenjob?«

Sie runzelte besorgt die Stirn. »Das ist alles ziemlich neu für mich, ich hoffe, dass ich es schaffe, mit diesen ganzen internationalen Kontakten. Wir hatten schon Anrufe aus Hollywood. Ich weiß kaum, wovon die reden. Nächste Woche kommen sie mit einem Drehbuchautor vorbei, und dabei spreche ich nicht mal besonders gut Englisch.«

»Die auch nicht«, beruhigte sie Nel.

Fred Brendel fiel in unser Lachen ein. Er war als einziger Journalist anwesend, weil er die Exklusivrechte an der Story hatte. Er sagte, er wolle kurz etwas mit uns besprechen, und lotste uns in eine abgelegene Ecke. »Ich habe da noch so ein komisches kleines Problem«, erklärte er. »Wie ist die Larue nur an die Übersetzung des Baswin-Romans gekommen?«

Wir setzten uns nicht hin. »Weiß man das noch immer nicht?«, fragte ich scheinheilig.

»Nein. Die Larue wurde wegen Plagiats verurteilt, weil es eine bewiesene Tatsache ist. Aber sie hat nie erklärt, wie sie das angestellt hat. Und dabei bin ich auf ein zeitliches Problem gestoßen. Wir alle wissen, dass es nicht schwer ist, sich ein Manuskript zu beschaffen. Die liegen auf den Schreibtischen der Verlage überall einfach so herum, auch beim Umschlagillustrator, und manchmal gibt man es sogar vorher schon zur Begutachtung an Journalisten weiter und an die Vertreter, die mit dem Buch hausieren gehen müssen. Es sind reichlich Exemplare in Umlauf und mit ein wenig Geschick kann man sich sicher irgendwo eins in die Tasche stecken, denn die Dinger werden ja nicht streng bewacht, schließlich kann niemand etwas damit anfangen.«

»Außer der Larue«, bemerkte ich.

»Das ist eben die Frage. Meines Erachtens hat sie den Roman nicht als Ausdruck, sondern auf Diskette bekommen, denn sonst hatte sie nämlich nicht nur die Namen ändern, sondern den ganzen Sermon abschreiben müssen. Das hätte eine Menge Zeit gekostet und es wären kleine Unterschiede dabei herausgekommen, Tippfehler, andere Kommasetzung, verschobene Absätze, lauter Sachen, die eben passieren, wenn man zweihundert Seiten abtippen muss. Ich habe das bei Mirabel und beim Herausgeber der Baswin überprüft. Mirabel hat das Manuskript auf Diskette bekommen, noch nicht mal eine Woche, nachdem der Übersetzer es bei seinem Verlag abgegeben hatte. Mirabel hat nichts daran geändert und es ist mit der Baswin-Übersetzung identisch, auf Punkt und Komma genau.« Er schwieg einen Moment und schaute von Nel zu mir. Dann sagte er: »Die Justizbehörden glauben, sie habe einen Komplizen gehabt, den sie schützen will.«

»Und was glaubst du?«, fragte ich.

»Ich glaube, dass die Larue es selbst nicht weiß.«

»Also wirklich!«

»Wenn ihr jemand das Manuskript unter dem Vorwand verkauft hätte, dass sie es ungestraft als ihr zweites Buch herausgeben könne, würde sie diese Person eher ermorden als beschützen. Daher meine ich, dass sie einfach nicht weiß, woher es kam.«

»Du meinst, sie hat es mit der Post gekriegt und gedacht, weißt du was, das wird mein zweites Buch?«

Brendel nickte. »Verrückt genug wäre sie, falls sie überzeugt war, dass es sich um ein vollkommen anonymes Manuskript handelte, von dem niemand etwas wusste, aus den Trümmern eines verunglückten Flugzeugs, von jemandem, der ums Leben gekommen ist, oder was auch immer man ihr für eine Ausrede dazu geliefert hat. Irgendjemand hat ihr eine Diskette in die Hände gespielt, auf der die Namen bereits geändert waren, sodass die Larue unmöglich auf die Idee kommen konnte, dass es die Übersetzung eines bereits existierenden und bekannten Buches war. Denn so verrückt kann niemand sein.«

Ich sah, dass Nel ein wenig unruhig wurde. Unter ihrem weiten Kleid und dem großen goldbestickten Umschlagtuch war sie im siebten Monat schwanger. Ich legte ihr den Arm um die Taille und schob unter dem Tuch die Hand auf ihren Bauch.

»Da hast du dir aber ein kompliziertes Komplott ausgedacht«, sagte ich.

Er nickte langsam. »Tja, vielleicht ist es ein bisschen zu kompliziert. Und es wäre schwer durchführbar«, gab er zu. »Vielleicht über E-Mails und direkt auf die Festplatte, ich verstehe nicht so viel davon, jemand hätte sich in die Computer einhacken müssen, um die Übersetzung zu klauen und sie bei der Larue einzuschmuggeln, und gleichzeitig auch noch dafür sorgen müssen, dass sie glaubt, alles sei völlig ungefährlich.«

Ich spürte, wie Nel ihre Hand über dem Tuch auf meine legte.

»Außerdem«, fuhr Brendel fort, »bleibt natürlich die Frage nach dem Warum. Welchen Sinn hatte das? Die Larue wegen Plagiats vor Gericht zu bringen? Sie wurde doch schon wegen des ersten Romans verknackt, vor allem dank der wunderbaren Zeugenaussage von Valerie Romein, die eine Kopie des Manuskripts fand und beeiden konnte, dass es das Werk ihrer Tochter war.«

Ich schaute hinüber zu Valerie, die ein paar Meter von uns entfernt stand und Katrien zulächelte. Mir saß ein Kloß in der Kehle und ich räusperte mich. »Stimmt, das konnte sie tatsächlich«, sagte ich.

Brendel grinste. »Aber trotzdem war es eine tolle Story«, sagte er. »Vielen Dank nochmal für den geschenkten Gaul.«

Wir erwiderten sein Lächeln. Irgendjemand gab das Zeichen dafür, dass wir in den großen Saal hinübergehen sollten, und ich sah, wie Katrien nervös wurde. Die erfahrene Valerie klopfte ihr auf die Schulter und flüsterte ihr etwas ins Ohr, bevor sie Arm in Arm die Lounge verließen. Brendel lief eilig hinterher.

Nel hielt mich zurück.

»Was ist denn?«, fragte ich.

»War es falsch?«

»Das habe ich dir doch schon gesagt. Aber ohne deine Hackerei mit dem HackMac wäre die Larue bis heute die gefeierte Autorin von *Ein kleines Geschenk* und hätte den Mord niemals gestanden. Also hatte es einen Sinn.«

Sie schaute mich an und sagte: »Aber das machen wir nie wieder.«

»›Nie‹ ist sehr lange«, erwiderte ich. »Aber vorläufig halten wir uns jedenfalls zurück.«

Krimis von Felix Thijssen

»Felix Thijssen ist ein guter Erzähler, er nimmt sich Zeit für seine Figuren und für die Motivationen der Bösen wie der Guten; nichts gerät ihm aus den Fugen und nichts gibt er zu früh preis. Dafür hat man ihm völlig zu Recht den holländischen Krimipreis gegeben.« Heilbronner Stimme

»Thijssen bietet dem Krimi-Leser eine beachtliche Menge: Volumen ohne Leerlauf, eine distanzierte Liebeserklärung an seine niederländische Heimat, das Flair weiterer europäischer Landschaften und Spannung, die sich nicht an der Anzahl der Leichen misst.« Rheinische Post

»Max Winter und CyberNel sind ein tolles Gespann, und was die beiden herausbekommen, ist verdammt spannend.« WDR

Cleopatra
Max Winters erster Fall
ISBN 3-89425-504-8

Isabelle
Max Winters zweiter Fall
ISBN 3-89425-513-7

Tiffany
Max Winters dritter Fall
ISBN 3-89425-520-X

Ingrid
Max Winters vierter Fall
ISBN 3-89425-524-2

Caroline
Max Winters fünfter Fall
ISBN 3-89425-530-7

Charlotte
Max Winters sechster Fall
ISBN 3-89425-536-6
Rosa
Max Winters siebter Fall
ISBN 3-89425-541-2

Aus dem Niederländischen von Stefanie Schäfer

grafit

Krimis von Jac. Toes

Auf der Strecke geblieben

Ein Fall für Fred Benter und Donald de Wacht
Aus dem Niederländischen von Stefanie Schäfer

Der Anwalt Fred Benter und der Journalist Donald de Wacht kommen einer vertuschten Affäre aus den Achtzigerjahren auf die Spur und geraten dabei selbst in Lebensgefahr.

»Subtil die Morde, subtil aber auch die Personen, die letztlich für Aufklärung sorgen. Toes baut dabei Spannung auf, die den Leser fesselt, ihn nicht mehr loslässt.« Emsdettener Volkszeitung

Tief gesunken

Der zweite Fall für Fred Benter und Donald de Wacht
Aus dem Niederländischen von Stefanie Schäfer

In der Arnheimer Mafia rollen Köpfe. Eine Abrechnung unter Kriminellen? Oder hat die Polizei ihre Finger im Spiel?

»Der Leser wird durch eine hervorragend konstruierte und entwickelte Handlung geführt, die fast atemlos geschilderte Einsatzszenen ebenso enthält wie absolut glaubwürdige Psychologisierungen der handelnden Personen.« Bergsträßer Anzeiger

Verrat

Der dritte Fall für Fred Benter und Donald de Wacht
Aus dem Niederländischen von Stefanie Schäfer

Der Tod einer jungen Prostituierten führt Fred Benter nach Südamerika. Währenddessen steckt Donald de Wacht in einer schweren Lebenskrise.

»Toes liefert mit ›Verrat‹ eine unterhaltsame, spannende, aber auch Hintergründe aufzeigende Story mit reichlich Action. Die Probleme bleiben nicht oberflächlich, ihnen geht er nach.« NRZ

Fotofinish

Aus dem Niederländischen von Stefanie Schäfer

In vier Marathonläufen kämpft Stan Dewende um den ersten Platz – und um das eigene Überleben.

»Diese genial konstruierte Erzählung ist viel mehr als bloß ein Krimi.«
Badische Neueste Nachrichten

Spannung aus den Niederlanden

Henk Apotheker
Ayse ist weg

Aus dem Niederländischen von Stefanie Schäfer
Deutsche Erstausgabe
ISBN 3-89425-511-0

Arnheim: Ein vierjähriges türkisches Mädchen wird vermisst. Die Kripobeamten Klein Drienen und Peter Kressen beginnen mit den Nachforschungen im so genannten ›Türkenhaus‹ – und stoßen auf eine Mauer des Schweigens. Dennis Hiemstra, werdender Vater und Jungunternehmer, gerät durch seine Bekanntschaft mit dem türkischen Jungen Ibrahim in den Strudel der Ereignisse.

»Apothekers Schreibkunst, die auch eine Heilkunst ist, hat einen lebenswarmen Kern: Es ist das Mitgefühl mit ihren Figuren. Die Geschichte geht anders als erwartet aus, auf berückende Weise gut, ohne Happy End. Ein Kind ist gestorben, ein anderes wird geboren. Das gab es noch nie im Krimi: Das Timing wird bestimmt vom Verlauf einer Schwangerschaft.« Die Zeit

Jacob Vis
Der Kopf von Ijsselmonde

Aus dem Niederländischen von Stefanie Schäfer
Deutsche Erstausgabe
ISBN 3-89425-538-2

In einem Wald bei Ijsselmonde findet ein Arbeiter den abgetrennten Kopf eines Farbigen. Wer der Mann ist, erfahren Inspecteur Ben van Arkel und sein Team noch am selben Tag, doch warum Ronnie van Splunter umgebracht wurde, bleibt im Dunkeln. Der Schlachthofangestellte Mulder will der Polizei einen heißen Tipp geben, doch das bekommt ihm nicht gut: Mit einer Sendung tiefgekühlter Schweine verschwindet er nach Italien – fachkundig in zwei Hälften zerlegt.

»Ein äußerst clever konstruierter, dabei spannender und fesselnder Kriminalroman mit einer überaus überraschenden Schlusspointe.«
Bergsträßer Anzeiger

grafit

Krimis von Harri Nykänen

Schwärzer als ein schwarzes Schaf

Deutsche Erstausgabe
Aus dem Finnischen von Regine Pirschel
ISBN 3-89425-515-3

Ausgezeichnet mit dem finnischen Krimipreis 2001

Der schwerkranke Nygren und sein Komplize Raid sind in einem alten Mercedes unterwegs durch Finnland und begleichen alte Rechnungen. Grund genug für Kommissar Jansson und seinen Kollegen Huusko, ihren Kuraufenthalt abzubrechen und sich den beiden an die Fersen zu heften.

»Nykänen ist realitätsnah und märchenhaft, melancholisch und komisch, knallhart und sacht auf einmal, und er schreibt schlackenfrei und ökonomisch.« Stuttgarter Zeitung

Raid und der Brandstifter

Deutsche Erstausgabe
Aus dem Finnischen von Regine Pirschel
ISBN 3-89425-523-4

Einer Bagatelle wegen lässt Raid, der sympathische Gangster mit eigener Moral, sich in den Knast einliefern. Kommissar Jansson von der Kripo Helsinki ahnt: Raid will keine Buße tun. Er hat einen Job zu erledigen.

»Spannung bis zum fulminanten Schluss ... Raid könnte ein neuer Star in der literarischen Krimiszene werden. Er hat alles, was eine schillernde Persönlichkeit ausmacht und besitzen muss: Charisma und eine bestechende natürliche Autorität.« Emsdettener Volkszeitung

Raid und der Legionär

Deutsche Erstausgabe
Aus dem Finnischen von Regine Pirschel
ISBN 3-89425-535-8

Drei Tote im Kleinganovenmilieu von Helsinki. Ein Verdächtiger ist schnell gefunden: der berüchtigte Eki, genannt der ›Legionär‹. Doch Kommissar Jansson hat seine Zweifel und mithilfe des Gentleman-Verbrechers Raid macht er sich auf die Suche nach dem wahren Täter.

»Das skandinavische Gegenmodell zu Kommissar Wallander und Annika Bengtzon heißt Raid ... Nykänens Held hat das Zeug zum Star.«
Bücher-Magazin

grafit